汉学研究大系
Series of Chinese Studies

阎纯德 总主编

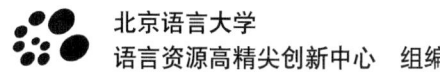 北京语言大学
语言资源高精尖创新中心 组编

列国汉学史丛书

# 中国文学在法国
18世纪至20世纪80年代

钱林森 著

学苑出版社

## 图书在版编目（CIP）数据

中国文学在法国：18世纪至20世纪80年代 / 北京语言大学语言资源高精尖创新中心组编；钱林森著. —— 北京：学苑出版社，2019.7
（汉学研究大系 / 阎纯德总主编）
ISBN 978-7-5077-5767-5

Ⅰ. ①中… Ⅱ. ①北… ②钱… Ⅲ. ①中国文学－文化传播－研究－法国－近现代 Ⅳ. ①I209.5

中国版本图书馆CIP数据核字(2019)第155480号

| | |
|---|---|
| 责任编辑： | 杨 雷　张敏娜 |
| 出版发行： | 学苑出版社 |
| 社　　址： | 北京市丰台区南方庄2号院1号楼 |
| 邮政编码： | 100079 |
| 网　　址： | www.book001.com |
| 电子信箱： | xueyuanpress@163.com |
| 联系电话： | 010－67601101（销售部）　67603091（总编室） |
| 经　　销： | 新华书店 |
| 印　刷　厂： | 北京建宏印刷有限公司 |
| 开本尺寸： | 710×1000　1/16 |
| 字　　数： | 320千字 |
| 印　　张： | 19.5 |
| 印　　数： | 1500册 |
| 版　　次： | 2019年8月第1版 |
| 印　　次： | 2019年8月第1次印刷 |
| 定　　价： | 65.00元 |

## 汉学研究大系 组织编写委员会
主　任：李宇明　　刘　利
成　员：阎纯德　　杨尔弘　　刘晓海　　田列朋

---

## 汉学研究大系 总编辑委员会
总顾问：袁行霈　　李学勤
顾　问：王晓平　　乐黛云　　宇文所安　李明滨　　吴志良
　　　　严绍璗　　张西平　　宋绍香　　何培忠　　郁　白
　　　　孟　白　　钱林森　　崔希亮　　柴剑虹　　阎国栋
　　　　熊文华
主　任：李宇明
总主编：阎纯德
助　理：陈　畠

---

## 列国汉学史丛书 编辑委员会
主　任：刘　利
副主任：韩经太
主　编：阎纯德　　吴志良
编　委：安平秋　　许光华　　李海绩　　李雪涛　　陈开科
　　　　陈戎女　　杨玉英　　张国刚　　周　阅　　侯且岸
　　　　钱婉约　　徐志啸

# 总　序　一

经过近30年多位学者的辛劳努力,现在我们可以说,国际汉学研究确实已经成长为一门具有特色的学科了。

"汉学"一词本义是对中国语言、历史、文化等的研究,而在国内习惯上专指外国人的这种研究,所以特称"国际汉学",也有时作"世界汉学""国际中国学",以区别于中国人自己的研究。至于"国际汉学研究",则是对"国际汉学"的研究。中外都有学者从事国际汉学研究,我们在这里讲的,是中国学术界的国际汉学研究。

自从"改革开放"以来,国际汉学研究改变了禁区的地位,逐渐开拓和发展。其进程我想不妨划分为三个阶段:一开始仅限于对国际汉学界状况的了解和介绍,中心工作是编纂有关的工具书,这是第一个阶段。到了20世纪90年代,出现国际汉学研究的专门机构,大量翻译和评述汉学论著,应作为第二个阶段。在这两个阶段里,学者们为深入研究国际汉学打好了基础,准备了条件。新世纪到来之后,进入全面系统地研究国际汉学的可能性应该说业已具备。

今后国际汉学研究应当如何发展,有待大家磋商讨论。以我个人的浅见,历史的研究与现实的考察应当并重。国际汉学研究不是和现实脱离的,认识国际汉学的现状,与外国汉学家交流沟通,对于我国学术文化的发展以至于多方面的工作都是必要的。我曾经提议,编写一部中等规模的《当代国际汉学手册》,使我们的学者便于使用;如果有条件的话,还要组织出版《国际汉学年鉴》。这样,大家在接触外国汉学界时,不会感到隔膜,阅读外国汉学作品,也就更容易体味了。必须指出的是,国际汉学有着长久的历史,因此现实和历史是分不开的,不了解各国汉学的历史传统,终究无法认识汉学的现状。

我们已经有了不少国际汉学史的著作及论文。实际上,公推为中国最早的汉学史专书,是1949年出版的莫东寅的《汉学发达史》,尽管是通史体裁,也包含了分国的篇章。这本书最近已有经过校勘的新版,大家容易看到,尽管只是概述性的,却使读者能够看到各国汉学互相间的关系。由此可见,有组织、有系统地考察各国汉学的演进和成果,将之放在国际汉学整体的背景中来考察,实在是更为理想的。

这正是我在这里向大家推荐阎纯德教授、吴志良博士主编的这套"列国汉学史书系"(即"汉学研究大系")的原因。

阎纯德教授在北京语言大学主持汉学研究所工作多年,是我在这方面的同行和老友,曾给我以许多帮助。他为推进国际汉学研究,可谓不遗余力,所做出的重要贡献是学术界周知的。在他的引导之下,《中国文化研究》季刊成为这一学科的园地,随之又主编了《汉学研究》,列入《中国文化研究汉学书系》,有非常广泛的影响。其锲而不舍的精神,我一直无比敬服。特别要说的是,阎纯德教授这几年为了编著这套"列国汉学史书系"所投入的心血精力,可称出人意想。

在《汉学研究》第八集的《卷前絮语》中,阎纯德教授慨叹:"《汉学研究》很像同人刊物,究其原因,是从事这个领域研究的学者太少,尤其是专门的研究者更是少之又少,所以每一集多是读者相熟的面孔。"现在看"列国汉学史书系",作者已形成不小的专业队伍,这是学科进步的表现,更不必说这套书涉及的范围比以前大为扩充了。希望"列国汉学史书系"的问世成为国际汉学研究这个学科在新世纪蓬勃发展的一个界标,让我们在此对阎纯德教授、这套书的各位作者,还有出版社各位所做出的劳绩表示感谢。

李学勤

2007年4月8日

于清华大学国际汉学研究所

# 总　序　二

　　汉学历史和学术形态历史是既抽象又具体的存在，是浩瀚无边的过去、现在和未来。历史会让我们兴奋，也会使我们悲哀，有时还会觉得它仿佛是一个梦。但是，当我们梦醒而理智的时候，便会发现——太阳、地球、人类社会，一切的一切，不管是曾经存在过的恐龙，还是至今还在生生不息的蚂蚁社群，天上的，地下的，看得见的，看不见的，一切都有自己的历史。一切都有过发生，一切都还在发展，可能还会灭亡。

　　任何事物的发生都有一个有形或无形的孕育过程，"汉学"（Sinology）也是这样，其孕育和成长，就是中国文化与异质文化相互交媾浸淫的历史。这个历史，始于公元1世纪前后汉代所开通的丝绸之路，接下来是七八世纪的大唐帝国、十四五世纪的明代、清末的鸦片战争和五四新文化运动，这种文化的碰撞和交流之潮时起时伏直到今天，还会发展到永远。这是历史，是汉学的昨天、今天和未来，是其孕育、发生和成长的过程显现出的文化精神。但是，昨天有远有近，我们可以寻着蛛丝马迹探讨找回其真；而今天，只是一个过渡，一俟走过，便成为昨天的陈迹。

　　写作汉学史是一件艰难的劳作，尤其对象是遥远的昨天，尤其是"遗失"在异国他乡的昨天，更非一件易事。时至今日，朦胧面纱下的汉学还不完全为一些学人所认识，因此有必要取下面纱，让人们看个究竟。

　　中华人民共和国成立最初的30年，对于"汉学"讳莫如深，因为"它"被认为是个有害于中国的"坏东西"；从20世纪70年代中期之后，尤其90年代以降，"汉学"便逐渐成为学术界耳熟能详的学术名词。中国大陆重提"汉学"至今，汉学就像隐藏在深山里的小溪，经过30年的艰辛跋涉，才终于形成一条奔腾的水流，并成为中国文化水系不可或缺的组成部分；尤其是到了21世纪10年代之后，国家领导人也提出倡导研究汉学（中国学）。这是天翻地覆的文化壮举。这个变化是时代和历史变迁带来的结果，也是文化自己发展的规律。

那么,究竟什么是汉学呢？首先,这里的汉学非指汉代研究经学注重名物、训诂——后世称"研究经、史、名物、训诂考据之学"的"汉学",而是指外国人研究中国历史、语言、哲学、文学、艺术、宗教、考古及社会、经济、法律、科技等人文和社会科学领域的学问,这起码是近300来年世界上的习惯学术称谓。李学勤(1933—2019)教授多次说:"'汉学',英语是Sinology,意思是对中国历史文化和语言文学等方面的研究。在国内学术界,'汉学'一词主要是指外国人对中国历史文化等的研究。有的学者主张把它改译为'中国学',不过'汉学'沿用已久,在国外普遍流行,谈外国人这方面的研究,用'汉学'比较方便。"①Sinology一词来自外国,它不是汉代的"汉",也不是汉族的"汉",不指一代一族,其词根Sino源于秦朝的"秦"(Sin),所指是中国。为了弄清Sinology的真正含义和译义,我曾向西方多位汉学家征求其看法。他们几乎毫无疑义地认为:Sinology的词根"Sino",意思是"秦",所指是中国,源自拉丁词语"Sina"(China,中国),"logia"为希腊词语,其意为"科学",或含有考古学或哲学的部分意思;前者所示是"中国",后者所示是"科学"或"研究",两者相加,Sinology就是"中国的科学研究"。Sinology一词的诞生,最早应是始于后利玛窦时代,出自某个传教士的智慧——借用汉代和清代的"汉学"。从那时起,西方传教士就将对中国的文化研究称为Sinology(汉学),研究者称为Sinologist(汉学家)。

如果我们将Sinology在学术上称为"汉学"和"中国学",名字虽异,但实质上它们是"异名共体",所表述的内涵完全一样。高利克在回信中说:"我认为Sinology(汉学)或Sinologist(汉学家)是用以指称我们所从事的事业之恰当的词语。"

在历史长河里,汉学由胚胎逐渐发育成长。当汉学走过少年时代,在西学东渐和中学西传互示友情之后,中学开始影响西方而成为人类文明史上的伟大事件。中世纪以来,欧洲视中国为"修明政治之邦",对中国充满了好奇与好感,18世纪"中国热"蜂起欧洲,19世纪初期法国便成为西方汉学的中心,巴黎成为"汉学之都"。戴密微(Paul Demiéville,1894—1979)曾说汉学的先驱是葡萄牙、西班牙和意大利。但是,汉学作为学术研究和一种文化形态,举大旗的则是法国人。1814年12月11日,雷慕沙(Jean

---

① 李学勤《国际汉学漫步·序》,河北教育出版社,1997年。

Pierre Abel Rémusat，1788—1832）在法兰西学院首开"汉语和鞑靼—满语语言与文学讲座"，开启了西方真正的汉学时代。但指代汉学的"Sinologie"（英文"Sinology"）一词则出现在17世纪末，应该早过雷慕沙主持第一个汉学讲座100年的时间。从此之后，"Sinology"便成为主导汉学世界的图腾、约定俗成的学术"域名"。在世界文化史和汉学史上，外国人把研究中国的学问称为"汉学"，研究中国学问的造诣深厚的学者称为"汉学家"。因此，我认为，我们不必要标新立异，根据西方绝大部分汉学家的习惯看法，"Sinology"发展到如今，这一学术概念有着最广阔的内涵，绝不是汉代和清代独有的"汉学"，更不是什么"汉族文化之学"，它涵盖中国的一切学问，既有以儒释道为核心的传统文化，也包含"敦煌学""西夏学""突厥学""满学"以及"藏学"和"蒙古学"等领域。由于汉学的发展、演进，以法国为首的"传统汉学"（Sinology）和以美国为首的"现代汉学"（"中国学"，Chinese Studies），到了20世纪中叶之后，研究内容、理念和方法，已经出现兼容并包状态，就是说Sinology可以准确地包含Chinese Studies的内容和理念；从历史上看，尽管Sinology和Chinese Studies所负载的传统和内容有所不同，但现在却可以互为表达、"雌雄同体"于同一个学术概念了。话再说回来，对于这样一个负载着深刻而丰富历史内涵的学术"域名"，我以为还是叫它"汉学"（Sinology）为好，因为Sinology不仅承继了汉学的传统，而且也容纳了Chinese Studies较为广阔而现代的内容。另外，中国人对中国文化的研究应该称为国学，而外国学者研究中国文化的那种学问则称为汉学。汉学是国学有血有肉有灵魂的"影子"，而汉学不是国学，是介于中学与西学两者之间、本质上更接近西学的一种文化形态。说它与国学同根而生，说它们是"一条藤上的两个瓜"（许嘉璐语），都不为过，然而瓜的形象与味道却不相同，一个是"东瓜"，一个是"西瓜"。我认为这样认识汉学，既符合中国文化的学术规范，又符合世界上的历史认同与学术发展实际。

汉学的历史是中国文化与异质文化交流的历史，是外国学者阅读、认识、理解、研究、阐释中国文明的结晶。汉学是中国文化和外国文化撞击后派生出来的学问，实际上也是中国文化另一种形式的自然延伸。但是，汉学不是纯粹的中国文化，它与中国文化有着密不可分的血缘关系，它既是中外文化的"混血儿"，又是可以照见"中国文化"的镜子，是可以攻玉的

"他山之石";"'Sinology'是一门在国际文化中涉及双边或多边文化关系的近代边缘性的学术,它以'中国文化'作为研究的'客体',以研究者各自的'本土文化语境'作为观察'客体'的基点,在'跨文化'的层面上各自表述其研究的结果,它具有'泛比较文化研究'的性质。"①以上两种表述虽有不同,但学理一致,基本可以厘清我们对于 Sinology 的学术定位。

法国汉学家马伯乐(Henri Maspero,1883—1945)说过:"中国是欧洲以外仅有的这样的一个国家:自远古起,其古老的本土文化传统一直流传至今。"法国哲学家弗朗索瓦·于连(François Jullien)也说:"中国文明是在与欧洲没有实际的借鉴或影响关系之下独自发展的、时间最长的文明……中国是从外部审视我们的思想——由此使之脱离传统成见——的理想形象。"②他在《为什么我们西方人研究哲学不能绕过中国》中提出:"我们选择出发,也就是选择离开,以创造远景思维的空间。人们这样穿越中国,也是为了更好地阅读希腊。"为了获得一个"外在的视点",他才从遥远的视点出发,并借此视点去"解放"自己。这便是一个未曾断流、在世界上仅存的几种古老文化之一的中国文明的意义。中国文明是一道奔流不息的活水,活水流出去,以自己生命的光辉影响世界;流出的"活水"吸纳异国文化的智慧之后,形成既有中国文化的因子,又有外国文化思维的一种文化,这就是"汉学"。也就是说,汉学是以中国文化为原料,经过另一种文化精神的智慧加工而形成的一种文化。从某种意义上说,汉学既是外国化了的中国文化,又是中国化了的外国文化;抑或说是一种亦中亦西、不中不西,有着独立个性的文化。汉学作为一门独立的具有跨文化性质的学科,是外国文化对中国文化借鉴的结果。汉学对外国人来说是他们的"中学",对中国人来说又是西学,它的思想和理论体系仍属"西学"。

我们的汉学研究,是指对外国汉学家及其对中国文化研究成果的再研究,是中国学者对外国学者研究中国文化的反馈,也是对外国文化借鉴的一个方面。凡是对历史或异质文化进行研究,都有一个价值判断和公正褒贬的问题。因此,对于汉学家对中国文化的研究,必得有我们自己的判断,然后做出公正的褒贬。我们说汉学是可以攻玉的"他山之石",但是这句

---

① 严绍璗《我对 Sinology 的理解和思考》,载《世界汉学》2006 年第 4 期。
② [法]弗朗索瓦·于连(François Jullien)《迂回与进入》,香港三联书店,1998 年。

箴言并非只适用于中国人,对外国人也是一样。汉学也像外国的本体文化一样,对我们来说有借鉴作用,对西方来说有启迪作用——西方学者以汉学为媒介来了解中国,汲取中国文化的精华,完善自己的文明。人类由于文化背景差异和文化语境的不同,思维方向和方式也会不同,因而就会得出不同的结论,讲出不同的道理。"西方学者接受近现代科学方法的训练,又由于他们置身局外,在庐山以外看庐山,有些问题国内学者司空见惯,习而不察,外国学者往往探骊得珠。如语言学、民俗学、考古学、人类学、社会学诸多领域,时时迸发出耀眼的火花。"① 汉学的学术价值往往不被国人重视,并利用汉学家对于中国文化的一些误读而贬低汉学的价值。其实,这并不公平,有些汉学家对于中国文化确实有其独到的见解,能发中国人未发之音。法国汉学家马伯乐对中国上古文化和上古宗教的研究就有独到的贡献,中国学者称赞他对中国宗教研究有开"先河"之功。他研究中国宗教的宗教社会学之方法,促进和推动了中国学者采用宗教社会学来研究中国宗教,被称为"中国宗教社会学研究的真正创始人"。

踏着地理学家和探险家斯文·赫定(Sven Hedin,1865—1952)的足迹来到中国的瑞典地质学家、考古学家安特生(John Gunnar Andersson,1874—1960),他对中国的贡献足以说明他也是一位汉学家。1914 年,他被中国北洋政府农商部聘任为矿政顾问,他先是从事地质调查,写出《中国的铁矿和铁矿工业》和《华北马兰台地》的调查报告,然后致力于古生物化石的收集和研究。1921 年 10 月,在河南渑池发现仰韶文化,因此被誉为"仰韶文化之父"。他的研究揭开了中国田野考古工作的序幕,改变了中国近代考古的面貌。他有《甘肃考古记》、《中国远古之文化》(*An Early Chinese Culture*,1923)、《黄土的女儿:中国史前史研究》(*Children of the Yellow Earth:Studies in Prehistoric China*)等著作。

瑞典汉学家高本汉(Bernhard Karlgren,1889—1978)的最高成就是根据研究古代韵书、韵图和现代汉语方言、日朝越诸语言中汉语借词译音构拟汉语中古音,以及根据中古音和《诗经》用韵、谐声字构拟古音,写出著名的学术专著《中国音韵学研究》《汉语中古音与古音概要》《古汉语字典重订本》《中日汉字形声论》《论汉语》《诗经注释》《尚书注释》和《汉朝以

---

① 季羡林《汉学研究·序》第七集,中华书局,2003 年。

前文献中的假借字》等。他对汉语音韵训诂的研究是不少中国学者所不及的,并深刻影响了对于中国音韵训诂的研究。20世纪日本学者津田左右吉(Tsuda Soukichi,1873—1961)关于中国文化的研究著述甚丰,他认为中国文化是一种"人事本位文化",其核心是"帝王文化",其他认识上尽管有偏颇,但也有其独异性和深刻之处。这就是"他山之石"的意义和价值。

当然,不可否认,汉学家对于中国文化的误读或歪曲也是常见的。美国现代汉学(中国学)的奠基人费正清对中国历史尤其近代史的研究独具风采,为美国人民认识中国搭建了一座桥梁;但他在研究上的所谓"冲击—回应"模式,却近乎荒谬,认为是西方给中国带来了文明,是西方的侵略拯救了中国。

综上所述,对于汉学成果的研究,只有冷静、公正、客观、全面,才能在沙中淘得真金,发现真正的"他山之石"。

在中国,汉学的接受与命运,诚实地说,在20世纪80年代初期之前,基本上是无视它的学术价值,更没人把它看作是中国文化的延伸。此外,由于民族心理上的历史"障碍",我们还曾视汉学为洪水猛兽,甚至觉得它是仇视中国、侮辱中国的一个境外的文化"孽种"。这种"观点",虽嫌偏颇,当然也不是空穴来风。因为自19世纪"鸦片战争"前后,直至20世纪40年代,偌大的中国曾经惨遭蹂躏,其间也不乏为列强殖民政策服务的少数传教士、"旅行家"和"学者"深入中国腹地,以旅行、探险、考古之名而实行社会情报的搜集、盗窃和骗取中国文物。

人类思想的飞翔,是受社会和历史禁锢的,山高水远的阻隔也使得人类互相寻找的岁月特别漫长。交流是人类文化选择的自然形态,汉学就发生在这种物质交流和文化交流之中。

人类在互相寻找的初级阶段,中国和西方试探性的商业交往还很原始,那时的人类,不同的国家、民族和族群处于相对落后和封闭的状态,人类各个角落的不同文化还处于相对不自觉或是相对蒙昧的历史时期。在人类最早的沟通中,中国人走在最前边。公元前139年,张骞奉汉武帝之命,越过葱岭,亲历大宛、康居、大月氏、大夏、乌孙、安息等地,直达地中海东岸,先后两次出使中亚各国,历时十多年,开创了古代和中世纪贯通欧亚非的陆路"丝绸之路",为人类交往开了先河,也为汉学的萌发洒下最初的雨露。

在文化史上，以孔孟儒家学说为核心的中国文化最先影响朝鲜半岛，然后才是日本和越南等周边国家。这些周边国家与中国的关系复杂，甚至被说成同种同文，因此可以说它们的文化与中国文化有着很深的"血缘"关系。公元522年，中国佛教渡海东传日本，从那时开始，中国典籍便大量传入日本；但这只是一种"输入"，只是日本创建自己文化的借鉴，并没有形成对于中国文化的深层研究。及至唐代，由于文化上承接了汉朝的开放潮流，那时与异质文化的交流相对更加频繁，商贸往来和文化沟通有了发展，西方和中国周边国家或地域的人士通过陆路和水路进入中国腹地，有的经商，有的留学，长安（今西安）、洛阳、扬州、广州、泉州等城市，都是中外贸易和文化交汇的重要都会。尤其是长安（今西安），是当时世界最大的商业文化之都；而扬州、广州、泉州等，由于东南沿海经济崛起、人口增多、手工业发达、农田水利的改善，为海外贸易发展创造了条件，再由于唐代中期"安史之乱"切断了陆路"丝绸之路"的缘故，曾称为"鲤城""温陵""刺桐城"的泉州，便成为联结亚洲、欧洲和非洲的海上丝绸之路的"东方第一大港"，是那时以丝绸、金银、铜器、铁器、瓷器为主的国际贸易之都。通过频繁的往来和交流，外国人对中国文化的认识越来越多、越来越深，汉学也便在这种交流中不知不觉慢慢衍生。

但是，源远流长的汉学，人们习惯地认为其洪流和网络在西方，西方是汉学的形象代表。这种看法，一是源自近代以来西方强势文化和中国人的崇洋心理；二是西方汉学的某些特征也确实有别于朝鲜半岛、日本和越南的汉学。其实，如果我们从世界汉学历史发展的角度看，日本、朝鲜半岛和越南的汉学要早于西方的汉学，比如日本在十四五世纪已经初步形成了汉学，而那时西方的传教士还没有进入中国。因此，对于汉学的研究，无论是西方还是东方（朝鲜半岛、日本和越南），我们都不能顾此失彼，要以同样的关注和努力而探讨之。当然，汉学的历史藏在文献里，而隐性源头却可能在文献之外。

文化往往伴随经济流动，其交流也会在不自觉或无意识状态下发生。到了明代初年，郑和于1405年，率200多艘舰船的庞大舰队出使西洋，前后7次，历经28年，到过30多个国家，最远抵达非洲东岸和红海口，真正拓展了海上"丝绸之路"。

在公元八九世纪至十六七八世纪期间，关于中国，多见于西方商人、外交使节、旅行家、探险家、传教士、文化人所写的游记、日记、札记、通信、报告之中,这些文字包含着重要的汉学资源,因此这些文献被称为"旅游汉学"。这些人的东来源于文艺复兴,因为思潮的开放影响了欧洲人的思想和生活,他们或通商,或传教,或猎奇,但了解和研究中国文化却是一致的,于是汉学便在葡萄牙、西班牙、意大利、法国、荷兰、英国、德国、俄罗斯等主要的西方国家逐步发展起来。

这类游记和著作较早的,有约在公元851年成书的描述大唐帝国繁荣富强的阿拉伯帝国(大食国)旅行家苏莱曼(Sulayman)的《中国印度见闻录》(又译《苏莱曼东游记》)、威廉·吕布吕基斯(1215—1219)的《远东游记》(1254)、意大利雅各布·德安克纳的《光明城》(The City of Light);这类"旅游汉学"著作中,最著名且影响至今的当属《马可·波罗游记》(The Travels of Marco Polo,又译《东方见闻录》)。马可·波罗(Marco Polo, 1254—1324)于1275年随父亲和叔父来中国,觐见过元世祖忽必烈,1295年回国后出版了这本书,它以美丽的语言和无穷的魅力翔实地记述了中国元朝的财富、人口、政治、物产、文化、社会与生活,第一次向西方细腻地展示了"唯一的文明国家""神秘中国"的方方面面。

大航海凯旋不久,欧洲传教士最初到世界各地传教,在美洲和日本等许多地方遭遇不顺。但是,他们唯独在中国这个以德仁待人的文明国度得到了善待。庞迪我(Diego de Pantoja, 1571—1618)在1602年写给西班牙主教的信里说:"中国那么强大,为什么不去征服那些周边小的国家,甚至一任那些小国给它制造麻烦呢?因为中国不想用自己的威力征服别人。这一事实,对欧洲人来说是不可理解的;中国人与他们的皇上并不寻求或梦想超过他们目前的国土疆界来扩大他们的帝国。"利玛窦(Matteo Ricci, 1552—1610)说:"在这样一个几乎具有无数人口和无限国土幅员辽阔、各种物产丰富的国家,虽然它有装备精良的陆军和海军,很容易征服临近的国家,但他们的皇上和人民却从来没想过要发动侵略战争,他们很满足于自己已有的东西,没有征服别人的野心。在这方面,他们与欧洲人很不相同,欧洲人常常不满意自己的政府,并贪婪祈求别人享有的东西……我仔细研究了中国四千多年的历史,我不得不承认,我从未见过这类征服的记载,我也没有听说过他们对外侵略、扩张国界。"

从16世纪到十八九世纪,在数以千计的散布在中国各地的传教士中,有不少人成为名载史册的汉学先驱,他们为汉学的发展做出了重大贡献。自 1540 年圣伊纳爵·罗耀拉(St Ignatins de Loyola,1491—1556)、圣方济各·沙勿略(St. Francisco Xavier,1506—1552)等人来华,开始了以葡萄牙、西班牙、意大利传教士为主的第一波耶稣会的传教活动。接着,意大利的范礼安(Alexandre Valignani,1539—1606)、罗明坚(Michel Ruggieri,1543—1607)等著名传教士来华。明朝万历十一年(1583 年),罗明坚又将利玛窦神甫带到中国,从此,耶稣会传教士在中国的宗教活动无论是对于西方还是东方,都开始了一个新的历史时期。

西方众多旅行家、探险家、商人和耶稣会士来华,他们笔下的许多记载和著译,催生了汉学。葡萄牙贝尔西奥(P. Belchior,1519—1571)的《中华王国的风俗与法律》(1554)、葡萄牙多明我会传教士加斯帕尔·达·克鲁斯(Gaspar da Cruz,1520—1570)全面介绍中国的《中国情况详介专著》,最著名的是 1585 年在罗马出版的西班牙胡安·冈萨雷斯·德·门多萨(Juan Gonsales de Mendoza,1545—1618)编著的《中华大帝国史》(*Dell'historia della China*,又译《大中国志》)。这位没有来过中国的传教士汉学家,却根据自己所掌握的有关中国文献写出了第一部真正的汉学著作,名副其实地对中国的政治、历史、地理、文字、教育、科学、军事、矿产、物产、衣食住行、风俗习惯等做了百科全书式的介绍,具有相当的学术价值,以七种文字印行,风靡欧洲。

在这个一百多年的岁月里,前后出版的有金尼阁(Nicolas Trigault,1577—1629)根据利玛窦日记的整理,加上自己的中国见闻合著为《利玛窦中国札记》(*Regni Chinensis Descriptio*,又译《基督教远征中国史》),亚历山大·德·罗德(Alexandre de Rhodes,1591—1660)的《在中国的数次旅行》(1666),比利时南怀仁(Ferdinand Verbiest,1623—1688)的《中国皇帝出游西鞑靼行记》(1684),葡萄牙费尔南·门德斯·托平的(Fernão Mendes Pinto,1509—1583)的《远游记》,法国李明(Louis-Daniel Le Comte,1655—1728)的《关于中国现状的新回忆录》(*Nouveau mémoire sur l'état présent de la Chine*,1696,又译《中国近事报道》)和《中华帝国全志》(《中国通志》),等等。

这些包罗万象的文献,不仅记录了不同时代的中国,还以自己的文化视角开始了中西文化最初的碰撞。作为文献,这些游记、日记、札记、通信和报告,有赞美,有误读,也有批评,但因为其中包含大量中国物质文化及政治、经济、历史、地理、宗教、科举等多方面的文化记载,而成为汉学的重要组成部分,在学术史上有重要价值。

汉学的发生、发展与经济、政治、交通以及资讯分不开。有学者把汉学的历史分为"萌芽""初创""成熟""发展""繁荣"几个时期,也有的分为"游记汉学时期""传教士汉学时期"和"专业汉学时期"三个阶段。但汉学的真正形成是在明末清初兴起的"西学东渐"和"中学西传"的互动之中。

以利玛窦为核心的耶稣会士的历史意义在于他们开始了对中国文化的全面开垦,不仅著书立说,还把《大学》《中庸》《论语》《孟子》等中国文化经典译成西文,不仅开西学东渐之先河,也推动了中学西传,使中国文化对西方科学与哲学产生重要影响,因此这位思想家当仁不让地被视为西方汉学的鼻祖。与其先后到达中国的著名的传教士大都曾著书立说、传播中国文化,对推动西学东渐和中学西传做出了贡献。

在世界汉学史上,除了以上提及的,还有许多汉学家的名字十分响亮,如曾德照、柏应理、卫匡国、殷铎泽、南怀仁、汤若望、龙华民、罗如望、熊三拔、张诚、白晋、马若瑟、宋君荣、钱德明、翟理斯、安特生、雷慕沙、儒莲、德理文、安东尼·巴赞、蒙田、冯秉正、尼·雅·比丘林、巴拉第·卡法罗夫、瓦西里耶夫、沙畹、伯希和、马伯乐、葛兰言、马礼逊、斯坦因、理雅各、李约瑟、韦利、霍克斯、卫礼贤、福兰阁、孔拉迪、高本汉、卫三畏、费正清、拉铁摩尔、孔飞力、史景迁、狄百瑞、傅高义、齐赫文斯基、季塔连科、戴密微、谢和耐、石泰安、汪德迈、施寒瑞、施舟人、顾彬、宇文所安,等。他们对中国文化的独特理解,铸造成汉学史上的思想学术之碑,开垦了汉学成长的沃土。

"西方的汉学是由法国人创立的。"但是,在欧洲全面研究中国文明的问题上,"法国的先驱是葡萄牙、西班牙和意大利"①。戴密微把以上三个国家誉为汉学的先锋,"他们于16世纪末叶,为法国的汉学家开辟了道路,而法国的汉学家稍后又在汉学中取代了他们",真正建立了作为学术的汉

---

① [法]戴密微《法国汉学研究史》,耿昇译《法国当代中国学》,中国社会科学出版社,1998年。

学传统。就传统汉学而言,法国是汉学家最多的国家之一,还有英国、俄罗斯、美国、日本等国,有许多汉学界的学术巨擘,不断为汉学大厦的崇高而添砖加瓦。

中外文化交流的结果不仅意味着中国文化"外化"的传播,也意味着异质文化对中国文化"内化"的接受。汉学家作为中外文化交流的桥梁和使者,在异质文化的交流中,也是人类和谐与进步的推动者。

汉学诞生在与异质文化碰撞、交流和相互浸淫之中。这个结果无异于一枚果子的成熟,只有"风调雨顺"才能生长得好。和谐、宽容、理解与尊重,是异质文化彼此借鉴的保证。作为文化形态的汉学,其生存和成长离不开良好的国际语境。就中国而言,历史上凡是开放的时代,文化交流就多,汉学就发展;反之,汉学就停滞,这似乎成为一种规律。

作为学术公器的汉学,文化上有其自己的成长过程。汉学是发展的,这一植根于中国文化土壤,生存于异国他乡的文化,同样深受不同时代语境的极大影响。这里所说的语境,既包括中国的历史演变,也包括异国和世界的历史变化;就是说,不同的历史时期,不同的社会、政治、经济、文化背景,在很大程度上左右着汉学的发展方向和内容;换句话说,汉学的形成和发展,不仅受制于中国历史的更迭,也受制于他者社会的变化。这就是以历史悠久的中国文化为研究对象的汉学发展的基本轨迹。

传统汉学以法国为中心,现代汉学兴显于美国。20世纪中期以来,在西方其他国家葆有传统汉学的同时,现代汉学也很繁荣。这个时期的"汉学"涂满了政治色彩,以法国为代表的汉学较多地保持着传统汉学的学术精神,而美国的"中国学"却成了充满政治意识的现代汉学的代表。

19世纪末至20世纪初,美国汉学悄然嬗变为中国学,并以自己独有的个性特点和极强的生命力出现在世人面前。美国的"中国学"所关心的不是中国文化,更不是中国的传统文化,而是中国的政治、经济、军事、教育和社会生活各个层面的问题。这种政治特征,是那个时期美国中国学的基础,这一特征也影响了其他国家汉学的研究方向和内容。

人类文化包含了物质文化和观念文化。物质文化表现在衣食住行生活方面,是一种看得见、摸得着又极易变化的"具象"文化,例如饮食、服饰、住房、音乐、舞蹈等;观念文化是一个民族精神的核心,表现在人的价值观、道德观、家庭观、宗教观等诸多方面,以及对自由、平等、民主的理解,观念文化是一个民族的思维经过高度抽象后形成的思想、观念和精神,它是通过文化的灵魂——哲学、文学、语言、宗教、历史等来表达的。① 观念文化,一俟进入汉学家的研究视野,他们的研究也就进入了对中国文化核心的深层研究。

汉学家从对中国物质文化到观念文化的研究,其研究领域越来越广阔,越来越深厚。现在,汉学不仅包括对中国的哲学、文学、宗教、历史领域的研究,还包括对社会学、政治学和自然科学的研究。传统汉学和现代汉学,它们已经亲密到"异名共体"的地步。二者的差异在于前者是以文献研究和古典研究为中心,包括哲学、宗教、历史、文学、语言等;而以美国为中心的现代汉学(中国学)则以现实为中心,以实用为原则,其兴趣根本不在那些负载着古典文化资源的"古典文献",而重视正在演进、发展着的信息资源。但是,汉学发展到21世纪,其研究内容和方式已经出现了融通这两种形态的特点。这种状况既出现在欧洲的汉学世界,也出现在美国的中国学研究之中,可以说世界各国汉学家的研究,都兼有以上两种汉学形态。

汉学(Sinology)对中国研究者来说,被尘封得太久,所以它的空白很多,浩如烟海的资源还有待于深入开掘。这种开掘,不仅可以收获汉学,还可以于无意中发现被历史"放逐"和"遗失"在异国他乡的中国文化。编撰"汉学研究大系"的目的和宗旨,不仅是为了梳理已有的汉学资源,在世界范围内追踪中国文化的传播与研究的历史状况、经验及影响,同时探究汉学的产生、成长、发展与繁荣,还要尽可能厘清这块"他山之石"对于中国文化的作用。当然,"汉学研究大系"还期望对推动中国文化与世界文化当下的交流有所裨益。

"汉学研究大系"包括"列国汉学史丛书""中国文化经典与名人传播与研究丛书""汉学家研究丛书""外国文学与中国丛书""西学中医丛书"等多个"丛书"。作为一个文化工程,其撰写的难度非一般学术著作所能比拟。严绍璗教授谈到Sinology的研究者的学识素养时提出四个"必须":第一,必须具有本国的文化素养(尤其是相关的历史、哲学素养);第二,必须具有特定对象国的文化素养(同样包括历史、哲学素养);第三,必须具

---

① 任继愈《汉学发展前景无限》,载《中华读书报》2001年9月19日。

有关于文化史学的基本学理素养(特别是关于"文化本体"理论的修养);第四,必须具有两种以上语文的素养(很好的中文素养和对象国的语文素养)。这几点确实都是汉学研究者必须具备的文化和语文素养,否则很难高效进入汉学研究的学术境界。

"列国汉学史书系"的启动始于20世纪90年代,但它的诞生经历了千难万险,如果稍微松懈,必定会死于胎中。2018年10月13日,在北京语言大学校长刘利教授和北京语言大学语言资源高精尖创新中心领导李宇明教授的支持下,开了一次"'汉学研究大系'专家咨询会"。来自北京、天津和南京的学者、在京的汉学家,以及多家新闻媒体的记者参加了本次咨询会。从那时开始,我们将"汉学史书系"裂变为多个"丛书",如此变化,完全是为了能将书系编撰得更科学、更广阔。这个"大系"就像一个"汉学研究超市",如此分法,就是为了便于更多的学者能将自己的作品加入这个"超市"之中,也便于更多的读者走进这个"超市"选购自己需要的精神食粮。

冬天到了之后是春天,接着便是收获的季节。这套富有创意和价值的书系工程几乎涵盖了汉学研究的一切领域,它将对中外文化交流和汉学的发展以及比较研究产生深远影响。

在人类的文化长廊里,无论是中国还是外国,各种书写异国文化的著作琳琅满目,这其中有外国人写中国各类历史的,也有中国人写外国的各类著作。历史,是往事,是记录,是选择,并有相对独立的评论和褒贬。但是,事实上任何一部历史都不是最后的历史,历史随着时光的流逝而演进,修史很难一步到位,它需要一代代的学者"积跬步"才能"至千里",只有"积土成山,积水成渊",才会有"风雨兴""蛟龙生"。学问之事非一夕之功,非得有前赴后继者敢于赴汤蹈火"流血牺牲",才会达至光明顶峰。

开拓者也许会在某个时候将自己的真诚劳作化为欢乐,因为在以后的岁月里,定会有人踏着自己的肩膀攀上高峰,以鸟瞰美丽风光。21世纪是经济的大空间,对汉学来说也是一个"大空间"。但是,要探索这个"大空间",需要有个和谐的"太空站",需要大家联袂共建。当然,世界需要多元文化和谐相处的历史语境,共同创造彼此接近、认识、理解、尊重、沟通、借鉴与融合的机会,这个机会,就是汉学研究发展的机会。

时间在行走,历史在行走。人类创造过历史,书写过历史,但这尚不是最后的历史。汉学有历史,而且还正在创造新的历史,汉学及其研究将以自己的品格和个性在人类文化的世界里放出异彩。

阎纯德
2019 年 3 月 3 日
于北京半亩春秋

# 目 录

序 …………………………………………… 袁筱一（Ⅰ）
初版丛书序 ……………………………………… 乐黛云（Ⅳ）
初版序 ………………………………… 艾田蒲 钱林森 译（Ⅶ）

## 上 编

**第一章 导言：法国汉学的发展与中国文学在法国的
　　　　传播** …………………………………………………（1）
　第一节 法国汉学的发端与中国文学西渐的开始 …………（2）
　第二节 法国汉学的拓展与中国文学介绍的拓展 …………（6）
　第三节 法国汉学的昌盛与中法文学交流的深入 …………（9）
　第四节 法国汉学由衰微而复苏，对中国文学的观照由单向
　　　　 而多向 ……………………………………………（11）

**第二章 中国古典诗歌在法国** ………………………………（18）
　第一节 对东方文化奇葩的探究——中国古典诗歌在法国
　　　　 流布略述 …………………………………………（18）
　第二节 《诗经》：中国灿烂的文化源头 ……………………（36）
　第三节 汉魏六朝诗：中国哲学的折射 ……………………（43）
　第四节 唐诗：多种艺术的构体 ……………………………（50）

**第三章 中国古典戏剧在法国** ………………………………（59）
　第一节 中国戏剧的引进：一种文化的选择——法国人研究
　　　　 中国戏剧略说 ……………………………………（59）
　第二节 纪君祥的《赵氏孤儿》与伏尔泰的《中国孤儿》：
　　　　 中法文学首次融汇的历史见证 …………………（67）

## 第四章　中国古典小说在法国 (87)

第一节　对中国都市文化的观照——法国介绍研究中国古典小说史略 (87)

第二节　《水浒传》："中国的《圣经》" (100)

第三节　《红楼梦》：中国18世纪文化风俗画卷 (114)

第四节　《金瓶梅》：来自东方的"奇书" (132)

# 下　编

## 第五章　寻求现代中国的贤智——中国现代文学在法国 (141)

第一节　罗曼·罗兰开拓的历史 (141)

第二节　最初的实绩 (143)

第三节　在寂寞中磨砺 (147)

第四节　中国现代文学热 (150)

第五节　对中国抗战文学的研究 (158)

## 第六章　中国现代小说家在法国 (164)

第一节　东方文化巨人与西方知音——鲁迅在法国 (164)

第二节　"时代的画匠"与"革命的历史家"
　　　　——茅盾在法国 (179)

第三节　"巴金热"：文化反馈——巴金在法国 (185)

第四节　"民族特性越鲜明，就越具有国际性"
　　　　——老舍在法国 (201)

第五节　"中国革命的女儿"与"中国的女权主义者"
　　　　——丁玲在法国 (213)

## 第七章　中国现代诗人在法国 (219)

第一节　探索新的诗神 (219)

第二节　艾青及其他西方派的中国诗人 (227)

**第八章　新时期中国文学在法国** …………………………………（233）
　　第一节　从超文学的选择到纯文学的探讨 ……………………（233）
　　第二节　人性复苏的新文学 ……………………………………（239）
　　第三节　中国女作家探 …………………………………………（242）
　　第四节　"朦胧诗":新的文化取向 ……………………………（245）

**第九章　跋语:中国,你向世界展现什么?** ……………………（249）

**附录** ………………………………………………………………（256）

**后记** ………………………………………………………………（268）

# Sommaire

## Première partie

**Chapitre 1 Introduction : Développement de la sinologie française et difussion de la littérature chinoise en France** ............ (1)

1. Origine de la sinologie française et arrivée de la littérature chinoise en Occident ............ (2)
2. Expansion de la sinologie française et de l'introduction de la littérature chinoise ............ (6)
3. Epanouissement de la sinologie française et approfondissement dans le dialogue littéraire sino-français ............ (9)
4. Renaissance de la sinologie française, passant d'une vision unidimensionnelle à une vision pluridimensionnelle face à la littérature chinoise ............ (11)

**Chapitre 2 Poésies chinoises classiques en France** ...... (18)

1. Recherche de l'exotisme chez la culture orientale
   ——Résumé : introduction et diffusion de la poésie chinoise classique en France ............ (18)
2. *Shijing* (*Livre des vers*) : Source abondante de la culture chinois ... (36)
3. Poésie de l'époque de Han, Wei et Six Dynasties : Reflet de la philosophie chinoise ............ (43)
4. Poésie des Tang : rencontre des arts multiples ............ (50)

## Chapitre 3　Théâtres chinois classiques en France ……… (59)

1. Introduction du théâtre chinois en France : une choix culturel
　　——Résumé : recherches des Français sur le théâtre chinois ……… (59)
2. *L'Orphelin de la famille Zhao* de Ji Junxiang et *l'Orphelin de la Chine* de Voltaire : témoignage historique de la première rencontre entre la littérature chinoise et la littérature française ……… (67)

## Chapitre 4　Romans chinois classiques en France ……… (87)

1. Intérêt à la culture urbaine chinoise
　　——Résumé : histoire de l'introduction et de l'étude des romans chinois classiques en France ……… (87)
2. *Shuihuzhuan* (*Au bord de l'eau*) : La Bible chinoise ……… (100)
3. *Hongloumeng* (*le Rêve dans Pavillon rouge*) : tableau des moeurs en Chine du 18$^e$ siècle ……… (114)
4. *Jinpingmei* (*Fleur en fiole d'or*) : livre légendaire de la Chine … (132)

# Deuxième partie

## Chapitre 5　A la recherche des saints et des sages chinois
　　——Littérature chinoise moderne en France ……… (141)

1. Histoire de l'initiateur Romain Rolland ……… (141)
2. Premières oeuvres ……… (143)
3. Epreuve dans la solitude ……… (147)
4. Gôut pour la littérature moderne chinoise ……… (150)
5. Etudes sur la littérature de la Résistance chinoise ……… (158)

## Chapitre 6　Romanciers chinois modernes en France … (164)

1. *Géant culturel de l'Orient* et *ami intime de l'Occident*
　　——Lu Xun en France ……… (164)
2. *Peintre de l'époque* et *historien de la Révolution*

——Mao Dun en France ………………………………………（179）

3.Goût pour Ba Jin：Rétroaction culturelle

——Ba Jin en France ………………………………………（185）

4.《Ce qui est plus marqué par la nationalité, est plus marqué par l'internationalité》

——Lao She en France ……………………………………（201）

5.*Fille de la Revolution chinoise* et *féministe chinoise*

——Ding Ling en France …………………………………（213）

## Chapitre 7 Poètes chinois modernes en France ………（219）

1.A la recherche de la nouvelle Muse ……………………（219）

2.Ai Qing et d'autres poètes chinois à l'occidentale ………（227）

## Chapitre 8 Littérature chinoise de la nouvelle époque en France …………………………………………（233）

1.Des études de l'Hyper-littérature aux recherches de la pure littérature ……………………………………………（233）

2.Nouvelle littérature visant à la renaissance de l'humanité：fenêtre par laquelle la Chine contemporain est obersvée ……（239）

3.Etudes sur les femmes écrivains en Chine ………………（242）

4.Poésie de mystère：nouvelles valeurs culturelles …………（245）

## Chapitre 9 Epilogue：Qu'est-ce que la Chine veut montrer au monde …………………………………………（249）

## Tableaux comparatifs des auteurs et des oeuvres en chinois et en français ……………………………（256）

## Postface ……………………………………………………（268）

# 序

　　钱林森教授的《中国文学在法国——18世纪至20世纪80年代》成书于20世纪的80年代末。算起来,那时我还是个才踏入法国文学大门——甚或还未见得跨进去——的年轻学子,对于做学问之类的事情一窍不通,只是凭着自己的兴趣,读了几本当时市面上能够找来的法国文学作品而已。待到90年代初,出了大学的门,读到了钱教授的《中国文学在法国》,感受只能够用"浩瀚"两个字来形容:从17、18世纪的法国来华耶稣会士对中国的发现,到20世纪法国对中国现代文学的翻译、介绍和思考,三四百年间中国文学"西渐"法国的历史,将近100位法国汉学家,都被容纳在这部《中国文学在法国》里。在一个网络尚不普及的年代,这样一部基于中法文学交流史史料、中国文学法译本,以及法国汉学界、文学界评论文章之上的学术专著得以问世,说到底,始终如一的热情与坚持不懈的努力才是真正的支撑吧。

　　时光流转,距离《中国文学在法国》初版已经过去了30年的时间。在三十年的时间里,比较文学视域下的中法文学研究,无论是平行的,或者历史的,都发生了很大的变化。变化的原因当然是多方面的,既有在前人的基础上更进一步的种种探索,也有因为进入新世纪,文学流通、消费、研究的技术相较于上个世纪,有了翻天覆地的变化。在这样的情形下,从两个具体的语言文学之间的交流来说,在这30年发生的事件,恐怕比起前面的一百年,甚或两三百年来,并不少。2012年,莫言获得诺贝尔文学奖的时候,他已有9部小说被译成法文出版,其中,就有《中国文学在法国》中提到的汉学家的努力。

　　我们当然可能会产生疑问,今天再版《中国文学在法国》的意义究竟是什么?在当今时代,如果这段历史中所记述的时间点、事件甚至文本都以最小单位的方式散落在网络上,只要我们需要,并且获取了一定的途径,就可以随时用"大数据"将它们搜寻出来重新组合。而且,所谓的"大数据"甚至早已经超出我们的想象,更是比我们的记忆准确,能够为我们随时提供需要的信息。

但是我想,再版《中国文学在法国》的意义就在于:它远远不是仅仅记录一个虚拟空间里的时间点、事件甚至文本,它所做的,不是简单地将这些东西聚拢来,而是要找到其中的逻辑。这个逻辑,不只是中国文学之于法国的逻辑,也同样适用于法国文学之于中国,适用于比文学更大的文化。

这个逻辑,在乐黛云教授为《中国文学在外国》丛书所写的序言里已经说清楚了:"两种文化的'认同'绝不是靠一方的完全失去原有特色来实现,绝不是一方对另一方的'同化'和淹没。如果两方完全相同,就会失去'交流'意义,无法产生新的因素。'认同',应是歧义在同一层面的'共存'。这种'共存'形成张力和对抗,正是这种张力和对抗推动事物前进",因而,在一种文化对另一种文化的理解中,"必然存在着大量'误解'、改造(或曰歪曲)和变形。一种文化受益于另一种文化,正是通过这种'误解'、改造和变形,亦即本民族文化的折射来完成的"。

《中国文学在法国》分为两编,横跨4个世纪,所有的笔墨都在"误解""改造"和"变形"上,或者说,在对中国文学进行解读的"他者"的目光上。正是这样的他者,也在不短的时间里,阅读了包括《诗经》,汉魏六朝的诗歌,唐诗在内的古典诗歌,阅读了包括《赵氏孤儿》在内的古典戏剧,尤其是元杂剧,阅读了包括《水浒传》《红楼梦》《金瓶梅》在内的古典小说;同样,在20世纪里,也是这样的他者,阅读了鲁迅、巴金、茅盾和老舍,还有丁玲,阅读了诗人艾青,甚至也阅读了改革开放后的新时期中国文学——要知道,《中国文学在法国》停在80年代末,书中所谓的新时期中国文学也不过发展了10年的时间。

诚然,也正是这样的他者,在很早就译介了《赵氏孤儿》的同时,还把它改写成了对于启蒙时代影响深远的《中国孤儿》。的确,纪君祥的《赵氏孤儿》在欧洲的翻译、重新阐释乃至再创造一直是东西文化交流史上一个特殊案例。它既是东西文化彼此呼应的起点,是西方发现东方,并依据对东方的理解和想象对自己的文化进行反思的开始,但同时,它也是在今天后殖民的理论框架中,"歪曲"和"改造"他者文化,为自己所用的典型范例。只是让人略感宽慰的是,在18世纪,它属于西方对东方的理想化的想象,因为"无法解决现实生活中的问题和不满……构造一个'非我'来与'自我'相对立,把一切理想的、圆满的,在'我方'无法实现的品质都投射于对方,构成一种'他性'而使矛盾得到缓解"。这种西方对东方的理想化想象,在后来的中西文化交流环境中似乎很难再现,除了少数汉学家,在他们研究领域的范围内,本着更深层次的理解和热爱,还会着重强调他者文化对于自身文化的重要性。

于是,开出这张他者之于中国文学的书单,我们的不适反应可能有两点:一是中国文学何止于此,尤其是现代,不是连已经被公认为中国现代经典的"鲁巴茅郭老曹"也还差了两位吗?第二个反应是,比较起中国对于法国文学的了解,是不是我们的文学赤字大了一点呢?

我想,《中国文学在法国》用综述和范例——而不是用抽象的推理——回答了这两个不良反应。正是对中国文学在法国之旅的详尽描述,让我们得以发现,我们在将关注点放在"中国文学走出去"的技术、方法和路径上时,很容易忽视的一些事实:一是外国文学(在这本书中,就是相对于法语文学的中国文学)进入异域土壤之时,就已经是经过选择的,它势必只是一小部分;二是进入异域土壤的那一小部分外国文学的文本会经历一个相当漫长的过程,从节译、删译、改写到全译、直译,然后再经历各种形式的批评、阐释,直至以碎片或是完整的形式生成新的语言的、精神的产品为止;三是相较于本土文学,外国文学一定是,就像本雅明在《译者的任务》中所说的那样,处于"森林的边缘",某一种语言的外国文学绝不会形成一片完整的树林,而是散落在周边,以并不显见的方式改变着本土文学森林的生态。论到"赤字",在某种程度上只是绝对数量上的,而非比例上的。

从虚拟空间里散落的信息到有益于人类的思考之间,最根本的,应该就是阅读吧。《中国文学在法国》基于不计其数的阅读,而我们,也只有踏踏实实地阅读,甚至是重读,才能不辜负中国文学所加入的这个世界范围内的循环与再生。

袁筱一<br>
2019 年 2 月 16 日<br>
上海

# 初版丛书序
# 文化交流的双向反应

交流总是双向的。过去,我们对外国文化在中国的影响做过不少研究,但对于中国在外国的形象、中国对外国的影响,以及世界文化总体对话中的中国都研究得很不够。

其实,数百年来,中国文化已深深渗入西方文化之中,成为推动西方文化发展的重要契机之一。自1585年西班牙人撰写《大中华帝国史》以来,中国就以一个极其强大、发达、一体化大帝国的伟大形象出现于世界。这部书7年内就以7种语言出版过46次,可见西方对中国兴趣之一斑。18世纪,中国艺术促进了欧洲艺术风格的转变,形成了欧洲建筑史上的"园林时代"。中国的陶瓷、装饰、丝绸及其他发明直接或间接推动了欧洲风习和制造业的革新。中国文学激发了伟大诗人歌德关于"世界文学"的宏伟构想,他呼唤德国人努力理解中国文化,因为中国文化是世界文化十分重要、十分宝贵的组成部分。20世纪以来,中国成为西方文学中相当活跃的题材。诸如马尔罗的《人的命运》(法)和巴拉德的《太阳帝国》(英)描写了北伐革命和抗日战争;庞德的《诗章》(美)以中国为重要组成部分展开了人类历史的图景;卡夫卡的《万里长城》(捷)、布莱希特的《四川好人》(德)、卡内蒂的《迷惘》(保加利亚)、博尔赫斯的《歧路园》(阿根廷)等都是将中国纳入其象征体系而在其民族文学中享有盛誉。庞德甚至认为:"中国诗是一个宝库,今后一个世纪将从中寻找推动力,正如文艺复兴从希腊人那里找到推动力。"当然,在西方文学中也不乏负面的中国形象,如沃珀尔的《象形文字故事集》、笛福的《鲁宾逊思想录》(英)。

关于中国的研究早就构成了世界学术思想发展史的一个组成部分,伟大思想家孟德斯鸠、莱布尼茨、伏尔泰、布朗杰、黑格尔、马克思、斯宾格勒、韦伯都曾对中国的成就和弱点,特别是它的长期停滞做过深邃的探究。他们的思考至今仍富于启迪。俄国瓦西里耶夫院士的《中国文学史纲要》（1880）、阿里克谢夫院士的《一部论诗人的长诗——司空图的〈诗品〉》（1906）都称得上是开创性的鸿篇巨制。其他日本、朝鲜各国对中国的研究著作就更是数不胜数了。第二次世界大战后，英、美、苏、日涌现了一大批中国学研究者。他们对中国和中国文学的洞见常常开辟了新的研究层面。

的确，国外的中国形象有美有丑，中国对外国的影响时强时弱，在世界文化对话中，中国的声音或抑或扬……研究这一切，探索其规律，是一个很有吸引力、很富于挑战性的亟待开垦的领域。首先，这对于客观、清醒地认识"自我"有无法替代的意义。苏格兰诗人彭斯早就祈望有一天"能以别人的眼光来审查自我"，当代理论家哈伯玛斯强调"互为主观"是突破封闭体系、更新重构的前提，因为在自己的体系中观察自己，很难发现问题。其次，这种研究又是很好了解对方的途径。两种文化的汇合是一个非常复杂的过程，这里首先发生的是一种"文化过滤"现象。任何文化接纳外来文化，都会摒除自己难于接受的部分而只做有选择的认同。这种选择往往出自本土文化的需要。人们由于无法解决现实生活中的问题和不满，就会构造一个"非我"来与"自我"相对立，把一切理想的、圆满的，在"我方"无法实现的品质都投射于对方，构成一种"他性"而使矛盾得到缓解。这里起主导作用的不一定是对方的现实，而是我方的需求。欧洲"三十年战争"前夜的混乱时期和第一次世界大战后的绝望年代都形成了对中国的美化和理想化的高潮就是一个证明。当然，有时"他性"也被投影为最黑暗、最可憎的负面形象而大遭挞伐，目的是增强"自我"的信心。因此，不断变化的西方的中国形象总是理性分析与虚构想象参半，赞美与指责也都不全合乎实际。然而，正是这种"不合实际"为我们提供了理解对方的钥匙。最后，还应看到两种文化的"认同"绝不是靠一方的完全失去原有特色来实现，绝不是一方对另一方的"同化"和"淹没"。如果两方完全相同，就会失去"交流"意义，无法产生新的因素。"认同"，应是歧义在同一层面的"共存"。这种"共存"形成张力和对抗，正是这种张力和对抗推动事物前进。同时，这种"共存"中的外来文化又与过去不同，这里必然存在着大量"误解"、改造（或曰歪曲）和变形。一种文化受益于另一种文化，正是通过这种"误解"、改造和变形，亦即本民族文化的折射来完成的，自觉研究这种

"误解中的共存"对于理解文化汇合的规律及世界文化发展趋势,显然都有重要意义。特别在目前所谓文化转型或文化重组时期更是如此。

我们奉献于读者之前的这套《中国文学在外国》丛书只是以上种种构想的一个方面,也只是一种初步尝试。丛书拟出十本,除今年作为国庆四十周年献礼的中国文学在法、俄、日、朝四本外,尚有明年出版的中国文学的美、英、德、越、东南亚、东欧六本。虽只是初步尝试,但这套丛书已得到多方面的关注。特别是年已八旬的世界比较文学大师法国艾田蒲教授千里迢迢专门为丛书写了序。花城出版社更不顾亏损,慨然允诺承担全部出版任务。这一切都使我们深受鼓舞和感动。丛书由北京大学、南京大学共同编写,也期望能收南北呼应、通力合作之功。正是南京大学副校长董健,北大季羡林、杨周翰教授的大力支持,这一合作才得以圆满实现。一并在此深志谢意。

乐黛云

1988 年 12 月 15 日,北京大学

# 初版序

我在巴黎大学讲授法国19世纪某个大的文学运动（如果我没有记错的话，那是浪漫主义，也可能是象征主义）时，经过仔细地反复阅读文学作品和有关的学术著作，对人们给我提出的课题，进行了认真的研究。当然，这里并未涉及什么专门术语，只是讲述了一些基础性的文学通史及其与上层建筑的辩证关系。我也扼要介绍了文学巨厦中的各种倾向和流派，甚或小的文学团体。学生们专心地做了笔记。

报告以后，我声明："我所参考与引证的文章都借之于你们称之为纪元前的中国文学。"这番话令四座皆惊。我觉得以这样的方式无可辩驳地指明了那些带着高傲口吻谈论"黄种人"的人是多么愚蠢而卑鄙；此外还肯定了我的一项研究成果，这项成果使我耗去了60个年头。我尽可能多地研究了各国文学，以便从中证实我所称之为"不变的原则"：我们人类基本一致的无可辩驳的佐证。

我在《七星文库》所翻译出版的两卷盒装的三部伟大的中国小说和其他作品都证明了这一点，这三部小说是《水浒传》《红楼梦》《金瓶梅》。我主持编译的《东方知识丛书》，汇集了阿拉伯、孟加拉、古埃及、菲律宾、越南、日本、中国等国家的作品，在现有65种出版物中，中国作品就占17种。我即将要翻译出版的是苏曼殊的作品，1988年年底要翻译出版陶渊明诗全集，还有一厚卷有关中国文明的书籍。即使这些作品还在印刷尚未出版之前我已离开人世，但出版协约已经签订。就目前我计划的进展情况而言，一切合同至1990年年底会全部实现。

况且，我的这套丛书以后也要出惹人喜欢、价格便宜的袖珍本，一切爱好中国文学的人，只要花几条烟卷的钱就能买到这些书。以美攻毒，可见中国文学是多么了不起的佳品！

[法]艾田蒲
1988年11月27日于巴黎
钱林森　译

# 第一章
## 导言：法国汉学的发展与中国文学在法国的传播

> 东方西方，不可分离。
>
> ——歌德

> 资产阶级，由于开拓了世界市场，使一切国家的生产和消费都成为世界性的了。……过去那种地方的和民族的自给自足和闭关自守状态，被各民族的各方面的互相往来和各方面的互相依赖所代替了。物质的生产是如此，精神的生产也是如此。各民族的精神产品成了公共的财产。民族的片面性和局限性日益成为不可能，于是由许多民族的和地方的文学形成了一种世界的文学。
>
> ——马克思、恩格斯《共产党宣言》

中国文学的西渐始于西方汉学的兴起。西方汉学则受孕于东方意识的觉醒，萌发于东西"各民族的各方面的互相往来"和自觉交流的历史大潮中。作为西方人的东方意识的一种体现，西方汉学从其产生之日起，便以研究包括文学在内的中国文化为总体目的，它的兴起对中国文学的西渐产生了十分重要的影响。事实上，中国文学在西方的传播是与汉学发展密不可分的，显然汉学在其每个具体发展阶段中，研究的重心有所不同，文学传播因之而会出现不平衡的现象，但总体上，它是随着西方汉学的发展而发展的。由于西方汉学从一开始就以探求中国文化奥秘为主体方向，且西方真正的汉学家所关注的并不是对中国文化下种种判断，而是对其中奥秘做多层面的透视，这就决定了西方汉学的勃兴与发展，不仅直接关系着中国文学在西方的流布与走向，而且也制约着西方介绍和研究中国文学的特点。这些特点就是：引进中国文学，多以研究总体文化为出发点，而对它做纯文学考察时,则多取文化视角相观照。中国文学的西渐与汉学发展的这种密切关系,在法国表现得尤为明显。

## 第一节　法国汉学的发端与中国文学西渐的开始

我们说汉学是东西交流的产物,开初这种交流最重要的桥梁便是西来的传教士。法国素有欧洲汉学中心之称,但它与中国直接交流却要迟于邻国意大利、西班牙、葡萄牙。早在16世纪初,葡萄牙人便以炮舰轰开了中国的大门,作为西方第一批"客人",闯进了中国。接着到来的是西班牙人、荷兰人、英国人……仰仗炮舰的掩护,西方的传教士(包括游客和商人)也随之来到这东方陌生的国土。他们将自己在中国的所见所闻以及实地调查的资料写成文字,汇集出版,这就成了西方人了解中国的第一批汉学著作。而这些负有各种政治使命和文化使命的传教士就渐渐抹去了袈裟上的硝烟,隐去了宗教神秘的光轮,而成为沟通中西的首批使者和最初的汉学家。最初出现的汉学家及其著作,举其要者就有西班牙传教士门多萨的《大中华帝国史》、葡萄牙耶稣会士鲁德照的《中华帝国史》、安文思的《中国新纪闻》、意大利的耶稣会士卫匡国的《中国上古史》及欧洲汉学先驱利玛窦[1]等人的著作。这些著作多数将中国作为理想的乐土加以赞美,中国的文化往往被作者涂上了一层诱人的色彩,因此,它能激发法国和西方人对中国文化的想象力,对孕育中的法国汉学具有直接的催生作用。当时的法国知识界、文化界正是通过这些著作开始认识中国,拓展自己的东方文化视野,并且也开始带着同样的理想主义调子公开谈论中国的。比如人文主义代表作家蒙田读过门多萨的《大中华帝国史》(1588)后,便在他的《随笔集》中发出这样的赞叹:"在中国,在这个很少与我们交往,对我们并不了解的王国里,它的政府体制和艺术在一些杰出的领域内超越了我们,它的历史告诉我,世界之大、之丰富是我们的祖辈和我们自己所无法深刻理解的。皇帝派往各地巡视的大臣可以罚处营私舞弊的官吏,也有权奖掖有功之士。"[2]与蒙田同一时代的另一个人文主义者约瑟夫·斯卡里热(1540—1603)读了门氏的著作后也赞叹中国是个"令人仰慕的帝国",说

---

[1]　《法国汉学之一瞥》,转引自《保尔·戴密微汉学论文集》第433—488页,巴黎,1982年。
[2]　《法国汉学之一瞥》。

"生活在异常宁静、公正的环境而又如此守秩序"的中国人,真使当时"法兰西小王国正在搞宗教纷争的基督教徒感到羞愧"①。对中国的赞美与向往,对中国文化做理想化的描述,正是后来法国汉学发展的一个重要特点。而这一特点在16世纪末叶就初见端倪了。

显然,邻国最初出现的这些汉学著作为法国人打开了一个新的天地,刺激了他们的东方趣味,而当时路易十四及其王族宠臣十分喜欢葡萄牙人舶载的中国工艺美术品,通过这些文物的收藏,在朝廷内外培养了一种特殊的"中国风尚"的嗜好,这更助长了中国趣味在法国的流行。由于朝野上下与全然不同于本土文化的中国文明有了初步实体性的接触,进一步诱发了法国人对这东方理想国家的向往;由于邻国与中国频频交流的直接诱惑,激发了法国统治者要打通中西关系的愿望,于是,实行一种开放的东方政策便势在必行了。1663年,在路易十四本人的赞助下,法国建立了一个专门的神修院,招募教士,进行训练,为跟中国"对话"做准备。1685年,六个荣获"国王数学家"头衔的知识渊博训练有素的耶稣会士②被选派中国,他们搭乘路易十四特派的船只驶向中国海港,经宁波、扬州,直上北京,揭开了法国汉学的序幕。首批法国传教士,每个人都有较深厚的文化修养和专长,每个人都接受国王的特别使命,肩负着布道和研究两大任务,并负有向科学院通报自己观察、研究中国的义务。路易十四的大臣戈尔贝召见传教士洪若翰(P. Joames Fontaney,1643—1710)时明确地说过:"我的神父,那些科学不值得你去承受远涉重洋之苦,不值得你去违背自己的意愿,远离你的祖国和朋友。但是,我也希望在你们布讲福音不很忙的时候,能在当地以一个观察员的身份,去考察那些完美的艺术和科学,而这一点,正是我们所缺乏的。"从这个角度看,首次派往中国的宗教使团,可以说是真正的文化使团、"科学使团"。他们到中国之后,执行了前任如利玛窦所执行的战略,研习中国文化,和中国上层人物打交道,有的还长期在中国朝廷任职,对中国文化有比较深入的了解,他们撰写著作,向法国和西方介绍中国,成为中西文化交流的桥梁,法国汉学正是以他们为中介而兴建起来的。

法国汉学虽然是经意大利等邻国的启示、诱发、影响而促起的,但一经

---

① 《法国汉学之一瞥》。
② 朱谦之先生说第一批派往中国的法传教士为五名,保尔·戴密微说是六名,本文从戴说。

法国人之手,就把它推到中心地位,有关中国的著述之广泛、系统为当时欧洲任何国家所望尘莫及。正如法国19世纪著名东方学家阿贝尔·雷米萨(Abel Rémusat,1788—1832)所追述的那样:"欧洲人殆在16世纪末与17世纪上半叶中,始对中国风俗文学史有正确认识,要为当时葡萄牙、西班牙、意大利等国传教士安文思、鲁德照、殷铎泽、卫匡国诸人之功。法国教士始与诸人竞,不久遂以所撰关于中国之著凌驾诸人之上。"①号称18世纪欧洲三大汉学著作的《耶稣会士书简集》《中华帝国全志》《中国杂纂》相继在巴黎出版,此外,还有李明《中国现状新志》(原题为:*Nouveaux mémoires sur l'état présent de la Chine*),以及白晋、宋君荣、钱德明等人的有关研究中国的著作,也先后在巴黎问世。如上所说,由于法国来华耶稣会士深通中国语言文字,一般又都多年留华,和中国各阶层人士有较多接触,对中国文化有较深的了解,因此,他们的这些著述较之初期的游客和邻国初期来华教士对中国的描绘显得更为真实、翔实,是当时西方人了解中国最初的也是最带权威性的材料,是中法文化首次交流最重要的成果。它们的出现,对奠定西方和法国汉学的发展,对推进中国文化西渐,开创中西文化交流具有不可低估的影响。如果说,《马可·波罗游记》在中西关系史上第一次"替欧洲人心目中,创造了亚洲"②,那么17—18世纪法国耶稣会士的这些著作,则以热情的笔调给法国和欧洲塑造了一个"理想的中国"。就对中国文化的总体描绘而言,它们比《马可·波罗游记》更广泛,比门多萨的《大中华帝国史》更带理想色彩。正是这样,它们成了18世纪法国和欧洲的中国文化热的主要材料源头。启蒙运动以此来构筑自己的理性王国,作为批判封建主义的思想武器;哲学家从中提炼有益的思想滋养,以建立新的思维模式;文学家借此寻求新的题材,创造出新的人物;美学家追寻中国风尚;收藏家崇尚中国艺术……于是,空前规模的中国文化热便在法国和欧洲兴起了,它是和法国的这些著作的问世与传播分不开的。

---

① 朱谦之《中国哲学对于欧洲的影响》第56页,福建人民出版社,1985年。
② 《马可·波罗游记·引言》第11页,转引自朱谦之《中国哲学对于欧洲的影响》第16页。

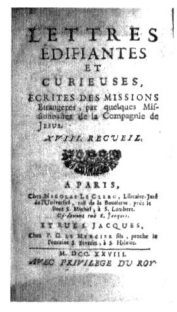  

《耶稣会士书简集》(1703年)封面　　《中华帝国全志》(1735年)封面、扉页　　《中国杂纂》(1776年)首版封面

值得注意的是,这些著作并不限于对中国做一般性的总体描叙,有些还注重对中国经典文化古籍的译述和诠释,致力于中国哲学思和深层文化的探求。中国文化传统从本体上看不是思辨文化,而是道德文化、伦理文化。以探求中国奥秘为己任的法国耶稣会士就不能不对以儒家思想为主体的中国传统文化给予更多的关注。他们在呈献给路易十四的献词中称孔子为远东第一圣贤,并且倾心于儒家著作的译述。因此,中国文化古籍如"四书""五经"早就介绍到了法国,并出版了有关专著①。耶稣会士对中国思想的研究,对中国古籍的译述,实际上是中国文学西渐的开始,因为这些译著中有不少文学的材料如《诗经》、先秦诸子散文,不过,他们立意不在纯文学的研究,而在对中国文化的总体探究。西方耶稣会士并不重视纯文学的介绍。据说,早期最负盛名的耶稣会士之一汤若望就不赞成清顺治帝与木陈和尚读西厢红拂之类的文学著作,当顺治与木陈谈八古文时,竟使汤氏"瞪目莫知所答"②。初期耶稣会士对中国纯文学的态度,便足见一斑。这种情况,到了法国耶稣会士便有所改观,特别法国第二批来华教士从自己的实践中认识到,要探明中国文化的要义,单从"四书""五经"来探究还不够,还必须从中国纯文学中去寻找材料。

---

① 如柏应理、殷铎泽《中国哲人孔夫子》,1686—1687 年;钱德明《孔子传》,1785 年。
② 据《汤若望与木陈》,载《辅仁杂志》卷 7 一、二合期。

因此，在致力于"四书""五经"介绍的同时，还要注意小说戏剧之类的介绍。这样，我们在杜赫德（Jean Baptiste du Halde，1674—1743）主编的巨型汉学丛书《中华帝国全志》上就见到了殷弘绪译的《今古奇观》中的三个小故事，马若瑟的《诗经》选译和《赵氏孤儿》节译文字。其中，《赵氏孤儿》的首次引进，在18世纪法国和欧洲产生了较大反响，伏尔泰据此写成轰动巴黎剧场的《中国孤儿》，英国、意大利及欧洲其他一些国家也先后出现类似的改写本，而使它成为中西文化交流的最先的使者和中法文学首次交融的历史见证，意义深远。

## 第二节　法国汉学的拓展与中国文学介绍的拓展

由于罗马教廷无视中国文化传统而引起的礼仪问题的旷日持久的争论，不仅造成了来华传教士之间的内部分裂，而且造成了教廷与清王朝的直接对立，并最终导致耶稣会士的活动被禁止与取缔。法国派往中国的最后一个知名教士钱德明于1793年客死于北京，正值法国大革命，路易十六被送上断头台的时刻，这似乎为法国耶稣会士的活动做出了一个寓意性的总结。作为中法文化交流的重要桥梁的耶稣会士，突然消隐，对方兴未艾的法国汉学无疑是一种挫伤。从法国资产阶级大革命之后到中国鸦片战争发生前，法国汉学似乎陷于沉寂。然而，18世纪中国文化热在法国思想界、文化界所塑造的中国形象并没有因此而消失，它在法国人心目中所激起的狂热也还未熄灭。而登上了历史舞台的资产阶级，由于对外扩张的需要，在打通东方关系方面较之封建阶级，似乎也表现出更多的挑战性和热忱。拿破仑本人就对中国文化产生过异乎寻常的兴趣。① 中法文化交流在进行着更实在的"对话"。因此，作为沟通中法关系的最初使者耶稣会士虽然受挫，但法国汉学依然向前拓展。

这个时期法国汉学拓展的一个重要标志就是，作为西方文化学的一个重要分支，汉学已发展为法国科学院的一门学科，中文已列为法国大学的一门正规课目。与此相关的是出现了真正的汉学家。1814年12月11日，

---

① 拿破仑对法国修订的一部《中-法-拉丁字典》表示了极大兴趣，这部字典内收方块字1.4万个，大部分方块字请法国工匠刻在木头上，一本字典俨然一部家具。据说，拿破仑远征莫斯科的路上，突然心血来潮，产生了去中国旅游一趟之念。

在法兰西研究院西尔韦斯特教授的倡议下,该院教授集体通过了一项决定:正式把中文列入法国最高研究院的课目,名为"中满语言文学"。通过正规的教育渠道,培养和造就研究中国学的专门人才,无疑是一项对法国和西方汉学都具有重要战略意义的决定,它表明法国汉学的发展将从此步入长远而坚定的途程。法国这一做法,后来为西方国家所纷纷效仿(继法国 1814 年开设中文课之后,英国是 1876 年,美国 1870 年,俄国 1851 年开设中文课),因此,有些汉学家称 1814 年"不仅对法国而且对整个欧洲都是一个具有决定意义的日子"[①]。从这一年起,法兰西研究院正式聘任专职的中文教授,一些著名的汉学家如阿贝尔·雷米萨(Abel-Rémusat,1788—1832)、儒莲(Stanislas Julien,1797—1873)、德里文(Hervey de Saint-Denys,1823—1892)都曾先后在这里执教过(其中有的人在这里被造就为知名的东方学者),培养了许多中国学的专门人才。同时,他们运用 18 世纪耶稣会士从中国带回的第一手资料,专事译述研究,把法国汉学扎实地向前推进。继法兰西研究院开设中文课程之后,巴黎东方语言学院也于 1843 年加入了中文课目,第一个出任中文教授的是知名的汉学家托尼·巴赞(1799—1863),几位长期任法国驻华使馆的翻译如亚历山大·克莱兹科沃斯基(1871—1866)、阿尔那尔·维西埃尔(1858—1930)等也在这里执教过。他们精通中文,又极为注重实践,为培养法国汉学人才做出了应有贡献。

本时期汉学拓展的另一个表现是,散居中国各地的耶稣会士恢复了活动,随之出现了大量丰富的汉学著作。根据鸦片战争后签订的《中法黄埔条约》的规定,法国耶稣会可以在沿海五个港口设立教堂。于是 18 世纪居留在中国的法国耶稣会士便又开始重新集结起来,恢复传教活动。其活动中心有二:一是直隶河间府,一是上海徐家汇。在这两个耶稣活动中心,汉学研究极为活跃。大汉学家顾赛芬(S. Couvreur,1835—1919)和戴遂良(Leon Wieger,1856—1933)就在河间府著书立说,留下了丰富宝贵的汉学著作。前者用法文、拉丁文译出了"四书""五经"《礼记》《春秋左传》《仪礼》;后者著有《中国方块字》《现代中国民间传说》及历史著作四卷、哲学著作一卷、《现代中国十卷》。这些译述和著作是 19 世纪法国汉学研究最令人注目的实绩,它们的出现拓展了法国对中国研究的层面。

---

① 保尔·戴密微《法国汉学之一瞥》。

与汉学研究方面的拓展相呼应,法国对中国文学的介绍、研究也在深入开展。首先,它在18世纪中国文化热的辐射下,拓展了引进中国戏剧和俗文学的范围,产生了一些比较贴近中国原著的戏剧和小说的译作,出现了一些比较符合中国文学实际的介绍文字。其中取得显著成就的是19世纪著名汉学家儒莲和他的学生巴赞。他们结合各自的教学实践,注重于戏剧和俗文学的介绍。儒莲翻译出版了《灰阑记》《曲厢记》,短篇小说《白蛇精记》《平山冷燕》;他不满马若瑟的《赵氏孤儿》肢解的译本,全文重译了这部在西方产生广泛影响的元曲,使得它以本来面目流传于西方。他还重译了他的老师雷米萨译过的《玉娇梨》,并且一一指出雷米萨误译和漏译的地方,使这部才子佳人小说在中外文学交流中产生了较大的影响。巴赞则发扬儒莲的传统,一生倾注于中国文学的介绍,先后翻译出版了《㑇梅香》《合汗衫》《货郎旦》《窦娥冤》和《琵琶记》,还写出了介绍中国戏曲史的文章。这都是有助于中国文学西渐的切实的拓荒工作。其次,在探求中国文化奥秘的总体方向下,拓开了引进中国古典诗歌的新局面。18世纪除了《中华帝国全志》上刊载的一些零星单篇的《诗经》译文介绍外,中国其他的古诗几未涉及。19世纪单就《诗经》的研究,就先后出现了沙拉尔穆(孙璋)神父的《诗经》拉丁文译本(1838),鲍吉耶的《诗经》法译本(1872)和顾赛芬的《诗经》法、拉丁文全译本(1396),使法国和西方读者得以窥见中国这部文化古籍的全貌。此外,汉学家还拓开了新的领域,如德里文的《唐诗》(1862)、《离骚》(1817),大诗人戈蒂耶之女瑞蒂·戈蒂耶的《玉书》,昂博尔·于阿里的《十八世纪中国诗人袁子才的生平及创作》(1884)、《十四世纪到十九世纪中国诗》(1886)、《中国现代诗》(1891)。这些译作和著作是纯文学研究的开始,又是探求中国文化奥秘的深化。它们在法国广泛流传,对19世纪法国的大诗人戈蒂耶和马拉美都产生过影响。

19世纪法国对中国文学的引进范围、研究领域显然有所拓展,但它基本上还是沿着18世纪的路子前进的。这就是说,对文学的介绍总是置于文化的总体框架之内,把文学视为文化的一个有机部分。无论就研究者研究中国文学的动因和出发点,还是就他们的选题范围、审视角度都是以此为标准的。真正开始介绍中国小说的法国第一位汉学家雷米萨说得很明确,他之所以要把《玉娇梨》引进法国,是因为这部作品"成功地描绘出精细的习俗和非常进步的文明形态",可以帮助法国人深入地了解中国文化。

雷米萨接班弟子,法国另一位著名汉学家儒莲也认为研究中国文明"仅仅研究中国人在社会关系中的表现是不够的",还应当"熟悉他们的文学作品","正确地了解他们喜爱涉猎的主题,了解他们受什么精神支配,哪方面的想象力特别出众"。他说,就这些方面而言,任何传教士、商人都无法代替中国人自己写的作品。他之所以要向欧洲人介绍小说《平山冷燕》,戏曲《琵琶记》,是因为这些作品"真实而且常常又能妙趣横生地反映中国人的趣味和习俗",可以了解中国人的文化心理。可见他们把介绍中国文学视为研究中国文化不可或缺的方面,他们的选题标准、审视重心和审美指向,都是以探求中国文化奥秘为最终取向。这个特点在18世纪已初见端倪,在19世纪就越发明显,实际上已构成了法国研究中国文学的一个传统。

## 第三节 法国汉学的昌盛与中法文学交流的深入

20世纪上半叶是西方国家"东方意识"的强化时代。处于经济巅峰的西方列强,从19世纪下半叶起,就曾不止一次地仰仗自己的实力,叩击过中国这衰朽而神秘的古国大门,表现出向东方攫取物质和精神财富、打通中西关系的从未有过的强烈兴趣和意向。20世纪初叶对中国来说是获取"世界意识"的时代。身为弱国子民的中国人,从"闭关锁国"的惨痛中痛感到:必须抛弃封闭陈腐的狭隘文化观念,"睁眼看世界"。法国汉学研究正是在这样的时代背景下进入了鼎盛时期,中法文学交流也走向深入。

法国汉学处于鼎盛,其表现之一是,法国在20世纪初创立了相当完备的汉学研究和教育机构。这些机构,直到今天,仍然是造就汉学人才、推进汉学发展的重要基础。法国人研究汉学似乎从一开始就深刻地认识到,要探求古老中国文明的奥妙,不通晓中国语言文字是不可能的。从17世纪来华耶稣会士到18世纪经院汉学家到20世纪的汉学大师,都毫无例外地十分重视汉学的基本训练和自我素质的提高,同时又十分注重人才的培养,十分注重汉学教育设施的建设。继19世纪法兰西研究院和巴黎东方语言学院开设中文课之后,20世纪又增设了一些教学机构和研究设施。开设中文或中国学的有:巴黎大学(巴黎大学1920年由著名汉学家马塞尔·葛兰言开设中国语言文化课)、巴黎高级研究学校、国家科研中心、卢浮宫学校、里昂大学、波尔多大学;汉学研究设施则有:附属巴黎大学的汉学高级研究所、巴黎亚洲学会、法国远东学院（1900年创立，先设在河内，1956年迁巴黎）、中法研究中心（先设在北京，后归附巴黎大学，改名为北京汉学研究所）、日佛会馆（设在东京，借助日本汉学资料，从事专题研究）。这些机构和设施的确立，是法国汉学走向自觉走向成熟的标志。

法国汉学处于鼎盛，其表现之二是，20世纪初出现了一些有影响的汉学大师，这也是法国汉学走向成熟的标志。如《史记》的迻译者爱德华·沙畹（Edouard Chavannes，1865—1918），西方汉学研究的机关刊物《通报》创始人亨利·考狄（Henri Cordier，1849—1925），中国上古史专家马伯乐（Henri Maspero，1883—1945），著名社会学家葛兰言（Marcel Granet，1884—1940），西方敦煌学奠基者伯希和（Paul Pelliot，1878—1945）等，特别是爱德华·沙畹更是西方公认的汉学大师。他们既有高深的学养，又大都来过中国，对中国文化有感性的认识，他们的著作如《史记》《中国古代史》《中国文明》《中国思想》一版再版，成为西方汉学的经典作品，对西方汉学的发展具有重要的影响。其他外籍汉学家如艾蒂安·巴拉兹（1905—1963，匈牙利人，以研究六朝、唐经济而著称于世）、德爱华·于贝尔（1879—1914，瑞士人，著名的佛学专家）等，均为本时期法国汉学的繁盛做出了各自不同的贡献。

法国汉学处于鼎盛的表现之三，是研究领域的进一步拓宽和汉学著作的多样化。由于本时期的汉学大家具有多方面的学养和兴趣，又大都到过中国或客居中国多年，这就使他们获得了双重的优势：既有经院汉学家的功底和严谨的科学作风，又有早期传教士对中国文化的感性认识，因而也就有可能拓宽和拓深探究领域。如在中国的历史学、考古学、社会学、敦煌学、天文学、宗教、思想、经济等领域内都有较广泛的涉猎，较深入的研究，有些门类如考古学和敦煌学还是首创。这些著作是西方中国学的一笔重要财富，就是在今天对我们研究中国文化也有重要参考价值。

法国汉学的繁盛必然带来对中国文学研究的深入开展，其发展的主要势头并不表现在对中国文学作品的系统的翻译，而在于对中国纯文学做深入的文化探究，进而使中法文学交流向纵深推进。我们主要指的是诗歌研究和交流。特别要提到的是葛兰言的《中国古代歌谣与节日》。这部著作选译了68首《国风》，并以此为例研究了诗与劳动、节日、性爱及社会文明的关系，从民俗学、文化学的角度对《诗经》做了深入的透视，见前人所未见。这不仅是法国汉学史上研究《诗经》第一部论著，而且也是用文化视角来观照中国纯文学的第一部有分量的著作。它为《诗经》的探讨做了一个总结,也从文学探究文化奥秘方面做了成功的尝试。

本时期法国诗人对中国文化产生了浓厚兴趣,直接参与中法文化"对话"。他们或以法国文化模式来移植、改写中国古诗,以抒发自己的诗情;或将中国文化精髓融汇到自己的诗歌创作中去,以表达自己的思想。这就突破了正统汉学家对中国古诗经院式的文化考索,使中法文学交流获得了一种突进的意义。如果说,伏尔泰的《中国孤儿》开创了法国汉学史上中法文化在戏剧方面的交流,形成了18世纪中法文学交融的第一个潮头,那么,本时期法国诗人诸如克洛岱尔的散文诗《认识东方》、谢阁兰独特的诗集《碑林集》等作品的问世,则开拓了中法文化在诗歌中的交流,构成了20世纪中法文学交融的又一个潮头。不过,跟他们的前辈伏尔泰不同的是,克洛岱尔和谢阁兰都有幸在中国生活过较长时间,对中国文化有着亲身而非中介的、切实而非间接的感受和了解,他们的作品并不像伏尔泰那样完全凭借第二手的材料和哲学思考写成的,而是对中国长期观察的结果。《认识东方》是诗人逗留二十年期间对中国风物观察的产物,而《碑林集》则是作者两次到中国,对陕西、甘肃、四川等地做考古发掘和文物考察的成果。这样,他们笔下的中国就渐渐脱去了伏尔泰式的理想模式和浪漫情调,增添了更多的现实力量,使得中法文化在诗歌中的交流显得较为深沉扎实。然而,20世纪诗人对中国题材的吸取、借用,对中国文化的生发和受纳,无疑是伏尔泰时代中法文化在戏剧中交流的深化与发展,而他们用文学手段来反观中国文化的做法,又显然与法国汉学界从文化视角观照中国文化的传统一脉相承。

## 第四节 法国汉学由衰微而复苏,对中国文学的观照由单向而多向

第二次世界大战毁坏了人类之间的正常关系,几个世纪以来在各民族间所培植起来的友好与理解,一时间为战争所酿成的敌视和猜疑取代,东西沟通和西方汉学的发展也因之而受挫。法国汉学在这场战争浩劫中遭到了直接的严重摧残。首先是三位有影响的法国汉学家先后弃世。社会学家葛兰言因法西斯德国入侵忧郁致死,历史学家马伯乐则直接受害于纳粹德国集中营。这两位卓越的汉学前辈以自己的生命与暴力和邪恶抗争,

谱写了法国汉学史上光辉的一页。随之，文献学家伯希和于1945年病故。他们的辞世给处于巅峰状态的法国汉学造成了巨大的真空。其次，中西沟通和人员往来也因战争的破坏带来障碍，这对资料的获取、汉学研究的开展造成了困难。法国汉学日见衰微。在这种困难情况下，需要有一位知识渊博、性格坚强的汉学家出来领导，才能把法国汉学研究继续向前推进。当代西方著名的汉学家戴密微先生便历史地充当了这个承前启后的角色。这位被法国汉学界誉为"我们的光芒"①的学者，以他丰富的汉学知识和坚强的意志，力排万难，领导法国汉学的战后恢复工作。由于以他为首的汉学家的努力，法国战后汉学的发展虽然没有达到20世纪上半叶那样辉煌的成就，但在某些领域如对中国信仰和思想的研究却保持着优势。戴密微先生、R. 斯坦先生、卡尔唐马尔克先生及王德迈先生均有建树（如王德迈的《王道》，就是一部研究中国思想的重头著作）。

　　1949年中华人民共和国成立，具有悠久文化传统的中华民族从此以新的装束自立于世界民族之林，这就不能不引起各国汉学家广泛的注目，为西方汉学发展提供了新的契机。然而，当时某些西方国家制定政策的人们，对中国实行一种孤立主义的鸵鸟政策，人为地为西方中国学研究设置了层层障碍。在政治大幅地切入下，汉学面临着挑战和危机。1964年，具有远见卓识的戴高乐将军率先打破了西方对中国的禁闭，承认了中国，恢复了中断已久的中法关系，为汉学发展带来了生机。在戴高乐将军的倡导下，官方与民间的往来日趋频繁，各种层次的文化对话不断增加，一度处于沉寂的法国汉学研究也从灾险中慢慢地走向复苏，并呈现出从未有过的好势头。战后法国建立了比较齐全的汉学研究机构，迄今为止计有法兰西研究院、高级研究学校（第四组历史哲学、第五组宗教）、社会科学高级研究学校、法兰西学院中国高级研究所、现代中国资料和研究中心、东亚语言所、法国远东学院、国家科研中心东亚语言所、敦煌小组、中国历史文学研究小组、现代中国多学科研究小组、国际政治研究院、中国—远东小组、人种学和比较社会学—道教资料中心，战后法国扩大了中文教学机构，除上世纪已开设中文的法兰西研究院、东方语院、卢浮宫学校、波尔多大学、里昂大学外，新设的有巴黎五大、七大、八大、十大、巴黎高师、马赛大学等，巴黎的一些中学也正式将中文列入外文课。这些学校的中文系不仅注重基

---

① 吴德明《保尔·戴密微汉学论集·序》，巴黎，1982年。

础汉语的训练，而且也设有中国古代文学、现代文学、中国历史、地理、中国哲学、中国美学和艺术等专业课程，注重专门人才的培养。学生除专门攻读学位的青年学生外，还有对中国文化怀有各种兴趣的各种职业的人，如医生、律师、记者、工程师、政府官员等。学习人数不断增加，仅以东方语言学院为例：19世纪末学习中文的仅20名；1964年已达300人。"四人帮"垮台后，学生人数剧增，1982年注册人数竟达1300人。这在全世界任何一所学校的中文系都是无法比拟的。值得注意的是，这些中文教育机构同时也设立了不少重要的研究机构。如东方语言学院的于如柏（Robert Ruhlmann）先生领导的中文研究中心、巴黎七大的东亚研究所，巴黎八大鲁阿夫人（Michelle Loi）领导的鲁迅翻译中心等，都是极为活跃的学术机构。

  法国汉学于1964年出现的这种大好势头并没有持续多久。1966年，中国本土发生了一场"文化大革命"，一下子把这大好形势打了下去。这场"史无前例的革命"，其实质是一场不要理智、不要文明、不要中国文化，也不要外国文化的浩劫。面对人类历史上这场空前的文化浩劫，西方一切正直的汉学家，正像一切有良知的中国人一样，除了怀着忧虑、惶惑的心情，注视着事态发展，似乎再无别的作为。事实上，法国勤勉、愿意有所作为的汉学家除了继续在自己传统领域内耕耘，似乎也不可能有新的开拓。于是，法国汉学又面临新的危机和挑战。这种危机和挑战不是来自西方对中国的封锁和禁闭，而是来自中华民族内部的自我封闭、自我孤立。它给中外文化交流带来了灾难，给西方汉学造成了困难。在那混乱的年代，由于无法了解当代中国的真实面貌，无法把握住当代中国的文化脉搏，因此，对一个正直的西方汉学家说，是很难实现以探求中国文化奥秘为中心的汉学使命的。一些友好善良的汉学家所凭借的只是对中国的"信念"，他们无法识别"四人帮"散布的迷雾，往往把假象当真相，在自己的研究中做出了偏离真实的判断。这种偏离是政治对汉学研究大幅度切入而造成的文化视角上的偏差，即使像阿兰这样老资格的西方观察家，也难免产生这种视角上的误差。①

  另一方面一些较早地察觉到"四人帮"谎言的西方学者，由于在自己

---

  ① 阿兰·佩尔菲特（A. Peyrefitte）在其轰动一时的《当中国醒来的时候》（1973年，巴黎）一书中，一方面对中国的"文化大革命"做了客观的报道，另一方面把这场文化浩劫中出现的文化现象误认为是东方古国成长起来的新鲜的文化事物郑重地向西方介绍。

的著作中披露了中国"文化大革命"的真实,往往又被斥之为反动。这不能不使西方汉学家感到迷惘和困惑。西方汉学的这种困境直至"四人帮"倒台才得以解除。中国的改革开放政策,中国内部的民主和自由的发扬,以及中外文化交流空前的活跃,使法国和西方汉学研究走向了蓬勃发展的坦途。

从第二次世界大战结束到1964年中法复交到中国"文化大革命"期间,法国的汉学研究随着政治风云的变化而几度经历危机,呈现了马鞍形的发展轨迹。令人欣慰的是,无论是中华人民共和国成立之后来自西方的禁锢和封锁,还是"文化大革命"期间来自我们内部的封闭和盲目,均未减退西方研究中国的热情,相反却激起越来越多的人的探索兴趣。这种逆反现象既有文化心理的因素,又有文化价值观的原因。从心理上来说,越禁闭的事物越显神秘,越能诱发人们探求的愿望;从文化价值观来看,不管政治风云如何险恶,不管是来自内部的还是外部的封锁与禁锢,中国文化总是一个不容忽视的客观存在,它经久不衰的生命力是任何力量都无法遏止的。这大约是法国和西方汉学研究虽几经曲折,仍然向前发展的原因。

但是,第二次世界大战后的法国汉学虽然有戴密微为首的汉学家力挽狂澜,开拓前进,终因步履艰难,而日见其孱弱。特别与战后美国发展迅猛的汉学研究相比,更加相形见绌。究其原因,大约在于这个素以勇于创造,勇于探索而著称于世的民族,唯独在汉学这块领地显得有些犯疑、保守。他们的正统汉学家似乎过于珍惜自己以往的传统,过于恪守原有的章法,过于自信了。因此,面对日益发展的时代越来越显得难以适应。如何在新的形势下另辟新路,这是摆在法国汉学界面前严重迫切的任务,也是许多有志之士殚精竭虑的课题。如果说,这种迫切性和使命感,在戴密微健在时,尚未被人们明确地意识到,那么,当1978年这位当代汉学大师去世时,就被汉学界越来越多的人认识到,并且当作燃眉之急的大事被尖锐地提出来了。桀溺(J. P. Diény)教授就这样检讨:"世界平衡局势已有变更与中国时正觉醒,同时欧洲亦开始自我怀疑,失去自信,甚至影响到19世纪以来之学院传统,汉学方面亦须放弃以往之欧洲中心成见,必须重新考虑研究对象,更须自谦、真实与同情。不久,美国大学汉学中心将使古老欧洲研究机关渐渐减色,苏联亦不消极。又应注意一桩显然事实:不读日文汉学著作,则汉学成果,终不免疏漏,际兹旧学催萎,新学分散,法兰西汉学取何新姿态?"①"法兰西汉学取何新姿态?"需要法国当代汉学家以自己坚实的研究新成果来回答。

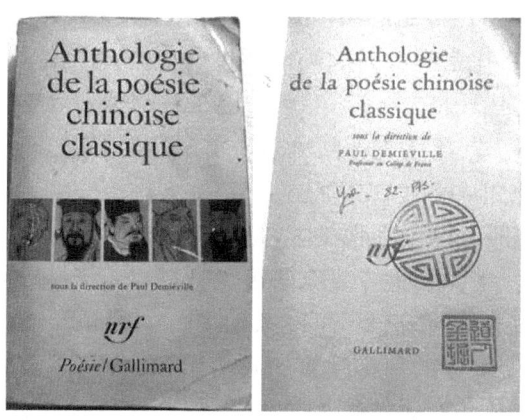

保罗·戴密微《中国古诗选》(巴黎:加利玛出版社,1962年)封面、扉页

风云巨变的时代给法国汉学发展造成如此大起大落的局面,也必然使汉学界对中国文学的观照呈现多样的视角点。从文化视角对中国古典文学做诸多层面的透视,仍然是汉学界常用的观照方法,并且取得了重要成就。戴密微及其弟子在中国古典诗歌方面的研究,堪称这方面的卓著成果之一。20世纪50年代末、60年代初,由戴密微主持编译出版的《中国古诗选》开其先,六七十年代,由他的学生或就教于他的法国当代知名的中国古诗专家编译的《汉代宫廷诗人司马如》(吴德明)、《古诗十九首》《牧女与蚕娘》(桀溺)、《嵇康的生平和思想》《诗歌与政治:阮籍的生平和作品》(侯思孟)、《中国诗语言研究》(程抱一)承其后,把中国古诗的研究推到了一个新的阶段。这些著作或从中华民族文化传统和民族心理的角度,对中国古诗做宏观透视,或从某一特定时期的文化背景出发,对某个作家、某一主题、某一门类钩沉发微,在中国文化这一独特领域深入探究,达到了相当水平。而戴密微逝世后才得以出版的《一个唐代民间诗人·王梵志》更是这位汉学大师本人从文化视角发掘这个尘封几个世纪之久的中国诗人的

---

① 见巴黎《敦煌学》第5辑,《戴密微先生逝世三周年纪念专号》第6辑,引文为吴其昱先生所译。

重要成果,20世纪中叶后,法国对中国古典小说的介绍和研究取得了突出的成就。从1957年《西游记》法译本问世至今,中国古典小说名篇差不多都已翻译面世。特别是1979年《水浒传》全译本的出版及《红楼梦》《金瓶梅》法译本的相继问世,更把法国介绍研究中国古典文学推到了一个新的持续的高潮,它们和差不多同期翻译问世的中国现代作家作品一起,汇合成70年代法国的中国文学热。专攻中国小说的著名汉学家雷威安(André Lévy)教授,继承法国汉学先辈阿贝尔·雷米萨又译又著的遗风,其译述和著作都是19世纪前辈无以比肩的。

多方位地观照中国现当代文学,是当代法国汉学复苏和突进的一个标志。事实上,当代中国和世界复杂多变的政治文化形势,使法国和西方汉学研究者对中国文学的观照不可能采取单一的视角。而第二次世界大战后来自中、西交流双方的各种频繁的政治干预,特别是我国文学自身在创作和研究方面多年所形成的非文学的模式,又不能不使法国和西方的中国现代文学研究者产生一种非文学的影响。如果说,很少从纯文学的角度考察文学是法国汉学界几个世纪以来对中国文学的研究所形成的一个传统,那么这一传统在20世纪六七十年代的法国研究中国现当代文学中似乎表现得更为突出了。首先,政治的观照,中国十年内乱时期,法国对鲁迅和某些当代作家如浩然的介绍和研究就表现了这种倾向。这种研究方法,虽然对鲁迅和其他中国作家在法国的广泛传播不无益处,但距离对鲁迅的认识和把握却有一段距离,这是"四人帮"文艺上的造神说和文化专制主义对法国汉学界有形无形影响的结果,是法国汉学家在困惑中自觉与不自觉选择的结果。其次,社会观照,把中国文学视为中国社会的"晴雨表",视为了解中国社会动向的一种社会资料(其实也是一种政治观照的变形)。80年代初期法国对中国新时期文学的介绍就属此类模式。优先选择介绍的文学作品多属揭露社会阴暗面的"问题小说",或者有争议、引起社会轰动的作品。法国最早出版的《蒙面的中国》(1982年,巴黎)和《父亲的归来》(1981年,巴黎)两本中国短篇小说集所收集的多属此类作品,造成这种现象的原因,一方面由于我国当代文学历经长期禁锢而恢复了真正的文学使命,不能不干预现实,不能不和关系着亿万人民命运的社会问题扭结在一起,通过它们确实可以了解中国社会的种种人生色相;另一方面,长期的封闭使西方人无法了解当代中国的真实变动,于是便把新时期初期涌现的这些"问题小说"视若珍宝,作为观照中国风云的镜子。这与其说是文学的选择,不如说是一种思想的选择、政治的选择。入选的作品未必是经得住时间考验的佳作名篇,但也有不少贴近现实、切中时弊的好作品,如张洁的《沉重的翅膀》。法国对茅盾作品的介绍也是从"社会历史资料"的角度加以选择并给予高度的评价的。第三,以人的命运作为视角点。对人的命运的关注和对人的价值的关注,原本是西方人文主义者的文化价值取向。以此作为视角来观照中国现代作家作品始于20年代罗曼·罗兰对鲁迅《阿Q正传》的著名的评论。在70年代,中国作家历经世间少有的磨难,劫后逢生的中国文学走向世界这样一个独特的文化背景下,这种观照竟然成了法国汉学家研究中国现代文学最富激情的切入点,并由此点燃了法国研究中国现代文化热。法国对巴金、老舍、丁玲、艾青的介绍与研究都属此类情况。对人、对作家命运的关注,进而引起对其作品的兴趣和关注,而对作品的考察、对作品内涵的价值的认识,又进一步激发研究者对作家命运的怀念和对作家人格的崇敬。如此反复循环,确能把握中国新文学的真谛,对饱经沧桑而得以生还、得以存在的中国现代文学,倒不失为一种真正的文化观照,因而取得了较大的成就。

但是,正如法国汉学需要新格式,需取"新姿态"一样,法国对中国文学,特别是对中国现当代文学的研究也需要新观照、新格局,因为文学研究跟整个的汉学研究一样,也面向着时代的挑战。这种新的局面如何开拓?这也需要法国汉学家、特别是专事中国文学研究的学者,以其新的成果予以回答。他们会做出圆满回答的,对此,我们坚信不移。

# 第二章
# 中国古典诗歌在法国

我愈来愈深信,诗是人类的共同财产。

——歌德

如重学汉学,当选汉诗研究……

——戴密微

## 第一节 对东方文化奇葩的探究
## ——中国古典诗歌在法国流布略述

中国是诗的国度,中华民族是热爱诗歌的伟大民族,她在漫长的岁月里,用自己的智慧创造出了无数优美、光辉的诗篇,丰富了人类文化宝库。中国的诗歌向来为西洋人视为东方文化奇葩。一位对中国古诗研究有素的西方汉学家说:"这种诗乃是一滴滴水珠汇聚成的整体,它给我们揭示了一个茫茫的大洋,但它却装在自己的精美而小巧的花瓶之中。"①而这些"精美而小巧的花瓶",在西方学者看来,正是神妙的艺术瑰宝,将长久地为世人所赞叹,成为他们孜孜探求的对象。19世纪上半叶,歌德将中国文学与法国诗人贝朗瑞的作品做了有趣的对比之后,曾这样满怀激情地说:"我越来越相信,诗是人类的共同财产。"②事实上,当这位德国诗界泰斗做这样坚定的预言之前一个世纪,法国人就把中国诗歌当作人类的共同文化财富,率先在西方进行了介绍和探究。然而,这种文化财富,正如法国著名

---

① 转引自《中国古诗选》第11页,巴黎,1982年。
② 朱光潜译《歌德谈话录》第113页,人民文学出版社,1980年。

诗人吉约姆·阿波利奈尔(Guillaume Apollinaire,1880—1918)所说,"虽然是属于全人类的,但是它是这个民族和这个环境的表现"①,因此,它所蕴含的独特的艺术奥秘,需要长期不懈的求索,才能探明。自从18世纪法国耶稣教士叩开东方古国的大门,把中国古典诗词——人类这一奇妙的艺术——带到法国之后,汉学界就一代一代的在这个领域里进行了长期的、卓具成就的探索和研究,几个世纪以来从未间断过。

18世纪是法国研究中国诗歌的第一阶段,是介绍、引进中国古诗的开拓时期。它以了解中国总体文化为出发点,以探究中国文学灿烂的源头《诗经》为基本内容。首批东来的法国耶稣会士,为了找到在华传教的门径,首先注意到了中国的儒家经典。榜列"五经"之首的《诗经》自然受到格外的重视。据说,第一个把《诗经》译成西方语言的,是法国耶稣会士金尼阁(Nicolas Trigault,1577—1628),但他的译文却未流传下来。西方学者公认的最早的西译《诗经》,是法国传教士孙璋(Le. P. Lacharme,1695—1767)的拉丁文译本,他的《诗经》翻译始于1733年,但真正刊行面世,是一百年以后的事。18世纪中叶,与孙璋同时对《诗经》进行翻译、研究的法国传教士还有赫苍壁(Julien-Placide Hervieu,1671—1745)、白晋(Joachim Bouvet,1656—1730)、宋君荣(Antoine Gaubil,1698—1759)等。赫苍壁曾编过一部《诗经选译》,白晋也著有《诗经研究》(稿本)。宋君荣不仅译注了《诗经》,还运用其中的资料来研究中国的天文历史。② 较早把中国诗歌介绍到法国并且产生影响的是马若瑟神父。他选择了《诗经》中的《天作》《皇矣》和《抑》等八首诗,刊在杜赫德主编的《中华帝国全志》1736年第二卷上。杜赫德还为此专门撰文对《诗经》做了介绍,这是我们见到的最早介绍中国诗歌的文字。《中华帝国全志》是18世纪对欧洲影响最大的法国三大汉学巨著之一。继1736年的法文版之后,英、德、俄三国分别于1741年、1749年和1774年将此书翻译出版。歌德于1781年11月10日,在日记中奇妙地发出了"啊,文王!"的赞叹,大约是这位德国诗坛巨星从马氏的译诗中获得了对《诗经》的最初印象的反映。18世纪下半叶,巴黎出版了一种多卷汉学著作《中国杂纂》,在这部的第四卷(1779)和第八卷(1782)里分别收进了《诗经》中的《蓼莪》《常棣》《文王》《将仲子》和《谷风》等篇的法译。西伯

---

① 《法国作家论文学》第48页,生活·读书·新知三联书店,1984年。
② 张清《〈诗经〉在西方的介绍与研究》,载《文学研究参考》1988年第4期。

神父等人在第一卷(1776)、第二卷(1777)和第八卷上撰写有关《诗经》和中国古诗的长篇介绍。该书第四卷和第五卷,还刊有介绍陶渊明、李白和杜甫的文字,这可能是法国最早介绍中国古典诗人的文章。通过这些初步介绍与研究,本时期法国人对中国诗歌的奥秘有了相当的认识:

一、他们认识到"中国语言没有任何与欧洲语言相近似的地方,中国诗歌语言中所有的字都具有动作性和形象性",进而对中国语言的特点做了探讨。在这方面,西伯神父对汉语特色领会颇深,他说,汉语有如下特点:

(1)言简意赅。这给最生动的形象增添了一种活力,一种力量,一种潜能,实在很难向欧洲人解释清楚,就像对不懂唱歌的人解释乐谱那样困难。

(2)形同画图。汉字首先是对眼睛说话,这使诗歌对称的形象产生一种秀丽如画、赏心悦目之感。

(3)出于汉语的特点、句法和表现手法,在其他语言中被视作艺术手法的对比、递进、重复等在汉语里是自然的运用。

(4)这个语言拥有各种各样为别种语言所没有的重复手段。

(5)在最富丽堂皇的夸张、描写和口头叙述中都必须做到简明扼要,显得不是铺陈细节,而是将细节凝缩于一个观点之中。①

这些精辟的论述,显然触及了中国诗歌语言的特点。

二、初步认识到中国诗歌有其独特的规则。跟法国诗歌相比,他们认为中国诗歌的技巧,照欧洲人初看起来,"就如象棋的技法之于贵妇人的游戏"。"在中国,文人作一手好诗,如同法国步兵上尉拉一手好的手风琴一样",是极容易的事。然而,在中国作为一个诗人,仅仅具有才气还不够,还必须具有广博的知识、正确的思想、描写事物的出色的想象力以及将自己的诗情适应于严格的诗律之灵活性。因此,必须具备下述的能力:首先在作诗的时候,善于挑选适当的字作停顿,在诗句中要运用那些最有力、最生动、最响亮的词;其次每首诗只能容纳一定数量的字,这些字必须根据一定的规则来组合,并以一个韵脚收尾;又其次,诗节的句子有多有少,但一定要符合韵脚的安排,符合主题的发展。这里,很明显,已经初步地接触到了中国古诗的某些艺术特征,虽然这些认识还很不充分。

三、看到了中国诗歌运用隐喻、比兴和象征等等独特的表现手法,认为这不仅给中国诗增添魅力,而且也给它们造成某种神秘性。中国诗歌语言

---

① 《中国杂纂》(第八卷)第83页。

的固有的特性和独特的表达方法,给西方人的欣赏带来了无法想象的困难。西伯神父就说:"理解汉语诗的困难与翻译汉语的困难相比实在算不了什么。因此,我译这首诗就和别人用黑炭临摹一幅细密画差不多。"①据此,学者们特别提醒法国读者要注意中国诗歌的这些独特的表现手法和不同的审美内涵。他们指出:有些事物以及内含的思想,似乎在任何时代任何民族都相似,但在中国却往往相反。比如说,一个欧洲诗人,当他描写一个女人披在肩后的卷曲、金黄色的长发,又大又蓝的眼睛,玫瑰色的面颊,修长、轻盈的身材,裸露的胸怀,他自以为绝妙地写出了这个女人的美。然而这样描写的美人,对一个中国人来说一点也不美。因为在他的国家里,这是一种失去天性的粗俗的表现,头发卷曲则是憔悴的标志,露胸的念头也是不文明、令人乏味的;至于蓝眼睛,人们会以为很可笑。

在我们今天看来,18世纪法国汉学界对中国古典诗词的这些看法已经过时了,但是,作为介绍中国文学的开端,其历史意义却是不容抹杀的。他们为中国古诗在法国的流布做了有益的开拓工作。正是这样,才使18世纪大诗人伏尔泰读到乾隆皇帝在杯子上的一首题诗后便诗兴大发,写出了一首"中国式"的诗回赠乾隆皇帝,成为中法文学交流史上一段佳话。其中一段是这样写的:

请接受我的奉承,风骚的中国王,你的宝座犹如双峰对峙的山岗,
尽管我是一个脾气古怪的西方人,我却永远热爱写诗的帝王……②

鲍吉耶译《诗经》(法文全译本,1872年)内封

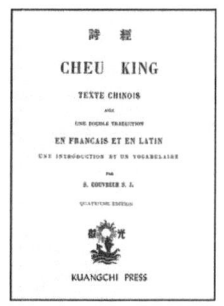

顾赛芬《诗经》(法文、拉丁文、中文对照全译本)

---

① 转引自德里文《唐诗》第109页,1977年,巴黎新版。
② 葛雷《马拉美与中国诗》,载《外国文学研究》1986年第1期。

19世纪法国汉学界对中国诗歌研究的重点仍然侧重于《诗经》。单就《诗经》的介绍而言,18世纪只是开了个头,真正完善流行的译本只有到本时期才可能出现。首先我们见到的是1830年由巴黎著名汉学家朱尔斯·莫尔编辑出版的《孔夫子的诗经》,这是18世纪孙璋的《诗经》拉丁文译本的存稿。莫尔为此书撰写了序言,并编辑了两个索引,该书的注释约占全书篇幅的三分之一,但后来的西方学者大都认为孙璋的注释过于简单。1838年,由孙璋迻译、爱德华·比奥(Edouard Biot)做注的《诗经》拉丁文本出版。1872年,汉学家鲍吉耶(G. Pauthier, 1801—1873)翻译出版了第一个法文全译本《诗经》,书名为《〈诗经〉作为正统经典的中国古代诗集》,这是一部直接译自中文的著作,其中还包括了第一次译成欧洲语言的大序,不过此书的注释过于简单,后来影响也不大。此后,又有顾赛芬法文、拉丁文、中文对照的《诗经》全译本问世,这是法国最流行的本子,它于1896年在我国河间府出版后,已一版再版,至今仍流行于法语世界。与这些译本问世的同时,也出现了一些较为系统地探索《诗经》的长篇论文,这是18世纪所没有的现象。如爱德华·比奥就在1838年的《北方杂志》和1843年11月《亚洲报》连续发表研究《诗经》的专论。这些专论就《诗经》的文化和文学价值进行了颇为精到的探索,对比奥同期和后期的汉学家都产生了积极的影响。

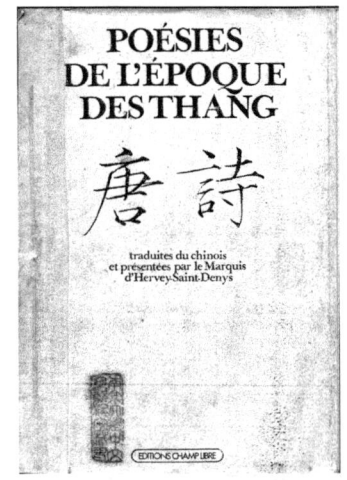

德理文《唐诗》(1862年)封面

罗大冈《首先做人,然后做诗人》(1948年)书影

19世纪法国汉学界除了译介《诗经》之外,还开辟了新的领域。在这儿我们要特别提到的是著名汉学家德里文1862年译的《唐诗》和1870年译的《离骚》。德里文对中国诗歌有着浓厚的兴趣,也有深入的了解,是欧洲汉学界介绍中国诗歌的少数几个先行者之一。他的翻译和评述对法国研究中国诗歌具有开拓性的意义。《唐诗》一书,主要根据唐诗集中文原版《唐诗合解》《唐诗合选详解》《李太白文集》《杜甫全集详注》,选择了李白、杜甫、王维、白居易、李商隐等唐代35位诗人的97首诗,每个重要诗人都附有简介,每首诗后都有详细注释。鉴于中国诗的独特性,他认为"汉语诗照字面译往往是不可能的"。他译唐诗的原则是:力求"透彻理解诗句所展现的形象和意境,尽力抓住主要特点,保留它的感染力和色彩","着意于这些译诗的整体画面"的再现。出于他的苦心经营,使这本译著具有较高水平,产生了较大影响。1977年于巴黎再版,出版者称赞它,迄今为止仍然是一部"重要的、最好的中国诗歌的法文译著"。书前沿有译者写的长序:《中国诗歌艺术和诗律学》,它是法国学者研究中国古诗第一篇有分量的文章。文章分两大部分:第一部分详细考察了中国诗歌艺术从《诗经》到《唐诗》所经历的变化、发展,并对中国古诗的巅峰唐诗做了高度评价,称:"孔夫子故土的诗人们像恺撒帝国的诗人一样,也有自己伟大的时代……这就是唐朝,就是杜甫、王维和李白生活的时代。这几位享有的盛名超过贺拉斯和维吉尔。他们的诗是汉语这一活语言的瑰宝,就是在这个古国的山村乡野里都名声赫赫。"第二部分主要论述了中国诗歌的内部规律,从汉字组合特点到诗律学,包括赋、比、兴,诗的起承转合、对仗平仄都一一做了细致探讨,并对中、西诗歌的韵律特点做了比较,称:"西方的诗律只限于调节诗句的机械部分,或者说限于诗歌的构架。而汉语的诗律却触及诗歌的精神部分、诗歌的灵魂本身。"说汉诗"把悦耳的音乐和悦目的图画"完美地结合在一起,这就是中国诗歌的魅力所在。对中国诗歌的奥秘的深究,显然较18世纪又前进了一步。德里文1870年译的屈原的《离骚》,虽然影响不如他的《唐诗》,但在当时贵族沙龙里却颇为流传。译者前言对屈原的生平和创作做了介绍,阐明《离骚》的特点是"把自己的哀诉和富有传奇的幻想糅合在一起","把自己的思想淹没在有些隐晦的词组之中,让读者根据自己的想象,根据作品中显露出的简洁形象,去完成自己的欣赏",认为屈原的这种表达手法一直为中国后代作家所沿用,这显然也是一种值得肯定的见解。

19世纪，法汉学界对宋诗、清诗也有所介绍，在这方面，前法国驻华领事昂博尔·于阿里(Imbault Huart, 1857—1897)做了很多有益的工作。他把中国古典诗歌分为三个时期，即古典时期，代表作是《诗经》；复兴时期，即唐代，是中国诗歌鼎盛时期，中国的奥古斯都时代；从宋到清，称为现代时期。他说，对前两个时期的诗歌，汉学家做了介绍，这是完全必要的，否则"将无法确信能理解中国诗歌的奥妙与讽喻的意蕴"。但他认为，在现代，诗坛上虽然充斥着模仿之风，诗歌呈现着衰落倾向，但确有一些真正的诗人对这种衰落倾向进行了斗争，"力图把诗歌从庸俗、炫博和浮华之风中挽救出来"。这样的诗人虽不多，"但他们的果敢精神和在同代人中所表现出来的那种顽强搏斗的意志，真不愧是中国的缪斯"。因此，现代诗歌和前两个时期的诗歌一样，有必要让欧洲了解。基于这样的目的，昂博尔·于阿里于1884年发表了《十八世纪中国诗人袁子才的生平及创作》一书；1886年发表了《十四世纪至十九世纪中国诗选》，这本书选译了苏轼、袁枚等近代诗人诗篇；1892年又出版了另一选集《中国现代诗歌》，选译了袁枚的《春寒》《到家》《新燕篇》《除夕》《元旦》《随园杂兴》《答人问随园》等14首诗，他对袁枚诗作极为赏识。

汉学界对中国古诗的精心译介和致力探究，对法国诗坛产生了影响，推动了中法诗歌的直接"对话"。据研究，影响最大的是戈蒂耶和马拉美。戈蒂耶在1835年就写过一首充满中国情调的中国诗篇《难怪成趣》①，这首诗曾被谱成曲子传唱，流行一时。他还给他女儿瑞蒂·戈蒂耶请了一位中国人②教她中文，共同译出了一本名为《玉书》的中国诗集。同时还模仿中国的"七言"写过不少七言诗，可惜都已失传。此外，他还写出了像"你妩媚的眼神，如湖底的秋月"这样的诗句。马拉美从小喜欢中国诗，1864年他写了首名诗《倦怠》被批评家誉为"笼罩着一种雾，一种中国智慧的芳香"。③ 法国诗人受到的这种影响，正是中法诗歌深入交流的一种积极结果。

20世纪法国汉学界对中国诗歌的研究，呈现出不断向纵深发展的态势。这不仅表现在对原有的研究课题如唐诗、《诗经》有了新的发掘，而且

---

① 葛雷《克洛岱尔与法国文坛的中国热》，载《法国研究》1986年第2期。
② 据钱锺书先生研究，戈蒂耶请的中国教师，即丁敦龄，山西人。参见《谈艺录》第372页，中华书局，1984年。
③ 查理·莫隆《马拉美和"道"》第221页，转引自葛雷《克洛岱尔与法国文坛的中国热》。

在一些从未有人涉足的领域,如汉赋、汉乐府、魏晋南北朝诗歌等都有专人进行了富有成果的探索。中国各个朝代的诗、词得到了进一步广泛的介绍;出现了一批有识见、有分量的论文和专著。无论在研究方法的拓展上,还是研究深度的开掘上,较之上两个世纪都有新的突破和发展。

20世纪初著名汉学家马塞尔·葛兰言就《诗经》研究发表了一部重要论著,这就是1911年出版的《中国古代歌谣与节日》。全书除引言和结论之外,分为两部分:《诗经》中的爱情诗篇和中国古代节日。在前一部分中,研究者抛弃了古代中国汉末儒者的传统理解,对爱情诗做出了全新的解释,在后一部分中,他从社会民俗学的角度对这些诗做了精细的考析,为法汉学界前辈研究《诗经》做了一个极好的总结,也为学术界揭开人类这部分文学遗产的价值做了开拓性的探索,其中不少论述为后人所引用。书中选择了《国风》68首歌谣,译文优美、准确,深得汉学界的称道。这些译文,也被后来的法译中国古诗选本所录。可以毫不夸张地说,这是法国人研究中国诗歌的第一部不同凡响的论著。

20世纪20年代,法国一些诗人直接参与中国古诗的译述与研究,使法国对中国诗歌的探讨呈现出一种多姿、多趣的局面。其中产生较大影响的是克洛岱尔。这位以散文诗《认识东方》名垂一时的大诗人,对中国古诗的翻译却不见高明。他先后翻译出了40多首中国诗歌,相继发表在《巴黎杂志》和《费加罗文学报》上。他的译诗大体分为三种情况:基本上忠于原文;抓住原著的某个中心环节加以生发和改写;完全脱开原文,借题发挥。请看他译的李清照的《声声慢》。原词是这样的:

> 寻寻觅觅,冷冷清清,凄凄惨惨戚戚
> 乍暖还寒时候,最难将息。
> 三杯两盏淡酒,怎敌它、晚来风急
> 雁过也,正伤心,却是旧时相识。
> 满地黄花堆积,憔悴损,如今有谁堪摘?
> 守着窗儿,独自怎生得黑!
> 梧桐更兼细雨,到黄昏、点点滴滴。
> 这次第,怎一愁字了得!

这首诗以抒发中国女词人国破家亡的愁绪而脍炙人口的名篇,经过他的迻译，竟完全成了另外的面目：

> 绝望
> 呼唤！呼唤！
> 乞求！乞求！
> 等待！等待！
> 梦！梦！梦！
> 哭！哭！哭！
> 痛苦！痛苦！我的心充满痛苦！
> 仍然！仍然！
> 永远！永远！永远！
> 心！心！
> 存在！存在！
> 死！死！死！死！

产生这种差距，是跟这位法国诗人对中国诗歌的误解分不开的。他曾经明确地说过："……中国的象形文字，经常启发人非常机敏、非常复杂、非常深刻的思想……为了把这些思想融为一体，中国作者，不用讲逻辑的语法联系，只消把词语并列起来即可。所谓读者，他是在利用人家给他提供的信号时，才称其为读者。"克洛岱尔显然从李清照的原作那丰富的意蕴中，仅仅提取了国破家亡的伤怀，展开自己的想象，用毫无"逻辑的语法联系"的"等待""梦""哭""痛苦""死"这些简单并列的字眼，连缀成一首他自己的创作，借以表达西方人经历第二次世界大战劫难的痛苦绝望的感情。克洛岱尔对中国文学的注解却无意中和中国"诗无达诂"的见解及文学交流中的接受与影响的理论不谋而合，使中法诗歌的"对话"竟然产生了意想不到的结果。

20世纪20年代到50年代，在中华人民共和国诞生前的这个阶段，是法国研究中国古典诗词略显沉寂的时期。这跟法国汉学界处于新老交替，汉学研究处在更新前的总形势分不开。第二次世界大战后，法国三大汉学家葛兰言、马伯乐、伯希和相继弃世，在汉学界负有继往开来的使命的戴密微先生则正潜心于敦煌学的研究，一时无暇顾及中国古诗的探求，而新一代的汉学家尚在磨砺试练之中，所以中国古诗的翻译和论著都寥寥无几。

这个时期,我们所能见到的是一些热心介绍祖国文化的旅法学者的译述,如徐仲年发表在里昂《中法季刊》上的《中国诗五十首》,发表在《水星》杂志上的《中国诗人杜甫》,《交流》上的《李白诗》《杜甫诗》,《里昂大学杂志》上的《白居易研究》《子夜歌选》等;梁宗岱在《欧洲》杂志上发表了王维的法译诗,1930年他在巴黎出版了法译《陶潜诗选》,得到了瓦莱里和罗曼·罗兰的好评;罗大冈的两本译著:《唐诗百首》(1942年初版,1947年再版)、《首先做人,然后做诗人》(1948年),前者翻译了唐诗百首名作,是德里文的《唐诗》选择的一种补充,后者译介了中国古代诗坛七名大家:屈原、陶潜、李白、杜甫、白居易、李贺、李清照,第一次在法国读者面前再现了我国七位伟大诗人的形象,字里行间充满着民族自豪感,这两本书对西方了解中国文化无疑具有积极意义。

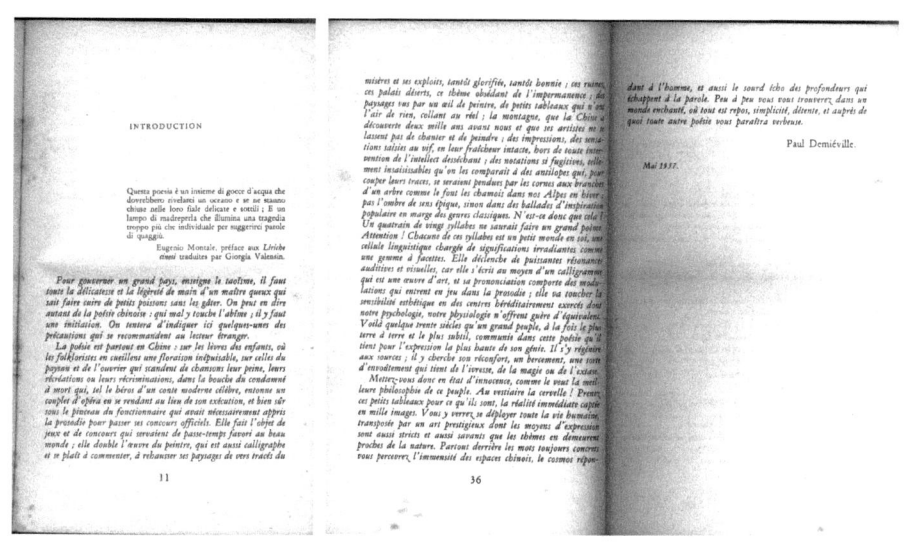

戴密微主编《中国古诗选》(1962年)导言

1962年,巴黎出版了由戴密微主持编译的《中国古诗选》,是汉学界译介中国诗词由沉寂而发展的标志。《中国古诗选》选择了上至《诗经》下至清诗374首诗(包括词在内),共204位中国古代诗人的作品。译文除了直接从中文翻译之外,还收集了不少前人的成果,如葛兰言译的《诗经》,安德烈·铎尔孟(André d'Hormon,1881—1965)40年代译的诗。译述工作从1954年底开始,到1957年初结束。这项巨大工程动员了包括旅法华人学者在内的巴黎所有汉学家的力量,参加此项工作的,除了老一辈汉学家如保尔·戴密微先生和侨居中国达半个世纪之久,为法中文化交流做出重大贡献的安德烈·铎尔孟先生外,还有当时初露头角的新秀如桀溺先生、吴德明先生、于如柏先生以及华裔学者李治华先生、梁珮贞女士等。新老汉学家互相切磋,通力合作,为这部巨著的问世付出了艰辛的劳动。因此,我们可以说,这部译著是集法译中国古诗之大成,也是汉学界研究中国文学实力的一次检阅。它在法国研究中国古诗的历史中占有一个十分重要的位置。书前载有戴密微撰写的长篇导论,他以丰富的文学知识和深厚的汉学修养论述了中国诗歌的历史演变和艺术特点,是法文读者见到的中国诗歌最佳综合介绍。他怀着对中国文化瑰宝的深切感情,对中国诗歌做了如此的热情赞美:

> ……如果读者脑子里充满了我们的地中海的文化传统,他也许会觉得这种诗太短小了。如画家塞尚曾以轻蔑的口吻说,这种诗乃是"一些中国的影像"。固然,这种诗歌没有任何浮华辞藻,没有丝毫的雄辩色彩,没有一点儿抽象的意味,意念单纯而少变化,惯用词汇又不断地重复。这些诗有的抒写了身陷蛮族草原的战士的悲愤,被遗弃的女人的怨恨,时而受到歌颂时而受到诅咒的、既有苦难也有功绩的战争;有的描写了古代遗迹、冷清的宫殿,这是一种萦绕人们心头的有关人生无常的主题,有的描绘了一些自然风光,这是诗人以画家的眼光所写的一些没有丝毫形态而又与现实事物密切相连的小景致;有的勾勒出山岳的美景。是的,中国人比我们早两千年发现了山岳的美景,他们的艺术家不厌其烦地对此进行了歌唱和描绘,有的叙述了诗人所捕捉到的一些强烈的异常清新的印象和感受,它们丝毫没有受到枯燥乏味的智力的侵袭;有的记下了一些转瞬即逝的意念,它们是如此地难以察觉,以至于人们把它们比作羚羊,因为羚羊为了隐藏自己的踪迹,便把自己的双角钩挂在树枝间,正如我们阿尔卑斯山区的岩羚羊在冬天那种隐匿踪迹的做法一样。除了一些非古典式的受到民间文学影响的叙事诗之外,这些诗都没有史诗的色彩。是否仅仅就这些特点呢?人们采用只有二十个音节的四行诗的形式是不可能创作出伟

大的诗篇的。然而,这些音节中的每一个音节本身就是一个小小的世界,它宛若变化多端的胚芽一样,是一个充满着辐射含义的语言单位。它能够在听觉上和视觉上产生强烈的共鸣,因为它是用本身就是艺术作品的、图画似的文字写出来的,它的发音含有能在韵律上发生作用的音调的变化;它能通过一些以继承的方式训练出来的心理重心去触及美学上的敏感性,而我们的心理学和生理学却不能使人产生这种类似的心理重心。所以,近3000年来,一个最平凡而又最灵敏的民族能够用这种诗歌来沟通感情,它把这种诗歌看成是自己智慧的最高表现。它依靠这些诗歌的养分而获得新生;它在诗中寻找鼓励和慰藉,追求一种近于酒醉、中魔或狂喜似的心摇神荡的境界。

……读者应把这些诗中所展示的细小画面看成是从现实事物中提取出来的,从成千上万的意象中提取出来的现实事物。你们会从这些景象中看到所展现出的人类的全部生活,它是通过一种奇妙的艺术再现出来的,这种艺术的表现手法是严谨的、精巧的,它的题材与自然界紧紧相连。你们会随时透过那些含义始终是具体的词语,发现中国浩瀚无垠的疆土、与人类相适应的宇宙,以及从心灵深处发出来的超越语言的低沉回响。你们会在一个一切都是宁静、纯朴、悠逸的世界里发现自我,你们会感到与这相比,其他的一切诗歌似乎都有些过于啰唆。

很显然,这种见解是建立在对中国诗歌深刻研究和了解的基础上的,赞叹中不乏真知灼见,因此,它绝非是溢美之词。

20世纪下半叶,由于戴密微先生的倡导,在汉赋、汉诗和魏晋诗歌这些无人问津的学术园地上,便崛起了一批开拓者。他们是吴德明、侯思孟和桀溺。这些学有专攻的汉学家以自己扎实的著作,显示了自己的潜力,使法国对中国古诗的研究呈现出一派生气勃勃的景象。

吴德明先生的《汉代宫廷诗人司马相如》是论者经营差不多12年之久的一部厚重的论著,全书九章,对司马相如的生平思想做了缜密的考析与辩证,对他的作品及其在文学史上的地位和影响进行了比较深入的探究和论述,同时对"赋"这一文体,做了解析和介绍,材料充实,评析精当,不失为一部力作。汉赋是中国韵文的重要文学样式,司马相如是有代表性的作家,在中国文学史上有重要地位。但这位作家不仅在西方汉学界鲜为人知,在中国也是研究不够的,因此,吴德明先生的这部著作就填补了一项空白,其意义是显而易见的。

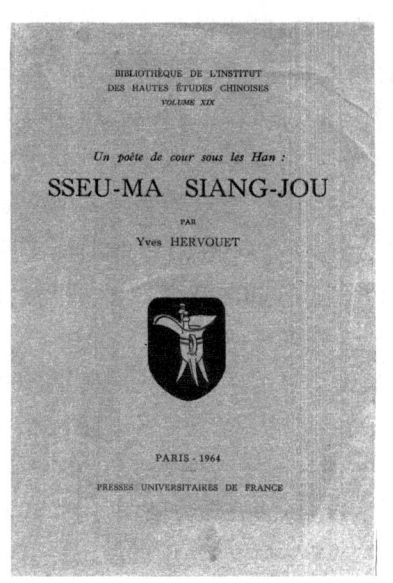

吴德明《汉代宫廷诗人司马相如》(1964年)封面

侯思孟《诗歌与政治:阮籍的生平和作品》(1976年)封面

　　侯思孟教授的《嵇康的生平和思想》是法国学界研究中国古代诗人的第一本专论。[①] 这本著作的一个鲜明特点是,将作家、作品放到其时代境遇中去考察,准确地把握了作品的真实含义,描述出了作为崇尚老庄的诗人嵇康的真实形象。他用的虽然也是中国学术界运用的"知人论世"的传统方法,但他不仅是在沿袭,而是有所发展,因而有一种新鲜之感,显示出这位汉学家中国古典文学的功力。这一特点,在他的另一部著作《诗歌与政治:阮籍的生平和作品》里表现得更加突出。他以阮籍《咏怀》八十二首诗为主,根据这些诗歌的主题,分出若干章节,每一章包含着阮籍所关注的问题,诸如对魏王朝的看法,对长生成仙和礼法名教的看法,通过分析诗人对这些问题的思考与感受,追寻其内在的感情脉络,描述作者的生平,探论他的思想,评析他的作品。按照这样的构架写成的这部专著,仍然保持了

---

[①] 1980年,他又将嵇康的诗全部译成法文,逐一加以评析,刊在《亚洲新闻》第268卷,作为这本专论的补充。

传记的风貌,由于作者把阮籍的诗歌看作是他一生的生活资料及其政治、时代资料的综合,始终坚持从其作品实际出发,从作者所处社会时代出发,并注意从阮籍本人的角度来理解当时的社会,所以其所描述的阮籍的形象,就其精微性和复杂性来说,是过去同类著作中所罕见的。

桀溺先生在汉诗研究领域内取得了令人注目的成就,一共发表了三部论著,每部都有自己的特色和精辟的见解。最先发表的是《古诗十九首》,他在引言中开宗明义地说,他研究古诗的目的,是为了真正深入到这个宝藏中去,探讨一下为什么它们在中国受到一致的称赞?在他之前,《古诗十九首》曾有过英、法、德好几种译本,他所以要重译,是因为以往的译音,"虽然忠于原文,但读者却不知道他们每前进一步,必须在好几种可能的意思中加以选择",只注重这儿是主题,那儿是动词,这儿是旅人,那儿是弃妇,这就"取消了诗歌的意蕴"。他认为古诗在中国经过翻来覆去的解释,西方学者不应该一瞥了事,必须深入到繁多的评论里,在一些解释有歧义的地方,停下来认真研究,不急于下结论。这样"就不仅会接近作者的思想,从那似乎模棱两可的、不很清晰的形象中发现某种潜在的东西,而且会了解到中国读者的偏爱和兴趣"。据此,作者在每首译诗后,附有各家的评注,列出各种相异处,经过细密的辨析,做出自己的判断。这位汉学家研究认为:《古诗十九首》由于"具有一股独特的更新力量","它们实行了一种文学上的革命,从而开创出了一个新世纪。它们深深地植根于过去,源远流长,可以追溯到《诗经》,还可以追溯到《楚辞》。但无论就其民歌的形式,还是就其哲学思想,这些作品都属于自己的时代。《古诗十九首》成功地综合了所有这些方面的特点,创造出新诗体,表现出新精神"。作者从古诗的抒情特点、结构艺术和新创的悲观主义三方面加以论述,同时贯串与《诗经》,特别是与《楚辞》的渊源关系的考析,进行联系比较,从而探讨出古诗的独特性,确有许多新鲜的见解。

《中国古典诗歌的起源:关于汉朝抒情诗的研究》是桀溺先生研究汉诗的第二部重要著作,在这部著作中,作者用四章的篇幅论述了中国古典诗歌产生、发展及其特点,在第五章里选译并评析了《江南可采莲》《平陵东》《乌生八九子》《东光》《东门行》等十五首汉乐府。他说,研究汉诗切忌中国学者那种分类学的研究,也要防止近代一些学者把兴趣集中在社会历史方面的考察。他称自己是从"严格意义上的文学角度","仔细地考察形式和主题发展的历史",从而做出判断的。由于研究者扎实的中国文学修养和严谨的治学态度,他的判断和分析也就言之有据。如说《罗敷》诗是一首裁剪得体,十分优美,充满欢快和尊严的成功之作,是古诗中别具一格,叙事成分保留得最多的一首诗,称罗敷的"果敢与机巧在传统文学中是没有先例的",传统文学没有像该诗"这样的风格,这样生动的对话和叙述,这样强烈的现实主义"。对于这首诗,这些评价是公允的和精当的。

《牧女与蚕娘》是桀溺先生研究汉诗的新收获。它论及的虽是《陌上桑》一首诗,但涉猎甚广,开掘颇深。他在前两部著作中运用的是考证与评价相结合的方法,在这本书中,则进一步把考证、评论和比较三者结合了起来,较前显然有发展。全书共四章,分别就汉乐府《陌上桑》和法国12世纪行吟诗人马卡布律的牧羊诗进行追根溯源的考察,论述了法国牧女诗和中国桑园文学的历史演变及其在各自文学中的地位,进行了平行的比较研究,材料丰富,论证细密,观点新颖,是一部很有深度的著作。

程抱一《中国诗语言研究》(1977年)封面　　梁珮贞译《李清照诗词全集》(1977年)封面

唐诗历来被法国汉学家视为中国古诗的高峰,自从19世纪德里文开始了唐诗的译介之后,它就一直成为汉学界重视的研究领域。我们在上面提到过,20世纪上半叶法国出现过罗大冈先生的两本唐诗译著,下半叶,唐诗研究有了更大发展,许多唐代名家名篇被一再重复地翻译、转述,多者竟达五次之多(如李白的《敬亭独坐》,张若虚的《春江花月夜》),有关唐诗的译著和论著竞相问世。按时间先后顺序,曾出现过这样一些译著或论著。1962年出版的保尔·戴密微的《中国古诗选》,选译了李白、杜甫、白居易等四十多位诗人的106首诗词。1969年出版的程抱一先生的《唐代诗人张若虚的诗歌结构分析》,是法国研究唐代诗人的第一本专论。1977年,法国又有两本唐诗论著出版,一是程抱一先生的《中国诗语言》,一是雅热(Georgette Jaeger)的《唐代诗人及其环境》,前者就唐诗艺术做了出色的分析,同时译介了李白、杜甫、李贺、李商隐等27位诗人,122首唐代诗词;后者除对唐诗做了总的介绍外,着重介绍唐代李白、杜甫、白居易、王维、韩愈等几个主要诗人。这一年还出版了梁珮贞女士译的《李清照诗词全集》,是法国汉学界译介宋词的绝无仅有的一本译著。1982年,保尔·戴密微先生的《王梵志诗全译本》出版,这是译者直接根据巴黎国立图书馆的敦煌卷子,精心整理译述出来的,从时间上讲,早于我国首次出版的《王梵志诗选》。1983年出版的保尔·雅各布的《唐诗》译本,选译了李白、杜甫等38位诗人的152首诗。1984年巴黎阿尔菲央出版社出版了李商隐、李白诗选。1985年,法国先后出版两本寒山诗译,一本书名为《寒山》,译寒山诗108首;另一本书名为《云游四方的诗人》,译寒山诗331首。仅此所举,唐诗译介盛况可见一斑。

　　这个时期的研究者对唐诗的内容和艺术特点都有探讨,较之19世纪德里文时代显然前进了一步。在唐诗的内容方面,法国人把它归纳为四种潮流(或四个主题),这就是:自然的潮流、友谊的潮流、人道主义潮流和中国人的享乐主义潮流。他们说,描写自然是唐诗的重要主题。而对永恒不变的自然,人生不过是个短暂的过渡,于是便产生种种感怀,这便是诗。春天,"轻柔的微风,风吹竹林的声响,吐芬的桃花,新绿的柳树,以及为久别的情侣带来信息的飞翔的大雁",都给人以诗情;秋天,"天高气爽,知了的鸣唱,井旁的辘轳声,捣衣声,飞往南方的大雁"都给人以感兴。春秋是转换的时节,是诗人吟唱的传统题材。抒发朋友和情侣之间,互相联结而又被迫别离的情感,往往也就是抒发怀乡之情。法国研究者认为,表现怀乡之情是唐诗的重要内容。中国人眷恋自己的家园,甚至不认为别处可以发现更好的东西。但是,生活的道路是曲折的,旅程是动荡的。每位读书人在青年时代,都先是到省城,后是到京都去应试,接着是做官赴任,地点一再变更,于是离别之情便油然而生,作诗怀乡便成为文士之间的普遍现象。

所谓人道主义潮流,就是对辛苦的农民或处于灾难之中的人民表达同情、怜悯。而享乐主义潮流则跟歌、酒有关。传说李白自称"臣是酒中仙",有人也认为中国古典诗歌中关于醉酒的主题屡见不鲜。其实,中国人并非是个爱喝酒的民族。他们只从文化的角度来论酒。"如果一个诗人说,他醉了,应该理解为'他被酒带到远离日常生活之外去了'。醉不只是寻求'忘却',而是激励才气。"对唐诗做如此的概括,在我们看来,未必准确、全面,但它终究是西方人对唐诗的一种理解、一种概括。

唐诗的艺术是这个时期的研究者致力探索的重要方面,他们看到了唐诗以及中国全部古典诗歌运用象征手法创造形象的特点;他们称象征是中国诗歌的生命线,"犹如心脏之于躯体","没有象征,诗歌就将失去力量",经过细心的研究之后,他们列举了唐诗中常用的象征形象:龙象征皇上最高权力,凤凰象征皇后的德行,麒麟是长治久安的象征,猿声是旅人分离时的伤感的表现,鹤是永生的化身,蝙蝠跟西方相反代表着幸福,鸳鸯是爱情的象征,大雁给分离的情人带来消息,知了象征复活之后便是死亡,梧桐常在描写秋天的诗中出现,杨柳表示别离,兰花是纯洁的象征,牡丹是富贵的标志等等,不一而足。这是法国人向自己的读者介绍唐诗的一种尝试,看起来十分有趣,但显然不能表达唐诗十分丰富的意蕴。法籍华人程抱一先生是为数不多的能够领悟的研究者之一,他的《唐代诗人张若虚的诗歌结构分析》和《中国诗语言研究》是西方唐诗研究领域中的两部重要著作。他在这两部著作中运用欧洲的新批评方法,为探求中国古诗的高峰——唐诗的奥秘,借他山之石,攻本国之玉,做出了可贵的、卓具特色的尝试。这一尝试,无疑为研究中国古典诗词拓开一条新路。

《唐代诗人张若虚的诗歌结构分析》,论及的是张若虚的两首诗:《春江花月夜》《代答闺梦还》。《春江花月夜》是唐诗中传诵千古的佳篇,历代围绕这首诗的评论也层见叠出。西方人对此诗的理解也是见仁见智,各不相同。程抱一先生运用法国结构主义方法对这首名诗做了独特的分析。他首先从语言符号学的角度考析了这首诗的韵脚、音调的别称与对偶、字的重复、音乐效果、诗的节奏等内部规律,然后抓住诗中"江"和"月"这两个象征实体进行评论,在评论过程中还逐行逐句地对词的用法、句子的构成,进行详尽细致的分析,阐发出了这首诗特有的情调、意蕴和魅力;程抱一先生运用结构主义方法论,对诗歌的内部规律进行了充分地揭示,从而达到了更高境界的艺术赏析的效果。从批评方法上看,无疑是个重大突破。另一方面，作者又把《春江花月夜》放到诗歌发展中去进行历史的考察，论证了它的地位。他认为，从诗体来说，《春江花月夜》与其说洗刷了宫体诗积累下来的过错，不如说它使宫体诗免除遭到毁灭的下场，它为这种诗体的生存进行了辩护。从艺术形象来说，它创造的江和月的形象，已进入了中国诗歌的最重要的形象之列。研究者从宏观的考析中，别具一格地论述了《春江花月夜》这一"孤篇横绝"的地位。

如果说，对《春江花月夜》的分析，还只是运用结构主义批评方法探讨一首唐诗的一种尝试，那么，《中国诗语言》，则是他更系统地运用这种方法论对中国古典诗歌，特别是对唐诗进行全面艺术探微的一部精湛之作。他在这部著作中，不仅对唐诗的译文作了精彩的描述，还对唐诗艺术作了很精当的理论阐述。他在这儿出色地运用了俄国结构主义符号学家罗曼·雅克布森和法国结构主义批评家罗兰·巴尔特（Roland Barthes）符号学原理，对中国诗歌，特别是唐诗的语言及其诗歌内部特征，做了更深入更细致的分析，从而准确地揭示出了中国诗歌的艺术奥秘。他把对诗歌语言与一般语言不同的研究称之为被动手段的研究；把对严格意义上的形式，如律诗和绝句的节奏、韵律、音乐效果等等称之为主动手段的研究。他列举具体诗篇，说明诗歌语言往往用省却人称代词、介词、时间状语、比较词语和动词的手法，来表达独特的情韵。如王维的《鹿柴》："空山不见人，但闻人语响"；《终南山》："白云回望合，青霭入看无"。诗人在这儿省却人称代词，表示人的动作与大自然完全融合，说明诗歌语言有特殊功能。在诗歌的主动手段一节中，他从符号学角度透彻地剖析了律诗、古诗等特有的结构形式，这样，一向被西方人视为神秘的中国古典诗歌艺术，经过他的巧妙分析，一如深山空谷中，照进了阳光，一下子豁亮起来。因此，他的这部书得到了法国汉学界的高度评价，被法国《宇宙百科全书》选为1977年佳作之一，同时被译成了英文，产生了广泛的影响。法国学界称这部书"主要反映了人的心灵深处的强烈感受"（《世界报》1977年8月26日），其"深刻而精湛的研究，使人能理解充满象征的中国诗歌的内在本质"（《读书》1978年1月，第234期）。他们说，读完这部"严密的符号学分析"的诗歌著作，使人"不仅学会阅读中国诗，而且即使不能写，也能更会阅读西方诗"（《法兰西新闻》1977年5月9日），称赞它的问世，"犹如一股强劲的东风，将成为一部经典著作"（《日内瓦报》1977年7月31日）。

以上，我们就三个世纪以来中国古典诗词在法国介绍和研究情况做了一个简略的回顾。从这一回顾中,我们不难看到,法国人为打开中国这个神秘的艺术殿堂、揭开其中的奥秘,走过了多么漫长的道路,付出了多么坚实的努力。直到今天,这种探求还没有止息。即使在今天,中国新文学越来越成为西方注目的重心,但中国古典诗歌仍然是法国许多汉学家致力研究的课题,一些在这个园地上笔耕多年的老将,退休之后仍在精心建构自己的重头著作。这都表明:法国人对中国古典诗词始终保持着一种深厚执着的热情,对其艺术奥秘的探究,还将要长久地继续下去。法兰西民族是个勇于探索、热爱诗歌的伟大民族,它对中国古诗——人类文化园地一朵耀目的奇葩——充满这样经久不衰的探索热情,原是十分自然的。

## 第二节 《诗经》:中国灿烂的文化源头

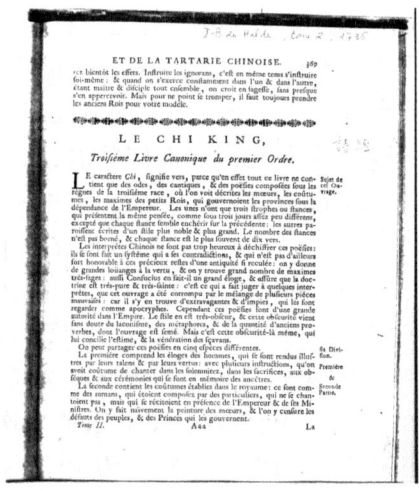

杜赫德《中华帝国全志》介绍《诗经》

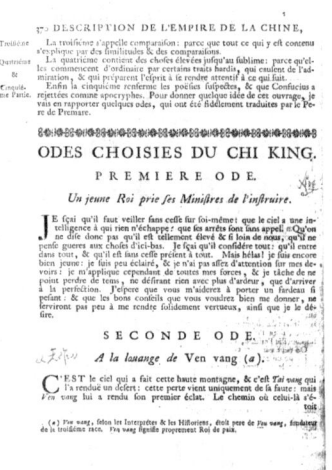

马若瑟译《诗经·周颂》中的《敬之》与《天作》

《诗经》是法国人不断进行探究的对象。不过,几个世纪来法国围绕《诗经》的探索重心不在文学,而在文化。以《诗经》作为追索中国灿烂文化的源头,检视古代中国文明形态发展的历程,是法国学者对这部中国诗集致力研究的一个鲜明特点。

法国人对《诗经》的探索重心虽不在文学,但他们开始接触这部著作时又不可能绕过文学的切入点,所以最初的探讨就集中在《诗经》这部"经书"文学性质的考辨上。最早向法国人介绍《诗经》的杜赫德说,《诗经》是孔夫子编的一部诗集。他第一次打破了《诗经》风、雅、颂的分类法,把《诗经》中的诗分为五种不同的类型:一是对人的赞歌,因其才或德受到赞美;二是反映王朝的风俗;三是比兴的诗;四是颂扬高尚的事物;五是可疑的诗,即不符合孔子教义的诗。他称《诗经》的文体十分晦涩难解,是它的简洁、使用隐喻和古老谚语格言造成的。唯其晦涩难解,才赢得了博学者的重视和尊敬。杜赫德的探讨立意在诗歌,但他对中国诗歌并不了解,因此,这些看法实属一般,只能反映出最初从事这种探索所能达到的水平。对《诗经》做过比较深入研究的西伯神父认为,《诗经》是"一部伟大而特别的诗集"。他以《古代中国文化论》为题,连续在多卷的《中国杂纂》上撰文,对《诗经》做了较全面较客观的介绍,并首次对风、雅、颂的真实内涵做了符合他自己的理解水平的表述和解释。他说,风就是讽刺短歌,通过这些歌谣可以让国王体察民情,从中来了解"人民的性格、兴趣、才能和风俗",这跟法国一样,法国人读着这些歌谣,犹如读着法国不同省份的公、侯、伯、子、男爵敬献皇帝的歌谣一样,可以了解他们治下的情况,至于国风中的诗风格不同,表达思想方式不同,乐调不同,也正像里昂人的歌唱决不同于普罗旺斯人的歌唱,布尔日人表达思想的方法不会跟芒什人相符,布列塔尼人唱的调子相异于洛林人和弗朗什—孔泰人一样。西伯神父称赞《诗经》这部"伟大而特别的诗集"汇集了"那一历史发展阶段中珍贵、不朽的作品"。这些作品,是人们借以"了解远行风俗的唯一详细资料……因此,对我们的历史学家极有用"。而集中的诗歌,"如此优美和谐,贯串其中的是古老的高尚而亲切的调子,表现的风俗画面是那样的纯朴和独特",足以与历史学家所提供的真实性相媲美。在这儿,西伯对《诗经》的观察,虽然没有离开文学的视点,但他显然已经看到了《诗经》所内含的巨大的文化历史价值。特别是他提出了把《诗经》当作了解中国风俗的资料这一看法,更是对法国学者研读《诗经》基本特点的描述。

逐步离开文学的视角点,对《诗经》做纯文化考察的是 19 世纪的爱德华·比奥(Edouard Biot)。他从《诗经》的研究中得出了一个著名的结论:"每一历史年代汇集的诗歌,是反映一个民族风俗人情的最忠实的镜子。"他说:"当人们在历史研究中想方设法探明某一民族在一定历史时期内的风俗习惯、社会生活以及文明发展的程度时,一般很难在充斥着大大小小战争纪实的正史里,找到构成这一时期民俗画面的特征。反之,人们从神话传奇、故事、诗歌、民谣的研究中能得益甚多。因为这些艺术形式保存了它们那个时代的特征。人们因而常常重新发现在正史中不见踪迹,然却贯穿于两个相距甚远的历史时代、一脉相承的特殊风俗习惯。"① 他认为《诗经》是"东亚传给我们的最出色的风俗画之一,同时也是一部真实性最无可争辩的文献","实际上是中国最早的民歌"。这些歌谣在上古时期,"传诵在中国的乡村城镇,犹如欧洲最早期诗人的诗歌流传在古希腊一样",文体简朴,主题总是不断变化,找不到"东方大多数史诗中使用的宏伟壮丽的场面与修饰","以古朴的风格向我们展示了上古时期的风俗民情"。他强调指出:通过《诗经》,可以探明古代中国的"风俗习惯、社会生活以及文明发展的程度"。为此,他发表了《根据〈诗经〉探讨古代中国风俗民情》的专论。用他自己的话说,他"像公元前6世纪一位旅人可能会探索孔夫子的故乡那样",探索了中国这部古老的诗集。他这种探求的用意并不在于文学,而在于考古,但却为从社会民俗学的角度来研究《诗经》开拓了一条新路,不仅在法国汉学界是个首创,而且,较之于中国学界,也早一个世纪。②

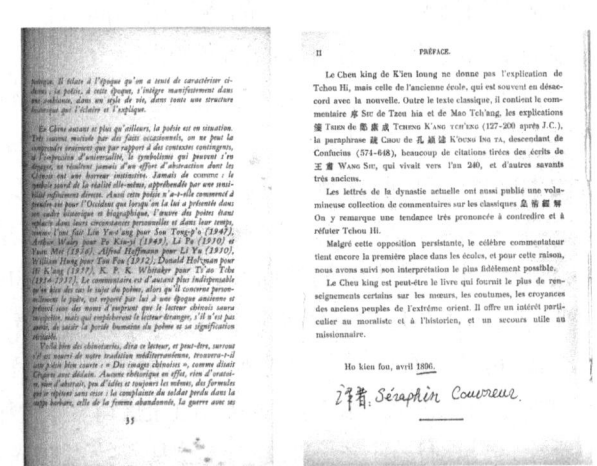

顾赛芬译《诗经》导言、扉页

---

① 《北方杂志》1838 年第 2 期。

② 如果说,我国学者闻一多先生20世纪40年代发表的《匡斋尺牍》开创了用社会民俗学研究《诗经》的路子,较爱德华·比奥1834年11月发表的《根据〈诗经〉探讨古代中国风俗民情》正好晚了一个世纪。

在比奥的影响下,此后的汉学家便把《诗经》当作"一部真实性最无可争辩的文献"进行文化深层的探索。顾赛芬在其《诗经》全译本的序言中则公开明言:"《诗经》可能是最能向人们提供有关远东古老人民的风俗、习惯和信仰方面资料的书,它无疑会使伦理学家、历史学家产生特别的兴趣,对传教士也大有裨益。"他在为这部译本所写的长篇导言中,除了对《诗经》中的历史、风格、寓意与文学成分做了总体介绍外,还以"从《诗经》中汲取的知识"为题,对全书308首诗做了具体的分析、归纳,认为从中可以了解夏、商、周的社会,了解中国古代的服饰、建筑、农业、渔猎、妇女服装、旅行、射击、战争、婚姻、宴会、音乐、体育、天文等多项知识,并列举具体诗篇加以说明,这显然是对爱德华·比奥的观点的发挥。19世纪研究中国古诗的知名汉学家德里文沿着比奥的路径,坚持从"中国文学寻找社会风貌最突出的特征"这一观照方法,对《诗经》所揭示的中国上古文明进行了十分有趣的考察和描述。据他的研究,《诗经》展示了上古时代的中国,展示了一个不复存在的古老社会。

> 通过《诗经》,我们了解到当时的房屋是泥土建的,式样就像法国南方的干打垒建筑物,房屋大梁的材料是竹子或松柏;黄河下游广阔的大平原上已经采用灌溉来种植农作物;牛羊是有权势的家族的主要财富;从那个时代起,人们已经使用犁、铲、长柄镰刀。《诗经》使我们了解到当时家庭生活的一切细枝末节,从一日三餐到最常用的食物的配制,可谓详细备致。这是一个被遗忘的世界从坟墓里跑了出来。这情景和尼微的考古发现颇为相似。所不同的是,底格里斯河谷坚韧不拔的勘探者挖掘出来的是一堆废墟,而我们通过《诗经》看到的则是一个在学者的召唤下重又出现的生龙活虎的民族。①

对中国上古社会做这样牧歌式的遐想与描述,正是他对《诗经》进行诗意化的文化透视的结果。这样的民族究竟具有什么特征?德里文又为此将《诗经》和希腊史诗放在一起,把它置于陆地两端不同文化背景中加以探析。他以《诗经·陟岵》为例和《伊利亚特》的某些情节进行了对比

---

① 德里文《唐诗·序》第19页,巴黎,1977年。

说:"一边是战争频繁,无休止地围城攻坚,相互挑衅的斗士……在这个世界里人们感到自己置身于疆场之上,而另一边则是对家庭生活的眷恋,是一位登山远眺父亲、土屋的年轻士兵和他的怀乡之情。一位是斯巴达人会扔出墙外的母亲,一位是叮嘱家人不要顾念光宗耀祖而首先要尽早返回故里的兄长。在这边人们感到自己置身于另一个世界,置身于一种说不出的安逸的田园生活的气氛之中。"之所以有这个不同,他认为原因在于"荷马时代,希腊先后被征服过三四次,因此希腊人大概也变得同他们的侵略者一样好战。而中国人则是地球上最美好的那部分土地上无可争议的主人。因此,他们像原始时期的垦荒者一样。爱好和平"。他认为,从《诗经》中可以看到当时的中国人的主要性格特征:"热爱和平,热爱劳动,热爱家庭,服从君王,敬重长者,在生活的大小场合都很严肃,温顺而坚韧不拔,毅力坚强,勇于自卫而不图寻衅。"①对《诗经》做这种文化层次的观照,较之比奥有了新的发展。

葛兰言著《古代中国的歌谣和节日》(1911年)封面与封底

对《诗经》做风俗民情的考察,取得重要成就的是20世纪初著名社会

---

① 《唐诗·序》第21页。

学家葛兰言,他的《中国古代的歌谣与节日》这部卓越的论著,集中论述了《诗经·国风》中的诗篇与中国古代节庆、劳动、歌舞、爱情相生相成的关系,考析了作为中国文化精髓的诗歌与中华民族的文化习俗、文明发展的因缘;从而把对《诗经》的探究推到了一个新的阶段。在这部论著中,研究者首先从分析《诗经》中爱情诗的"乡野主题"入手,探讨了这些歌谣与中国古代季节节日的礼仪习俗的关系。他指出这些诗篇在抒发人的爱情时,总要借助于大自然的形象描绘,而这并非只是一种艺术手段,也是一种道德象征:一对飞离的鸟儿,本身就是鼓励忠诚的表示,它们藏匿到别处去结合,教给人夫妇生活的规律,它们寻求的日期也同样向人们指明了适宜结合的季节。他把这些乡野题材与时令、农谚联系起来考察,发现了两者有相似之处。从而指明它们与古代节日之间存在一种内在联系。接着论者又列举具体诗篇,进行具体分析,认为:这些诗描写的是非个性化的恋人,表现的是非个人的感情;艺术上是自发的,运用的是最基本的对称手法,词句的回复以及由声音和动作决定的强烈的节奏,所有这些特点都表明了这些歌谣是农民的即兴之作。他根据歌谣中的内容推定它们是"按规定时间、划定的场所,供大型乡野集会歌唱用的"。经过这样周密的分析之后,他认为:诗与爱情同时产生于季节节日的庄严时刻里,产生于乡野的聚会之中;所有的歌谣都出自狂欢的农民之口,都表现了中国古代的风尚习俗。可以看出,研究者的立论是以作品的具体分析为基础的,像这样紧紧把握诗歌本身的内容,进行洞幽触微的分析,在他之前还未有人尝试过。但是论者并不仅仅局限于这一得之见,而是把探讨的问题放到更宏观的文学和社会参照系中去进行更深层次的分析考察,一方面使其立论建立在更加牢靠的基础上,另一方面以此拓开自己的思路,再有所发现。他把《诗经》中的国风跟中南半岛和我国西南少数民族的对歌习俗相比较,进行横向联系,进一步验证了他对国风的考析与推论。同时又在论著的第二部分中进行纵向开掘,根据歌谣描写的内容,推断出中国古代的四个地方性的节日(郑国的春季节日、鲁国的春季节日、陈国的春季节日及春天的皇宫节日),具体地描述了这些节日的内容、季节庆典的规律性、祭祀的地点及各种比赛活动,进而探讨了古代中国社会组织、宗教信仰、思想原则和生活风尚。这不仅展现了他的前辈所未曾探究的深度,而且这样的一种研究角度和视野,在当时的中国学界也还未曾有过。①

我们看到,葛兰言从社会民俗学的视角对《诗经》进行考析时,注意吸收中国古代注释家有益的论点,摒弃了其中显然是错误的观点,这是他的前辈所不能做到的。比如,他在论析爱情诗中的"比""兴"手法时,就明显地吸取了注疏家合理的东西,但他又不同意中国古代的汉学宋儒,把爱情诗统统纳入儒教的范畴,批评了理学家否认爱情诗,在注疏中穿凿附会的做法,指出他们坚持儒家思想释诗,无法自圆其说。他认为:"只要不坚持把《诗经》尊之为经,不把儒家的标准作为衡量价值的首要标准,那就没有任何理由一定要说,哪一首诗描绘了恶习,哪一篇歌颂了德行;没有任何东西一定能证明,只有受到王政影响的地方,风尚才会纯正,这样一来,问题就简单多了,人们就会更加有把握地推断出,所有的歌谣都表现了往昔正常的风尚习俗。"这种圆通的识见,显示了研究者敏锐的眼光,首先在西方廓清了中国理学家在《诗经》研究上所散布的种种迷雾,恢复它古代歌谣本来的面目和价值。当然,论者的眼光不仅表现在匡正妄说,而且更重要的还在于有所发现。他论述《诗经》中爱情诗的特点时,在吸取中国古典评论家有益的成果的基础上,从哲学的高度,对爱情诗所表现出的种种特征,做出了富有理论发现的阐发,这是《诗经》研究中的较大突破。他认为:国风中的歌谣描绘的是"爱的痛苦","是一种忧虑,强烈的需要和心灵的煎熬","爱的欢乐表现得很少",不消说,这是古代青年男女真情实感的反映。何以如此?这是因为:"春女感阳气而思男,秋男感阴气而思女,是其物化所以悲也。"他引述中国古代注疏家的话,运用阴阳哲学原理来说明男女相聚前的思念,相别后的烦忧,相爱后的满足。他说:"两性上的彼此吸引,产生于一种失败和欠缺之中,产生于各自本性不完善的苦恼之中。"而当青年男(阳)女(阴)处在一个共同的竞赛活动中,便"面对面地各个经受着考验,感到各自具有的长处,并且互相为对方的魅力所吸引,各自品格的不同使彼此动情,他们内心似乎感到此种不同将可变为友情",于是,"通过季节的中介,当世间阴阳结合的时候,青年男女也就跟着结合起来,

---

① 如果以诗证史——通过《诗经》的研究来系统地探讨中国古代历史和社会形态,始于郭沫若的《中国古代社会研究》(1928—1929)一书,那么,葛兰言的这部论著实在其先,而他后发表的《中国宗教》(1922),《中国文明》(1929)等著作,使我们惊讶地发现到:中法两国学者,差不多同时,从同一角度,对《诗经》这一类古老典籍各自进行了十分类似的探讨。这是中法文化交流史上十分有趣的现象。

并且达到了他们本质上完全发展的程度",这才获得相爱后的满足。他认为,这种复杂的感情是和封建中国农民的生活方式、社会地位分不开的:"旧中国的农民跟他们的土地紧紧相依,他们在双亲的土地上劳动;男女操劳不同,生活各在一方……只有在狂欢的时刻,才会一起忘记他们的简朴和孤寂的生活准则,他们才意识到要攀亲、定情、婚配,相爱者心中所产生的神圣恐怖,突然化为最大的安宁。"因为他们一旦结合,就觉得他们的命运是不可分离的,于是,"恐惧和烦恼为信任和心灵的平静所替代"。他说,对这样的爱情诗歌,如果说中国的注释家发现了淫荡的风尚,而外国人则从中发现了比现在更可取的旧风俗,"即从恋人不遗余力地表达忠诚的誓言里,找到了旧的一夫一妻制的证据"。由阴阳的哲学原则进而论述到中国古代的婚姻习俗、家庭组成和社会形态,显示了研究者较为宽阔的文化视野和相当的理论深度。对《诗经》做这种社会的、文化的总体透视,无疑是别开生面的,这也是本书最精彩最有趣的部分。

在葛兰言的《中国古代的歌谣与节日》之后,法国还出现了张正明的《诗经中的对偶律》,《诗经》的研究似乎又回归到了诗歌本身,但终因没有出现与葛氏著作相颉颃的著作而并未产生影响。因此,葛兰言对《诗经》的研究实际上为法国探求者做了一个总结,在追索中国文化源头的漫漫长途中竖立了一块界石,标示着法国人对《诗经》这部中国文化古籍的探究已经达到和尚未达到的途程。

## 第三节　汉魏六朝诗:中国哲学的折射

汉魏六朝诗是法国汉学家注重探究,并且取得重要成就的领域。这个学术领地的开拓者戴密微先生,从其对佛学和禅宗的研究中,发现在中国文学史上,中国哲学思想对作家和创作的影响,没有一个时代能像汉魏六朝表现得那么明显和直接。他认识到要把握这一时代的诗歌演变和发展风貌,只有从"整个历史的进程中",特别从"思想史"中加以考察才有可能。对中国文化的这种深刻领悟,无疑是研究汉魏六朝诗歌的一把钥匙。一切受益于这一教诲的法国东方学者都自觉地接过这把钥匙,以期打开这一时代诗歌的奥秘。于是,用哲学的折射来返照文学,便成为他们研究中国古诗的重要特点。

戴密微在分析汉魏六朝诗歌发展时,称"汉代是中国的罗马时代",这个时代的特点是,"一切都屈服于儒学为根据的帝王的权威",在儒学思想钳制下,很少出现大诗人:"诗人必须为国家的事业效劳,甚至于连没有受到国家干预的古代诗歌、古老的国风和周朝狂热的抒情诗均成了供朝臣和官员使用的寓意性的教本。"①与这种说教性质相反的,是从乐府歌产生出来的"一种带有民间风味和伤感情调的诗歌",即古诗十九首。沿着戴密微考察汉诗的这条思路,桀溺教授对《古诗十九首》进行了研究,探究出了它们所具有的"一种独特的更新的力量",这就是,独树一帜的抒情特点、整齐和谐的结构艺术和创新的悲观主义。桀溺先生首先从辨析《古诗》与《楚辞》的渊源关系入手,论述了《古诗》有别于其他范本的抒情特色,这一抒情风格显然与汉儒说教之风相悖。他指出《古诗》表现的离别题材和统一的抒情格调,以及作品中抒情的主人公都和《楚辞》一脉相承。他说:"虽然'齐妇''逐臣'这两种人物可以追溯到《诗经》,但只有《楚辞》的作者这样刻意地、系统地抒写志向抱负、男女私情、思想怀旧和生生死死的惆怅,塑造出独特而复杂的主人公形象。同样,在《古诗十九首》里,虽然每首诗的寓意各不相同,但其精神如出一辙,可以说逐渐显露出一种独特的人物风貌,其个性酷似《楚辞》里的先驱者。"他们之间的相通之点,例如对理想、爱情的渴望,对忠贞的崇拜,爱国怀乡,落拓失意和感叹岁月催人的情怀等,都表明《古诗》与《楚辞》之间不可忽略的渊源关系。而这一点却是中国诗论家注意不够的。同时,他认为《古诗》与《楚辞》的人物也有很大区别。《楚辞》的主人公是非凡的人物,《古诗》里的人们却是普通的人。其抒情的方式也不一样,它缺乏《楚辞》的那种理性的辩论或感情的抒发,抛弃了一切冗长激昂的抒情诗形式和哀叹、诅咒般的分析法,它具有自己独特而矛盾的抒情风格:"集中描写的是感情而不是景物,但在实践中掩盖的是情,表现的是景。"这一矛盾风格,就使《古诗》"披上了一层新文体特有的悬幻色彩",散发出一种"含糊的气氛","使人深思",而越显其"光辉灿烂"。他强调指出,《古诗》的这种回避对抒情主人公的内心感受做直接描写的特点,即"意越浅越深,词越近越远"的美学追求,与道家的反论观点有相似之处:遮掩是为了更好地揭示,显浅而隐深,话点题即止等等。他说:"道家的哲学在某个程度上为这些诗提供富有生气的新鲜思想,在美学观上不也对它们有所启发吗?"

---

① 《中国古诗选·导言》第32—33页,巴黎,1982年。

桀溺先生从思想文化的观照中,看到了《古诗》的结构艺术反映了"人的天性与文化之间的平衡",这就大大拓展了探究中国诗歌的文化视野。他说,《古诗》整齐、和谐的结构艺术无疑是它们最具独特性的地方。他引述了王夫之对《古诗》结构的评论(即所谓"一诗止于一时一事,自十九首至陶谢皆然。"),认为《古诗》作者的美学追求,与法国17世纪古典戏剧家所遵奉的时间、地点、动作"三一律"有吻合之处,人们可以从《古诗十九首》里辨认出法国古典文学的某些卓越品质:"这种诗歌所关心的对象是人类和人类共同的体验。它遵从的是理性,因为只有理性,才能节制,讲求朴实,从而创立整齐、和谐的风格。它反映了人的天性与文化之间的平衡,把接受古代典籍的影响跟民间语言的清新的特点结合在一起。它追求完美,却不流于卖弄。中国人读古诗,感到清新而又隽永就好像法国人读笛卡尔或拉辛的作品一样。"按桀溺的理解,《古诗》中这种节制情感的理性主义,显然是中国传统思想影响下的表现,因此,它的整齐、和谐的艺术风格,实际上是中国人的天性与中国文化之间相平衡的反映,亦即是中国传统哲学的折射。

《古诗》里充满着忧郁气质,这是我国评论家的公论。桀溺指出,这种气质并非《古诗》所特有,《诗经》和《楚辞》里也曾表现过。但悲愁的情怀在《古诗》里发生了本质的变化,表现得更难以忍受,更毫不容情,更无可奈何,更难以解脱,"荣誉、爱情、药石和宴饮都不能叫人忘记生命的短促和必然幻灭的归宿",疗救的药方是没有的。桀溺认为,这种悲观主义与两汉的哲学思想,特别是道家思想密切相关。然而,《古诗》始终保持着本身特有的色彩,其"更新的力量"正在于:"作品中浓厚的悲观主义,甚至于造成沮丧或惶乱",诗人"既没有过分的绝望,又没有自我吹擂,他就如此地推拒了一切"。他认为,这正是"中国魂"的写照,是"中国民族精神面貌"的反映。他说:"我不知道,一个经验肤浅的外国人来谈论'中国魂'是否有些自命不凡,但我总觉得这些诗歌所提供的完美形象,正好反映了中国民族的精神面貌。"这将会使后代人因之而认识到:"中国人头脑清醒,不会轻信那些解除痛苦的空幻梦想,他们面对现实,能抑制住心头的失望;无可慰藉而不怯懦,高尚而不浮夸。"从《古诗》的探索中,看到了中华民族的文化精魂,这确是一个富有启迪意义的发现。

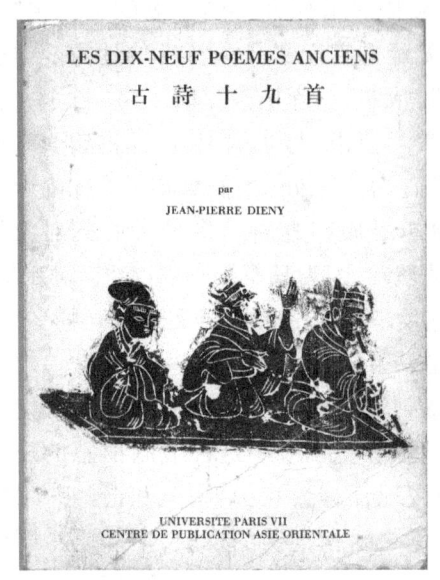

桀溺著《古诗十九首》(1974年)

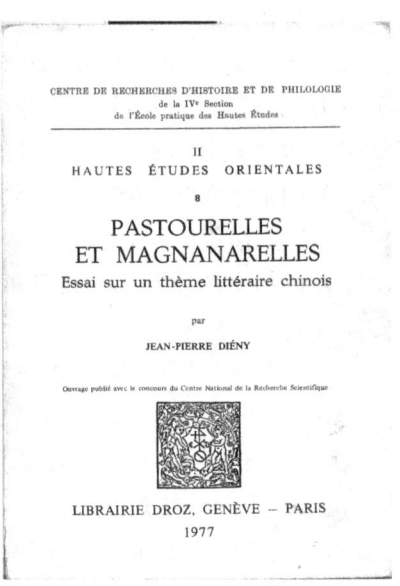

桀溺著《牧女与蚕娘》(1977年)

在"独尊儒术"的汉代,儒家的道德哲学伦理哲学对诗歌创作的影响是全方位的:它不仅影响诗人的抒情方式,而且影响诗人的审美取向,甚至决定着诗歌主题的选择与流传。桀溺教授的《牧女与蚕娘》一书就这方面进行了有意义的探索。他以中国的《陌上桑》和法国的牧羊诗平行比较为开掘点,从人类文化学、主题学的角度,对桑园主题的流变进行了钩沉发微的考析,是从文化视角观照中国古诗的重要收获。桀溺先生首先对罗敷活动的地点桑园,做了一番细致有趣的考察。他从《诗经》和其他中国古籍中大量的资料发现,"桑园并非单单是个春季劳动场所,隐约展现大地回春的喜悦。它还是个特殊的风景区,一个并非偶然,而是惯常的幽会之地。节庆时,男女青年就在那里约会和庆祝婚礼"。同时它也是古代祭祀求雨的场所,因此桑园就像法国牧女诗中的羊群一样富有象征和联想性,作为艳温和诱惑的背景就是十分自然的了。然而,桑园、罗敷故事发生的地点,绝不是无足轻重的背景,它创造了人,赋予人物各自的角色,如此曲折的喜剧并非一日形成的。为此,作者又以他广博的中法文化知识,对桑园文学进行纵、横综合考察与比较。据他的研究,中国古代的桑园文学跟法国中

世纪的牧女诗,大致经过这么几个发展阶段:

一、民间传说阶段,即民间与半民间文学阶段。他从《诗经》中那些弥漫着桑园所特有的愉快放纵气氛的爱情诗,联想到西方中世纪欢庆春天复苏的《大地回春曲》,认为"牧羊女和采桑女同是春日狂热哺育下的诗意盎然的女儿"。自此,桑园在作品中的出现,将总是伴随着反抗性禁锢的精神和自由恋爱的激情。

二、道德家反对阶段。桑园内自在而放浪的生活以及采桑女郎对爱情的大胆追求,在古代的道德家和墨守成规的人看来是不可原谅的行为,因此,桑园便成了"淫风"的代名词,中国道德家通过斥责猥亵淫荡的"郑风",来谴责伤风败俗的桑园女郎。在中世纪的欧洲,人民用俗语言创作的诗歌也遭到了同样的命运,它们被斥之为"魔鬼的歌,堕落的色情歌",遭到从主教到封建主的反对。这样,产生于春祭活动中的情歌和道德裁判家的谴责,就构成了桑园文学和牧女诗发展中的两个极端。"从此,这个令某些人怀念而又引起某些人痛恨的内容,便摇摆于两极之间。它的整个历史似乎就是宽容与排斥的轮次交替,或者程度不同地相互妥协的过程",或左摆而"复活",或右摆而"回炉",或中立而"调和"。

三、牧女诗和桑园诗平行发展阶段。法国的牧女诗的出现,是对基督教清规戒律以及"宫廷"道德的猛烈反抗,它的反抗唤醒了"五月歌"特有的粗犷奔放的对于性的追求。作为本能的造物主,牧女无疑体现了复苏中的大自然之骚动不安。而中国的桑园诗的发展,并没有留下如此清晰的轨迹,但"桑园始终保持着它的魅力和象征作用"。由于中国特殊的社会环境,凝结于其中的人类本能却只能通过隐晦曲折的语言表达出来。"为了掩饰春日纵情的丑闻,中国诗人乐于在讲究的诗体'赋'中运用转换和升华的手法。"如《高唐赋》,其间虽没有出现桑园,但"朝云"女神所体现的作用正是桑园的作用,"她象征着在春日桑园中游荡及播种不宁静的人物典型"。

四、道德化阶段。汉代的道德家并不满足于排斥桑园的淫乱之风。他们塑造了新的主人公来对抗自己厌恶的人物。于是改邪归正,重获新生的采桑女充斥了文学。作者感叹地说:"利用一个被认为有流毒的文学主题,送去'回炉'这种理论,在中国方面颇为自耀。"法国南、北方的行吟诗人,也像中国道德家一样,臆造出道德说教式的牧女诗,诗中的牧羊女总是扮演正面角色,严词教训胆大妄为的骑士。这样,他们就为农妇平了反,驱逐了在她们身上的妖魔:即春天里被大自然唤醒了的压抑不住的生命活力。

五、缓和阶段。在文坛上争夺牧场与桑园的情欲和禁忌之间,终于找到了一个平衡点。这个平衡点,在法国是马卡布律的牧女诗,在中国是《陌上桑》。《陌上桑》的女主人公把采桑女形形色色的特征集于一身。"她特有的、令人欲进不能,欲远不舍的魅力,使风流俊俏和严守贞操的两种采桑女的性格浑然一体。"反映了民间文化和传统文化的调和。马卡布律的牧女诗也反映了这种令人困惑的调和:牧羊女无疑信守贞操的,然而面临的形势,却微妙地使之加上了色情色彩。

经过周密的细致的考析和比较,研究者得出了这样的结论:"《罗敷》一诗承担了,也概括了一个漫长的过去,以及一个最有原始想象和基本冲突的领域。桑树和桑园在引发起礼仪风习、神话传说或者是道德思辨的繁荣间,展现了一幅中国文化初期的图画。《陌上桑》继承了这一遗产。"他说:"我们之所以承认罗敷诗在桑园为主题的诗歌中的卓越地位,并非仅仅由于它的文学价值。它是代表一个过渡时期的典型作品。在这个时期,古典诗歌的体系开始从民间抒情诗的思想及语言方式中脱离出来,同时从那时起,两千年的帝国政治和社会基础也奠定下来,如果想在汉代文学中寻找这一发展的标志,那就没有比罗敷诗更有力的证据了。确实是它把同样丰富、标志着中国文化两个时代前后的作品连接起来。"我们也可以说,它是返照中国道德哲学、伦理哲学,折射文学的一面镜子。

汉末儒学控制松懈,道教重新活跃,哲学和文学日趋繁荣,诗歌发展也进入一个"极富特征性的时期",这就是魏晋六朝时代。这个时代,诗歌冲破了伦理的、道德的束缚,在各种哲学的烛照下要求发展自己的个性。照戴密微的描述,这种个性便是:"在曹氏父子的笔下具有雄浑有力的气势,在'竹林七贤'笔下变得朦胧沉醉,在陶潜笔下呈朴实无华而带有梦幻色彩。它背离了世界宣扬的孤独、自由,回归大自然和逃避到无限之中。"①诗,比任何时候都跃动着一种"阴郁"和"焦虑不安的情绪",诗与老庄哲学的关系更为贴近了。对这一时代的诗歌研究,侯思孟奉献出了一部力作《诗歌与政治:阮籍的生平和作品》。阮籍是魏晋易代之际的重要诗人,也是崇尚老庄思想的代表诗人。其著名的《咏怀诗》集中地反映了他对黑暗现实复杂的思想感情,是研究者借以考察诗与哲学和政治关系的代

---

① 保尔·戴密微《中国古诗选》(法文版导言)第33页,巴黎,1982年。

表性作品。侯思孟这部研究阮籍的专著,正是以《咏怀诗》为基本构架,以诗人所处时代为主要参照系,来探究诗人与信仰、诗与哲学的关系。

在中国文学史上,阮籍的《咏怀诗》向来被视为较难理解的诗篇,所谓"言在耳目之内,情寄八荒之表,厥旨渊放,归趣难求"①。我国历代评论家把这种原因归咎于其时的政治黑暗,认为阮籍《咏怀诗》是婉转地表达他对魏王朝的哀悼和对篡逆者司马氏的不满。阮籍大量的有关追求长生的诗歌,多从政治着眼,被一律理解作他企图逃避黑暗现实的象征。为此,历代评注者们为诗中的每一典故和每一句描写寻找历史依据与政治旨归,把这些诗歌当作政治讽刺诗,而不是当作阮籍内心追求的写照。侯思孟先生从作者所处的哲学转换的特定时代和内心的独特追求两方面加以考析,认为阮籍的大多数关于追求神仙的诗篇,确实更多的是借此表达他对"真实世界的厌弃和面对周围的悲惨与不平所感受到的无可抑制的悲哀"。但是,也有一些诗篇并不都是用讽喻所能讲得通的,"其中对神仙的追求或至少对神仙所能享受到的某些神秘快乐的追求,似乎是真实的而不是讽喻的"。在当时哲学与宗教思想的影响下,阮籍深受"追求长生的欲望的诱惑,被神仙在远离人寰之处所享受到的神秘幸福深深吸引",他确实也真的想成仙,把它当作"逃避人生痛苦的方法"。侯思孟指出,从政治角度出发理解这些诗歌内层含义的同时,也要顾及作者的这种追求,不要忽视诗歌的表层含义。这样,才能较准确地把握阮籍及其《咏怀诗》这样一个矛盾复杂的存在。对此,他在本书第八、九两章从诗风流变与哲学转换的密切关系出发,对阮籍的求仙诗做了深入的探究,对诗人的内心做了深刻的剖析,引证广博,解释详明而有根据,多有创见。他分析《咏怀》第二十四首"殷忧令志结,怵惕常若惊"时认为:"尽管我们完全可以拿当时的政治为背景来理解这首诗,它却不像蒋师爚所说的,仅仅是因'国运将终'而发生的哀鸣;也不像陈祚明所谓'非亲近之臣'对于不听劝谏的君主的哀恳。两种意思或许都有,但其确切含义要复杂得多。"因为阮籍的苦恼是无底的,他似乎在渴求某种成仙之道,某种脱离尘世、超越尘世、超越短暂人生和自我内心冲突的方法,不论他的内心冲突包含些什么样的内容。诗中的哀诉分明告诉我们,"他的逃离尘世,并非是向仙家天堂的极乐飞升,而是从难以忍受的世界的一种象征性的退却"。又如他在分析《咏怀诗》第十

---

① 钟嵘《诗品》。

五首"昔年十四五,志向好读书"时指出,从全诗的悲哀色调和复杂意蕴来看:"这不是一股的'宗教信仰的转移',不是对于新的生活道路的愉快接受。它显示出阮籍未能成功地解决自身的矛盾。"他认为"悲哀与未解决的矛盾是本诗最终的标记,正如对儒家道德与道家玄思调和的观点,是阮籍哲学思想的标记"。这都不失为用哲学观照阮籍其人、其诗的独到见解。

六朝时期是中国山水诗繁兴的时代。山水诗的兴起,既有动荡变化的社会根源,又与哲学思想的发展密切相关。对此,法国人是颇有领悟的,戴密微在他的有关研究中①曾做了颇为生动的描述。4世纪,北方的蛮族攻占了黄河流域的文化名城洛阳,迫使北方朝廷及社会上流人士南迁江南。"这个地区多是山水相依,湖泊河流环山绕岗。山虽不高,然景致雅丽,在北方干燥的大平原上是见不到的。"秀丽的景色引起了南迁的士族文人的兴趣,达官贵人也在这些山峦之中建起自己的领地,以尽享大自然的赐予。与此同时,佛教的传入、道家哲学思想的复兴,不仅为艺术革新做了充分的准备,而且也使人们的美学情趣发生了根本变化。于是,"面对不再可能实现的孔教理想,人们避居山中,以期和大自然相沟通",便成为饱经乱世之苦之士和官场失意文人的一代风尚。道家的解脱和佛家的隐逸则是寄情山水的思想基础。山水诗正是在这社会动荡、哲学弘扬的时代发展起来的。戴密微的这种考察无疑颇有见地。他在研究六朝佛教与诗之关系过程中,不期然地遇上了谢灵运,他十分推崇这位佛教山水诗的开山诗人,称他把山水诗升华到一种高雅别致、富丽精工的水平。并以此为切入点,对中国诗与佛教、道教、禅宗做了多方面的开掘,提出了许多有益的见解。其《禅与中国诗歌》《中国文学艺术中的山岳》便是从这一角度进行宏观探究的成果,值得重视。

## 第四节 唐诗:多种艺术的构体

在中国古诗中,唐诗无疑是法国探求者最倾心折服的一个高峰。它把中国古诗艺术升华到难以"破译"的境界,发展到难以企及的高度,而不能不使他们为之倾倒。

法国学者把唐诗视为多种艺术的完美构体,这是驱使他们醉心探究的原因所在。唐诗与音乐、绘画、书法都有极为密切的关联。所谓"诗成泣鬼

---

① 保尔·戴密微《中国文学艺术中的山岳》,载《保尔·戴密微汉学论文集》,巴黎,1982年。

神""笔补造化天无功""诗中画、画中诗"云云,不仅是唐诗大家为构建各自的艺术天地的经验之谈,实际上,也是诗人们为营造这多种艺术构体的共同的美学追求。① 他们说,一首对仗工整的五言诗或七言诗,"呈现在我们眼前的便是一幅由二十或二十八字符交织在一起的云锦"(德里文《唐诗》),而每个字符"就是一个小小的世界"(保尔·戴密微《中国古诗选·导言》),它能使读者在听觉和视觉上产生强烈的共鸣,本身就是"悦耳的音乐和悦目的图画"(德里文《唐诗》)的结合体。他们认为,如此巧妙的结构,主要得力于唐代的诗人们对"汉字的虔诚崇拜"(德里文《唐诗》),把这"形同图画"②的语言驾驭到了一种高超的境界。唐诗的奥秘和魅力对法国和西方人来说,就在于构筑唐诗精巧、优美的语言艺术。

　　作为这种语言的精美载体,唐诗确实具有西方人一下难以把握的特点和奥秘,诸如这种语言的象征性、寓意性及语言本身的组合特点等等都是有待探知的方面,不了解这些,无法读懂唐诗,因而也无法把握它内含的文化精髓。正因为这样,致力于中国古诗研究的法国学者们,从18世纪的西伯神父到19世纪的德里文,到20世纪汉学大师戴密微,无不把自己的注意力集中到诗歌语言的探索上,似乎这才是登上唐诗艺术之宫的唯一途径。确实,他们在漫长的探索中,一步步地接近了这座神奇的艺术殿堂,并为登堂入室做了可贵的努力。但是,真正得以深入堂奥、发掘出唐诗奥秘的是程抱一。他的《唐代诗人张若虚的诗歌结构分析》和《中国诗语言研究》运用西方结构主义方法论,对唐诗进行了卓越的研究,在法国和西方有重要影响。

　　我们知道,结构主义者认为,在千差万别的任何事物中,都深藏着一种"内在的结构",或者叫作"深层结构"。而文学作品的价值并不表现在具体内容上,而表现在它的内在结构上,这种结构是靠语言揭示出来的。所以,罗兰·巴尔特说:"文学是语言行为。"③罗曼·雅各布森说:"诗是语言艺术。"④在结构主义看来,语言就是"符号",文学作品就是"符号"的排列组合,作家把不同的符号系列当作一种艺术手段,用它来表现深埋在人类心灵里的神秘"信息"。批评家的任务就是考察形成结构的系统、过程和特征。因为诗歌语言高度精练,给各种"信息"的存在和寄托提供更多的

---

① 程抱一《中国诗语言研究》第11—23页,巴黎,1977年。
② 西伯神父论中国语言,载《中国杂纂》(卷七)第183页。
③ 转引自邓丽丹《文学作品中的结构分析》,载《外国文学报导》1984年第1期。
④ 转引自陈圣生、林泰《俄国形式主义》,载《作品与争鸣》1984年第3期。

可能性,这就引起结构主义批评家的更大兴趣。由于结构主义者论诗以探索诗歌内在结构、语言功能和表现力为目标,因此能把诗歌的内部规律和微妙之处揭示得十分细致深入。程抱一先生在《中国诗语言研究》中应用结构主义对唐诗做了精湛的分析。他通过一系列唐诗的分析,展现了中国诗人是如何巧妙地运用诗歌语言的。在分析中,他遵循了由罗曼·雅各布森所提出的隐喻与借代修辞格定义。他说:"如果隐喻的机制是建立在相似性之上,借代的机制建立在毗连性之上,那么我们依据言语选择轴考察前者,依据组合轴考察后者。"①他强调指出:"我们首先旨在探讨通过'内部再生'而运转的语言机制,所谓'内部再生',指的是一个形象引起另一个形象的产生,而这并不依据言语的逻辑,而是根据各形象之间存在的相似点或矛盾点……"②由于每个形象并非是一个生硬的语链的组成部分,而是一个独立自由的单位,通过种种组合因素(音、形、普通意义、象征形象衔接系统的潜在内容等等),往各个方向辐射。因此,相互间具有必要和有机联系的形象系统就能编织成一个拥有多个交际渠道的、名副其实的交际网,这是一个辐射性的结构。在这个结构中,句法"障碍"降低到最低程度,凭借这一结构,一首诗中的形象,除其线性外,还能形成群星状,通过交叉耀目的闪光,构成一个广阔的意义场。本着这些原则,程抱一对唐诗做了独到的分析。这里我们仅以他分析李白的绝句《玉阶怨》为例,看看他是如何熟练地驾驭这些原则,来揭示唐诗语言奥秘的:③

玉阶怨
玉阶生白露,夜久侵罗袜。
却下水晶帘,玲珑望秋月。

本诗主题为一位女子在玉阶下等待情人,但久等不见情人,彻底失望了。由于心间怨恨,加之夜深,她回到卧室。她久久不能入睡,透过却下的水晶帘,将内心的怨恨与欲望向如此邻近又如此遥远的月亮倾诉。诗中叙事部分只有几个中性的动态动词,而描写感情的词语,如孤独、失望、怨恨、遗憾、相

---

① 程抱一《中国诗语言研究》第 85 页,巴黎,1977 年。
② 《中国诗语言研究》第 85 页。
③ 《中国诗语言研究》第 97—101 页。

聚的欲望等等，没有在诗中表现。根据中国诗歌传统的要求，人称主语被省略。谁在说话？是"她"还是"我"？读者被引入诗中，体验诗中人物的感情；而这些感情只由几个动作、几个物品来暗示。程抱一是这么分析这首诗的：

诗欲以形象系列形式出现：玉阶、白露、罗袜、水晶帘、玲珑、秋月。熟悉中国诗歌象征主义的读者不难抓住该诗的蕴含意义：

玉阶：女子的住房。此外，玉令人联想到女子光滑细嫩的皮肤。

白露：流液，孤独时刻，泪花。也会有色情的意义。

罗袜：女子躯体。

晶帘：闺房内。

玲珑：该词蕴含意义丰富，最早指玉坠摇动的声音；继而用于形容珍贵闪光的物品和女子或儿童的脸庞。这里，该词可有两种解释：一指望月的女子；一指照亮女子脸庞的月亮。从语音角度看，"玲珑"这两个连绵字，与前几句中一系列辅音相同，用以指闪光或透明的物品的字相呼应，如"露""罗"和"帘"字。

秋月：遥远的存在与重逢的欲望（分离的情人可以望着同一个月亮，此外，盈月象征是亲人的团圆）。

通过这一系列形象，诗人创造了一个协调的世界。线性的运动保持在隐喻平面。这些形象都有一个共同点，就是表现的都是闪光或透明的物体。它们给人以一个形象从另一个形象派生出来的印象，且顺序富有规律。这一规律性的印象在句法平面以统一的、很有规则的句型所证实。四句诗的结构都可以做如下分析：

状语+动词+宾语

这一整齐的句式赋予该诗以很难变动的语序所含有的细微色彩；在四句诗中，每一句的动词都置于句中，由一个状语所限定，并作用于一个宾语。由于人称主语被省略，诗歌似乎处于一个连贯的进程之中，在这个进程中，事物自发地相互关联，一个形象激发起另一个形象，从头一贯到底。

下图暗示了该诗的单向线性运动。但是如果重新做一假设，可以将下图最后一个形象（秋月）与第一个形象（玉阶）联结起来，且包括图中的其他各个形象。因为透明或闪光的物体靠的是月光才闪烁,秋月在诗尾出现,"重新经历了"诗歌的"全部过程",仿佛旨在赋予各个形象以通亮的光芒。这一重,在空荡荡的玉阶上闪烁的月亮更突出了怨恨之感。环形的运动指出了周而复始的萦绕在心头的思绪。

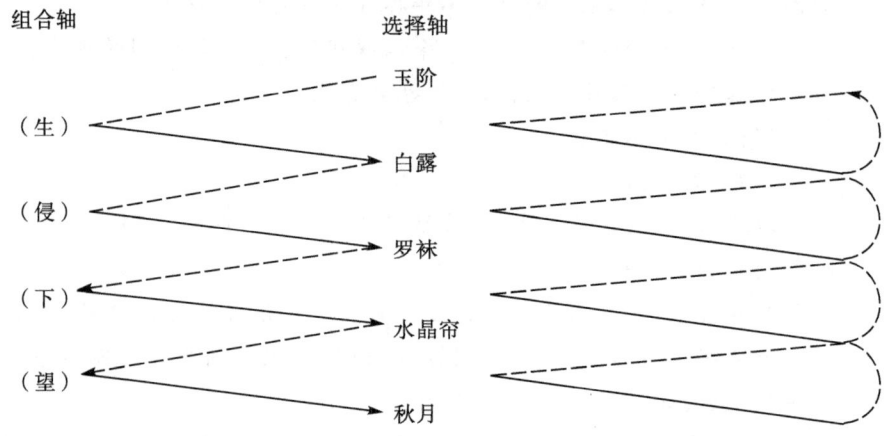

这一置于线性发展内部的形态结构使人们得以检验在形象平面由雅各布森下了定义的诗歌语言的主要特征:由选择轴向组合轴辐射。诗人手法巧妙地打破了语言的规律,在时间序列中引入了空间因素,各形象相互对立,从而"自然而然"地又引出了一个新的含义:

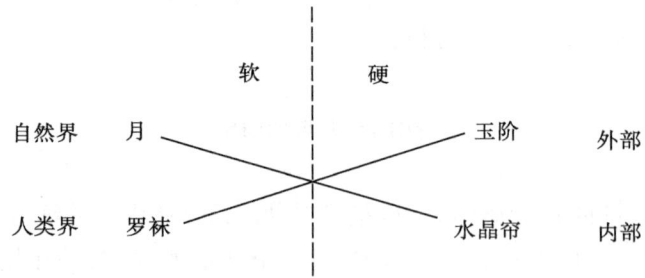

这一任形象相互"作用"的巧妙手段是结构经济的关键条件所在,这一结构将外与内、远与近,尤其是将主体与客体相互联结成一体。内部世界投射到外面,同时,外部世界成为内部世界的符号。诗中的"玉",既是

台阶,也是女子的肌肤;诗中的"露",既指夜中的寒气,又指女子的欲望;诗中的"玲珑",既意味着望月的女子的脸庞,又意味着透过水晶帘望见的月亮。而这轮秋月,既表示遥远的存在,又表示内心的情感,并通过它与其他各个物体的交汇而产生一个全新的含义。

我们不妨借用隐喻的语言,也许可以说在"地上平庸"的语言之上,矗立了一座天穹,天穹里运动着千万个闪烁的形象,组成璀璨的星际。它们由借代的纽带相联结,将偶然改变成必然,相互存在,相互吸引,闪烁着它们交叉的光芒。在它们中间,一颗星辰格外耀目:月亮。其他星星全都向它聚合;正是这轮充满人类欲望的月亮最终将它们照亮,这轮明月,是中国古典诗人最基础的象征之一,其动人心弦的力量主要是因为它出现在"黑夜",它通过富有节奏性的形象的组合,揭示了一个神奇、交融的黑夜的秘密。

通过程抱一的分析,我们看到这首诗中描写词语如何尽可能少地出现,而仅以象征形象形成一个统一的意义群体创造出一个新的空间秩序,在这个空间,一切成分互相对立,同时,又变成一个相互作用与变化的整体。其内在的简洁惊人而又富有辐射性结构,被揭示得十分清楚。

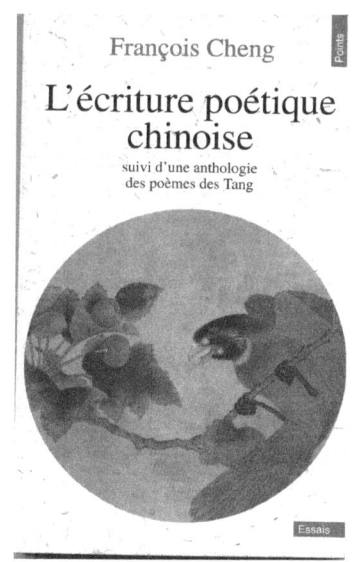

程抱一《中国诗语言研究》袖珍本封面

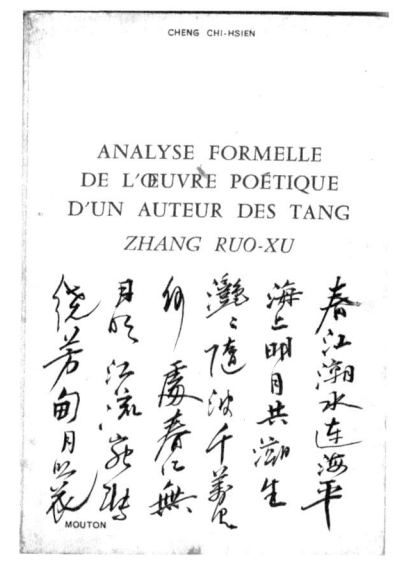

程抱一《张若虚春江花月夜》(1970年)

中国古诗语言是由整个象征形象所组成的富于隐喻的语言,这种种的形象在漫长的历史中形成,凝集了一个民族的想象和希望。它们通过赋予事物以人类和人性的含义,一方面创造了符号与事物之间的新的关系,另一方面又创造了符号本身之间的密切联系。唐诗将这种富有象征意义的隐喻语言运用到了炉火纯青的地步。分析诗人如何创造自己的象征形象,就可破译蕴含在其中的人类心灵里的"信息",揭示诗歌的"深层结构"。程抱一先生对《春江花月夜》的结构分析,就是以该诗的主要的象征形象为出发点的。围绕这首名诗的评论不仅在中国层见叠出,在西方也是见仁见智各不相同。① 程抱一先生认为,"江"和"月"是《春江花月夜》中两个最重要的象征形象,它是本诗的独创。虽然这两个形象在他之前已经为人采用,但在张若虚之先,还没有一个人像他那样以如此独特的方法使用过。在《春江花月夜》中,"江"和"月"并没有被看成是物,它们是诗中两个主要的主体,每个主体都按照自身的规律而行动,仿佛是具有意志的有生命之物。"江"是一个能够意识到自己无限威力的有生命之物,在诗的开头,它把明月托起,而在结尾,它又把明月收容。明月不仅是一般的生命的体现,而且也代表了一个妇人的特殊命运。这个妇人的出场从未点明,它是通过明月的形象而暗示出来的。他指出:"'江'和'月'这两个象征形象在全诗中处在一种辩证的关系之中,它们互相对立……一方面存在着一种永恒不变的秩序,另一方面又存在着一个为潮水涨落的规律所支配的有生命之物。江中无情的流水衬托出明月变幻不定的脆弱本性;明月的光华照耀着江流,使大江变得宏伟壮观。这种通过在大自然中找出的一些彼此既有联系,而又互相对立的因素来解释大自然的方法,还从未被人如此深刻地在诗歌中尝试过。"②他说,张若虚在本诗中力图将"明月"与"江水"多种象征意蕴融为一体,并由此进入深广的哲理思考,这在中国古诗中是绝无仅有的。"江水流动的这一形象,首先使诗人脑海里浮现出宇宙浩瀚的意念。"而明月的升落的行程,又分明抒写了人类"对新生命的看法,对宇宙

---

① 单就本诗的题旨法国和西方学者就有几种不同的理解和译法:吴百益译为春、江、花、月和夜,德里文译为春、江、花和夜,比德译为春江的夜,弗莱采译为月下思念,张复蕊和吴德明译为春江的花月夜,德里文对江、月二字在本诗中反复出现(江12次,月15次)的现象做这样的解释:"这种情况是汉语书面语的表意性质造成的。汉字首先与视觉打交道,尔后才和思维打交道。每个方块字就是一个形象。因此,可以理解,读者在每节诗里都遇到江和月的形象丝毫不会感到厌烦。因为画面的背景一直就是江和月。"(德里文《唐诗·序》)

② 程抱一《唐代诗人张若虚的诗歌结构分析》第122—123页,巴黎,1970年。

中生命的看法,对情人分离的看法,对希冀团聚的看法,对一切生命终结的看法"。面对着这些重要的形象,诗人提出了一系列本质性的问题:"生命从何而来,又从何开始?它有何目的,有何期待?它向何处发展?诗人力图对一个形象的一切含义穷根究底,并把它上升到玄学的高度,这种愿望在中国的诗歌中确实是从未有过的。"①程抱一先生就这样抓住诗歌中"江"和"月"这两个时而相并列、时而相毗连、时而相限定的象征实体,进行历时性的研究(即研究"江"和"月"在时间发展过程中的变化)和共时性的研究(即研究"江"和"月"在同一时刻的各个方面),从而别具一格地透视出了本诗的语言信息和结构特色。

象征是中国古诗的生命,而诗歌中的象征形象的深刻寓意往往超越文学自身,蕴涵于丰富的文化、思想乃至民族的审美情趣和思维方式之中。唐诗的象征形象是极为丰富多彩的,而且运用得十分巧妙,它本身就是多种艺术的综合。这里,我们想介绍一下胡若诗(Florence Hu-Sterk)女士对唐诗象征形象的独到研究,1986年,她在博士论文《唐诗中的"镜"与1540至1715年的法国诗》②中,对唐诗中"镜子"的象征做了十分有趣的描述和深刻的探究。她说:"以镜子为研究的出发点,我们很容易过渡到目光的研究,从而使整个观察世界都得以展现。因此,研究镜子形象的各种变化不仅意味着文学上的探索,而且也是对中国唐代艺术、哲学与精神生活的探索。"她首先介绍了作为物的镜子在中国政治、宗教传统中的象征作用的历史演变,然后考察了唐诗中镜子的象征形象的三种类型,即知己或同一性说,知人或相异性之说,知心或心灵之说。她指出,作为现实世界的不走样的视觉象征,镜子首先是一件认识自身的特殊工具。"在镜子的检视之下,中国诗人意识到,自身看起来是恒久的,实际上却是极为短暂的。镜子是记录时间流逝的特殊场所,因而从镜中现出人生无常,似水流年成了诗人们最常涉及的主题之一。"于是,一系列互相联结的隐喻,伴随着时间之镜而来。诸如:"朝日看容鬓,生涯在镜中"(薛稷《秋朝览镜》);"不知明镜里,何处染秋霜"(李白《秋浦歌》);"昨日照红颜,今日照白丝"(邵谒《览镜》)等,都是这种人生如流水的象征寓意。在"相异性之镜"一节中,胡若

---

① 程抱一《唐代诗人张若虚的诗歌结构分析》。
② 《唐诗中的"镜"与1540至1715年的法国诗》,原载《中国研究》,译文见《文学研究参考》1988年第6期。

诗女士特别提到了唐诗以友为鉴的友谊之镜的主题。馈赠镜子作为友谊的表征是中国古代相当流行的习俗,新婚夫妇更以赠镜为爱情的信物。据她的研究,在唐代爱情诗中,镜子主题从整体上说是处在别离的背景中。两个与远别有关的字补充"鸾"字插到"镜"中来:"鹊镜"与"破镜"。鸾与鹊组合一起构成悠悠离别之绪的象征含义在唐诗中屡见不鲜:"影中金鹊飞不灭,台下青鸾思独绝"(李白《代美人愁镜》);"孤光常见鸾踪在,分处还因鹊影回"(姚合《咏镜》)。而杜牧的《破镜》诗:"佳人失手镜初分,何日团圆再会君?今朝万里秋风起,山北山南一片云。"既有象征分离的寓义,又有象征团圆的寓义。她认为,出于中西不同的文化背景,唐诗咏镜的爱情诗与西方同类题材也有不同的美学追求:"在新柏拉图主义和基督教主义的影响下,西方人创造了称为'宇宙之镜'的女子形象,这一形象成了通向某种更高级认识的特殊启蒙者和向导;而在中国古代,则存在一种与上述观念截然不同的看法。中国咏镜的爱情诗中,不存在从凡世之爱到神圣之爱的滑行,也没有脱离人世间感情世界的飞翔。很少有诗通过重现美色、增添美色的镜子来咏诵女子的。绝大部分的诗倒是突出地强调心上人远离时对映像的无可奈何和对时间的被迫屈从。"

由于镜子具有象征着先验原则的正圆形状,因此,它能够显示每个人同"一"与"多"、"内"与"外"所维持的关系。其"渗透作用自然地在镜与心之间进行,投在镜面上的目光变成了内心的、心灵的旅行"。这样,"心灵之镜"便成了唐诗的重要象征形象之一。研究者重点考察了道家传统对这一文学形象的形成所起的决定作用及佛教流传对丰富这个形象象征意蕴所起的作用之后,指出:"镜子在中国诗歌中与西方诗歌传统相反,并不是'作为分割的工具'出现的,不仅不是观镜的现实生存物与它的映像的分割,而且也不是表面与深层的分别……,在西方,镜子的形象由于打上了古希腊、罗马与基督教传统的烙印,往往强调'分离',或者至少也是'区别'。在中国,人们难以想象一个人的心智世界能够脱离感性而存在;在西方,从古代希腊人开始,这种脱离就已成为众多对立(精神的与时间的、存在与成为、造物主与创造)的根源。中国人的思想观点趋向于否定自我与世界的对立,拒绝与可视世界及超凡的圣贤神明分割开来。镜子形象的诗意处理不光是文学的,它还与对整个世界的看法相联系。"胡若诗女士对唐诗镜子形象的考察显然也是把唐诗视为多种艺术体的出发点的,它本身就是对唐诗进行艺术综合考察的一项重要成果,值得重视。

# 第三章
# 中国古典戏剧在法国

　　元则有悲剧在其中,就其存在者言之,如《汉宫秋》《梧桐雨》……其最有悲剧之性质者,则如关汉卿之《窦娥冤》、纪君祥之《赵氏孤儿》,剧中虽有恶人交构其间,而其蹈汤赴火者,仍出其主人公的意志,别列于世界大悲剧中,亦无愧色也。

——王国维《宋元戏曲史》

　　名为《孤儿》的中国悲剧,选自中国一部巨型戏剧总集:这个民族三千多年来就研究这种用言动周旋来妙呈色相,用情节对话来劝世说教的艺术,这个艺术,稍晚时候又被希腊人创造出来。因此,诗剧只在这与世隔绝的、陌生的庞大中国,在那唯一的雅典城里才长期地受到崇敬。

——伏尔泰《中国孤儿·献词》

## 第一节　中国戏剧的引进:一种文化的选择
## ——法国人研究中国戏剧略说

　　中国戏剧是在西方18世纪"中国热"的召唤下进入法国的,而它的西渐又推动了这种"中国热"的进一步高涨,在中西文化交流中充当了中国其他文学样式(如诗歌和小说)未能担当的前锋角色。

　　最先介绍到法国的中国戏剧是马若瑟(Joseph de Prémare,1666—1735)神父1731年节译、1735年发表的法文本《赵氏孤儿》。《赵氏孤儿》传入法国,"中国文化热"正方兴未艾。那时,中国兴味正是法国人趋之若鹜的时代风尚,遥远的、令人神往的东方成为文学界竞相采撷的时髦题材,在伏尔泰之前,法国著名作家勒萨日(Alain Rene Lesage,1668—1747)就写了两个以中国为题的剧本:一个是《巴白、空塔与医生》(1723)两幕独白中国剧,一个是《中国公主》(1729)。这些剧作其实并无真正的中国气息,只不过描写了想象中的中国景观而已。代表这种倾向的还有勒纳尔写的"中国喜剧"《中国人》。此剧写一个名叫奥克塔夫的男人追求罗基亚尔之女丽莎贝勒,与此同时又有三个男子向她求婚,其中一个便是中国文士。丽莎贝勒的父亲从未见过这三个人,于是奥克塔夫便乘机叫他的机灵的仆人依次乔装三个求婚者,来表现他们的愚蠢无知,以此击败竞争者,获取了丽莎贝勒的爱情。此剧于1692年首演,由法国皇室的意大利喜剧团演出。仆人扮演中国文士时,极尽取乐为能事,这个假想的中国人在舞台上时而以哲学家出现,时而以伦理家出现,时而又以理发匠、工匠、乐剧作家出现,闹尽了笑话。① 当时法国和欧洲的剧场充斥着这类融合了欧洲戏剧传统的古怪的中国戏,"演员们总是穿着俗艳的土耳其式的服装,配着意大利歌剧的音乐,踏着法国舞蹈家所编的滑稽舞步,来演出他们的'中国'歌剧、'中国'喜剧、'中国'舞剧"②。所有这些中国题材的剧作其实只不过是"中国兴味""中国情调"在西方戏剧艺术上的表现,无论是剧作家或演员对中国戏剧艺术都知之甚微,但这些欧式的中国戏却是西方人以戏剧艺术探求中国文化的前奏。为西方提供真正的中国素材,并由此开始中西文化在戏剧中交流的是马若瑟节译的《赵氏孤儿》。它的问世,为醉心东方文明的西方作家提供了新的文化取向,激起了他们的新的灵感、新的激情、新的审美情趣。启蒙运动的文化巨人伏尔泰,就是以此为素材,激发出了新的想象力,创造出了《中国孤儿》这样一部颂扬中国道德、颂扬儒家文化的剧作,轰动了当时的剧坛。但是无论是译者马若瑟、作者伏尔泰或别的改编者、批评家,对中国的戏剧艺术都缺乏了解。中法戏剧的最初交流在很大程度上正是在"一知半解",甚至是在"误解"的状况下进行的。马若瑟的译本把原作的唱段全部删去,一律以"此处某角吟唱"代之。其中原因除了元曲翻译的困难之外,也与译者对元曲艺术缺乏认识有关,大约马若瑟并不认为这些删去的唱词有什么重要。事实上这些唱段对人物形象的

---

① 转引自陈受颐《十八世纪欧洲文学里的〈赵氏孤儿〉》,《中欧文化交流史论丛》第149页,台湾商务印书馆,1970年。
② 于漪《浅谈中西戏剧之交融》,《中西比较文学论集》,时报文化出版公司。

刻画、心理活动的展示、剧情的发展及戏剧情韵的构成都是至关重要的。如果说，"戏剧是叙事诗和抒情诗之间的调和"①，那么，欧洲传统戏剧与中国古典戏曲文体的区别正在于前者倾向叙事，后者倾向抒情。马若瑟删去抒发剧中人物情怀的唱词，无异于取消了中国原作的灵魂，他的译本不是忠实完整的戏剧文学译本。

马若瑟节译的《赵氏孤儿》传到法国，引起了一些作家和批评家的关注。首先对此剧进行批评分析的大约是阿尔央斯（Argens，1704—1771）侯爵，他在《中国人信札》(1739)②有关章节里提到中国这部剧作。他把当时新古典主义原则奉为圭臬，作为衡量中国戏剧艺术的准绳，对《赵氏孤儿》提出了许多批评。他认为，《赵氏孤儿》没有遵守那"从前使希腊人那么高明而不久以前又使法兰西人跟希腊人媲美的种种规律"，即"三一律"。称《赵氏孤儿》中的某些戏剧场面，诸如公主自缢这样"一个十分可怕的动作"，违反了"措置得体的惯例"；说《赵氏孤儿》中演员"自报家门"以及"曲白相生"也不符合古典主义的或然律。他说："欧洲人有许多戏是唱的；可是那些戏里就完全没有说白；反之，说白戏里就完全没有歌唱。这不是说歌唱并不强烈地表达作者的情感，可是我觉得歌唱和说白不应该这样奇奇怪怪地纠缠在一起。"用西方的戏剧观来考察《赵氏孤儿》，并以古典主义范式来尺量其艺术成就，显然是对中国戏剧特色缺乏了解所致，这种做法实际上也是对中国戏剧艺术的一种误解。在中外戏剧交流初期此种误解实属难免，就连当时大名鼎鼎的戏剧家伏尔泰，他对《赵氏孤儿》的艺术把握事实上也没有超过阿尔央斯，也未摆脱这种误解。他执意以"三一律"作为品评《赵氏孤儿》的尺码，称《赵氏孤儿》为"莎士比亚与罗伯德·维加的可怕的滑稽剧"（参见伏尔泰《中国孤儿·献词》），在艺术上加以否定，认为这个戏"使人了解中国精神，有甚于人们对这个大帝国所曾做和所将做的一切陈述"（参见伏尔泰《中国孤儿·献词》），极力加以推崇，把它搬上了法国舞台，这与其说是一种艺术的选择，不如说是一种文化的选择，即儒家理性文化、道德文化的选择，其结果不但开创了法国人研究中国戏剧的传统，也开始了中法戏剧的交流。据有些研究者说，开初的这种交流

---

① 《别林斯基选集》（第三卷）第69页。
② 阿尔央斯对《赵氏孤儿》的批评见《中国人信札》第23封信。参见范存忠《〈赵氏孤儿〉杂剧在启蒙时期的英国》。

并非凭借对中国戏剧艺术的把握,而是在一知半解,甚至是误解的状态下进行的①。

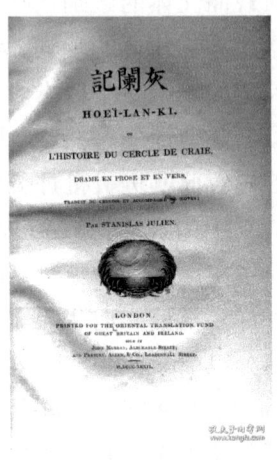

《中国人信札》第1卷第24封信对《赵氏孤儿》的评论

儒莲法译《灰阑记》
(1832年)

突破18世纪这种浮面的戏剧热,而对中国戏剧艺术进行扎实研究的是19世纪法国汉学家。首先我们要提到的是儒莲。他于1832年译出了《灰阑记》,1834年全文重译了《赵氏孤儿》,1872年译出了《西厢记》。译文忠实可靠,令前辈马若瑟和达维难以望其项背。作为一种文化选择,儒莲对中国戏剧介绍的突出贡献正在于,他对中国独特文化背景下产生的这一综合艺术的理解和移植。他是把中国戏剧忠实地引进到西方的第一人。儒莲对元杂剧有较透彻的研究,对这种"曲白相生"的中国戏剧艺术领悟颇深。他说:"元代的每个剧本都由层次分明的两部分组成,道白为散文体或不规则的韵文体,颇似我国歌剧中的小咏叹调。剧中最扣人心弦的段落均以风格高雅的诗体写就,欧人不易理解。这些诗段往往占全剧的一半甚

---

① 据于漪的研究,伏尔泰《中国孤儿》一剧由18世纪法国女明星科莱蓉小姐担任女主角,她在舞台上穿了一身当时人认为是典型的"中国"服装,不料此举却引起了法国剧场的一场革命:自此以后,法国演员不再穿着自己最时髦的晚礼服上台,而开始配合戏中人物的时代、身份真正地"戏装"起来。舞台上的背景、道具,也渐渐开始为某一剧本而定做。"说来可笑,真正的中国传统戏剧是一种典型的非写实的戏剧,传入欧洲,却成了写实主义的前锋武器。"参见《中西比较文学论集》第264—265页。

至四分之三的篇幅,马若瑟和达维未将这些诗歌全文译出,实属憾事。"①他认为删除剧中唱段,必然使剧情上下脱节,使全剧失却真韵,因而对马若瑟删除诗词的译法甚为不满。他指出,马若瑟所遇到的疑难之处集中在诗词的迻译,其中特别是诗中的形象化的比喻或某种不着边际的譬喻,"需凭丰富的想象力方能领悟",而"某些借喻又与习惯用语、迷信行为、民间故事和习俗有关,或是源自寓言、神话、中国人特有的文化观",需要精深的研究和专门的学问才能把握。要真正把握其中的奥秘,对中国人尚难为到,何况身居欧洲而从未涉足中国本土的外国汉学家?但儒莲并没有在困难面前却步。为了弄通剧中的诗词、忠实地传达出中国古典戏剧特有的意蕴,他刻苦钻研中国古诗,从《诗经》《楚辞》、杜甫、李白诗作及唐代诗选中摘录了九千余条中国诗词中常见的熟语、词组,细心领会其中的含义和意象,做了多方面扎实的准备,才动手翻译中国戏剧。即便这样,在移植过程中,他们仍然不断遇到新的困难。他不无遗憾地感到,"非得将二万至二万五千条类似的熟语领会透彻,方能如理解中国散文那样去理解中国古今诗歌"。虽然如此,靠他的译述,西方人还是窥见到了中国戏剧的真实面貌。他在《赵氏孤儿》全译本序文中坚信地说:"如果伏尔泰当年有此剧的全文译本,并能有机会读到我们现时所发表的这几个剧本的话,他一定会从这些诗词中受到更多启发,他会从司马迁写的这个故事中获益更大。"②这无疑是千真万确的。

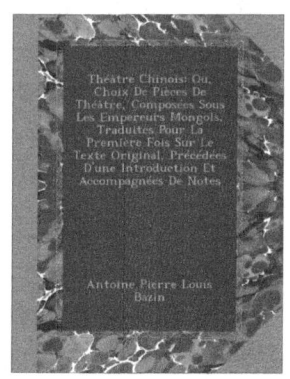

安托尼·巴赞《中国戏剧选》(1838年)书影

19世纪致力中国戏剧介绍并且做出重要成就的还有安托尼·巴赞(Antoine Bazin,1799—1863)。他于1838年出版了一本《中国戏剧选》的译著,内中包括四个中国戏的译文和一个长篇导言,这四个戏是:《㑇梅香》《合汗衫》《货郎旦》《窦娥冤》。1841年他还发表了《琵琶记》的法文译作。在《中国戏剧选》长篇导言中,他首次向法国人详细介绍了中

① 儒莲《灰阑记·序》(法文版)第1页,伦敦东方译著委员会出版,1832年。
② 儒莲《赵氏孤儿·前言》(法文全译本),巴黎,1834年。

国戏剧的历史、演变和特点,虽然他的论述不免有失真之处,但总体上却给西方人提供了一个中国古代戏剧发展的大致轮廓。难能可贵的是,他在这篇介绍里,还从文化角度把中国古代戏剧与印度戏剧做了初步的对比,这在西方汉学界也是第一次。他认为,"印度文化是建立在'世袭'的基础上的,等级制度的确立是其起点",戏剧中人物特性都严格按等级确定了的;而"中国文化是建立在'淘汰'原则的基础上的。正规的、有效的考试制度是其起点",中国戏剧中的人物个性从未预先加以限定,较之印度作家,中国剧作家在描绘人物性格方面有着较多的自由。作为一种文化选择,巴赞对中国戏剧的介绍和研究,既继承了伏尔泰从戏剧探知中国文明的传统,又承袭了儒莲深入推究戏剧艺术的传统。前一方面主要表现在剧目的选择上。他明确地说过,他之所以要把《㑇梅香》这个戏介绍给法国,是因为它揭示了"鲜为人知的中国风物",而《琵琶记》更"能使人正确了解中国人的风俗习惯、宗教和哲学思想随着时间的推移而发生的种种变化",从中"察觉到中国文明的前进步伐"。① 后一方面主要表现在中国戏剧传统的深入探求上,比如他对元曲的歌唱特点就比前辈有更深入的理解。他说,元曲中的歌唱角色,"构成了中国戏剧有别于其他剧种的主要特点。人物和着乐曲,用抒情的、形象的、辞藻华丽的语言来歌唱。他就像希腊戏剧中合唱队一样,是诗人和听众之间的媒介,不同的是他并不游离于剧情之外。而且这个歌唱者本身就是剧中的主人公。每每事件接踵而至、大祸临头,这个人物总是留在舞台上,使观众激动得悲痛欲绝、涕泪横流"。歌唱主角,可以是社会各阶层的人物,"在《汉宫秋》中是皇帝,在《灰阑记》中是妓女,她后来成了一个富翁的小妾;在《㑇梅香》中是一个年轻的侍婢"。在演出过程中,如果"一旦主要人物死去,就由戏中另一个人物替代,并继续唱下去"。他认为,歌唱是中国戏剧抒情的主要手段,也是剧中"最精彩、最动人之所在"。马若瑟译介《赵氏孤儿》将唱段全部删除,致使伏尔泰对它做出了"缺乏感情的发展和风俗的描绘,缺乏雄辩和理性,缺乏热情"的评价,而这种评价显然是"不正确的、不公正的"②。正是由于巴赞等汉学家这样较为系统的介绍,使得法国学界有可能获得更多的东方戏剧方面的知识,从而深化对中国戏剧特征的认识。19世纪法国作家莫泊桑在一篇

---

① 安托尼·巴赞《琵琶记》法文版前言,巴黎,1841年。
② 安托尼·巴赞《中国戏剧选·序》,巴黎。

题为《中国与日本》的文章中曾就中国戏剧特点做了如下描述：

> 中国戏剧很少就范于布瓦洛规定的"三一律"，因为剧情往往要延续一个世纪或一个朝代，剧作者自如地把剧中人物从一个地点转移到另一个地点。比如，一个人物出外远行，而布景是不变的，所以需要另找表现手法。于是演员跨过一根棍子，手里挥舞鞭子在舞台上走两三圈，一边还哼唱着描述这次远行的歌儿，然后停下来，把马鞭扔到一边，再继续自己的角色表演。①

莫泊桑是法国著名的小说家，他并未专事中国戏剧的研究，也从未到过中国，这段描述想必是另有所据的转述。但他转述得颇为细致，很有见地。这表明中国戏剧的独特艺术形态，由于儒莲、巴赞等汉学家的介绍、研究，已广为人知了。

20世纪是法国和西方戏剧力图突破传统的写实格局、寻求新的表现方法，呈现出开放态势的时代，因此，被西方人视为非写实主义典范的中国传统戏剧便受到了格外的重视，激起了人们更多的探索热情。法国学界除了继续翻译介绍中国传统的戏剧作品之外（如路易·拉卢瓦翻译的元剧《黄粱梦》，李治华翻译的《忍字记》《破家子弟》等杂剧及潘莫诺对皮影戏的介绍），主要致力中国戏剧的表现程式和艺术奥秘的探究。他们打破了19世纪法国汉学家封闭的经院的研究方式，对中国戏剧特质做了多方面的切实的探讨，而中外戏剧交流的日趋频繁（如梅兰芳1930年、1933年先后访美、访苏，这是中国戏剧真正走向世界的开始。20世纪初法国大诗人、戏剧家，客居中国20年之久，他的剧作浓郁的抒情气质，注重音乐、诗与戏剧行动的融合，显然得益于中国戏剧传统影响），又使他们对中国这以唱、念、做、打的综合表演为中心的戏剧形式有了较为真切的理解。路易·拉卢瓦（Loui Laloy, 1874—1944）参照了王国维的《宋元戏曲史》，从文化角度探讨了中国戏剧的起源和特点，提出：中国戏剧就是"从曲、歌舞戏、小说和丑角滑稽闹剧中借鉴的诸种要素的综合"，戏剧对话部分，实际上"是小说的片段"，但"采用直叙体"，"角色一登场，便向观众通报姓名、家庭，刚发生的与他有关的事件，取代的正是说书人的位置。紧接着，观众便

---

① 转引自童道明《宝贵的启示》，载《文艺报》1987年5月2日。

听他演说,看他表演。他使用对话语言,时而也吟些诗,就像小说要引起诗情画意一样",这些吟唱便是戏剧的主要部分;而舞台的动作,诸如"敲门、叫人、致意、骑马或下马",都是规定了的;"演出时没有布景,以台词和曲来弥补",道具,"只有当它们本身起到角色的作用时才被使用"。这些,实际上是"虚实相生"的舞台特征的表现。对中国戏剧的这些认识较之19世纪又深入了一步。不过,作为一种文化选择,20世纪法国学者对中国戏剧的研究远不止于对中国戏剧特征做一般的描述,还把这些表现特点上升到美学的高度,去追寻哲学的、文化的源头。最早将中国戏剧表现形式和中国哲学联系起来考察的是法国戏剧家阿尔托(Antonin Artaud, 1896—1948)。他十分欣赏老子《道德经》第十一章开头的一句话:"三十辐共一毂,当其无,有车之用。"用今人的话说就是:三十根条辐集中到一个车轮的中心部分——毂,有了毂中间插轴的空间,才有车的作用。这是中国传统美学观"虚实相生"的形象说明。中国古典戏剧的"涵虚"风格的追求,正源于老子的"无"与"空"的哲学原理,而这种"涵虚性"恰恰是20世纪西方戏剧借以摆脱自己原有的表现模式,寻求新的出路的依据。阿尔托从中受到了启发,在30年代提出了"从无走向形,又从形返回无"①的戏剧构想。法国当代戏剧理论家乔治·巴努(George Banu)在其《戏剧的出路》一书中也反复引证老子的《道德经》,认定"将西方戏剧界人士求救的种种哲学思想联合在一起的,是他们对'无'与'空'的共同追求"。强调这位东方哲人的思想,对建立欧洲戏剧新的舞台秩序的重要影响。他说:"从60年代起,人们的注意力越来越经常地放到东方戏剧的练功上,放在通向动作符号的道路上,而不是更多地放在动作符号本身上。这一点是频繁接触东方灵性的结果。""从美学走向东方思想,从作品走向修炼,从动作符号走向它的准备——这就是人们走过的道路。"②乔治·巴努在这里所说的"东方灵性""东方思想",主要指老子哲学思想。由中国戏剧的美学特征的探讨,进而追索到哲学思想的影响,这就是20世纪法国汉学家、戏剧家研究中国戏剧的路径。跟18世纪马若瑟、伏尔泰等人对中国戏剧的引进一样,它同样表现了一种文化的选择,向东方哲学回归的倾向,但不同的是:前者的哲学启悟及由此而做出的文化选择在很大程度上是建立在对中国戏剧艺术

---

① 童道明《〈丝绸之路〉与〈道德经〉》,载《文艺报》1987年4月18日。
② 童道明《〈丝绸之路〉与〈道德经〉》,载《文艺报》1987年4月18日。

的误解之上的,而后者则是建立在对中国戏剧艺术本身深刻理解基础上的,而这正是20世纪法国学界对中国戏剧探索的深化相突进的表现。

## 第二节　纪君祥的《赵氏孤儿》与伏尔泰的《中国孤儿》:中法文学首次融汇的历史见证

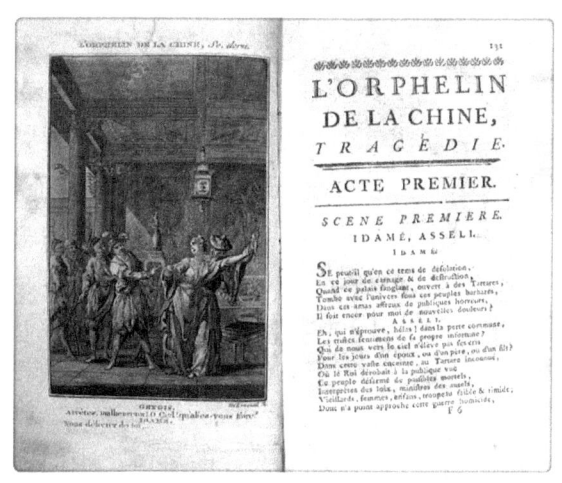

《伏尔泰戏剧全集》(1772年)第3卷中的《中国孤儿》

18世纪,一股"东方热""中国热"以迅猛的势头有力地冲击着法国和其他西方国家的文化界、思想界。了解这陌生而神奇的东方古国,成了当时人们不约而同的兴趣指向,成了一股不可遏制的潮流。中法文化就在这样的背景下发生了第一次碰击、会合、交融,其势如浩荡、奔腾的大江。作为中法文学交流先锋的《赵氏孤儿》,也就在这样的历史大潮中,涌流到这奔腾向前的大江之中。它的锐身介入,犹如投掷在泱泱汇流中的一块巨石,腾起了第一个耀目的浪花,响起了第一声悠远的涛声。

马若瑟神父的法译《赵氏孤儿》于1735年在巴黎问世。伏尔泰据此精心制作的《中国孤儿》于1755年在巴黎公演,这次公演轰动了法国和欧洲,这无疑是对《赵氏孤儿》做出的最有力的回声。从此,《赵氏孤儿》与《中国孤儿》便成为中法文化第一次融汇的历史见证而永留史册,成为两国文化关系研究专家所一再探讨的一个重要课题。

## 一、《赵氏孤儿》在西方激起的反响：法国读者对中华民族精魂的发现

《赵氏孤儿》经马若瑟的译介传到法国，曾三度译成英文，五度改写、上演，在西方产生了巨大的社会反响。① 这种反响始于法国和西方读者对《赵氏孤儿》价值的认识和理解，始于他们对这部作品所表现的中国精神的敏感与发现。

《赵氏孤儿》取材于《史记·赵世家》的历史故事，是我国元代著名的悲剧之一。作品通过春秋晋灵公时文臣赵盾和武将屠岸贾两个家族生死斗争的描述，展现了善与恶、忠与奸的悲壮动人的戏剧场面，交融着人生忧患的深切感受和善恶分明的道德意识，具有较高的社会意义和美学价值。作品中的主人公程婴等所体现的富贵不能淫、威武不能屈的精神境界、"仁爱""信义"的伦理准则，重然诺、轻死生的义烈精神，以及在艰危中奋斗不息的扶危济困的侠骨义肠，无疑是中华民族精魂的真实写照，也是作品的力量所在。作者用扬励豪杰的文字，着重表彰了悲剧主人公在大灾大难中所表现的这种伟大的精神魂魄，从而使作品熔铸了中国人传统的美学理想，闪耀着中国古老的道德光彩，为我国人民喜闻乐见。

《赵氏孤儿》中的这种社会意义和美学价值，只有在阅读或观赏中才能表现出来。用接受美学的表达方法就是，作品的潜在的审美价值，只有在接受者的理解和解释中才能发挥审美功能，成为审美客体。因此，《赵氏孤儿》在18世纪法国的影响和生命的复苏，不仅取决于它自身的价值，还取决于法国接受者（读者、观众，作为译者、编者、作家的读者）的这种理解和解释，取决于他们的理解力和鉴赏力。《赵氏孤儿》在法国的影响及产生于法国读者对作品内在价值的认识和把握之中，是读者理解力、鉴赏力不断升值的结果。

法国读者对《赵氏孤儿》的接受过程大致经历了马若瑟的翻译、杜赫德的介绍、伏尔泰的改编三个阶段。这是法国人对中国原作价值的理解不

---

① 《赵氏孤儿》传入法国后，除伏尔泰改编的《中国孤儿》之外，还有意大利美达斯达休改编的《中国英雄》，英国威廉·哈且特的《中国孤儿》，亚瑟·默非的《中国孤儿》，波兰伏尔泰勒的改编的本子。

断深入的过程,也是作品的影响不断扩大的过程。

读者接受外国文学,首先要借助文学交流最重要的媒介——翻译来进行。对一个异民族的文学移植来说,即使译文"信、达、雅"兼备,也难以传达出原作的全部意蕴。因此,民族间的文学交流因移植而产生原作美学价值的落差现象似乎也难以避免。马若瑟翻译的《赵氏孤儿》也是如此。由于理解力、鉴赏力的限制,他的译文删除了原剧的全部词曲歌唱部分。他在解释删译时说:"这些歌唱对欧洲人说来,很难听懂,因为这些歌唱词曲所包含的是我们不理解的事物和难以把握的语言形象。"[①]删除了对原曲来说不可缺少的歌唱部分,他的移植便失却了中国原剧那特有的诗美和抒情的审美属性,读来味同嚼蜡,因而也就不能不损害原作的审美价值。不过,他的译文到底保留了《赵氏孤儿》的故事框架、剧情脉络以及原作的基本精神。我们无法确切地了解到,马若瑟神父从《元人百种曲》中何以独独选取《赵氏孤儿》介绍给他的同胞,但可以肯定的是,当他阅读中国这部作品时,呈现于他面前的那新的文学天地,从中折射出的那动人的道德光彩,无疑是他做出这个选择的最重要的因素。就是说,他在接受这部作品时,意识到了它的价值所在。由于《赵氏孤儿》的这位西方译者对元曲本身缺乏了解,所以他鉴赏的并不是中国的戏剧艺术,而是这个熔铸着中国人民道德理想的古老的文学题材。

马若瑟的《赵氏孤儿》译本传到编辑杜赫德之手,并于1735年全文发表在《中华帝国全志》第二卷上,这是法国人接受《赵氏孤儿》的第二阶段。马氏这部本来就不完整的译本,再经过杜赫德这位对中国戏剧艺术相当隔膜的编者的"解释",原剧的审美价值便又一次产生了落差。他在介绍这部译著时,援引马若瑟的话,认为像《赵氏孤儿》这类悲剧,"跟小说差不多:戏剧插进一些人物,让他们在舞台上讲话,而小说是作者替人物讲话,讲述他们的遭遇"[②],至于剧中人物在台上自我介绍,在对话中突然歌唱,在他看来,都"使人感到尴尬""不舒服",而对剧中的唱词部分,认为内容艰涩难懂,辞藻中的意象也非欧人所能领会,赞成译者删掉。所有这一切都说明杜赫德对中国戏剧艺术相当陌生。但是,他看到了中国戏剧寓娱乐于教育的审美功能,说"中国戏剧是为了取悦于自己的同胞,使他们感动,

---

① 转引自儒莲《赵氏孤儿·序》,巴黎,1834年。
② 杜赫德《中华帝国全志》,巴黎,1935年。

从而达到劝善惩恶的目的"①,肯定了《赵氏孤儿》的道德价值,这正是他要把马氏的译本介绍给法国读者的依据。需要一提的是,为了发表这部译作,杜赫德与路易十四的顾问傅尔蒙还打过一场笔仗。原来,马氏把他在中国译成的这部译作托请从北京回国的友人维莱尔和布罗塞带给傅尔蒙。但这两位传教士到了巴黎却擅自交给了杜赫德。傅尔蒙看到了《中华帝国全志》全文发表了马氏的译文后,既惊讶又气愤,便在自己的著作《中国语法》一书里,公布了当年马氏给他的原信,披露了内幕,于是就发生了一场争夺发表权的笔墨官司。不管这种争执有多大实际意义,但这个有趣的插曲本身却证明了,当时的法国文化界是非常看重中国这部剧作的;虽然我们不能出此断言,法国接受者已经认识到了这部作品的价值所在,但是,法国人对中国戏剧艺术这么陌生,对《赵氏孤儿》却怀有如此的热情,如果不是作品本身价值的缘故,那就很难令人理解。然而,由于理解力、鉴赏力的局限,他们对《赵氏孤儿》的认识毕竟是极其有限的。根据抢先发表马氏译文的《水星杂志》提供的资料表明:激发当时一些读者兴趣的是《赵氏孤儿》"新鲜别致",是因为他们觉得"凡时代较古或地区较远的东西"总能引起他们的"羡慕之情"。② 显然,这种"新奇""思古之情"的兴趣所向,虽然能激发他们对这部作品的热情,但毕竟与认识和把握原作潜在的审美价值相距甚远,因而很难发挥接受客体的审美功能,使作品生命得到真正复苏。

　　突破这种限制的是伏尔泰。这位仰慕东方文明的西方文豪看到了马氏的节译本后,既感动,又兴奋,决意要把《赵氏孤儿》搬上法国舞台。此举绝非是一时兴趣所致,也非是偶然的选择,而是他对中国文明的仰慕之情与《赵氏孤儿》积淀着的中国传统的文化意识、道德意识不期然的撞击,是发生在18世纪中法文化汇流历史大潮中的一种时代契合。从接受美学"动力过程"来看,则是法国读者对《赵氏孤儿》悲剧精神和道德意识的鉴赏力升值的结果。鉴赏力就是批判力,是对美与缺陷的发现力。它是审美的,又是批判的。读者鉴赏力的高低,直接关系着作品潜在的审美价值的发现和潜在的审美功能的实现。因此,它在接受外来的作品过程中至关重要。作为思想家和文学家的读者,伏尔泰具有一般接受者(译者马若瑟、编者杜赫德)所没有的优势:他既是高明的鉴赏家,又是敏锐的批判家,所以,

---

① 杜赫德《中华帝国全志》,巴黎,1935年。
② 参见范存忠《〈赵氏孤儿〉杂剧在启蒙时期的英国》。

他比一般读者具有更高的鉴赏力,更能理解《赵氏孤儿》的美学价值,也更能洞察现实中的矛盾。因此,我们可以说,《赵氏孤儿》传到了伏尔泰那里,法国接受者对这部作品的认识和理解,才发生一个飞跃,到此,它也才算是确切意义上的被法国人接受了下来。

诚然,伏尔泰通过马若瑟肢解过的译本,无法窥视到《赵氏孤儿》的艺术全貌,看到的只是失去肌肤的故事骨架而已。因此,人们不可能指望他对这部只存精神而无情韵的译作在艺术上有肯定的评价。事实上,他对此做出了否定的评价,认为《赵氏孤儿》在艺术上十分粗糙,不能与西方优秀的戏剧相比。他看重的不是这部作品的艺术价值,而是它的伦理价值,他鉴赏的不是中国戏剧的艺术美,而是其中内涵的道德美。这种结果,不仅与作品本身的伦理价值有关,也与读者独特的鉴赏力有关。

伏尔泰曾经说过:"优雅的和可靠的鉴赏力,其本质在于,在缺陷中对一种美的敏感,或在美当中对一种缺陷的敏感。"[1]伏尔泰本人正是这种对"美"和"缺陷"都极为"敏感"的艺术家和思想家。他以独具的慧眼发现《赵氏孤儿》所蕴含的道德美、精神美,又以敏锐的目光发现他那时代的精神匮乏和道德缺陷。这种双重的"发现"和"敏感"表明法国接受者对《赵氏孤儿》的审美价值和社会意义有了进一步认识和理解。作为"理性时代"的启蒙思想家,伏尔泰一方面以理性主义为犀利的批判武器,无情地鞭挞着当时法国绅士阶级的道德沦丧,另一方面又以理性主义为最高审美理想,热情地召唤着东方理想国的精魂。而《赵氏孤儿》不期然的介入正好为这位敏感的思想家提供了这两方面的契合:作品中主人公所体现的中华民族的精魂,既是他为之呼唤的理想精神,又是他批判现实的参照。这样,对东方文明的企望和对现实历史强烈的批判意识,使之凝聚成一种新的审美向度,以此实现了这双重发现:既从《赵氏孤儿》中发现了中国的道德完美,又从现实中发现了一种精神的缺陷。可以说,这是历史的"契合",又是鉴赏力的升华,这种发现正是《赵氏孤儿》在法国激起巨大社会反响的基因,是伏尔泰立意把《赵氏孤儿》搬上法国舞台的动因,也是中法文化交流的一个触发点。中法文学首次的撞击、融汇,正是建立在法国人对中华民族精魂的发现之上的。

---

[1] 转引自《美学译文》,中国社会科学出版社,1980年。

## 二、《中国孤儿》做出的回声：伏尔泰对中华民族精魂的重塑

《中国孤儿》中的女主角造型

《中国孤儿》中的成吉思汗造型

如果说，《赵氏孤儿》在法国激起的反响，是由于读者伏尔泰从中发现了中华民族的精魂，那么，《中国孤儿》做出的回声，则是作家伏尔泰对这种民族精魂的重塑。在此，我们看到，又是读者又是作家的伏尔泰，他在接受中国这部剧作的过程中，绝不是被动的角色：他不仅是实现作品功能潜力的主体，而且也是推动新的文学创作的动力。就《赵氏孤儿》之于西方接受者来说，这是更深层次的接受阶段。因为在这个阶段，中国这部悲剧的影响才得以扩大和深化，中法文学的首次交融才得以真正实现，通过伏尔泰的这一"回声"，我们能从中辨认出这次交融的若干特点。

我们知道，任何一个民族接受外来文化，从来就是按照自己的民族"文化圈"有变形地加以收纳、融会的。伏尔泰接受中国文化自然也不例外。他的《中国孤儿》，正是他按照自己民族的审美范型和文化模式，对《赵氏孤儿》进行"改造"和"重整"的产品，其目的是为了重塑他所仰慕的中华民族的精魂。为此，他对原剧做了如下的"改造"：

1.简化情节:伏尔泰以古典主义美学标准为刀斧对情节进行砍削。伏尔泰认为原剧的弄权、作难、搜孤、救孤、除奸、报仇等"一大堆难以置信的事件",头绪过于纷繁,剧情延续时间过长,不符合古典主义三整一的规律,而其中"作难""公子、公主自尽"及"孤儿报仇"等场面,在这位崇尚中国文明的理性主义者心目中,也不可思议,于是统统砍去,只采用了原剧中的"搜孤""救孤"两个情节,把故事压缩到一昼夜。为了弥补原剧"缺乏感情的发展和风俗的描绘",以展示"鞑靼人、中国人的风土习俗",使主题更生动有趣,他在自己的作品中加了一个恋爱的情节,把原剧叙述春秋时期的故事往后移了一千七八百年,改为元朝初年,合成如下剧情:

  成吉思汗率兵攻入燕京诛戮皇帝及诸王子,发现遗孤失踪,遂派兵追索,以求斩草除根。中国遗臣尚德把遗孤藏至皇陵后,献出自己的儿子,以代遗孤。伊达梅不忍亲子死于非命,往见成吉思汗,道出真情,请恕其夫及其子,愿代幼主就戮。数年前,成吉思汗流落燕京时,曾向伊达梅求婚未果,此番邂逅,旧情复萌,当即向伊达梅表示,若得伊氏为妻,一切均不予追究。可是,伊氏爱儿子、爱丈夫宁死不从。这对夫妇无屈服于淫威之心,惟以忠良相勉,其品德高洁,使得崇拜蛮力的成吉思汗幡然悔悟,不仅赦免三人之死,且令尚德夫妇妥为抚养遗孤。

经过这样的改削、组合,情节较原剧简化了,但剧情却显得非常紧凑。
2.突出矛盾:《赵氏孤儿》贯穿始终的基本矛盾是屠、赵两个家族的世代冤仇,一方面是屠岸贾恃宠专权,另一方面是赵家忠臣义烈;以屠为一方,处心积虑陷害忠良,以程婴、公孙杵臼为另一方义无反顾地保护忠良,形成了剧中两股不可调和的对峙力量,构成全剧陷害与反陷害,奸与忠的矛盾冲突。伏尔泰从揭示中国精神文明出发,对原剧的矛盾冲突进行开掘,他着力表现的不是诸侯国家内部之间"文武不和",而是两个民族间的文野之争。他虽然袭用了原剧的"搜孤""救孤"的情节,但其中所展示的矛盾内涵和性质却不一样。原剧的孤儿,是一个家族的后代,屠岸贾"搜孤"目的是为了把赵家满门斩绝,以除后患,程婴等救孤,是为了保存赵家这个幸免于难的命根,以图来日报仇雪恨;伏剧中的遗孤是中国孤儿,大宋皇帝的后代,是整个大宋皇朝的最后象征,背后是大宋王朗(汉民族)的礼教和文化,成吉思汗穷凶极恶地搜孤,旨在扼杀大宋王朝文化(也就是伏尔泰所仰慕的中国文化)的最后一个象征,以使整个中华就范于鞑靼民族新秩序的淫威之下,尚德夫妇想方设法保卫大宋王朝这颗幸存的种子,与其说是为了来日报仇,不如说是为了让他日后重整惨遭蹂躏的民族文化。这样,伏剧的"搜孤"与"救孤"就大大超越了家族的仇冤而赋予两个民族的两种文化斗争的性质。诚然,按照伏尔泰的构想,成吉思汗作为一个未被中国文化感化的"野蛮的鞑子",他往昔所受到的轻慢,必然决定了他的"搜孤"行为带有一种怨恨和报复的情绪,这是毋庸置疑的,但伏剧着重揭示的,与其说是这位新朝的主人对亡朝遗孤的仇冤,不如说是他对宋王朝文明心怀的嫉恨,以他为一方,以尚德夫妇为另一方,"搜"与"救"所表现的,也就远非原剧所展示的"奸"与"忠"的矛盾,而是对大宋王朝文化的爱与恨的斗争,其内涵无疑被深化了。因此,归化与反归化,征服与反征服,便构成了伏剧的矛盾焦点,成了推动该剧剧情发展的主要戏剧冲突。伏尔泰为了突出这个矛盾,强化这个冲突,还特意在对峙的双方虚构了一段爱情插曲。在我们看来,发生在成吉思汗与亡国大夫之妻伊达梅之间的这段感情纠葛并非是"英雄闹剧"的无足轻重的插曲,而是归化与反归化的一种表现,激化和丰富戏剧冲突的一种因子。当年伊达梅在成吉思汗向她求亲时,曾私下想用"中国文化的力量把这只野心勃勃的狮子驯服过来","用礼教道德来感化这个野蛮的鞑子,使他归化中国",但终因文明与野蛮的不可逾越的反差而拒绝了他。而当他们又一次相逢时,现实便急剧地严峻起来:女主角所拒斥的"蛮子",却成了她无法拒绝的新主人。这种严峻的现实,使这对征服者与被征服者之间的已经十分严峻的关系变得更为严峻起来,致使剧中"搜孤"与"救孤"的戏剧冲突变得更加尖锐复杂,愈演愈烈,达到一种不可调和的程度:这种尖锐的戏剧冲突有助于对中国精神的重塑。

  3.深化主题:《赵氏孤儿》全名叫《赵氏孤儿大报仇》,顾名思义,写的是复仇的主题。作品通过朝廷内部文臣、武将之间的世代仇冤的描写,表现的是不可调和的善恶斗争,并以孤儿除奸报仇、扬善惩恶斗争作结局,歌颂了主人公忠勇义烈的品质,反映了善恶有报的中国传统的文化心态和审美理想,伏尔泰以此为参照,以理性主义为准绳,对孤儿复仇的主题进行改造和开掘,写成了宣扬情爱、强调和解的新剧本《中国孤儿》。他明确地说过:"爱情给戏剧提供的内容,实多于复仇与野心,因复仇与野心无细腻精微之处,而爱情则有无穷无尽的细腻与精微。爱情在剧场上比别的热情较易成功,因为世间爱情多而复仇与野心少。"①这个剧通过两个民族文明与野蛮的冲突,表现了道义终将战胜暴力,理性必将征服蛮勇的思想主题。《赵氏孤儿》和《中国孤儿》都强调地描写一种道德美,都强调一种"劝善""扬善"的心态表现。不过纪剧立意在"惩恶劝善",着重描写的是斗争,通过斗争,让美德发出照人的光彩,给人以感奋;伏剧立意在"扬善融恶",刻意追求的是融汇、和解,通过和解明示美德有不可战胜的力量,给人以教育。按照伏尔泰的"审美范型"来看,后者显然表现了比前者有更大的道德威力和对这种道德力量更自觉的崇拜与神往。从张扬中国精神的视角点看,这无疑是对主题开发和深化的表现,也是作者殚精竭虑重塑中华民族精魂的一种理想结果。伏尔泰简化戏剧情节,激化戏剧矛盾,改变人物关系和悲剧结局,都是为了对这一主题思想做更深的开掘。仅以改变戏剧结局为例。纪剧采用的善恶有报的悲剧结局,从张扬道德意识来看,虽然没有超越劝善说教的陈套,但通过这个结局,悲剧主人公的品德确实得到了感人而充分的表现,给人以美的艺术享受;从反映民族文化心理来看,这种结局又无疑熔铸了我国古代人民的美学理想:"善有善报,恶有恶报,不是不报,时候不到。"这是我国古已有之的审美心态;从艺术上来说,这种结局也是一种悲剧情感节制的手段,在戏剧舞台上赵家被杀尽三百余口,这在观众心理上已产生了大悲大愤的情绪,为了适度冲淡和抑制悲剧主人公死亡所造成的过度悲伤,所以要增添一些慰藉人心的内容,给观众以情感上的调剂和精神上的满足,孤儿报仇作结,正好满足了观众的这种审美心理,由于这种结局本质上是以悲剧主人公的逆境作为实体性的结局,它与大团圆不同,仍能使观众感到"十分涕愤",产生"堪与《史记》相映"②的悲剧艺术感染。伏剧摒弃了这种善恶报应的悲剧程式,让成吉思汗在悲剧主人公高尚的道德感召下悔悟自新,采取了一种和解的姿态,以大团圆终局。这种调和的结局,从美学理想来看,是"四海之内,合敬同爱"在作品中的表现,从悲剧艺术来看,是悲喜中和、以理节情的理性精神的表现,显然是伏尔泰孜孜以求的一种理想境界。它对抒发中国精神,固然有昭示道德力

---

① 未刊稿,据贝莱与牟格拉合著的《伏尔泰在得丽斯的私生活》转引,范希衡《从〈赵氏孤儿〉到〈中国孤儿〉》,载《中国比较文学》第4期。

② 孟称舜《古今名剧合选·酹江集》,转引自苏国荣《我国古典悲剧的发展概貌和审美品格》,载《文学评论》1985年第1期。

量、高扬伦理价值的积极作用,但在艺术上却也一定程度上削弱了原剧的悲剧力量。其实,这种结局与其说是悲剧本身发展的自然结果,不如说是作者按照自己的审美范型人为改制的结果,它实际上是作者把中国道德美理想化到极致、把原剧劝善说教发挥到极致的一种结果。这种理想化的结果,就使得伏氏对思想主题的开掘与悲剧艺术的表现,产生了不可避免的反差:他越要把思想揭示得充分些,道德说教的成分就越加浓重,艺术感染力也就越来越弱化,这一恶点我们不能不看到。

4.重塑人物:伏尔泰极为激赏《赵氏孤儿》中主人公舍生取义的崇高道德,他在自己的剧作中,通过人物的改塑,把这种道德加以尽情发挥,表达出他对中国精神文明的赞美和神往之情。他精心塑造了尚德夫妇这样一对集中国道德于一身的人物。他笔下的尚德也跟程婴一样,不顾个人安危,以亲子代替孤儿,保卫孤儿,表现了一种可贵的牺牲精神;面对凶恶的敌人,也跟程婴一样,威武不屈,高风亮节,有一种如黑格尔老人所说的那种刚强的英雄性格:"有能力抵挡住一切消极因素,有勇气接受他的命运,既不否认自己所做的事,也不因此就垮塌下来。"①但是,尚德绝不是程婴的简单重现,而是伏尔泰按照自己的信念与理念创造出来的道德化、理想化的人物。只要细加比析,我们就不难看到,从精神气质到性格内涵,尚德都是程婴的重塑和升华。从剧中的描写,我们看到,尚德夫妇和程婴都处于猝不及防的反动的风暴之中,都面临着一种可怕的艰难性的考验。他们的命运和性格在发展的流程中都不自觉地浸染着一种忧患意识。不过,这种忧患意识,在程婴主要是由家族的仇杀而引起的,本质上没有超越家庭和个人的范围,而尚德面对的是民族存亡的大灾大难,他的忧患感始发于国家的兴衰安危,因而只得更为忧愤、深广。他们在患难考验中,都迅速地做出了体面的人生选择。然而,如果说面对屠岸贾那强大的凶暴势力,程婴在开始接受公主托孤时尚有疑虑,那么,面对成吉思汗可怖的屠戮,尚德保护大宋遗孤则从未畏惧。他在深重的艰危中意识到生命的价值和自我的强大,因而表现了一种更加勇往直前的强者的精神气质。作为赵家旧仆的程婴救孤如果主要是为了尽忠尽义,那么,作为大宋王朝亡国旧臣的尚德救孤,不仅要尽忠义,还要尽责任——一个亡国大夫保卫大宋王朝文化礼教的神圣职责。因此,他从思想到行动,都带有更自觉的道德信守和责

---

① 黑格尔《美学》(第三卷下册)第299页。

任心，其性格内涵也在大起大落的抗暴斗争中显示了更多的伦理色彩和人的自觉精神。伏尔泰在构想这个人物时，是把他作为中国精神的一种体现，理想道德的外化来表现的。他创作《中国孤儿》重塑尚德形象，主旨在于宣扬中国的道德文明，宣扬孔子学说，他在给友人的信中称："我在《中国孤儿》中谈论孔子，让一个鞑靼人在这位古代立法者简洁而令人赞叹的教诲面前感到震惊和羞愧……我已对剧本做了许多修改，为的是大胆宣扬孔子的教诲。"①因此，他笔下的尚德简直是集中国美德于一身的"圣人"，是中国古代精神文明的化身。而他那种赴汤蹈火的英雄品格，更无疑是中华民族精魂的重现，同时也是人性自觉精神的表现。正是这种民族精魂所表现出的惊天地、泣鬼神的崇高的力量，使得暴虐成性的专制魔王成吉思汗"肃然拜倒于伟大之前，承认自己的渺小和脆弱"②，而幡然悔改。至此，一种理想的中国精神在尚德身上已得到了十分集中的体现。由此看来，作为伏尔泰笔下一个理想化的强者精神的体现，尚德较之原剧中的程婴，无疑是个超越。但是，我们应当看到，原创作者纪君祥在创造程婴这个熔铸了我国古代人民审美愿望和道德理想的人物时，虽然不时地渲染了他的报恩思想，时时流露着封建伦理说教，但实际描述中，作者所注重的并不是人物的某种道德宣示，而着眼于人物扶危济难的详尽而具体的动作。作者不是把他作为道德观念的化身来加以图解，而是把他作为植根于中国民族土壤具有生命气息的鲜活的艺术形象来描述的。我们从人物的戏剧行动中看到更多的是他那扶弱济困的侠骨心肠和富有牺牲精神的道德境界，具有艺术感染力。因此，这个人物得以一代一代地流传下来。而尚德则是伏尔泰理想中的中国精神文明的化身，道德力量的见证，同时也融进了伏尔泰对人性自觉的理想追求。他创造尚德这个形象，主要是为了张扬中国道德，宣扬中国文化，要把"尚德作为孔子后裔来表现，让他作为孔子替身来说话"。因此，在这个人物身上就带有更多的理念色彩，散发着更浓重的传道气味。由于伏尔泰在塑造这个人物时，让理性做了不适当的干预，人物的性格也就以一种被作家净化了的、规范化了的伦理观念形式表现了出来。这样，就使伏氏的思想和艺术又一次产生了反差：从体现中国道德力量看，尚德比程婴更为典型，但从艺术审美角度看，却又显得较为概念化。

---

① 《致贝尔特朗函》，1755年9月30日。
② 车尔尼雪夫斯基《美学论文选·论崇高和滑稽》。

他在法国舞台上的出现,实际上,并不意味着程婴艺术生命的复活,而是经过作家加工的中国精神的重塑、再现。

对中国精魂的重塑,离不开对野蛮和邪恶的批判与挞伐,成吉思汗正是伏尔泰为了这种需要而塑造的。正如善与美的对立势力屠岸贾一样,成吉思汗在剧中也是这种对立的存在。不过,屠岸贾的敌对,其凶顽、奸诈至死未变,而成吉思汗是集暴君、骑士和圣主于一身的角色,其性格是发展变化的。他最终的悔悟,表明了中国道德精神的威力,体现着人性的复苏和觉醒,是中国传统文化所鼓吹的"存天理,灭人欲"的伦理的胜利。因此,他的出现有助于作者对中国精神的揭示。伏尔泰常常通过这个人物来抒发自己对中国文化的仰慕之情,通过他来浇胸中块垒。跟尚德夫妇一样,他也是作家的一种理念化的图解。

这里,我们从伏尔泰对人物的改塑,看到了他思想中的一种深刻的矛盾:作为一个启蒙思想家,一方面,他要张扬个性,呼唤人性的觉醒,另一方面,他又如此崇尚中国道德,执意地把它视为理想的道德,这就不自觉地又把人性牢牢地束缚在一种新的道德模式里,把"人欲"——人的感情和个性扼杀在一种新的伦理模式中。这样,他改塑的人物,或道德信念完全支配自己的行为,滔滔伦理说教淹没了自己内心感情和真实个性(如尚德);或虽然有过种种欲望和感情追求,最后还是理性克服情欲,自觉地回归到"存天理,灭人欲"的道德观念上来(如成吉思汗、伊达梅),而使他笔下的男女仅仅成为作家自己对东方的浓厚兴趣和理想化了道德张力完满结合的产儿。这些人物的意义在于,他们向我们表明了,西方启蒙思想家在内在精神上向着东方意识的逼近,从而使我们看到了,中法文学首次交融的实质,实际上是中国哲学的自觉精神在 18 世纪法国文学中的一种复归。而《中国孤儿》对《赵氏孤儿》做出的回声,只能是仰慕中国文化的伏尔泰对中华民族的精魂和中国文化精魂发出的一声理想化的赞叹。

### 三、《赵氏孤儿》播扬的涛声与西方读者心灵的反响

在中法文化汇流中,《赵氏孤儿》播扬的涛声激起如此强烈的反响,不仅取决于它本身的价值,而且与当时的历史环境及接受者本身有关。如果我们把这部东方作品,比之为拨动西方人心灵的琴弦,那么,它发出的声音将与读者的心灵密切相关。对作品的内在价值和读者理解与感受之间的

关系,法国著名作家法朗士曾这么精彩地描述过:"书是什么?主要的只是一连串小的印成的记号而已,它是要读者自己添补形式色彩和感情下来,才好使那些记号相应地活跃起来。一本书是否呆板乏味,或是生趣盎然,感情是否热如火,冷如冰,还要靠读者自己的体验。或者换句话说,书中每一个字都是魔灵的手指,它只拨动我们脑纤维的琴弦和灵魂的音板,而激发出来的声音却与我们心灵相关。"① 这就是说,一部作品的自身意义和价值,需要读者的认识和理解才能体现出来。由于每个读者总是以自己的心灵和自己的文化模式来感受、体验、解释和理解作品的,这就是为什么《赵氏孤儿》的本意和西方读者心目中显现出来的往往并非一致,为什么它传入西方会出现不同的改作,产生不同的变异,激起不同的和声的原因。在英国,威廉·哈且特把它改为攻击首相瓦尔帕尔爵士腐败的政治剧,亚瑟·默非则把它改写为抵抗异族侵略、颂扬爱国精神的戏剧;在意大利,美达斯达休则把原来的复仇剧改成了供宫廷娱乐的大团圆喜剧。这些不同的"回声",正是由于接受者不同的心灵感受、不同的历史环境所造成的。而伏尔泰的《中国孤儿》,无疑是《赵氏孤儿》用它那"魔灵的手指"拨动了这位西方哲人的灵魂的"琴弦""音板"而激发出来的独特的声音——从内心深处发出的独异的呼唤。

在 18 世纪的法国,伏尔泰是中国人的"积极的颂扬者和公开的拥护者"②,他把中华民族视为世界上最明智、最文明的民族的伟大榜样,把中国构想为理想中的理性王国。他曾经指出:"当高卢、日耳曼、英吉利以及整个北欧沉沦于最野蛮的偶像崇拜中时,庞大的中华帝国各部正培养良俗美德,制订法律","由于它是世界上最古老的民族,它在伦理道德和治国理政方面,堪称首屈一指"。③ 在他心目中,中国是个具有悠久的文明、贤明的德政、良好的道德和完善的法制的理想国,是启蒙思想家"按照理性规律建立的启蒙君主政体"所构筑的理想国。这是伏尔泰在接受《赵氏孤儿》时总的心理定式和精神定向,或者按照接受美学理论家的说法,是认识、理解事物的"先把握""先结构"。这种"先把握""先结构"对材料的选

---

① 法朗士《乐园之花》,转引自钱念孙《论吸收外国文学影响的潜在形态及其作用》,载《文学评论》1985 年第 5 期。
② 马蒂农《十七—十八世纪法国文学中的东方》,巴黎,1906 年,转引自苏什曼《中国和法国的启蒙运动》,载廖鸿钧《中国比较文学》1985 年第 1 期。
③ 《路易十四时代》,商务印书馆,1982 年。

择与变形具有决定性的支配作用。这样,《赵氏孤儿》碰击伏尔泰的这颗心灵,发出来的只能是一曲颂扬中国文化的和声,虽然原剧描写的不仅有美德还有丑恶,不仅有仁爱还有仇恨,但映照在他的心灵上,就不能不发生一种落差和移位:他以心目中的理想的中国文化模式为最高的审视点,看到的是"理性与智慧,跟盲目的蛮力相比,具有天然的优越性"①,因此,作家的主体意识和审美心理便发生一种主观的倾斜和变异,对原剧血淋淋的斗争画面,不能不做出"选择"和"过滤",而把自己深情的目光投向他意中的世界,并从心灵深处对这一理想世界发出深情的呼唤:

>在这个国土上我看到的是什么?……我虽则要用武器对付他,但是我却崇拜他的人格,我极愿把他的行为作为天下的榜样,我看到了一种古代的、勤劳的和人口众多的民族,统治着他们的历代帝王都是有智有勇的,他们的邻邦也都尊敬服从他们的立法制度,他们并没有征伐的武勋,而依照传统的习惯统治天下……

剧中人对中国文化做出的这一宣示和颂扬,道出了伏尔泰的心声。对《赵氏孤儿》的碰击,做出了纯粹属于他的个性化的反响。这就是伏尔泰的《中国孤儿》这部"文化—风俗剧"产生的文化心态的依据。

伏尔泰所处的时代是理性主义为主潮的批判的、革命的时代。在这个时代,"宗教、自然观、社会、国家制度,一切都受到了最无情的批判;一切都必须在理性的法庭面前为自己的存在做辩护或者放弃存在的权利"②。这是个文明剧变、精神发展的历史转折关头。作为这个时代的精神领袖伏尔泰,"不承认任何外界权威",但在自己心目中却塑造了、确立了一尊精神偶像,这就是以儒家道德为主体的中国精神。他崇尚儒家道德,认为是"唯一纯洁的道德"③,是中国"最负盛名、最文明、最完善的东西"④,他在原剧中程婴等人身上看到了这种道德的光芒,在《中国孤儿》里,他用心中的理想之火将之点燃,让这种道德在尚德夫妇身上放射出更夺目的光彩,爆发出更巨大的力量。他的《中国孤儿》就是为了宣扬儒家道德而写的。因

---

① 《中国孤儿·序》,载《伏尔泰全集》(第5卷),巴黎,1877年。
② 恩格斯《反杜林论》,《马克思恩格斯选集》(第3卷)第56—57页。
③ 《伏尔泰全集》(法文版·第38卷)第482页。
④ 伏尔泰《论民族精神与风俗》,载《伏尔泰全集》(第2卷)第52页。

此,他把自己的剧本称作"孔子道德五幕剧",并在剧本初版中附上他给卢梭的信,回答后者如下的诘难:"假如科学能纯化风俗,能教导人们为祖国流血,能让人精神振奋,那么中华民族必然会成为明智的、自由的、不可战胜的民族。然而,如果说,他们无恶不作,无罪不犯;无论大臣们的学识,法律的所谓明智,还是庞大帝国的民众都不能使这个帝国免受粗野无知的鞑靼人的统治,那么她的学者对她又有什么用呢?"①伏尔泰则通过《赵氏孤儿》的改造说明:"鞑靼民族在13世纪初叶征服中国已是第二次入侵,其结果却同第一次一样,征服者反而同化于被征服者,合为一个民族,同受世界上最古老的法律的支配。这是最值得注意的一种现象。"②剧中忠于先哲古训的尚德夫妇那正气凛然的抗击邪恶的斗争以及在这个斗争中激发出来的道德力量、降服蛮力的力量,正是中国精神的体现———一种理想化了的强者精神的体现。因此,《赵氏孤儿》在伏尔泰心头激起的回声,实际上是理性时代的感召与儒家道德的凝聚力撞击作者心灵而发出的一声对强者精神的呼唤。这呼唤发生在他那时代,不但十分必要,而且十分及时,因为实践证明,每每在精神发展的历史转折点上,总需要推出一种理想的强者精神,以此来"振奋人心,提醒人们记住勇气、荣誉、希望、自豪、同情怜悯之心和牺牲精神"(福克纳语),这是作家的责任。伏尔泰尽到了这个时代的责任,积淀着伏尔泰的历史意识和个人感受的《中国孤儿》就这样以道德英雄的悲剧形式表现了出来。这就是它产生的时代依据。

伏尔泰对中国道德的崇拜,对包括这种道德在内、以这种道德为主体的中国文明的崇拜,不仅是一种审美渴望,也是一种政治理想的追求。在他看来,古代中国之所以充满一种忍让、高尚的道德情操,仁爱的社会风尚,主要出于理想的、贤明的德政,因此,在他心目中,所谓中国精神,就不仅具有伦理的价值而且具有政治的价值,作为启蒙运动的领袖,当他痛彻地意识到"中国遵循最纯洁的道德教训时,欧洲正陷于谬误和腐化的堕落之中"③这样一个严重的社会现实时,他对古代中国良风美俗的深情呼唤,就不只是要向东方寻求一种道德规范,来匡正本国江河日下的道德风尚,而且也是寻求一种省察社会政德的价值尺码来匡正封建主义的法国日趋

---

① 《卢梭全集》(第4卷)第13—14页,巴黎,1820年。
② 《伏尔泰全集》(第5卷)第296页,巴黎,1877年。
③ 《路易十四时代》第597页。

严重的社会时弊。他对尚德夫妇崇尚美德的重塑与赞美,就不单纯是要请出这对心造的东方亡灵来做一般的道德说教,而是要复活东方精神,与法国专制制度分庭抗礼,呼唤出这对东方精神的体现者,以他们为榜样,来提高自己的国民的悟性,来强化自己的民族精神,改造和重铸自己的民族性格,从而改造社会。因此,他张扬道德的热情呼唤就不能不具有强烈的政治色彩;他的呼声是那样清亮和激越,不能不对当时法国封建社会产生一种发聩振聋的作用,这与其是伏尔泰的审美追求,不如说是他的政治需求。伏尔泰对《赵氏孤儿》道德精神的感悟、领会,对这一东方题材的移植改造,正像他借用古代罗马题材创作悲剧一样,只不过是要把自己的政治热情,"保持在伟大历史悲剧的高度上所必需的理想、艺术形式和幻想"①。从这个角度看,他的改作实际上是政治主题道德化的表现。这就是渗透着道德意识的《中国孤儿》所产生的思想依据。

由上可见,《赵氏孤儿》在伏尔泰心灵深处激起的回响确是独特的,它是这位醉心中国文化的哲人用自己的方式,用自己的灵魂来感受这部作品的结果。作为这种独特的感受的产物,《中国孤儿》不仅深刻地反映了他的审美趋向,而且也深刻地反映了他的政治倾向、道德信念、文化意识。不仅传达出属于他个人的声音,而且在一定程度上传达出了他那一时代的声音,因而是《赵氏孤儿》播扬的涛声所激起的独异而响亮的回声。

### 四、《赵氏孤儿》与《中国孤儿》同奏:中法两个民族的声音组成的乐章

文学的接受活动是两种对立的使命统一起来的过程:一方面,作为接受主体的读者,是作品的驾驭者,其阅读过程,是一个再创造的过程;另一方面,作为接受客体的作品,不仅以特定的内容制约着读者的再创造,同时,读者读它的过程,也是受其潜在功能影响的过程。我们在上面就法国和西方读者如何以自己的文化范型和心理模式对《赵氏孤儿》进行再创造做了一般描述,这里,我们要从作品本身出发,着重谈谈《赵氏孤儿》为什么在西方产生如此反响,究竟产生些什么影响。

普列汉诺夫曾经说道:"一般说来,为了使一定国家的艺术家和作家对其他国家的居民的头脑发生影响,必须使这个作家或艺术家的情绪是符合

---

① 马克思《路易·波拿巴的雾月十八日》,《马克思恩格斯选集》(第1卷)第604页。

读他作品的外国人的情绪的。"①笔者认为,《赵氏孤儿》在西方产生如此巨大的影响,其原因就在于,纪君祥在自己的作品中所表达的"情绪"是"符合"18世纪法国人和西方人的"情绪"的。

第一,如果说,"悲剧的内容是伟大的伦理现象的世界"②,那么,《赵氏孤儿》所展现的正是这种"伦理现象的世界"。它所表现的扬善惩恶的伦理观点和舍生取义的牺牲精神,不仅为我国人民所喜闻乐见,也与法国和西方人的审美心态相通。作品中体现着中华民族精魂的道德美,含有巨大的伦理力量,千百年来一直陶冶和净化着我国读者的心灵,也必然打动西方人的心。因为追求美和善,崇尚文明和正义,总是人类相通的美学追求。而为了这种文明和正义的事业,"舍生取义"的崇高的牺牲精神,更容易拨动西方人的心灵,使他们在感情上产生共鸣。在西方,人们总是把"崇高"视为"悲剧"的同义语,看作是最高的属性,而崇高在英雄悲剧《赵氏孤儿》中得到了集中的表现,完全符合法国和西方人的审美取向。

第二,《赵氏孤儿》表现的中国传统的文化意识(道德操守、伦理规范、美学理想),符合18世纪法国、西方读者了解古代中国文明的好奇心理和要求指向。在法国,随着一股"中国热"逐步兴起,各种"中国式"的戏剧、化装舞会也就极盛一时。那时朝野上下、宫廷内外,无不以模仿中国为荣。为了迎接18世纪的开始,法国宫廷精心准备,举办了一次象征"中国文化热"的宫廷化装舞会。

> 1700年1月7日,参加路易十四的庆祝舞会的朝臣贵妇们,无不屏息静气,既紧张又兴奋地等待着那一刻的来临。终于在鸦雀无声之中,他们进来了,一、二、三……整整三十名活生生的"中国人",浑身上下裹在那奇怪的锦袍里。再看,他们原来还抬着一顶货真价实的中国轿子,要说这是小型的"雕栏玉砌",也不为过。轿子上头,赫然端坐着那堆金砌玉、不怒而威的"中国天子"。于是乎在众人眼花缭乱、目瞪口呆之时,锣鼓并响,管弦齐鸣,在一片惊喜赞叹声中,众仕女翩然起舞,原来这二十名轿夫,还兼了一差,即充当家里乐队乐手。这个

---

① 《普列汉诺夫美学论文集·亨利·易卜生》第581页,北京,1983年。
② 《别林斯基选集·智慧的痛苦》(第2卷)第118页。

取名为《中国天子》的节目可以说是再恰当不过。真正为这个将为中国的魔力倾倒的世纪作了一个预报。①

宫内首倡,宫外效仿,顿时形成了一股"中国戏剧热"。《赵氏孤儿》就在这样的"热流"中传入法国,正好适应了这股潮流的需要,而剧中表现的中国文化传统,符合各种文化层次的读者了解中国的好奇心理。于是,各种取材于中国的戏剧便应运而生,如 1753 年的《中国人》《回来的中国人》,1754 年的《中国乐》《在法国的斯文华人》等,而 1755 年伏尔泰的《中国孤儿》把这种"热"推到了最高点。

第三,《赵氏孤儿》高扬的抗恶斗争精神符合当时法国和西方读者反封建专制的思想情绪。18 世纪法国正处于资产阶级革命前夜,启蒙思想家在为这场行将到来的革命进行思想准备的运动中,不仅以欧洲的进步思想家为师,也把视线转向了东方古国(特别是中国),从中汲取思想滋养。中国以其悠久的历史和灿烂的文化尤为他们所重视。因此,当他们读到以直接反映阶级斗争、以鲜明的政治色彩为特色的《赵氏孤儿》,就不觉为之感奋。"心有灵犀一点通",剧中主人公抗暴除奸的斗争不能不给他们以精神上的鼓舞和思想上的启发。在这种背景下,《赵氏孤儿》的介入正好适应了这部分读者的思想情绪和政治要求,适应了资产阶级启蒙运动反封建主义的政治需要。伏尔泰的《中国孤儿》就是这种政治需求的具体产物。他看中《赵氏孤儿》,与其说是艺术的选择,不如说是思想的选择,与其说是美学的选择,不如说是政治的选择。他在自己的剧中颂扬中国道德,宣扬人性觉醒,鼓吹人格力量、理性力量,都是这位启蒙思想家把自己的政治理想和政治热情隐藏在悲剧形式下的表现,应当看作是他为资产阶级革命所做的舆论准备的一部分。这就是为什么《中国孤儿》1755 年首次公演即轰动巴黎,30 余年后法国资产阶级大革命时再度公演再次轰动的重要原因。

由此看来,《赵氏孤儿》在法国和西方产生的影响,是由它自身的价值和当时的历史环境所决定的,是作品所表现的内容和西方人的审美情绪和需求指向相吻合的缘故,是作家纪君祥的"情绪"与当时西方读者的"情

---

① 于漪《浅论中西戏剧传统之交融》,载《中西比较文学论集》第 259、265 页,香港时报文化出版公司,1980 年。

绪"相沟通的结果。这种"情绪",通过某些敏感的艺术家改写本的渲染和抒发,使广大西方接受者激发出更加巨大的热情,不自觉地拆除了民族间的"心理防御机制",而把《赵氏孤儿》视为唱出自己民族心声的作品加以欢迎。

需要在这里指出的是,伏尔泰从《赵氏孤儿》中摄取的是具有伦理价值的题材,他把这个题材作为产生哲学启迪和精神力量的土壤。在他笔下,题材本身实际上已淡化为抒写他内心思想的外在框架,从中折射出的是他对社会历史的思考和精神文明的深知灼见(诸如智慧终将战胜蛮勇,文明战胜野蛮,理性胜过暴力等等)。由于他的抒写和思考凝聚着巨大的思想政治热情,又包容了巨大的历史敏感力,这就使他的作品不能不客观上成为他那个时代的最新观念的一种揭示,时代精神的一种召唤,不能不鼓动千千万万个向往东方文明的读者的热情,产生了巨大的社会反响。这种反响是《赵氏孤儿》的影响的延续和深化,是中法文学首次交融的硕果。但是,我们也不能不看到,伏尔泰对《赵氏孤儿》艺术的过分否定(我们说过,他接触到的是马若瑟不完备的译本,这种局限是无法避免的)、对题材本身的过分钟爱和过分热情,削弱甚至泯灭了他对哲学思考的情感体验。而在运用这个题材重新构思、重塑人物时,又让理性做了过分的干预,致使人物成了单纯传达作者思考的工具。虽然在特定的时代,对特定的观众具有巨大的社会参照价值和思想鼓动力,但终觉缺少久远的艺术魅力。当历史的变革向前推进,原属的时代气氛已经更替之时,题材本身已显陈旧,作品原有的力量也就随之消失。留下的只是一个历史的陈迹——那一时代中法文化首次相撞击、交汇的历史见证。

然而,在18世纪中法文化交流的浩荡大潮中,《赵氏孤儿》发出的涛声是深沉而悠远的,《中国孤儿》激起的回响是亢奋而有力的,这涛声,这回响,组合成一支新的合力,又推动着中法文化交融的滔滔浪涛继续向前突进。作为这历史潮涌的前锋,《赵氏孤儿》播扬着西渐的涛声,率先推开了中法文学交流的历史的闸门,意义深远。

这涛声惊动了西方广大读者,使他们第一次听到了来自东方古国的声音,第一次发现了中华民族魂魄的搏动。作为那一时代的思想家、文学家的读者的伏尔泰,以他富于时代精神和历史意识的艺术敏感和思想敏感,把这种发现融进了自己的悲剧世界,加进了他那独特而热情的声音,骚动了越来越多的西方人,使他们的精神为之一振,耳目为之一新。

于是，中国 14 世纪的《赵氏孤儿》与法国 18 世纪的《中国孤儿》同声合奏，奏出了中法两个民族的声音所组成的乐章，东方作家纪君祥和西方读者伏尔泰的共同创造，使它们在西方成为映照中国文化、中华民族精魂的第一扇窗口。

这涛声震动了法国人民族文化心理结构，使他们在道德规范和审美取向上发生了一次骚动。作为中国文化西渐的先声，《赵氏孤儿》把以"仁爱""忠义"为核心的儒家文化的"仁学结构"带到了法国，与 18 世纪法国读者群那躁动的文化心态相碰憧，使他们的文化心理结构来了一次动荡。迷恋东方文明而又恪守西方文化模式的伏尔泰以悲剧的形式，把这种"仁学结构"加以理想化，摇荡了西方更多男女的心。始终严格按照西方悲剧法则和文化模式创作的《中国孤儿》，一旦公演，为社会接受，又不期然地突破了这些法则和模式，"成了欧洲对写实主义倾倒的一个重要转折点"①，有力地刺激了西方观众的审美经验和审美情趣，使他们的文化心理结构获得了一次意想不到的增添和丰富的机会。

这涛声冲击了西方文化圈的人们的保守成见，使法国和西方人第一次发现了东方一个新的文学天地。作为中国古代著名的悲剧之一的《赵氏孤儿》，正像王国维所指出的，"剧中虽有恶人交构在其间，而其蹈汤赴火者，仍出其主人公的意志，则列于世界大悲剧中亦无愧色也"②。它传入悲剧之乡的西方，虽然由于译介者的删削而失却了原有的情韵，虽然由于西方人的文化偏见而对其悲剧价值估计不足，但剧中这种"蹈汤赴火"的悲剧精神，还是留给了西方人以深刻的文学启示和哲学思考。据此，一些有眼光的批评家，把它"跟古代希腊悲剧相提并论"③。敏感的伏尔泰则把这种悲剧精神和体现中国哲学自觉精神的忧患意识结合起来考察，由此通向理性主义的深层的哲学思考，并把这种思考的成果溶进自己的改作中，从而在西方文学史上第一次表现了中华民族文化精魂，这是中法文学首次融汇的结晶，是伏尔泰的独特贡献。

---

① 于漪《浅论中西戏剧传统之交融》，载《中西比较文学论集》第 259、265 页，香港时报文化出版公司。
② 王国维《宋元戏曲史》。
③ 范存忠《〈赵氏孤儿〉杂剧在启蒙时期的英国》。

# 第四章
# 中国古典小说在法国

我们国民的学问,大多数实在靠着小说,甚至于还靠着从小说编出来的戏文……

——鲁迅《马上支日记》

一个民族在她童年的时候,会产生出许许多多的寓言故事、神怪传奇和史诗。而只有当她衰老的时候才会产生真正的小说。这时候,人们的信仰产生了危机,目光也就转到了现实的事物上。

——阿尔贝·雷米萨《玉娇梨·序》

## 第一节 对中国都市文化的观照
## ——法国介绍研究中国古典小说史略

当代法国知名汉学家雷威安教授,在他长期对中国古典小说的悉心研究中,提出了一个深刻的命题:起源于口头叙述艺术的中国小说,具有"无可否认的城市特性",它以城市为"摇篮","在一切文化现象中最具城市化"。[①] 这个不乏创见的立论就是说,作为都市文化的一种独特存在,中国白话小说,其勃兴与城市的产生、市民的文化需求有着密切的关系,而其发展又与整个都市文化的繁荣(包括文人文化的发展)紧紧相连,而且它本身就是都市文明的一种真实而深刻的标志。因此,中国小说的西渐便往往成了西方人了解中国都市文化风貌、探知中国文明发展程度的一个渠道。

---

① 参见雷威安《十七世纪通俗短篇小说》第409页,巴黎,1981年。

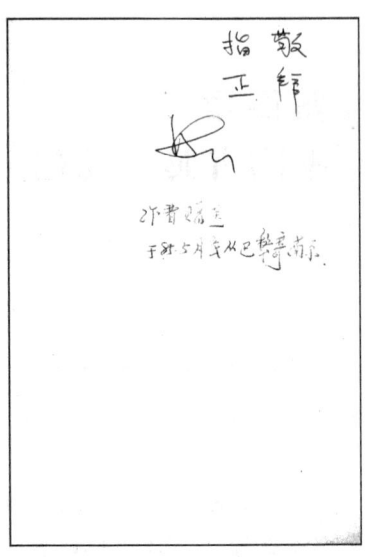

雷威安寄赠《十七世纪中国通俗小说》(1981年)封面和扉页题签

都市文化,其实是市民文化和文人文化的一种综合,它包括都市风尚习俗,市民和文人的道德规范、伦理观念、文化心理等。它是整个民族文化的有机组成部分,也是极具特色的部分,这是单从四书五经的研究不能探明的。早在18世纪中法文化首次交汇之际,法国学者就已经意识到这点,并且开始从"纯文学"中寻找材料,以深化对中国文化的认识和了解。他们在这种探索过程中逐渐形成了一个共同的审美趋向:即十分看重描绘文化风俗的作品,把它们作为瞭望中国文明的窗口,融受中国文化的媒介。而以展现都市文化风貌为其特色的中国俗文学(特别是小说),便很自然地充当了这个"中介",成为法国汉学家十分重视的研究对象。

法国人介绍中国小说始于18世纪。最初的介绍还只限于故事传奇之类的作品,真正长篇巨著的翻译和研究是两个世纪以后的事。据笔者所知,最早把中国小说介绍到法国的可能是殷弘绪(Père d'Entrecolles, 1662—1741),他从《今古奇观》中选取了《庄子休鼓盆成大道》《吕大郎还金完骨肉》和《怀私怨狠仆告主》三个故事,以概述故事情节的形式,编译成法文,发表在杜赫德主编的《中华帝国全志》第三卷(1735年)第292—303页、第304—324页、第324—338页。这也是第一次介绍到欧洲的中国小说。但是,作为中国小说第一部完整的西洋译本,并在欧洲广泛流布的是英人威尔斯译、1761年出版的《好逑传》英译本。1766年里昂出版的没有署名的法译《好逑传》,就是根据威尔斯英译本转译的。此外,由来华传教士派往法国的第一个中国留学生福建人 Arcad Hoange[①] 也为中国小说的西渐做了一些有益的工作。他于1702年到巴黎后,就娶了一位法国妻子,为了生计开始译述《玉娇梨》,后因病逝而未完成。他在旅居巴黎期间,俨然中国大使一般,经常出入沙龙,18世纪法国人对中国小说的某些知识就是通过他而获取的。启蒙主义作家孟德斯鸠于1713年和他交谈之后,对中国小说获得了这样的印象:

> 但我认为我们并不一定喜欢他们的小说。中国小说有两种类型:一类是一味追求神奇,比我们的阿马蒂式的小说和西班牙式的浪漫曲还要离奇;如一个女子在一瞬之间就摧毁敌军,这样的奇迹反复出现,她用自己的魔力征服自然。第一类小说极其怪诞离奇,而第二类小说恰恰又毫无生气。在中国,由于女人生活在不同的环境,男女之间就没有机会厮守,因此,他们之间的奇遇十分少见,也难以出现。必须使出出人意料的诡计和手段,才能使骑士见到美女,而他们间的艳遇需要四五年的光景才能实现。这样的男女主角并不令人欣赏,因为他们之间关系既非感情所致,也无奇遇色彩,所以这种小说必然令人感到索然无味。

孟德斯鸠对中国小说这种否定性的评论,显然是针对 Arcad Hoange 并非全面的介绍而发的。后者的介绍大约仅仅限于传奇之类的作品。孟氏的这段文字可能是法国人评论中国小说的最早文字。

尽管孟氏对传奇和才子佳人小说持否定态度,但由于这类作品一般篇幅不长,很适合法国读者的口味,同时,它们又以描写都市风情,宣扬道德教训居多,能使读者从中洞观中国文明的某些方面,所以,还是深得法国人的重视。有些已成为法国作家的创作素材,在中法文学交流中产生了重要影响。法国文豪伏尔泰创作哲理小说《查第格》的时候,就采用了《庄子休鼓盆成大道》的故事作为第二章的依据。伏尔泰对庄子的故事进行了改

---

[①] 据许明龙研究,Arcad Hoange,真实姓名为黄嘉略,载《社会科学战线》1986年第3期。

造,造成如下的情节:

> 查第格之妻阿曹拉看见一个名叫高斯罗的少妇依新坟号哭,急欲将坟旁河水转向他流,以期早日改嫁。她回家之后就在查第格面前大骂高斯罗,而查第格则一笑置之。有一次,阿曹拉出门三天,回家见丈夫死了,便号啕大哭。傍晚,丈夫的朋友加陶前来吊唁,不免也陪她淌了许多眼泪。第二天,他俩一起进餐,泪水渐干了。加陶告诉她查第格已把大部分财产都托付给他,希望阿曹拉与之分享;她虽然哭闹了一场,但到晚上与加陶同坐的时间更长,谈话更加亲热投机,想到死者的好处与缺点,想到加陶这样温和、完美,真是又苦又甜;忽然之间,加陶说身上作痛,阿曹拉亲手抚摸其痛处。加陶说:"只要有刚死的人的鼻子,割下一擦就会好的。"阿曹拉想:查第格人已死了,鼻子短些也不碍事,过阴阳界河的时候绝不会因此被扣留。于是,她取刀进坟,正要下手,只见查第格一手掩鼻,一手推刀,起身说道:"夫人,你不要再骂高斯罗了,你割我的鼻子和她希望河水绕道有什么不一样呢!"①

伏尔泰"改造"后的这段故事与"庄周鼓盆而歌"比较,除了细节上的不同,如转河、割鼻等等,大致的人物关系是相同的。但是,作为这位启蒙运动领袖呼唤仁政的哲理小说,《查第格》袭用这个文学素材,并非是看重庄周"人心莫测"的遁世哲理,而是运用中国先哲的这一古训,隐射当时法国社会的人情险恶,抨击时弊,张扬理性。而其中对毫无道德信守的贵族男女的暴露,显然与抒写都市风情的中国传奇故事的美学取向不谋而合。因此,《查第格》从《今古奇观》撷取了这一创作个案,实际上架起了中法文化在小说交流上的第一座桥梁。它与伏尔泰的《中国孤儿》一起,不仅开启了法国作家从中国小说、戏剧这类俗文学中接受中国文化的先例和范例,而且它本身也是借之于"纯文学"的窗口,瞭望中国文明的有益尝试。这一尝试的成功极大地启发、推动更多的作家、汉学家把注意力集中在中国俗文学,特别是小说的介绍和研究,并且发展成以文化视角观照中国文学(小说)的传统和共同的艺术趣味,影响了法国几代的汉学家。

---

① 故事详见伏尔泰《查第格》中译本(傅雷译,人民文学出版社出版)。方重《十八世纪的英国与中国》,载《中国比较文学》1984年第1期。

# 第四章　中国古典小说在法国

阿贝尔·雷米萨《玉娇梨》(1864年)书影

19世纪法国人对中国小说的介绍表现了较多的自觉性,介绍的内容大体上仍以传奇和才子佳人小说为主。一些著名的汉学家都不约而同地投身这一工作,并把他们的成果带到大学课堂,传授给自己的学生,形成了一代传一代的研究中国小说的良好风气。这种风气是由法国第一位汉学教授阿贝尔·雷米萨开创的。他于1826年译了Arcad Hoange未能完成的《玉娇梨》,并在巴黎正式出版。次年,雷米萨又编纂出版了三卷《中国短篇小说》,作为他执教的法兰西学院的中文教材。他为《玉娇梨》的法译本写了长达数万言的序言,对中国小说做了详细的介绍,是我们见到的有关中国小说研究的第一篇重要文章。他在这篇序言中提出了一个新颖的观点:"一个民族在她童年的时候会产生出许许多多的寓言故事、神怪传奇和史诗。而只有当她衰老的时候才会产生真正的小说。这时候,人们的信仰产生了危机,目光也就转到了现实的事物上。有人说倘若没落社会的人民需要小说,那是因为只有他们才具备这样一些素质:思索内心生活的一景一幕、追忆感情的奥妙变幻,品味细腻入微的情感;分析各种利益冲突……"由此,他主张小说家必须精确地描写现实,才能使其作品不仅使读者"愉悦性情",也能从中得到某种"教益"。在他的影响下,他的弟子——19世纪杰出的汉学家儒莲也热心从事这项介绍,他译出了《白蛇精记》和《平山冷燕》,分别于1834年和1860年在巴黎科塞兰和迪迪埃出版社出版,他还重译了他老师译过的《玉娇梨》,并于1864年公开出版。儒莲的两个杰出的接班弟子安托尼·巴赞和德里文步老师的后尘,前者除大量译介戏曲外,还于1851年发表了一篇有关中国文学的总论,特别强调了所谓"以轻佻著称"的"才子书"的作用(这里他显然把"十才子书"统统误认为小说了),能让法国人"知道许多在欧洲所不知道的东西。"后者则从《今古奇观》中选了十二篇短篇译成法文,分别发表于1885年、1889年和1892年,译文优美,成就大大超过了前人。此外,尚有《好逑传》两种不同的法译本:一是 1828 年出版的无名氏的重译本,原题为:*Hau-Kiou-Choan ou l'union bien assortie*,此译本大约是根据威尔斯的英文本子转译的;一是 1842 年出版的独立的法文本,译者是居耶尔·达海(N. Guillard d'Arey),原题为 *Hau-Khleou-Tchouao, ou la femme accomplice*,1851 年泰奥多尔·巴维译《三国志演义》(只译至第三十五回),1880 年泰奥菲尔译《二度梅》,等等。足见 19 世纪法国研究中国小说仍以传奇、才子佳人作品为中心。这种选择并非是随意性的,而与法国汉学界研究中国的总体方向相一致。迻译《玉娇梨》的阿贝尔·雷米萨说得很明确,他之所以要把《玉娇梨》介绍到法国,是因为这是一部"真正的风俗小说",可以帮助人们了解中国文化。他认为,无论在西方还是在东方,小说可以反映不同民族的风俗,而"真正的风俗小说"具有"真正的价值"。他十分推崇《玉娇梨》,称它"能把极其鲜明而又巧妙的形式用于道德评判,能够抓住一些异常微妙的差别,能够成功地描绘出如此精细的习俗和非常进步的文明形态"。他说,由于中国小说所描写的常见主题是"人与人的关系,人的弱点、爱好、道德和习俗","小说中的人物又具有一切可能的真实性"和"与现实的贴切性",由于小说家"力图描绘的理想模式和接受它的那个民族的精神存在着必然的联系",因此它能让人看到中国社会生活、文化生活的诸多方面,了解"难以深入了解的东西",从而更好地认识中国人和中国文明,这是旅行家的游记,传教士的著述无法替代的。他的结论是,如果要深入考察中国文化,中国小说,特别是描写民风世情的小说"是必须参阅的最好的回忆录"①。儒莲也认为,对一个真正的东方学者来说,"仅仅研究中国人在社会关系中的表现是不够的",还必须"熟悉他们的文学作品",特别是风俗小说。他说:"若要彻底了解我们今后将与之共同生活和互相往来的民族的风俗习惯和性格特征,研究这些作品是十分有益的。"②而《好逑传》的法译者居耶尔·达海甚至说,在法译《玉娇梨》出版之前,"假如大多数人相信中国人之存在,而中国人给予我们想象的材料,除了奇形怪象的瓷人以外几乎等于零"③,足见它们在沟通中西了解方面起着重要作用。在我们看来,《玉娇梨》《好逑传》这类传奇绝非中国小说的上乘之作,它们之所以在法国和

---

① 《玉娇梨》,巴黎,1826 年,引文均据译者序。
② 儒莲《平山冷燕·序》,巴黎,1860 年。
③ 威尔斯《好逑传·序》(法译本),巴黎,1842 年,引文据陈受颐《中欧文化交流史事论丛》第 187 页,台湾商务印书馆,1970 年。

西方一译再译,受到如此青睐,其原因仅仅在于这类小说在中国独特的文化背景下,真实地再现了迥异于西方的社会风情、文明形态,为西方读者提供了从未见过的准确、细致、新奇有趣的风俗画卷,使之从中窥见中国文化的若干层面。正是这样,它们才会引起法国和西方作家的特别的注目,甚至连席勒和歌德这样的文学巨人也对此发生浓厚兴味:前者曾要将《好逑传》译成德文,后者看过这部小说的法译本之后将它与法国诗人贝朗瑞作品做了有趣的对比,告诫他的同胞要"跳出周围的小圈子","环视四周的外国民族情况",并预言"世界文学的时代已快来临"。①

路易·阿韦诺莱译《西游记》（1957年,法文版）扉页,巴黎瑟伊出版社

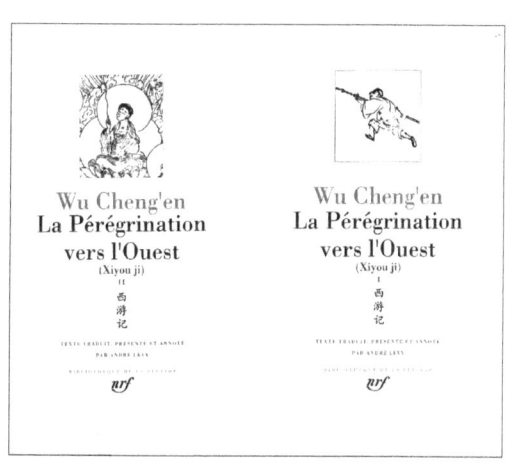

雷威安译《西游记》两卷集全译本（1991年）封面,加利玛七星文库

20世纪法国介绍、研究中国小说进入了新的发展阶段。研究者以小说作为观照中国都市文明、探究中国整体文化不可或缺的方面,表现了更多的自觉和活力,取得了瞩目的成就,首先对此做出有益尝试的是20世纪30年代我国留法学生,他们当中不少人曾以探究中国古典小说作为自己博士论文的研究方向,这些论文,先后在法国公开发表,是法国最早出现的

---

① 《歌德谈话录》第113页,人民文学出版社,1980年。

谭霞客寄赠《明代短篇小说》(1986年)封面与题签

研究中国小说的专论。如1933年出版的吴益泰的《论中国小说的书目与批评》,1935年出版的贺师俊的《论儒林外史》,郭麟阁的《论红楼梦》,等等。这些论著从文化的视角对中国小说的发展及其代表作进行了较为系统的专题研究,它们的问世无疑具有开拓的意义。此外,在40年代,中国学者傅惜华、戴望舒和吴晓铃等都用法文写过有关中国小说的文章,刊在巴黎大学汉学研究所的刊物上,为推动法国介绍和研究中国小说起过积极作用。不过,20世纪上半叶,法国对中国古典小说的介绍总的来说处于低潮。除了1925年出版的由莫朗重译的《好逑传》(原题转译为汉语为《二才子书风月传》)之外,几乎再也没有别的重要译著出现。这原因除了经第二次世界大战的劫难、法国汉学遭到严重破坏的原因之外,恐怕移植长篇巨制,也需要较长时间的准备,而战后不少人把注意力集中在近现代中国文化的研究,这就使得对古典小说的介绍与探求显得更为沉寂。首先打破这个冷寂局面的是50年代路易·阿韦诺莱(Louis Avenol)法译《西游记》(1957年)的出版,但它并没有产生真正的影响。形成译介中国小说高潮,为这一领域注入新的活力的是70年代法译《水浒传》等名著的问世。为了使西方全面了解东方文化,1959年联合国教科文组织通过了一项决议,选译东方国家的文化名著(包括文学名著)编一套"东方知识丛书",由巴黎最著名的加利玛出版社出版。当时负责此项工作的是法兰西院士、作家罗歇·卡约先生和著名的比较文学教授、东方学者、作家艾田蒲先生,他们决定把《红楼梦》《金瓶梅》《水浒传》《儒林外史》《唐人传奇》《聊斋志异》等列入丛书,约请专家翻译,这是加速介绍中国文化,从而在法国形成中国古典小说热的一个重大举动。在以艾田蒲为首的法国汉学家的努力下,中国的这些名著先后被译成法文,付梓面世。从1957年法译《西游记》出版以来,法国翻译出版的中国古典小说就有:吴德明等编译的《聊斋选译》[①],内选26篇小说,1969年,加利玛出版社出版;雷威安编译的《中国白话小说选》,从凌濛初的初刻、二刻中选译了12篇短篇,1970年,加利玛出版社出版;张复蕊译的《儒林外史》,1976年,加利玛出版社出版;雅克·勒克吕等译的《卖油郎独占花魁》,1976年,巴黎七大东亚出版社出版;谭霞客的《水浒》全译本,1978年,加利玛七星文库出版;雅克·勒克吕等译的《九命奇冤》,1979年,巴黎法亚尔出版社出版;李治华和雅歌的《红楼梦》全译本,1981年,加利玛七星文库出版;《三国志演义》由深通汉学的越南人NGHIEM TOAN和法国汉学家里科·路易合译,先在《印度支那研究丛刊》(1960—1963年,西贡)发表,后结集六十回,在巴黎弗拉马里用出版社出版,不久,NGHIEM TOAN去世,译述停顿,转由巴黎第七大学王家煜先生与里科先生合作译述。此外,还有伊莎贝勒·毕戎译的《孽海花》,1983年,巴黎T.E.A.出版社出版;盛成译的《老残游记》,1984年,加利玛出版社出版;雷威安的《金瓶梅词话》全译本,1985年,加利玛七星文库出版;谭霞客的《明代短篇小说》,1986年,加利玛出版社出版;以及潘莫诺译的《镜花缘》,等等。近20年来就有这么多中国古典小说与法国读者见面,成就是惊人的,这些译著的质量也大大超过以前任何时期。其中有些虽然译文略显滞涩,但总的说来通顺流畅,忠于原著。有些如《水浒传》法文全译本不但忠于原著,而且做到"造神入化",取得了较高成就。每部译著一般都附有译者本人或专家写的作品、作家介绍,有助于法国读者对中国古典小说的理解,有助于法国汉学界在这一领域的深入探究。

20世纪下半叶,在法国所出现的如此大量的小说译著,既是法国汉学

---

[①] 《聊斋选译》在西方流传十分广泛,西方语言译本不下40种。从1889年到1938年间,有八至十种法文译本出版。近代的除吴德明等的《聊斋选译》外,尚有艾莱纳·莎特朗译的《聊斋选》。

界长期以来坚持从纯文学(小说)中探究中国文化的成果,又是深化这种探索的先导。不消说,这些译著所附有的一些介绍,本身就是从文化视角观照中国小说的产品,而伴随每一部重要译著的问世,在巴黎汉学界总要掀起一股批评热潮,顿时会出现很多评论文章,虽然多数尚属随感性、印象式的评论,但也不乏真知灼见的篇什。这些介绍和评论与专家们精心构制的有关论著合流,把法国对中国小说的研究拉到了一个新的阶段。

寓言故事、神怪小说是中国古典小说中一个重要品类,20世纪法国研究者从文化视角加以审视,得出了与他们的先驱阿贝尔·雷米萨完全不同的结论:这些作品的发表并不表示民族的幼稚,而是一个民族深邃的表现。他们认为寓言故事和神怪小说是中国人的心理和梦幻的反映,因而也是认识这一民族和文化不可忽略的方面。因为,"一个民族作为一种存在,要想认识它,似乎不应当仅仅知道它的所作所为,还必须探索它所幻想的内容"①。他们指出,从文化心理来看,"中国人是一个对神圣的事物极其敏感的民族"②,如果说,神怪故事是人们的经历与理智都无法接受的大闹剧,那么,"在欣赏神怪故事的能力方面,向来被认为如此富有理智、如此质朴、实在和实际的中国人,却可以与任何民族的人相媲美"③。这就是为什么寓言故事和神怪小说在中国特别发达。据此,他们对蒲松龄及其《聊斋志异》给予极高的评价,称蒲是中国的夏尔·贝洛,《聊斋志异》是"世界上最美的民间寓言",它的价值正在于,使人从中了解到"一个令人大为惊叹的民族的深奥的梦幻"④,而这种梦幻是人类对理想的一种向往和投影,是人类历史、人类自身的一部分。因此,了解这些梦幻,"也同研究劳动和文化技艺、饮食制度、建筑和社会结构一样,都是对人类自身存在的一种揭示"⑤。蒲松龄的贡献恰恰是通过中国人喜闻乐见的神怪故事,"对人类精神的难以捉摸的现象做出神秘的或诗意的解释",对人类的梦幻做了深刻的揭示,从而,给我们提供了"了解中国的一把钥匙"⑥,其文化价值是显而易见的。他们说,由于蒲松龄笔下展示的这些神奇事物原是人们"哀叹得

---

① 克洛德·罗阿《卓越的文学家蒲松龄》,艾莱纳译《聊斋选译》之序,巴黎加利玛出版社,1969年。
② 克洛德·罗阿《卓越的文学家蒲松龄》。
③ 见吴德明为艾莱纳译《聊斋选译》所写的"序"。
④ 克洛德·罗阿《卓越的文学家蒲松龄》。
⑤ 克洛德·罗阿《卓越的文学家蒲松龄》。
⑥ 克洛德·罗阿《卓越的文学家蒲松龄》。

不到的事物的颠倒的投影",是人们"对生活中的不足所做的一种想象性的弥补",因此,他的小说,"非但没有把我们带进另一个世界,反而把我们置于人世间"①,他留下的这些美丽而怪诞的故事,"无论就空间还是就时间而言,都与我们相距那么遥远,同时又与我们那么贴近"②,是人类文化宝库中一份珍贵遗产。有些研究者还进而对一些流传甚广的神怪故事,进行深入专门的探究,提出了一些新鲜的见解。如白蛇的故事,在中国几乎妇孺皆知。据汉学家雷威安的研究,"白蛇的重要性可与浮士德和唐·璜在欧洲的重要性相提并论"③。人们不仅在日本可以找到她的"姐妹",而且在西方也能找到相似的主题。这位研究者在一篇著名的评论中,从主题学的角度,详细考察了白蛇的故事在东方和西方的多次变奏,探明了这些故事的共同点就是,表现过于人性化的男子和超人性的女子之间的冲突,女子体现了非社会的或反社会的力量,只要这些力量隐而不露,社会就容忍她。但是,由于东西方的文化背景不同,对这些力量的处理方式也不同:在西方,主要把灾难归咎于男子,"在有基督教传统的西方,人不应不受制裁地背叛爱情,即便是与鬼神的爱情"。而中国的故事,并不想说明基督教教义关于爱情的种种矛盾之处,而是要把爱与佛教的"超脱"对立起来。在日本,把爱子(白娘娘的变型)表现为毁灭性的情欲,"这种趣味与中国人将另一世界人格化,并以此反对人类的反人性的趣味形成了鲜明对照"④。从广阔的文化背景出发,揭示出了"白蛇"主题演变流传中不同的文化内涵。

　　法国汉学家从文化角度对中国白话小说的兴盛、发展和流传进行了系统的考察,颇具理论深度。他们认为作为最富有城市特性的文化现象,白话小说的兴盛主要适应了17世纪中国长江流域迅速发展起来的大城市和都市社会的需要,适应了不断发展壮大的市民阶层的需要。而白话小说的发展与流传又不仅仅取决于城市经济的发展和都市文化的繁荣,而且也决定了它的通俗化、消遣性(娱乐性)。通俗化和消遣性(娱乐性)是白话小说拥有广泛市民读者、广阔市场的重要因素。这原因在于:"大众文学的商

---

① 克洛德·罗阿《卓越的文学家蒲松龄》。
② 吴德明《聊斋选译·序》。
③ 雷威安《〈白蛇〉在日本和中国》,载《中国小说·故事研究》,巴黎。
④ 雷威安《〈白蛇〉在日本和中国》,载《中国小说·故事研究》,巴黎。

业性及其服从娱乐准则的关系是十分密切的。"①他们进而指出,白话小说得以流传下来,并且成为至今仍未枯竭的文化现象(它在欧洲和日本都曾引起轰动),不能单单归结于它的通俗与消遣,主要在于它有别于古老传统文学那种独特性,按照雷威安的归纳这种独特性便是简洁性、现代性及多样性,即"视听小说的三重性"。它以独特的题材和写作方法向传统文学提出了挑战,显示了自己的生命力。这些不拘传统的小说家,在自己的作品中着力描写普通百姓和地方事情,描写他们时代的技术、用具、饮食、服装、制度、习俗和心理等。他们笔下的人物,或是真实的血肉之躯,或是表达人的渴望,而非礼教所要求的圣贤典型。因此,他们对当时的社会,提供了坦率而亲切的写真,"使人不经过抽象的讨论,便能明了某一时代各种自觉或不自觉的观念及成见……他们并指出宗教和道德理想大众化、平淡化后的演变,或小说家个人对这些理想的态度;他们也显露社会制度在暧昧难断的种种人类境界中实行时的缺陷。小说因此是连接社会史和人类心灵的交会点"②。受到各种不同文化层次读者欢迎,同时受到各种官府的管制利用。因此,从传统和民间两种文化的角度看,研究这种小说可以一举数得:"一则可了解儒者对大众传播媒介之暧昧立场;再则可知道儒者本身对儒学所持之异见,同时也可发掘一般百姓的态变——一面为上流社会文化所吸引,又同时拒斥这种文化。"③从接受美学的角度看,可以从其被大众接受的程度,"分析社会群体,特别是中等阶层的审赏心理"④,具有透视都市文化的较高价值。

　　从文化角度看,法国汉学家认为《儒林外史》是一部深刻批判科举制度、剖析士人文化心态的"最细腻的诙谐杰作"。他们指出,具有近千年历史的科举制度已逐渐"发展成为一部非人化的机器,没有能力辨别它本应识别的个人德行,而过分刺激追求功名的野心",侵蚀着一代代士人的灵魂。在中国封建社会,任何一位仕者似乎都无法避免仕选经济的文化选择,无法逃脱科举的戕害。吴敬梓,作为这一"文化圈"中清醒的现实主义

---

① 奥利维埃·比热兰《信息市场》第32页,转引自雷威安《十七世纪通俗短篇小说》第429页,巴黎,1981年。
② 法伊尔维尔肯《中国小说》,转引自于如柏《中国通俗小说戏剧中的传统英雄人物》,译文见《英美学人论中国古典文学》第63—64页,香港中文大学出版社,1973年。
③ 于如柏《中国通俗小说戏剧中的传统英雄人物》,《英美学人论中国古典文学》第6页。
④ 雷威安《儒林外史·序》,巴黎加利玛出版社,1976年。

者,杰出的艺术家,不能不拿起笔写下了《儒林外史》这样一部揭露科举毒害、批判文人丑行的杰作。他们说,"吴敬梓并非是对这一制度提出批评的第一人,不过,他没有重复别人的批评",他采用自己独特的方式,即讽刺的艺术来展示士人一个个被腐蚀的灵魂;来"揭示人的本性已被社会和政治制度所扭曲",①他的讽刺"交织着爱与恨",是"最成功的讽刺",这正是这部小说的价值所在。有些研究者认为,从两种文化的发展看,《儒林外史》所揭示的支配国家和社会的重文传统和《水浒传》所表现的尚武传统相行不悖,并由此而进行了深入的比较分析。他们指出,虽然《儒林外史》和《水浒传》产生的背景和环境存在着很大差别,虽然对以儒家思想为支柱的封建王朝的揭露,前者较之后者"可能更带悲观色彩,一种与儒家世界观不能分隔的悲观主义",但这两部小说都"围绕着国家问题展开描写","都表现了脱离社会的人物",这些人物都有自己的价值观念和文化追求:"梁山'好汉'热衷武术,这种狂热与迷恋建立了他们的价值系统,并显然是他们谈话和活动的内容。而《外史》中文人的兴趣只限于文学道德的价值和活动,这在他们纵酒作乐时没完没了地重复谈论,较《水浒传》不分上下……绿林丛和文人圈,即使不完全相同,也颇相似,它们都显示了合群性,甚至好客性,很显然这首先是中国人的作风。"②他们对朝廷的关系都面临着进退维谷的选择:梁山英雄并非都同意在适当的时候结束流寇生活,去效忠宋王朝。《外史》的文人也是这样,面临着究竟是独善其身还是参政入世的矛盾的选择。两部小说在布局层次上也颇为相似:都是屈格式的构筑,都用个人的命运来自由地串联故事,都采用庆祝团圆的方式来标示全书的高潮:《水浒》是第七十一回梁山泊英雄庄严聚会;《儒林外史》第三十回泰伯祠大修礼。作品中的每个场面的出现都构成了颂扬各自的中心价值的节拍,如《外史》中的"诗会",《水浒传》中的大战。这是中国古代重文传统和尚武精神的两股文化潮流的表现。

法国汉学家从文化视角观照《水浒传》《红楼梦》《金瓶梅》等中国古典名著,对它们做出了全新的评价。他们认为,《水浒传》既不是西方意义上的"英雄史诗"——因为"英雄史诗往往反映了尚武阶层与宗教阶层之间

---

① 雷威安《儒林外史·序》,巴黎加利玛出版社,1976年。
② 皮埃尔·艾蒂安·维尔(Pierre-Etienne Will)《从〈水浒传〉到〈儒林外史〉》,载巴黎《批评》杂志第411—412期。

的默契",而《水浒》远远不是"为佛教或道教效劳",梁山好汉打家劫舍是为平民百姓服务的,也与西班牙式的流浪汉小说相异——因为主人公的荣誉观、宗教观、文化观迥然相异。它是根植于中国深厚的历史土壤、产生于中国文化模式之中的艺术"瑰宝"①。从文化角度看,法国人认为,"《红楼梦》是人的小说,它所正视的不是自然和人类的状况,而是人类自身的文化"②。作品中所表现的宝玉、黛玉和宝钗三者之间的爱情悲剧和婚姻悲剧,实际上是"人类自身文化"相分裂的产物。从文化视角加以审视,他们说,《金瓶梅》绝不是"淫书",而是一部描写社会风情,表现都市风貌的"奇书"。并由此联系到中国传奇故事和白话小说中的"色情描写",认为:"白话故事中色情描写的绝大部分——它们具有不同的形式,有的是以爱情上的奇遇为线索,有的是以描写放荡生活为主——只不过是在某种程度上反映了整个阶级社会中被压抑的个性。色情风是朝腐朽方向发展的社会所采取的宽容政策的必然结果。"③按照西方一些评论家的观点,这是对儒教禁欲主义统治的反抗。

　　由此可见,采用这种视角来观照中国小说,不仅能从已有定评的作品中发现某些尚未发现的新的文化内涵,从而提高和丰富这些作品的自身价值,而且对某些由于审美错觉而被长期误解了的作品,能排除其历史的尘垢,发掘出其被湮没的固有的文化价值,从而对他们做出应有的科学评价。这就势必为研究纯文学拓开新的路径,为洞观中国文化开阔新的视野,在这方面,法国学者对中国古典小说的研究与接受是富于启发性的。

## 第二节　《水浒传》:"中国的《圣经》"

　　由谭霞客(Jacques Dars)翻译的《水浒传》法文全译本于1978年在巴黎正式出版发行。这部译著的问世轰动了法国文学界和汉学界,引起了巨大反响。译书一上市就吸引了巴黎外国文学爱好者,他们奔走相告,争相购买阅读。《水浒传》法文全译本是法国读书界经常提及的一部作品,是巴黎人最爱读的外国文学名著之一。他们称《水浒传》是"中国的《圣

---

① 艾田蒲《〈水浒传〉·序》,加利玛七星文库,巴黎,1979年。
② 贝尔纳·拉朗德《关于一部迟译的伟大的中国小说》,载《批评》杂志,巴黎,1982年。
③ 雷威安《十七世纪通俗短篇小说》第432—433页,巴黎,1981年。

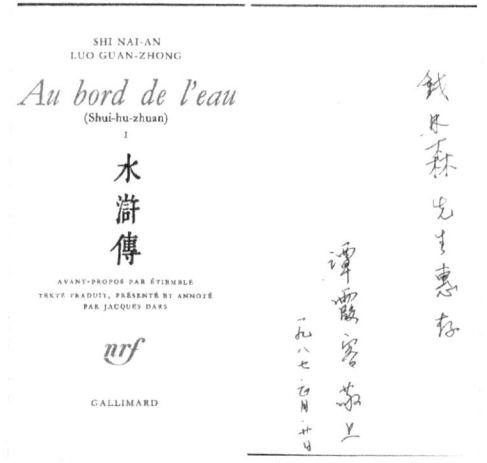

谭霞客寄赠《水浒传》全译本(1978年)扉页题签

经》"。这就是说,在他们看来,《水浒传》所描写的生活就像《圣经》所展示的世界那样神秘莫测,奇妙引人,《水浒传》为中国人所熟悉的程度以及它在中国公众心目中所享有的声誉,一如《圣经》为西方人所熟悉、所推崇那样。《水浒传》在中国文化中所占的位置,就像《圣经》在西方文化中的地位一样重要。

## 一、"大仲马和拉伯雷合写的一部史诗"

法国人如何看待《水浒传》? 20 世纪 30 年代法国人巴赞曾把《水浒传》称作"中国人的第一部滑稽小说"[1],显然对这部现实主义巨著缺乏了解。《水浒传》法文全译本的问世,使法国广大读者第一次读到了中国这部古典名著,因而研究者有可能对它做深入的了解。虽然按照知名的比较文学学者艾田蒲的研究,《水浒传》并非西方意义上的"英雄史诗",但法国

---

[1] 巴赞《中国小说》,巴黎,1933 年,转引自郑公盾《〈水浒传〉在国外的流传》,载《中国比较文学》1985 年第 1 期。

人仍然把《水浒传》视为希腊荷马式的"史诗",是"中国文学的一部代表作"①,说读这部小说,使人感到在读"大仲马和拉伯雷合写的一部史诗——一部讽刺史诗"②,从而肯定了它在中国文学中的地位。有些论者认为《水浒传》是"中国武侠小说的典范,白话小说的代表作之一"③。指出它是中国人爱读的一部家喻户晓的书,"在中国,《水浒传》曾经并且一直拥有广大读者。不论老幼,不分上下,《水浒传》之于中国就像《三剑客》之于法国一样"。中国人对故事熟悉的程度,"就像西方人熟悉亚当和夏娃的苹果,熟悉洛德的女儿、亨利第四的白翎饰和启蒙时期的基本知识"④。有些论者把《水浒传》跟描写劫富济贫的世界名著相提并论,称《水浒传》是一部"令人欢笑,又令人悲哭,而又十分奇异"的巨著,其磅礴气势,"使人感受到扬子江一样浩荡",其神秘性,"似一部整个中华大地的充满浪漫色彩的《圣经》",它所提供的"绝妙的东方场景",跟西方的"三剑客、圣塔木耳、懒骨头"一样驰名。⑤ 有些汉学家进而把它提到民族史诗的高度,从而肯定了《水浒传》在世界文学中的地位:"《水浒传》之于中国,颇似希腊人的《伊利亚特》,印度人的《罗摩衍那》,日本人的《平家物语》,西班牙人的《堂·吉诃德》和俄国人的《战争与和平》。"⑥

很多有见地的批评家指出,《水浒传》属于司科特式的历史小说和大仲马式的武侠小说,可它根植于中国土壤,虽然具有"武侠"性和冒险性,但它不是西方的"斗篷加长枪"的侦探小说,更不是"以无赖、骗子的冒险活动为历史题材的文学作品",它不是西班牙式的"流浪汉小说"。因为"流浪汉小说"必须是假自传性的,而《水浒传》的作者并非是一百〇八条好汉中的一员;"流浪汉小说"中的主角"小癞子"出身卑贱,多半是私生子、犹太人、娼妓或茨冈人的儿子,才符合"小癞子"的出身特征,而梁山好汉中却不乏出身高贵的人;"小癞子"为贵族神父等不同主子效劳,而梁山英雄则不为任何人效劳,自称是唯一"替天行道"的奴仆;"小癞子"无视荣

---

① 《〈水浒传〉,中国文学的杰作》,载布鲁塞尔《比利时自由报》1979年12月31日。
② 《中国古典名著〈水浒传〉终于译成了法文》,载巴黎《解放报》1978年12月18日。
③ 载《方位报》1979年1月1日第328期。
④ 载巴黎《快报》1979年2月10日—16日。
⑤ 载《日内瓦报》1979年9月8日。《圣塔木耳》,法国12—13世纪4名诗人集体描画凯尔特神话中骑士的诗集。《懒骨头》,1980年首次出版叙述懒骨头的故事的连环画。
⑥ 《十四世纪中国小说〈水浒传〉》,载《法国大百科全书》。

誉和相应的道德,偷窃、诈骗、毫不心亏,而水浒英雄既不鄙视荣誉,也不鄙视道德,他们严格地遵守礼节,讲究"效忠"。《水浒传》是一部"奇异而又充满现实性"[①]的著作,它不单纯是描写罗宾汉的故事,而是一部"绝妙的'人间喜剧'"[②],是一部反映农民起义和人民斗争的小说,内容十分丰富,"读完这部小说,你就会感到中国不那么辽远了"[③],从而触及小说所表现的主题,对作品的思想内容有深刻的认识。有些论者还进而从当时中国历史背景出发,论证了中国农民起义的原因,指出北宋王朝的政治上的腐败,地方党锢之争的加剧,阶级压迫的加深,是驱使梁山英雄揭竿而起的根本原因,看到了"官逼民反,民不得不反"的历史规律。他们赞扬小说深刻地"反映了平民百姓的愿望和梦想"[④],"不但会世世代代激发少年们的兴奋,而且能坚定长一辈人的信心"[⑤]。是一部深得人民爱戴的小说。

法国批评家认为,《水浒传》的高妙之处就在于塑造了一百〇八个英雄好汉。"一百〇八个英雄,个个都有自己独特的个性,这些英雄栩栩如生,犹如活在我们面前。"[⑥]指出在一部作品中能创造出这么多性格互不雷同的英雄群像,在世界同类作品中是无与伦比的。这些批评家把《水浒传》英雄与世界名著中绿林好汉相提并论,称《水浒传》中的人物完全是中国式的"罗宾汉、佐罗、曼德兰、卡突诗和罗兰",[⑦]个个性格鲜明,绝非平庸之辈,称宋江等梁山好汉是"阿尔塔能、马赫诺、贾帕塔式的英雄人物"[⑧]。然而梁山好汉毕竟不是西方的绿林豪杰,而是中国封建王朝黑暗统治的产儿。有些论者看到了水浒英雄出身、经历虽然不同,性格、情操也各异,但由被迫害而反抗所走的道路却是大体相同的,"由于官府的迫害,不得不反,很快成为英雄,成为伸张正义的斗士,成为正义、博爱和新道德秩序的代表。"[⑨]他们进而指出,山寨组成的这样一个英雄豪杰的群体,无疑是一

---

① 《自由南方》1979 年 2 月 20 日。
② 《文学新闻》1979 年 3 月 1 日。
③ (《中国文学研究中心回声报》1979 年 2 月 17 日。
④ 《日内瓦报》1979 年 9 月 8 日。
⑤ 《尼斯晨报》1980 年 1 月 17 日。
⑥ 《世界报》1979 年 3 月 16 日。
⑦ 《日内瓦报》1979 年 9 月 8 日。
⑧ 《巴黎快报》1979 年 2 月 10 日—16 日。阿尔塔能,《三剑客》中的英雄人物。马赫诺,苏联大革命时乌克兰农民军首领,曾是叱咤风云的人物。贾帕塔(1880—1919),墨西哥印第安人,农民出身的革命领袖。好莱坞电影把他渲染成为出生入死的风云人物。
⑨ 《日内瓦报》1979 年 9 月 8 日。

个"庞大混杂的群体",这个群体赖以联结的基础,显然是生死与共的手足之情,仁爱、禁欲主义的"聚义"准则,但这并不构成落草入伙的条件。"对武艺的钟爱",才是英雄聚合最重要的特征。英雄所处的时代是尚文不尚武的时代,作者用巨大的热情和相当的篇幅来颂扬比武的场面,不仅是对时代的反拨,而且反映了中国文化一种"更深层、更广泛、更带真正民间传统的潮流"①。《水浒传》中这些场面和文字正是它的精彩之处和价值所在。有些汉学家还从文化视角对宋江等主要人物的悲剧性格进行细致分析,从而对水浒英雄的悲剧结局和悲剧命运做出了正确的判断,其中确实不乏精当的见解。他们认为:"宋江既非冲锋陷阵的武将,又非第一流的战略家,而且不止一次地显得缺乏冷静和勇气,有时还情绪消沉",他之所以能成为山寨领袖,就在于他的"质朴""谦虚"和"施予其他兄弟的非凡的支配力量"及"道德影响力"。这是宋江的"不同凡响之处"。"他不乏天子之风,具有受天命者的那种谦虚,但摆脱了多数国君所具有的那种权欲多疑、粗暴和固执。""他和多数山寨兄弟相比无论在武艺和在别的方面都不见长,然而,众兄弟对他辅佐保护,在他遇险时,大家挺身抵挡(对敌方将领的挑战他从不亲自应战),这一切都归之于他对他们的道德影响力。"②这种"道德影响力"来自于他的"忠义"和"仁爱",这既是联结四方豪杰的纽带,又是聚义的准则。这些文章指出,作为一百〇八将的精神领袖的宋江,实际上是个"矛盾、难以捉摸的人物",他主张"为伸张正义、反对恶人而斗争,但始终承认皇权、最终归顺皇帝"。③ 正是这种皇权主义驱使他推行一条接受招安的投降主义路线,致使起义兄弟成为无辜可悲的牺牲品,把轰轰烈烈的梁山事业一下化为灰烬。这是宋江的悲剧性格所造成的必然的悲剧结局。由此,论者看到了《水浒传》的矛盾,亦即是作者的局限性,"《水浒传》的主要矛盾,所包含的暧昧性,在于著作中模棱两可的态度:一方面主张忠诚、爱国的战斗精神,这是效忠皇帝的儒家精神并为王朝服务为基础的,另一方面鼓励脱离社会,这是结拜把兄弟以及倾向无政府主义的生活方式为基础。而这种生活方式与等级制度及公民秩序的要求完全相反,因此,必然会产生造反组织,形成了对制度的挑战"。而宋江和他忠

---

① 皮埃尔·艾蒂安·维尔《从〈水浒传〉到〈儒林外史〉》。
② 皮埃尔·艾蒂安·维尔《从〈水浒传〉到〈儒林外史〉》。
③ 《自由南方》1979 年 2 月 20 日。

实的伙伴李逵在全书代表了这种伦理之争。宋江坚持了一种正统的、忠君的选择,并强使他人接受,从而排斥了其他选择的可能性:要么原样保留由梁山好汉所组成的与世隔绝的社会,要么公开起义,攻打并摧毁宋王朝,获取自己的合法性。第二个选择从未明确地加以考虑,或者说存在着这种选择,那也只是通过宋江的反面化身黑旋风李逵的声音,以可笑然而是具有意义的方式表达出来:

放着我们许多军马,便造反,怕怎地?晁盖哥哥便做了大宋皇帝,宋江哥哥便做了小皇帝,我们都做个将军,杀去东京,夺了鸟位,在那里快活,却不好?不强似这个鸟水泊里?

论者指出,这种以"粗野的方式表现了反王朝主义的选择,只不过是梁山泊自由自在的生活方式的升级而已",他对"官吏和政治的极度蔑视,对荣誉和正义的简单的、原始的认识,最好不过地体现了'无政府主义'的倾向"①。尽管农民起义队伍内部有以李逵为首的"凶神恶煞"的几位兄弟,"对宋江这位可敬的首领强加给他们的路线进行了坚决的抵制和嘲笑"②,但最终还是敌不过这条路线占上风,接受宋王朝的招安,导致农民起义的最终失败。这些论者强调指出:水浒英雄劫富济贫、除强扶弱,只反贪官污吏,不反皇帝,这样的英雄虽然得到百姓的拥戴,但却不可能取得成功,"这样的农民起义或者导致为一场屠杀或者建立一个新朝廷,跟以往的朝廷一样去压迫别人"。③ 除此之外,没有别的结局,这种看法深中肯綮。

《水浒传》的艺术成就也得到了法国汉学家啧啧称道。他们说:"读《水浒》,有时不免掉入怒气腾腾和噪声之中,但全书高潮迭起,一点也不使人觉得无聊。它把我们引回到中国的宋朝,从茶肆到酒楼,从沼泽到大城,从金銮殿到地牢。使你结识一些家喻户晓的人物……"④全书译文长达几千页,人物上千,读完这部小说得好几百个小时,可"让你屏息而读",爱不释手。而"全书充满机智、神奇、惊险不凡的故事"⑤,"历史、传说、神

---

① 皮埃尔·艾蒂安·维尔《从〈水浒传〉到〈儒林外史〉》。
② 皮埃尔·艾蒂安·维尔《从〈水浒传〉到〈儒林外史〉》。
③ 《回声报》1979年2月17日。
④ 《文学报》1979年。
⑤ 《文学报》1979年。

话错综交叉,完全可以跟《一千零一夜》相媲美"①。论者注意到《水浒传》在人民中长期流传的历史特征,指出《水浒传》能把错综复杂的人物和故事组成一个完整的艺术整体,又能收到吸引人的艺术效果,在于"水浒的作者们以几个悬念使各章回紧紧相连,并把精心编织的情节一直引到最后,致使口头文学与小说创作得到了完美的结合"②。作者注重的是"如何使听者屏息以待的效果,所使用的技巧是我们所谓的'悬疑'的艺术技巧,但它早于我们好几个世纪"③。有些论者认为:"就艺术形式的大众化而言,《水浒传》是中国最好的小说,它比其他中国的伟大作品《三国演义》《西游记》和《红楼梦》还要好。"④对《水浒》的艺术推崇备至。他们既看到了《水浒传》的民间艺术特点,又肯定了作者施耐庵、罗贯中的艺术贡献,指出,若无文人的加工,"人物就没有这么生动富有色彩,情节也没有这么紧张有趣"⑤。有些论者在研究这部小说时,注意到作品所表现的农民起义,开始并不是集团性的,而是由小组或个人逐渐聚合到梁山这个特点,进而论述到艺术结构上的特点。这就是以梁山水泊为中心,编织各种故事,穿插各种奇遇和人物,使全书主线绵延不断地发展下去,一气呵成。"其章节是用神奇莫测的故事串联起来","小说真正的集体的主人是梁山水泊,各种不同的穿插(次要情节)围绕着这个中心,紧密而协调"。论者指出:这样的结构显然"与《高老头》等那种建立在完美的逻辑基础的艺术结构不同"⑥,但仍然深得法国读者的喜爱。

## 二、展示中国古文明的"使者"

《水浒传》在西方流传已有一个多世纪的历史,先后出现过十余种不同的译本。欧洲流行最早的译本大约是 1850 年 A. P. L. 柏辛的《水浒传》法译本。1872 年,英文杂志《中国杂志》刊登了 H. S. 编译的花和尚鲁智深的故事,书名叫《中国巨人历险记》。这部书在 20 世纪初由德国人 M. 科

---

① 布鲁塞尔《边缘》杂志,1979 年 11 月第 193 期。
② 《尼斯现实报》1979 月 7 月 8 日第 210,211,212 期。
③ 《文学报》1979 年。
④ 《十四世纪中国小说〈水浒传〉》,载《法国大百科全书》。
⑤ 《十四世纪中国小说〈水浒传〉》,载《法国大百科全书》。
⑥ 《文学半月刊》1979 年 1 月 16 日—31 日,巴黎。

恩转译成德文,改名为《鲁达造反》。① 1883 年,法国汉学先辈儒莲的意大利学生阿·安德烈奥吉(A. Andreozzi)用意大利文译出《水浒传》中潘巧云的恋爱故事,书名为《菩萨的人》。1924 年,法国人潘进(Pan King)将《水浒传》第22—31回中的武松的故事译成法文,在北京出版,取名为《中国骑士》,这是法文水浒故事的第二个本子,译文十分流畅,是法语区比较流行的译本。1927 年,德国人阿·艾伦斯(A. Ehrenstein)根据《水浒传》编译成一部德文本《强盗与士兵》在德国传播。随即,该书又由 G. 登洛甫根据德译本同一书名改译成英文,在英美地区流布。

真正在英美广泛流行的《水浒传》英译本是赛珍珠(Pearl Buck)的《四海之内皆兄弟》(70 回本)和 J. H. 杰克逊译的《水浒传》,前者于 1933 年在英国伦敦和美国纽约同时出版,并于 1937 年、1948 年、1957 年再版,后者于 1937 年在中国出版。关于这两个本子,评论家说,杰克逊的译文"过于平凡",赛珍珠的译文"又过于做作"。②

在西方真正试图将《水浒传》120 回本译成欧洲文字的是德国不知疲倦的翻译家弗朗茨·库恩(Franz Kuhn),他于 1934 年根据 120 回本的《水浒传》编译成《梁山泊的强盗》一书,他的译文包括了原书的第 3—4 回;第 7—22 回;第 35—47 回和英雄悲剧结局部分。

20 世纪下半叶,在西方出现了更多的《水浒传》译本,如 1953 年美国人 C. 比尔编译的《中国古典小说选·水浒传》(实际上只译了原著的第 14—16 回);1955 年莫斯科出版的 70 回俄译《水浒传》(罗加切娃译);1962 年的捷克语《水浒传》,1964 年的斯洛伐克语《水浒传》,1968 年德国人 J. 赫尔兹弗尔得译的《梁山泊的强盗》德译本,等等。

上述西洋译本,除了库恩的译本之外,都是依据金圣叹腰斩过的本子译得,译文中都没有再现出英雄悲剧的结局,而且都未能把那一时代的服饰、武器的名字译出来。谭霞客的《水浒传》法文全译本,以 1961 年中华书局和 1975 年人民文学出版社出版的 120 回《水浒传》为依据,在译介过程中精心琢磨,力求合于原著的语言风格。一些法国人难以理解的风习,一些已经不用的表达方式,过时的物件的称呼,他竭力在母语中寻求相应的

---

① 据谭霞客法译《水浒传·导言》,巴黎,1978 年。同时可参见郑公盾《〈水浒传〉在国外的流传》,载《中国比较文学》1985 年第 1 期。

② 见谭霞客法译《水浒传·导言》,巴黎,1978 年。

词汇和方式来表达。它的出现对中国文化的西渐具有开拓意义,被法国文学界和汉学界视为 1978 年度"最重大的文学事件"。① 我们知道,巴黎是世界文化中心之一,每年单就出版法国各类获奖文学作品就有 60 余种之多,出版各类外国名著也不下数十种,而 1978 年的"文学事件",竟是发表中国 14 世纪的一部小说,正像一家报纸所说:"这在法国实属罕见。"② 因此,它在公众中所引起的强烈反响,也是别的译著所没有的。

《水浒传》法文全译本分上、下两册,由加利玛出版社专门搜集出版世界性名著的"七星文库"发行。它是进入西方文学殿堂的第一部中国文学作品。这不仅说明了法国人对《水浒传》本身的高度重视和高度评价,而且也表明法国和西方汉学界对中国光辉灿烂文化的一种尊重和承认,为此,它使一些公正的文学家感到兴奋和鼓舞。法国最享有盛名的比较文学教授艾田蒲就说过,"七星文库"发行《水浒传》使他感到无限"欣慰和喜悦",因为这"最终给予现时代唯一充满活力的文学以一席正确的位置,这个文学具有希腊文化古老的传统,而现在又硕果累累(当然,需得我们忘记所谓'文化革命'这一野蛮、荒漠的时代)"。③ 这就意味着,中国优秀的古典小说将从此跻身于世界优秀文化之林,成为世界人民共享的财富,因之也就纠正了一般西方人只知中国有四大发明,有紫禁城,有万里长城而不知中国也有自己的荷马史诗的偏颇。

《水浒传》在法国以最高规格的待遇出版,说明法国汉学家从此不再按照"重诗""轻文"的路子来研究中国文学,标志着法国汉学研究进入了一个新时期。按照传统观念,小说长期被排斥在正统文学之外,要出版中国文学最有代表性的作品,当然只能"按等级文学的标准"来加以选择,而按此标准,小说必然除外。然而,《水浒传》却先于《礼记》《论语》《诗经》和《史记》进入"七星文库",说明按老路子来研究中国文学再也行不通了,这是时代使然。正如一个批评家所指出的,"这是时代的一个信号",并非是一个人为的"革命","而是对一个从 14 世纪以来就被传统严峻的文学观念所淹没了的事实加以承认"。④

《水浒传》法文版的问世,使法国读者和汉学家发现了一个新的文学

---

① 《自由南方》1979 年 2 月 20 日。
② 《自由南方》1979 年 2 月 20 日。
③ 艾田蒲《水浒传·前言》,巴黎加利玛出版社,1978 年。
④ 《十四世纪中国小说〈水浒传〉》,载《法国大百科全书》。

天地,见到了东方古国的艺术瑰宝,加深了西方人对中国优秀文化的全面了解。如上所说,在中华人民共和国成立前,法国汉学界一般认为,只有诗经、楚辞、唐诗才是中国神秘、难入的艺术殿堂,不太了解在小说创作方面也有自己的奇峰。在《水浒传》法文版问世之前,虽然也有《三国演义》《西游记》《儒林外史》等名作相继问世,可没有引起广大读者的重视,只有《水浒传》全译本的出版,才引起人们的注目,打开了他们的眼界,看到了另一个世界。有的说:《水浒传》以广阔的生活画面,"深刻地反映了中国12世纪的社会面貌,从农民到地主、官吏,从佣人到妓女,社会的每一阶层的人物都得到了详尽的描述,提供了许多有关那时代的服饰、饮食、风俗和习惯的资料,这对法国读者大有裨益"①。有的说:"当欧洲还未从中世纪完全摆脱出来的时候,中国已具有相当于欧洲文艺复兴时期的灿烂文化了。"②而《水浒传》则是其中的代表作之一。有的说,"正值中国从未像现在那样自愿向西方敞开门户之际,再没有一个更好的使者能像这本书那样,来向我们展现出中国古文明的叶茂根深的基础"③。有些汉学家读了这部小说,不免产生"相见太晚"的感叹,其中一个这么写道:

> 在这儿我们必须重复地再说一遍:在星际信息交流瞬息即可达到的时代,用我们无知的教育,以一种真诚而公正的态度培育出的什么"正直的人",什么历史呀,艺术呀,人类的风俗呀等等,所有这一切在中国,从她形成的那天起就已发现到了,我们土里土气的外乡文化岂不十分可悲! 如果说,我们对中国的过去是闭塞的、无知的,那我们又怎能理解以中国为中心而发生的当今世界的事件? 不必提及中国人数量上的优势了——这简直使我国小家子气感到羞辱——仅就我们从中国这个古老深厚的文化中所发现的极小部分之中,也足以使我们感到所缺乏的一切了,更不用说对它有什么系统地了解了。正式交流不断扩大的日子总要来到,而我们子孙后代是否有可能不再跟我们一样,还要进行扫盲教育、普及基本知识?④

---

① 《世界报》1979年3月16日。
② 《尼斯晨报》1980年1月17日。
③ 《尼斯现实报》1979年7月8日,第210、211、212期。
④ 巴黎《教育》第380期,1979年3月18日。

字里行间充满了对中国古文明的赞叹,对中国文化了解不够的感叹以及对未来前景的展望,这反映了法国许多汉学家看到《水浒传》这部小说后的共同心情。也是《水浒传》全译本在公众舆论中产生强烈反响的生动例子。

《水浒传》法文本的问世,对法国汉学界译介研究中国文学,特别是译介中国古典小说方面,具有继往开来的作用,为法国汉学的发展开辟了新的前景。继《水浒》之后,"七星文库"出版了李治华夫妇合译的《红楼梦》,也是轰动法国文学界的一部成功的译著,引起了广泛的注目。跟《红楼梦》有密切关系的《金瓶梅》已由著名汉学家雷威安译出,也于1985年由"七星文库"发行。译者是在中国出生、深通中法文化的法国当代著名汉学家,他译的《金瓶梅》也是一部成功的译著。而《水浒传》的译者还潜心于《太平广记》的译述与研究。这一切都表明:《水浒传》法译本的问世,确实为中国其他文学名著在法国流传与研究拓宽了道路。

## 三、"我的雄心之一,就是要把自己的欢乐传达给读者"

《水浒传》法文全译本获得了巨大成功,它被法国学界推崇为"好得出奇的译作"①,冠之为"世界巨著的一部代表译作"②,选为1978年的"最佳读物"③。由于《水浒传》本身所具有的深刻动人的思想内容和艺术技巧,且译文精湛、优美,《水浒传》法文译本被公众推为"1978年年度之书",译者因《水浒传》译述的成就而荣获该年度法兰西文学大奖。

《水浒传》法文本获得的荣誉是当之无愧的,与译著所取得的实际成就完全相称的。综观全书有几个方面特别值得称道:

(一)译文忠实而详尽,文体生动而活泼,这是保证《水浒传》这样一部内容浩瀚的巨著能以本来的风貌,忠实地移植到法国,而且拥有广大读者的一个最重要的因素。译著的这个成就得到了汉学界众口皆碑的评价。有的说:"由于谭霞客的功劳,《水浒传》这部洋洋大观两千页的书,并没有变成一个稀奇古怪的古玩,变得像有五只脚的羊,成为'文学的勘察家',

---

① 艾田蒲《水浒传·前言》,巴黎加利玛出版社,1978年。
② 《新观察家》1979年2月1日。
③ 《文学报》1979年。

而变得像《三剑客》一样有趣……"①有的说:"谭霞客证明了翻译是可能的,包括一部几世纪以前、用中国俗语写的小说;证明了一切都应当,而且能够翻译的,甚至连一个段落、一个句子、一个字也不遗漏。"②使法国广大读者正确认识《水浒传》这部"真实、精美、伟大的小说"。赞扬他"以12世纪中国生活习惯为素材",为读者"重新构制了一幅展示那一时代动荡不定、色彩丰富的中国社会的宏伟画面",从而为西方人全面了解昔日中国"提供了丰富的资料"③。

(二)译文语言优美贴切,词汇丰富精彩,读这部译著,能使人置于中国当时历史氛围之中,与作品主人公同悲欢。这是译著所取得的突出成就。评论家们说,译著最难能可贵之处就在于能为原著中"距今已有几个世纪的人物,找到相应、合适、有趣、生动的口语"④。使原著中人物个性化语言得到生动、准确的再现,"原作中每个英雄都有自己的表达方式,而在法文版中又重新找到他们各自的声调和语气"⑤,保留原作的语言风格。批评家赞扬译者古语新用的能力,说他帮助法国读者"找回被遗忘了的旧法文"⑥,赞美他在译介过程中,为了再现小说的中国传统风貌,"以巨大的勇气,毫不迟疑地赋以它以相应的法文,其法文的优美,词汇丰富,使人常常想起我们的拉伯雷"⑦,译者精益求精,将中国好汉的语言,用优美的法国中世纪骑士语言表达,使原著中"人物的对话,场景的描述更加有味,让法国读者置身于一个类似拉伯雷的气氛之中"⑧。法国权威的批评家艾田蒲在《水浒传》全译本行将出版上市时,曾这样热情地写道:"正当人们在严肃地思考探讨翻译文的艺术时,探讨这些不被人知晓、反为人所瞧不起的人所起的决定作用以及他们的道德和经济权益时,使人宽慰的是,书店里就要出售一部译著。这部译著强有力地、令人欣喜地证明了,翻译,特别是关于中国语言的翻译达到了一种很少达到的美。"他说,作为一部中国文学巨著的《水浒传》,"多亏了译者,一经译成法文,就成了我们散文创作中

---

① 《新观察家》1979年2月1日。
② 艾田蒲《水浒传·前言》,巴黎加利玛出版社,1978年。
③ 《尼斯现实报》1979年7月8日,第210、211、212期。
④ 《新观察家》1979年2月1日。
⑤ 《世界报》1979年3月16日。
⑥ 《文学报》1979年。
⑦ 巴黎《教育》第380期,1979年2月18日。
⑧ 《世界报》1979年3月16日。

的瑰宝,成了我们文学作品中第一流的书"①。大凡认真读过《水浒传》法文版的人,都会感到这绝不是溢美之词。

译者谭霞客先生是中法建交之后培养出来的年轻的汉学家,是法国汉学界的新秀。他的译著所取得的成功,给予我们以很多有益的启示。

《水浒传》法文本的成就告诉我们,翻译一部文学作品,特别是翻译《水浒传》这样一部长篇巨著,必须真正精通母语和工作语言,必须有深厚的文化修养和历史知识,否则将会难以胜任。《水浒传》的译者就读于巴黎著名的东方语言学院,他在学生时期就喜爱中国古典文学,对现代和古代汉语打下了很好的基础,以优异的成绩毕业于东方语言学院,获得了博士学位(博士论文题目是《太平广记》),随之就被法国政府派往中国,专事文学翻译的学习,在中国留学期间,他为日后的工作做了多方准备,中国文学和语言水平有了进一步提高。令人惊异的是,他虽没有专攻法国文学,可他却表现了这方面深厚的修养和过人的才华,而这一切都是《水浒传》获得成功的必要条件。所以有的评论家说:"由于谭霞客的才华、幽默和博学,才使《水浒传》这个中国瑰宝以最优美的法文问世。"②显然,没有这些准备和条件,《水浒传》的译者就不可能获得成功。

谭霞客的成功告诉我们,要翻译一部文学巨著,需要译者坚忍不拔的毅力和坚定不移的献身精神。事实上任何一部成功的文学译著,往往不仅需要译者经受知识和智慧的考验,而且也要译者经受住耐力、意志的考验。著名的中国旅法翻译家、《红楼梦》的法文译者之一李治华先生有句精辟的名言:"译事需得译者的爱心和恒心。"李治华夫妇差不多经历了三十个春秋的辛劳,才得以使《红楼梦》全译本问世,谭霞客先生则耗去了八年宝贵春光,日夜奋战,才使《水浒传》跟法国读者见面。今天当我们读到《水浒传》法文版优美、幽默的语言,读到风趣生动的人物对白,禁不住发出会意微笑时,可能谁也不会认真想一想:这一个个精妙、贴切的典故,这一句句传神风趣的对白,耗去译者多少艰辛的劳动!据云,当这部译著辍笔付梓时,谭霞客先生的脑袋顿觉肿大,不得不住进医院治疗。译者为这部译著究竟付出了多少代价,倾注了多少心血,不是可以从中略知一二吗?

谭霞客的成功还告诉我们,翻译就是克服困难。文学翻译不是文字的

---

① 艾田蒲《水浒传·前言》,巴黎加利玛出版社,1978年。
② 《方位报》第328期,1979年1月1日。

机械移植，而是一门艺术，是创造，一部成功的翻译著作就是一部创作，一个真正的翻译家是一个地道的作家。当《水浒传》法文版得到批评界高度评价，译者在一片赞扬声中写下这么一句耐人寻味的话："我的雄心之一，就是要把自己的欢乐传达给读者。"①从《水浒传》法文本问世之后所受到的欢迎程度和经受广大读者检验的结果来看，译者的这个"雄心"完全实现了。人们回声称颂他的译作，读起来，"使人狂喜"②，"可以享受到难得的读书之乐"③，他的译文"能让法国读者享受到中国读者阅读《水浒传》原著时一样的快乐"④。一部译著能做到这点，真是达到了传神的高妙境界。这样的译著与其说是翻译，不如说再创造更合适。一个译者要把自己阅读原著时所感受到的欢乐，用本民族喜闻乐见的语言，准确无误地传达给本国读者，那该需要克服多大困难，付出多大的创造性的劳动！艺术家就是克服困难。翻译也是如此。翻译《水浒传》的全部困难在于，寻找一种既要保持原著风格，又要易于读者所接受的法语，谭霞客先生的成功的奥秘也正在于他善于克服这个困难。作家不也是要克服一切困难，千方百计地寻找自己的语言和独特的表达方式，把自己对生活所感受到的欢乐（自然也有忧苦）付诸艺术形象，告诉读者吗？从这个意义上说，一个真正成功的翻译家也是名副其实的作家。他们的劳作和贡献也应像作家的劳动和贡献一样受到尊敬。所以，向来严厉的批评家艾田蒲教授在《水浒传》法文版前言中充分肯定译者的贡献后，热情召唤法国读者说："让我们赶快去迎接"七星文库"推荐给我们的两位杰出的作家吧：中文小说家和法文翻译家。"

　　翻译是沟通两国文化的媒介与手段，是进行研究与交流的必要前提，它在学界中的重要性被越来越多的人所确认。谭霞客译介《水浒传》所取得的成就和经验，对我国从事外国文学和比较文学的研究者、翻译家未必不是一个鼓舞和启发。

---

① 《世界报》1979 年 3 月 16 日。
② 巴黎《教育》第 380 期，1979 年 2 月 18 日。
③ 《文学报》1979 年。
④ 巴黎《批评》第 411—412 期。

## 第三节 《红楼梦》:中国18世纪文化风俗画卷

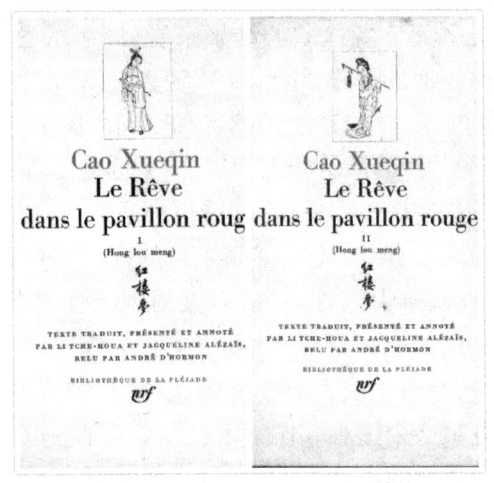

李治华、雅歌译《红楼梦》(1981年)全译本书影

1981年9月,《红楼梦》法文全译本在巴黎首次出版,这是震动法国文学界的一件大事。巴黎及近郊各大小书店都以显著的地位陈列这部译著;许多专门销售东方文学的书店,还召集了文艺爱好者及汉学家的集会,介绍中国这部古典文学名著;法国各大报章、杂志也相继发表评介文章,盛况可谓空前。法国一家杂志曾这样指出:"中国18世纪末叶五部古典名著中最优秀、最动人的一部小说的全译本的出版",无疑是1981年法国"文学界的重大事件"。① 确实,由李治华及其法籍夫人雅歌(雅克琳·阿蕾扎伊思,Jacqueline Alzais)历经近30年辛劳译成的《红楼梦》法文版的问世,不仅是1981年法国文坛令人赞叹的盛事,而且也是中法文化交流史上值得称羡,具有重大意义的事件。有些海外论者将《红楼梦》法文全译本的出版比之为:"无异以祖国河山,在西方辟出一个新天地。"②

---

① 米歇尔·布劳多《中国的仲夏夜之梦》,法国《快报》1982年12月31日,《新书介绍》。
② 林蒲《书传千代非一梦》,纽约《海内外》1982年5月—6月,第35期。

## 一、"充满英雄气概的先驱译作"

《红楼梦》在西方流传虽然已有一个半世纪,但传到法国相当晚。1964年,法国出版了阿尔梅尔·盖尔内从弗朗兹·库恩的德文节译本转译的《红楼梦》(法译),人们从这本节译本中自然无法了解原著的全貌,无法对它进行研究。这对向来享有欧洲汉学中心之称的法国来说,不能不是个"令人痛心的空白"[①]。难怪有些论者不无讽刺地这样写道:"巴尔扎克和司汤达的全部作品,在半个多世纪前就已译成了中文。而被称为'武器与法律之母'的法国,曾荣幸地参加了圆明园的洗劫,但两个世纪以来,却无暇顾及这部世界性的名著,我们真该为生在这样的国家而感到自豪。"[②]1981年,李治华、雅歌的《红楼梦》全译本问世,才填补了这个"空白"。正如产生一部伟大的作品一样,翻译一部伟大的作品也需要较长时间的准备。《红楼梦》的外文译介经过了几代人的努力和较长时间的准备之后,到20世纪中期在西方才有全译本。欧美第一个全译本是苏联人费·阿·巴纳楚克译的,这个本子出现得较早,但也已是50年代后半期的事了(俄文《红楼梦》全译本,莫斯科,1958年)。英文全译本是七八十年代才有的,这就是我国著名翻译家杨宪益及其英籍夫人戴乃迭合译的《红楼梦》(1978—1980年,北京外文出版社出版)和英国的大卫·霍克斯的《石头记》(企鹅古典丛书,伦敦,1970—1980年)。值得注意的是,在这些全译本问世之前,就有不少人为译介《红楼梦》做过种种尝试,最早的是1930年英人约翰·戴维斯,他译出了小说的片段。到1893年才出现了本克拉夫脱·约里的《红楼梦》第一个英译本,而这个本子只译到第五十六回。

《红楼梦》法文全译本的出现,绝不是偶然的,它是译者经过多方面的长期准备,特别是与法国汉学家进行长期艰苦的合作的结果。担任主译任务的李治华先生,青年时代就读于北平中法大学伏尔泰学院(文学院),他在中法大学受益于20世纪法国著名汉学家安德烈·铎尔孟等导师的教育,在中国文学和法国文学方面打下了坚实的基础,从大学时代起他就陆

---

[①] 米歇尔·布劳多《中国的仲夏夜之梦》,法国《快报》1982年12月31日,《新书介绍》。
[②] 克洛德·罗阿《来自东方的一部巨著》1981年11月28日,巴黎《新观察家》。

续译过缪塞、波德莱尔、蓝波、魏尔伦、马拉美等人的诗篇。1937 年,他以优异的成绩毕业于中法大学,被保送到法国继续深造。1943 年,他获得里昂大学文学院硕士学位,此后就长期旅居法国,先后在法国国家科学研究中心、巴黎(国立)东方语言学校(1968 年法国学生运动后,该校改名为东方语言学院,合并于巴黎第三大学)和第八大学从事中法文化的研究与教学工作,同时先后翻译并出版过艾青诗选《向太阳》、鲁迅《故事新编》《忍字记及其他元杂剧》、巴金的《家》等,为译介《红楼梦》做了多方面的扎实的准备。跟李治华先生合作的是他的忠实伴侣雅歌女士。她是法国享有盛名的巴黎女子师范大学文科毕业生,获得大、中学校教师鉴定考试学衔之后,一直从事法国文学的教学工作,有了这位既酷爱中国文化又熟谙法国文化的贤内助做帮手,这是李治华翻译《红楼梦》的重要条件,因为"翻译是从一种语言转移到另外一种语言的工作。想要做好这种工作,必须同时精通起点语言和终点语言。具备这个条件的人极其稀少"①。李治华先生与雅歌女士的结合,正好符合这个条件。担任法译本的校阅者是李治华青年时代的导师,中法大学创办人之一安德烈·铎尔孟先生,他曾任中法大学、北京大学的教授,主讲法国诗歌、戏剧和中译法的翻译课程,是一位知识渊博、通晓中法两国文学的知名学者。他在北京住了四十八年,《红楼梦》开译之际,他正好告老还乡,回到巴黎,在北郊环境清幽的华幽梦修道院定居下来(修道院是法国国王圣·路易 1228 年修建的,后辟为国际文化中心地址)。由于铎尔孟先生本人是位诗人,十分精通法文格律诗,再加上他对中国古典文学,特别是古典诗词的高深修养和特有的领悟能力,他在修润《红楼梦》法译本贡献最多的地方,便是诗词部分。他以诗人的技巧对译文精工琢磨,为译著增添独异的光彩。没有铎尔孟的修润,《红楼梦》法文版的问世同样是难以设想的。就这样,李治华先生在他的伴侣雅歌女士和他的老师铎尔孟教授的协助下,进行了翻译史上罕见的、艰苦的"长征"。从 1954 年冬开始,李治华每星期一次带着译稿去华幽梦国际文化中心见他的老师,专门商讨《红楼梦》的修改工作,十年如一日,从未间断,暑期他还搬到文化中心去住,以便有充足的时间讨论翻译中所遇到的问题,师生常常通宵达旦地工作,经过十个年头艰苦而密切的合作,他们终于完成了《红楼梦》一百二十回的修改工作,但铎尔孟先生对修改稿仍不满意,

---

① 李治华《〈红楼梦〉法译本的缘起和经过》,载《欧华学报》1983 年 5 月第 1 期。

又开始第二次细心的推敲,并且越改越细,使得教科文组织当时负责这方面工作的罗歇·卡约先生发愁地对他说:"你越改越多,教科文简直无法给你付钱。"这位汉学家回答道:"我不要钱,我要改。"他修改到第五十回时,不幸溘然长逝。铎尔孟先生的未竟之业,便由李治华夫妇担当起来,经过他们双双通力奋斗,《红楼梦》法译本终于于1981年脱稿梓行。因此,我们可以说,这部译著的产生是中法两国学者长期合作的结果,是历史悠远的中法文化交流的产物。

我们应当指出,《红楼梦》法译本的产生跟译者的学识、才力和经历是密不可分的,没有广泛而坚实的社会知识是很难胜任《红楼梦》这样的文学巨著的移植工作的。译者李治华先生出生在北京一个书香之家,其父精通英文,对中国文学有深厚修养,曾用古体形式翻译并出版过英国湖畔派诗人的诗集。李治华在这样的环境从小受到了中、西文化的熏陶,为他日后翻译《红楼梦》打下初步基础,而他大学时代和长期旅居法国所积累的丰富知识,则是他能承担《红楼梦》翻译任务的前提。值得注意的是,译者在北京生活了二十二个年头,对北京的风土人情很了解,并且自幼寄居在清朝末期一任顺天府尹何乃莹家,何府住宅跟大观园相似,《红楼梦》里叙述的大门、垂花门、月洞门、角门、正房、厢房、耳房、穿山游廊等,和府尹家大同小异。李治华说:"《红楼梦》描写康乾盛世一个官宦家族的兴衰灭亡,而我自己却亲眼看见一个光宣末世官宦家庭走向末路穷途。"①这种生活经历有助于译者加深对《红楼梦》的思想内容的理解。译者幼年在何府所见过的主人、男仆、女佣,跟《红楼梦》所描写的人物十分相近,这使译者在移植《红楼梦》时,回忆到这些人物,往往"感到亲切动人",因而下笔时也灌注着自己的感情,而使译文栩栩如生。他在何府寄居的环境里学到了书本上所学不到的生活知识,这对日后解决翻译中所碰到的问题有很大帮助,译起来也就比较得心应手。比如《红楼梦》第七十回,有一段叙述宝玉与众姐妹放风筝的文字:"这里小丫头们听见放风筝,巴不得七手八脚都忙着拿出个美人风筝来。也有搬高凳的,也有捆剪子股的,也有拨籰子的……一时丫鬟们又拿了许多各式各样的送饭的来。"②什么是"捆剪子

---

① 李治华《〈红楼梦〉法译本的缘起和经过》,载《欧华学报》1983年5月第1期。
② 见中国艺术研究院红楼梦研究所校注《红楼梦》第998—999页,人民文学出版社,1982年。

股""送饭的"？不仅外国读者，就是中国一般读者也不明白。由于译者自幼喜欢放风筝的游戏，积累了丰富的放风筝的知识，因而也就使得他在译介过程中，能够补正中文注释本中的疏漏和不足之处。

我们还应当指出，倘若没有译者数十年如一日的艰辛努力，没有那种锲而不舍的精神、坚韧不拔的毅力，没有那股勇气和忠心，《红楼梦》法译本的问世，同样是不可能的。李治华夫妇用了差不多三十年的工夫才完成了这部译著，这在国际文化交流史上堪称一件"奇事"、一件盛事。这三十个春秋，他们究竟付出了多少劳动？这上、下两册三千多页的《红楼梦》译文里，究竟凝聚了他们多少心血，这是局外人无法知晓的。仅以校样这一项工作，李氏夫妇二人就足足花了十四个月的时间。据李先生面告，他在校阅过程中，因为过于聚精会神，以致一次离家上街而不能认道返回，最后要靠警察送回家。译者为之付出的艰辛劳动，从中略见一斑。《红楼梦》法文版出版那天，李治华先生抚今忆昔，百感交集，写了一首"自题小照"，并附一跋语，遥寄友人，今抄录如下，以飨我国读者：

  胸怀壮志走他邦，迻译瑰宝不认狂。
  卅年一觉红楼梦，平生夙愿今日偿。

跋语如下：

  《红楼梦》法译本今日梓行，一世沧桑，几经辛苦；青春何在，而白发凋零矣！译此巨著，或可自慰慰人欤？感叹之余，诌得打油诗一首，不谐不仄，题诸小照，遥寄故人，以博一笑耳！

为了这部译著的问世，他们耗尽了心血，消去了青春，贡献出了自己的全部智慧和力量；他们的才学、毅力和忠心受到了严峻的考验。他们用全部的赤诚，为法中文化交流奉献出了一颗浩大的硕果，使得法国汉学家不能不在这部卷帙浩大的译著面前惊叹不已，誉之为"充满英雄气概的先驱译作"①，从而对译者的"勇气、博学、耐心和一丝不苟的精神"②表示敬佩

---

① 克洛德·罗阿《来自东方的一部巨著》1981年11月28日，巴黎《新观察家》。
② 克洛德·罗阿《来自东方的一部巨著》1981年11月28日，巴黎《新观察家》。

之情。

《红楼梦》法译本由专门汇集世界名著的加利玛出版社"七星文库"印行。用圣经纸印制,上下两册,合装在红色硬纸盒里,十分精美,所以书价较贵,大约一套490法郎。为此,有人在报上撰文埋怨:"为了使更多的读者能读到中国这部名著,有人建议用一套铅字,再印一套普通版,用半价出售。由于这套译著书价昂贵,而它本身又有一种不可思议的魔力,因此,巴黎专门出售中国书籍的友丰书店一连丢失了四套法译《红楼梦》。"《红楼梦》必将对中法文化交流产生深远影响。

## 二、"爱心"与"恒心"培育的硕果

《红楼梦》法译本分上、下两册共3400页,除一百二十回总计3200多页的正文译文外,还有译者长达72页的引言、简略的参考书目,96页的版本注释,精选的199张原版木刻插图,400多个人名对照表,超逾百数的大观园地名表,另加大观园、荣国府的平面图和贾氏家族一览表,可谓卷帙浩大。如同西方一位评论家所说,读这部《红楼梦》法译本,真像走进18世纪天朝皇宫,令人眼花缭乱、应接不暇。

《红楼梦》法文全译本出版后,在法国和西方产生了广泛的社会反响。有人问及李治华先生的翻译经验时,他说:"我们的经验简单说来,可以用'爱'和'恒'两个字来概括。"这种"爱"与"恒"体现在译者刻意求精的治学态度、一丝不苟的韧性精神、忠实原著的翻译原则。法译《红楼梦》正是李治华夫妇用这样一颗热忱的"爱心"和"恒心"培育起来的丰硕果实。"忠实",或谓"信",是我国翻译界对翻译所确立的第一个基本原则,及李氏夫妇在翻译《红楼梦》的过程中所始终严守的不变的准则,自然也是我们今天以此来评价这部译著成败得失的一个重要依据。

译文要忠于原著,看起来是翻译的起码要求,然而面对《红楼梦》这样一部反映广阔社会生活的作品,要使译文忠实、准确,可就不是一件轻而易举的事了,何况《红楼梦》不仅有散文而且也有韵文,除了诗词外,还有歌、赋、诔文、对联、谜语等,几乎包含了各种不同韵文体裁,显然,这要比翻译一般的作品复杂、困难。译者为此付出了巨大劳动,即使一个普通的词语都要经过反复的琢磨和推敲,经过译者之手一次又一次地抚摸和掂量!

信手翻开第三十一回,晴雯摔坏了一把扇子,宝玉说了她一下,她就跟宝玉顶嘴,袭人忍住性子过来劝解说:"好妹妹,你出去逛逛,原是我们的不是。"晴雯听他说"我们"两字,自然是他和宝玉了,不觉又添了醋意,冷笑几声,道:"我倒不知道你们是谁?别教我替你们害臊了!便是你们鬼鬼祟祟干的那事儿,也瞒不过我去,那里就称起'我们'来了?明公正道,连个姑娘还没挣上去呢,也不过和我似的,哪里就称上'我们'了?"袭人羞的脸紫涨起来,想一起,原来是自己把话说错了。"明公正道,这个姑娘还没挣上去呢",这"姑娘"二字是什么意思呢?对一般读者来说是不会注意的,就是一般的"红学家"也可不必去深究,然而对一个严肃认真的翻译家来说,却不能轻忽过去。原来晴雯这句话的意思是说袭人和宝玉虽然有那么亲密的关系,甚至有过秘密的性关系,可仍处在一个普通丫头的地位,与晴雯的身份一样,还没有得到"姑娘"的名分,是不配和主人并称"我们"的。因此,这儿的姑娘就失去了通常的含义,而具有与丫头相对的"小姐"的意思,所以在这儿就不能照字面上译成 Fille(姑娘),而要译成 Demoiselle(小姐),可是,Demoiselle 这个词儿,在现代法国社会生活中,又不像中国读者所理解的那样,往往失却了与丫头身份相对的含义,成了对未履行正式婚姻手续的妇女的普通称谓,为了不使法国读者发生歧义,译者又特地做了如下一条注释:"姑娘,是一个深得主人欢心的丫头,尚未成为其正式夫人的临时称谓。"①你看,就是这样一个为一般人所忽略的普通词语,为了准确地表达出原意,在译者那儿却需要多少推敲、斟酌和思索!

译文的忠实有赖于译者对原著的深刻理解,有赖于译者刻意求精的治学态度。李治华先生自幼是个小说迷,特别是《红楼梦》迷,读到《红楼梦》,"如饥似渴,不忍释手"②。对"红学"很有研究,这一点在法译《红楼梦》的引言里,得到了反映。在这洋洋大观的长篇引言里,译者从《红楼梦》的来历到版本的演变,从作者的身世到作品的意义,无不做了周详的考察,足见译者的"红学"的功夫,这种研究性的引言,对西方读者大有裨益。有人说:"在读一百二十回的作品本身之前,先看到这篇序论已足以引人入胜。"③译者治学态度严谨,如上面提到的,连一个典故、一个字也不放过。他说:"一个翻译工作者,负责一部著作的精确整齐的传达,连一个字也不

---

① 见《红楼梦》(法文版·第一卷)第 1597 页。
② 李治华《〈红楼梦〉法译本的缘起和经过》,载《欧华学报》1983 年 5 月第 1 期。
③ 阿兰·博斯凯《中国文学的一座丰碑》,巴黎,载《文学杂志》1982 年第 1 期。

能放松。"①这种一丝不苟的治学精神,笔者深有所感。1977年,李氏夫妇正紧张地进行《红楼梦》译文的修订工作,正当笔者在巴黎大学任教,有一次李先生曾问我《红楼梦》七十六回中"争饼嘲黄发"一典的出处,我因手头资料不足,一时难以查找,便写信请教国内朋友,几个星期后我得到了回复,正想告诉他,不料正好接到他的电话,说:"我在国立图书馆查遍全唐书,终于查到了'争饼嘲黄发'一典的出处。"从声音里听得出他是多么高兴。这种严肃认真的精神,给我留下了深刻印象。正因为译者对《红楼梦》有较深的研究,在译介过程中又始终一丝不苟,精雕细刻,所以译文准确而流畅,取得令人注目的成就,得到法国批评界高度评价。一个批评家说:"我认为这个译本的法文是完全吃透了中文的,其中每个字,每个词组,都是经过仔细推敲的。因此,在翻译这部书的时候,不能不做出巨大努力:从丰富的词汇、深思或诗意的笔调,到日常用语,甚至微妙的隐语;从典雅的文笔到放任、从容、轻松的文笔。这样,其结果不但很动人,简直让读者毫不费力地进入那个时代的中国社会,而且会相当快地熟悉人们的风俗习惯、生活方式……"②因而译著能一下抓住读者,成为法国公众爱看的外国小说之一。前法国驻中国大使马纳克先生和里昂一位雕刻家都对译者说,他们分别用了十九个晚上和三个星期的晚上,一下看完了《红楼梦》全译本,连注释也不漏,看得入了迷。这除了反映原著的艺术魅力外,难道不也是译著成功的一个佐证吗?

《红楼梦》中的诗词是整个小说中的组成部分。其中虽然不都是篇篇玉润珠圆的佳品,可确实有不少脍炙人口的力作,这些作品对刻画人物的个性,表现小说的思想主题有重要意义。因此,译好这些诗词直接关系着整个译著的水平。由于译者对中国古典诗词有深刻的研究和理解,深通其中奥妙,同时又十分谙熟法国律诗的规律,所以《红楼梦》法文全译本的译诗能准确地传达出原诗的韵味,保持了中国古典诗词的完整性,取得了难能可贵的成就。李治华先生把这个成就归功于他的老师铎尔孟先生的修润。译诗一般使用亚历山大体,节奏分明,所以读起来朗朗上口。为了更好地传达出原诗的奥妙和感情,译者常常根据原作的不同风格,采用不同译法。如"贾不假,白玉为堂金作马"这类隐语、双关、谐音近乎于文字戏

---

① 李治华《〈红楼梦〉法译本的缘起和经过》,载《欧华学报》1983年5月第1期。
② 彼埃尔·卡马拉《新书介绍》,载《欧罗巴》1982年5月。

谑讽喻的诗词,译文以读懂为主,所以译得通俗而俏皮,有些如"好了歌"近似民歌体的诗歌,诗句译得短促、急遽,听起来悦耳;有些如第五回描写警幻仙姑那首铺陈典雅的赋,句子就译得悠长、缓慢,留给人从容品味的余地;有些如"葬花词"那样幽怨、悲愤、深沉的诗词,译者则采取严格的亚历山大体,诗句译得节奏分明,铿锵响亮,诵起来长歌当哭,有一种断肠裂胆的力量。这首法译"葬花词"在付梓之前,笔者有幸先睹为快,在为巴黎三大东方语言文化学院中文系硕士班授课时,曾在课堂朗诵过,学生们为译文的准确、传神而拍案叫绝的场景至今还记忆犹新。

令人赞叹的是,有些诗通过翻译,不仅依然保持原诗的风貌,而且还把作者想要表达而在原诗中未能明确表达出来的意境传达出来了。如译《红楼梦》第一回癞头和尚向甄士隐念的四句诗,就是一个突出的例子。原诗是这样的:"惯养娇生笑你痴,菱花空对雪澌澌,好防佳节元宵后,便是烟消火灭时。"根据李治华先生的研究与考证,认为"菱花空对雪澌澌"中的"菱花"一般指镜子而非指人;"空对"二字也欠妥,应为"怜花空待雪澌澌","怜花"谐音"莲花",这就避免了"菱"和"对"两个字所引起的时间上的矛盾性与动作的不可能性。"因为英莲那时尚在襁褓之中,是士隐夫妇的掌上明珠,正过着幸福的童年生活,怎么能说她这时就与'雪澌澌'相对呢?若是此句系指香菱日后的遭遇,那么要等到第七十九回'薛文起悔娶河东吼'和第八十回'美香菱屈受贪夫棒'时,读者才明了这些情况。但在第一回里绝对无从得知……"①根据这种研究和理解,译文做了这样处理:

Je ris de toi qui veux choyer cet être tendre !
La neige qui l'attend, qu'en peut la fleur attendre ?②

第一句中的 cet être tendre(这个惯养娇生的人儿),读者一看就会想到甄士隐怀抱中的英莲。第二句有两个短句,每个短句中都有一个省略成分,分别为 L'=La=La Fleur(花) 和 en=de la part=de la part de la neige(雪那方面),其中 La Fleur(花) 无疑指英莲,因花泛指,既可指现有名字中的莲花,也可指日后她改名香菱中的菱花。这两个短句中都用了同一个动

---

① 卢岚《谈〈红楼梦〉法译诗词——李治华教授专访》,香港《中报》月刊第33期。
② 《红楼梦》(法译本·第一卷)第20页。

词 attendre，但意义不同。第一个 attend，是直陈式现在时，相当于汉语里的持续态，"窥伺着"的意思，表示动作从现在开始并继续到未来；第二个 attendre，是"期待"的意思，它跟它前面的 peut（能）表示"期待"的效果将发生于未来。这句诗直译成中文"窥伺着花的雪，花能期待于雪什么呢？"译得文雅一点便是："雪伺花兮花何所期？"妙的是译诗的第一句中用了一个能愿动词 veux（想要），表示甄士隐虽然想要长期"惯养娇生"自己的女儿英莲，但在"冰刀霜剑严相逼"的情况下，这朵娇嫩的鲜花除了要遭受风雪的摧残外，还能期待些什么呢？读者无须了解小说后面的情节，只要读这句译诗就能预感到小英莲的悲剧命运。这种点石成金的译笔，不止是译者苦心经营的结果，也是他们对原诗进行深入探讨的结果，不但很好地体现了原诗的基本风貌，还开拓出了作者想要表达而尚未表达的意境。

正如原著中的诗作并非篇篇佳作一样，译诗也并非篇篇成功。我们发现，有些诗为了押韵，译得不免冗长，如四十五回黛玉那首"秋窗风雨夕"就是这样。其中"助秋风雨来何速！惊破秋窗秋梦绿，抱得秋情不忍眠，自向秋屏移泪烛"四句，译成法文便成了十三行，而其中有些译句也不很准确达意。译者李治华先生发现了这首译诗的毛病，他在第二版时已改了过来。① 这种刻意求精的精神，正是促使这部译著不断完善的重要因素。

《红楼梦》法译本对人名的翻译，也贯串了忠于原著的精神，有着自己的特色。它采用意译，另加音译意译对照表的办法。虽然意译，难免会产生不妥之处，受到法国某些汉学家的非议，②那440多人名音译意译对照表，也如批评家所说，"像一个五千至一万人口的市镇电话册似的"③，未免使人头晕目眩，但我以为在未找到一个尽善尽美的解决办法之前，法译本对人名采用的这种译法是较好的方法。这是因为：（一）《红楼梦》里人物繁多，不用意译，读者难以记住，而且有些人物的名字，发音相同而字义不同，不意译也难以区分，如贾珍与贾蓁，贾芝与贾芷，贾珩与贾蘅，等等。（二）曹雪芹往往赋予人物的名字以某种含意或象征，不采用意译的方法不能表达出作者的苦心和用意。试以黛玉的贴身丫头紫鹃为例。紫鹃的原名叫"鹦哥"，黛玉觉得这个名字太俗，就把它改成紫鹃，紫鹃由杜鹃化

---

① 卢岚《谈〈红楼梦〉法译诗词——李治华教授专访》，香港《中报》月刊第33期。
② 分别见贝尔纳·拉朗德《关于一部迟译的伟大的中国小说》，1982年。法《批评》杂志；克洛德·罗阿《来自东方的一部巨著》，载《新观察家》1981年11月。
③ 阿兰·博斯凯《中国文学的一座丰碑》，巴黎，载《文学杂志》1982年第1期。

来,而杜鹃既是一种鸟名又是一种花名。相传杜鹃为古代蜀国帝王杜宇之魂所化,鸣声凄厉,能动旅客归思。又说它啼血成杜鹃花,又名映山红,颜色多呈紫红色,颇似殷红的血。曹雪芹文心极细,他给黛玉的贴身丫头起这个名字,可能跟黛玉咯血早夭的悲剧结局有关。而译者深达作者的用心,就把紫鹃这个名字译成了 Cri de coucou,中文意思就是"杜鹃的啼声",凝练一点就成"鹃啼"或"啼鹃",译得非常贴切达意。试想,倘若采用音译的方法能传达出这其中的奥妙吗?宝玉的贴身大丫头袭人,译名也是深通其中奥义,译得绝妙。袭人本姓花,原名叫蕊珠。袭人在小说中是个貌似厚道、实质奸诈的女子,曹雪芹给她起了这么一个"刁钻名字",寄意十分明显。译者根据"花气袭人知昼暖"的典故,苦心孤诣,译成了 Bouffée de Parfum。其中 Parfum 是香气的意思,Bouffée 是一种既突然又轻盈、向人袭来、使人猝不及防的动作,这个法文译名转译成中文便是"香气袭人",这种译法不仅达意而且传神。正是这样,西方读者通过这些译名才能领略曹雪芹笔下原来人名的深刻含意。瑞士一家报纸的评论员就说:"作者刻画了四百四十八个人物形象。他们的名字都美妙而耐人寻味,如扫红、赵姨娘、翠墨、杏奴、痴梦仙姑、贾芹、小舍儿、碧痕等等。"[①]

但是,由于原著里有些人名在法文里并不存在,或者一时难以查寻,这就可能产生一些不伦不类的译名,这原是难以避免的。鸳鸯就是一例。鸳鸯雌雄不离,象征着忠贞不渝的爱情,可它只是中国人工饲养的动物,在西方并不存在。法译本将鸳鸯译成 Couple de Sarcelles(一对小野鸭),显然不很恰当。1983 年 7 月,在巴黎召开的第二届欧洲华人学会上,有人建议用法文 tourtereau n. m., tourterelle n. f.(小斑鸠)来移植,因为法国人常用 tourtereaux(一对小斑鸠)来表示一对热恋的年轻情侣,我觉得这个译名比较接近原意。

当然,《红楼梦》法译本,并非完美无缺,无懈可击。据我接触的法国汉学家反映,法译本使用的语言有些地方还略显陈旧些,有的人物之间的对白,也译得稍嫌生硬些,听起来不那么自然入耳。大段的注释置于书后,读者检阅起来也极为不便。所有这些较之译文取得的成就,还是第二位的。正如一位老资格的汉学家所说:"小说是这么美妙、这么有趣、这么感

---

[①] 安德烈·克拉韦尔《皇宫艳史》,载瑞士《日内瓦报》,载《星期六文学副刊》1981 年 12 月 12 日。

人、这么生动、这么复杂、这么富丽多彩,人们可以而且应该把这一巨大工程中的小小缺点略过去。"①而且这些缺点也是不难克服的,何况译者李治华先生正虚心听取各方面的意见,在不断地修改、完善。正像衡量一部创作的价值和成就,往往需要经受时间和读者的检验一样,评价《红楼梦》法文全译本这样一部鸿篇译著,也需要经受较多读者和较长时间的考验。不过,从它问世后所受到的广大读者欢迎的情况来看,我们相信,这将是一部经得起时间考验的译著。

### 三、"曹雪芹的文学天地"

《红楼梦》法文全译本的问世,使法国人第一次真正"发现了曹雪芹的文学天地"②,使广大汉学研究者通过这个译本和原著有比较可靠的接触,从而理解它,对它做出评价,为西方对"红学"的研究开辟了一个新的前景。

法译《红楼梦》的出版打破了法国对这部著作保持的长期沉默局面,顿时形成一个"评红"热潮,仅就译著出版后的头三个月里不完全的统计,法国、瑞士、比利时有近二十家报纸、杂志,纷纷发表文章,争相"评红"。人们把《红楼梦》称之为久已在寻找而不期然相遇的"朋友",因为这部"小说中有像我们自身同样强烈的爱,有如我们自身痛苦那样不能消失的愁楚,有似我们自己那样令人心碎的哀伤,又有比我们生活所可能得到的更温暖的慰藉"③。人们把阅读这部著作称作是一种"奇遇",一种"发现",是一种收获和一种享受。他们说,当一个人沉浸在来自东方的这部"伟大的、美妙的、内容极其丰富的长篇小说"之中时,他在其中"所度过的时刻并不是把时间从生命中抽去,而是把时间增加进去,把生命延长了;他从那里出来就变了样,更加丰富了"④,"会觉得浑身充满现实感、透溢着那一时代的中国精神"⑤。那么法国人究竟从"曹雪芹的文学天地里"发现了些什么呢?

---

① 克洛德·罗阿《来自东方的一部巨著》,载《新观察家》1981年11月。
② 伊夫·玛丽·吕科特《我为您阅读……》,载《新埃纳报》1982年1月14日。
③ 克洛德·罗阿《来自东方的一部巨著》,载《新观察家》1981年11月。
④ 克洛德·罗阿《来自东方的一部巨著》,载《新观察家》1981年11月。
⑤ 彼埃尔·卡马拉《新书介绍》,载《欧罗巴》1982年5月。

首先,他们发现到了《红楼梦》是"中国文学的一块丰碑"①,是"世界文学中最富魅力的瑰宝"②,从而不约而同地看到并肯定了曹雪芹及其《红楼梦》在中国文学和世界文学中的不朽地位。他们称《红楼梦》是"黄河史诗,集东方诸国之艺术大成"③,是"中国小说文学难以征服的顶峰"④,说"《红楼梦》是世界上最优美动人的爱情故事,是一部伟大而神秘的史诗,是一部充满幽默感的讽刺小说,同时也是一部具有马利沃和普鲁斯特合在一起那么细腻的心理分析小说"⑤,他们把曹雪芹称作世界文坛上的奇才,可以与巴尔扎克、莎士比亚、托尔斯泰和塞万提斯相媲美,认为"曹雪芹具有普鲁斯特的敏锐的目光,托尔斯泰的同情心,缪塞的才智和幽默,有巴尔扎克的创见和再现整个社会自上而下各个阶层的能力"⑥。曹雪芹之于中国,如同"莎士比亚之于英国,塞万提斯之于西班牙,歌德之于德国一样"⑦。对曹氏推崇备至,从这些并非溢美之词的文字里,我们看到了法国最初出现的这些"评红"文章,有一个十分重要的特点:这就是论者不去孤立地看待曹雪芹与他的《红楼梦》,而是把作者放到他同时代的世界作家中去加以考察,把他的作品放到同时代的世界文学中去比较。比如,在论述到曹雪芹的表现手法和《红楼梦》的内容时,有些人就把他与同时代欧洲作家作品加以比较:"曹雪芹所讲述的一生奇遇,首先令人想到塞万提斯的'典范的短篇小说',乃至《堂·吉诃德传》,除了其中两个主要人物外。然后,我们又仿佛置身于普雷沃(18 世纪法国作家)或理查森(18 世纪英国小说家),甚至克雷比荣(18 世纪法国小说家)的作品之中。而作者又有非凡的想象,这使我们想起了欧仁·苏跟亚历山大·仲马的错综复杂的情节。"⑧同时,他们还指出,曹雪芹的《红楼梦》与西班牙或欧洲式的流浪、冒险题材的文学不同:"西班牙的'骗子'(一仆二主)所一再冒险从事的是寻

---

① 阿兰·博斯凯《中国文学的一座丰碑》,巴黎,载《文学杂志》1982 年第 1 期。
② 安德烈·克拉韦尔《皇宫艳史》,载瑞士《日内瓦报》,《星期六文学副刊》1981 年 12 月 12 日。
③ 安德烈·克拉韦尔《皇宫艳史》,载瑞士《日内瓦报》,《星期六文学副刊》1981 年 12 月 12 日。
④ 雷威安《红楼梦》,载《法国大百科全书》。
⑤ 克洛德·罗阿《来自东方的一部巨著》,载《新观察家》1981 年 11 月。
⑥ 让·克雷芒坦《文化的垂危》,载《鸭鸣报》1982 年 12 月 23 日。
⑦ 克洛德·罗阿《来自东方的一部巨著》,《新观察家》1981 年 11 月。
⑧ 阿兰·博斯凯《中国文学的一座丰碑》,巴黎,《文学杂志》1982 年第 1 期。

找一块日常面包,以资糊口。曹雪芹的小说所反映的却是另外一种饥渴,另一种追求:宝黛两人所从事的乃是一种长期的爱情冒险。"①有些论者把《红楼梦》与《帕尔玛修道院》(司汤达)、《战争与和平》(托尔斯泰)、《追忆流水年华》(普鲁斯特)、"约克纳帕塔法世系"(福克纳)相提并论,他们觉得这些小说描写的都是人的悲欢苦乐及荣华富贵如何在悠悠岁月中的变化。有些论者还认为,在《红楼梦》里,"我们可以寻觅到马利沃的影子,莫里哀的笔触,《特里斯唐与伊瑟》的某些成分以及巴尔扎克、左拉的一些相似之处。"②这种观察问题的方法,就带有视野开阔、认识深刻的特点。因而有力地论证了曹雪芹及《红楼梦》在世界文学中无可争辩的地位。当然《红楼梦》究竟与这些作品有些什么相似与不同之处,论者还未有更深的触及。可是,这种用比较的方法来研究《红楼梦》,却是一个十分有意义的尝试,可能预示着法国汉学家将要从比较文学的角度,对中国这部伟大的作品做进一步的探讨,从而为"红学"研究开辟出一条新的路子来。这对我国红学家未必不是个很好的启发。

第二,他们看到了《红楼梦》是展示中国18世纪的文化风俗巨画,"是一部内容丰富而多样、具有伟大历史意义和哲学思想的作品,是一部具有第一手的、最重要的社会资料和历史见证之作。"③从而认识到这部作品的巨大的社会价值和思想意义。有些批评家透过笼罩在作品中一层神秘的宗教思想外衣,看到了曹氏在《红楼梦》里所展示的文化画卷,是18世纪"社会的写照",是"一面镜子",虽然其中"还隐藏着'犹抱琵琶半遮面'的苦痛",但"他对这个社会是加以讽刺的"④,"是一部不满现状之作"⑤。许多文章对《红楼梦》的思想主题进行了探讨,认为这部"伟大的古典现实主义作品","描述的是贾家这个显赫家族的盛衰史",同时也是"一部卓越的爱情小说"⑥,描写的是备受挫折和令人沮丧的爱情故事"⑦,而"其爱情描

---

① 彼埃尔·卡马拉《新书介绍》,载《欧罗巴》1982年5月。
② 吉·勒·克莱克《中国式的言情小说》,载《费加罗报》1982年1月12日。
③ 彼埃尔·卡马拉《新书介绍》,载《欧罗巴》1982年5月。
④ 阿兰·博斯凯《中国文学的一座丰碑》,巴黎,载《文学杂志》1982年第1期。
⑤ 贝尔纳·拉朗德《关于一部迟译的伟大的中国小说》,1982年。
⑥ 亚伦·贝罗贝《一部伟大的十八世纪的中国小说》,载《世界报》1982年12月10日。
⑦ 贝尔纳·拉朗德《关于一部迟译的伟大的中国小说》,1982年。

写——贾宝玉与表妹林黛玉的爱情,是全书的主线"①。这就是说,作品"围绕着以富家子弟宝玉挚爱表妹黛玉而未能如愿的这个中心故事,描绘出一个官宦之家,以至整个官僚社会的衰落。以及为小说主人公所拒斥的并注定要消亡的那种奢华、特权和清规戒律"②。"通过贾宝玉这个富于幻想的纵情少年不能实现的愿望,人们可以看到剥削人民的制度的瓦解。"③关于小说的思想倾向,许多论者看到了作者从民主主义思想出发,一方面"对封建社会黑暗无情揭露和讥讽"④,另一方面"对受害者寄于热爱和同情"⑤,从而肯定了这部作品的进步意义。有些研究者还从文化角度对宝、黛之间的爱情悲剧进行了探析,从更深层面阐发了作者的思想。他们指出,《红楼梦》所描写的爱情,"是人类的一种感情的表现,无论是男女主角之间的婚配,还是女佣男仆之间的私情,爱情总是人的魂魄的跃动"⑥。牵动宝、黛的魂魄,使其达到彼此心灵默契的是他们之间的文化观的一致,而他们的文化观又"与周围环境相对立"。但他们"并不拒绝一切文化",他们阅读了他们那时代所能读到的"美文学",从中受到民主、进步的文化熏陶。他们是那样富有才情,"崇尚精神生活",在大观园这个"青春、闲暇,甚至是个自由的所在",独有他们"能幸免于金钱和权力的两种可耻的情欲"⑦。他们的爱是美好的,然而,由于这种爱是建立在反礼教文化的基础之上,这就注定了他们相爱的方式和内容连同爱的本身,为时代、社会和家长所不容,而以悲剧为结局。从这个意义看,《红楼梦》又"远非是一部爱情小说",而是"人的小说",它所正视的"是人类自身的文化"。有些研究者认为曹雪芹是个具有深厚的文化素养和多方面才能的作家,他通晓"制作风筝的艺术,制造技术,烹饪术和巧夺天工的织补艺术",知识极为渊博。正是这样,他才能写出《红楼梦》这样一部像百科全书那样丰富的文化画卷。阅读这部小说,犹如"置身于18世纪中国人的生活之中",

---

① 安德烈·克拉韦尔《皇宫艳史》,载瑞士《日内瓦报》,《星期六文学副刊》1981年12月12日。
② 雷威安《红楼梦》,载《法国大百科全书》。
③ 《社会的一面镜子》,载布鲁塞尔《新冲击》1982年1月15日。
④ 安德烈·克拉韦尔《皇宫艳史》,载瑞士《日内瓦报》,《星期六文学副刊》1981年12月12日。
⑤ 亚伦·贝罗贝《一部伟大的十八世纪的中国小说》,载《世界报》1982年12月10日。
⑥ 贝尔纳·拉朗德《关于一部迟译的伟大的中国小说》,载《批评》1982年。
⑦ 贝尔纳·拉朗德《关于一部迟译的伟大的中国小说》,载《批评》1982年。

可以了解那一时代中国人的"风俗习惯、生活方式,包括饮食、睡眠、死亡和恋爱,以及人们对人生与生命的看法,人们的梦想与忧虑,希望与信仰"①。

第三,他们发现《红楼梦》,"是一部人物繁多,情节万千的奇书"②,"是一部有高度文学价值的小说"③,从而对《红楼梦》的艺术性给予了高度评价。许多论者就《红楼梦》的人物塑造、语言特点、情节、结构等诸方面进行了颇有深度的探讨,有些人还对小说的艺术技巧做了精辟的分析。试图揭开《红楼梦》长久打动人心的奥秘。评论家们特别赞叹曹雪芹塑造人物的卓越才能,认为《红楼梦》中"四百四十八个人物,个个都有典型的个性"④。有些文章还以探春、元春、迎春的形象描绘宝玉第一次与林黛玉相见的场景为例,对作品描写人物的方法做了细致分析,称曹氏对人物相貌的描写,不仅"精确地描写了人物的外表,同时也表现了人物的内心"。赞赏作者"描写人物的精巧和严谨的艺术手法"。正因为作者在《红楼梦》里再现了栩栩如生的生活场面,创造了许多鲜明生动的艺术形象,使得法国一些批评家从曹雪芹的这个文学天地里遨游出来以后,"觉得浑身充满现实感,渗透着那一时代的中国精神,看到那四百四十八个人物络绎不绝地、鲜灵活脱地在面前展现"⑤。法国评论家们钦佩曹雪芹驾驭语言的能力,认为曹氏笔下的语言是多种多样的,从下层的俚语和饶有趣味的谚语、格言到高雅细腻的诗句,应有尽有。有些研究者发现,曹氏的语言风格,是随文思、故事的发展而变化的:"曹雪芹对欢乐的描绘是无与伦比的……小说前半部充满东方语言的魅力,读者从作者柔美浑厚的语言中感到令人陶醉的幻觉和抚摸。"随着故事的进展,曹氏的语言"始终带有高雅的神秘和诗意。深刻的讽刺出现在字里行间,令读者感到辛酸的味道"⑥。这种分析颇有见地。《红楼梦》的情节结构也深得法国批评家的好评,他们称道:"小说结构浑然一体",作者"落笔千言,尽管情节曲折出人意表,但故事连贯前后呼应"。⑦ 赞赏作者非凡的写作技巧,擅于"把严格选择的资料,通过多种艺术形式,如诗歌、哲理故事、警世寓言或宗教传说,串联起来,形成

---

① 彼埃尔·卡马拉《新书介绍》,载《欧罗巴》1982年5月。
② 伊夫·玛丽·吕科特《我为您阅读……》,载《新埃纳报》1982年1月14日。
③ 彼埃尔·卡马拉《新书介绍》,载《欧罗巴》1982年5月。
④ 《社会的一面镜子》,载布鲁塞尔《新冲击》1982年1月15日。
⑤ 彼埃尔·卡马拉《新书介绍》,载《欧罗巴》1982年5月。
⑥ 伊夫·玛丽·吕科特《我为您阅读……》,载《新埃纳报》1982年1月14日。
⑦ 弗朗索瓦·福热尔《当中国沉睡时》,载《方位》1981年12月28日。

一个整体"①。这些批评家在指出《红楼梦》以宝、黛的爱情悲剧结构故事情节的特点后,进而对《红楼梦》的悲剧艺术进行卓有见识的分析,称:"在这里,我们发现一种新的、非凡的描写技巧,一种含蓄的戏剧性效果,它似乎有意把主要部分置于次要地位,或者予以克制。事实上,宝兄弟和林妹妹的爱情故事,较之在贾府这个大家庭中,骤然发生的千百种事情所占的篇幅,仅是其中很少一部分……然后,悲剧的主体部分急剧展开:点出宝玉与黛玉将不会得到团圆。"②打破了旧小说中大团圆的俗套,从而产生了强烈的悲剧力量。为此,有些研究者说:"《红楼梦》具有革新弃旧的气势,是无法模仿的。"③

就这样,法国人在曹雪芹的文学天地里,从思想和艺术两个方面进行了初步的探索,发现《红楼梦》这部伟大作品,不仅在过去感动了无数中国读者,而且现在也在感动着无数的西方读者。它何以有如此打动人心的力量? 对此,法国一位著名评论家,做了这样精彩的表述:

> 一道彩虹环绕在一棵美丽的树上,这就是曹雪芹赋予他的作品的形式。这棵美丽的树,就是在年轻的宝玉与两个表姐妹——体弱情深的黛玉和娇艳迷人的宝钗之间发生的中心故事。这是一个哀婉悲怆、动人心弦的故事。在18世纪的中国,人们不知流了多少泪,而在我们这个时代,也是如此。人为情而流血,为爱而死,就像在威尔第(18世纪意大利作曲家)和克利斯特(18世纪德国剧作家)的作品中所表现的那样。但是,这些内心活动,乃至非常中国式的感伤,在作者笔下,都以毫不夸张、毫不做作的方式表达了出来。
> 围绕着这三个人物,小说家编织了无比丰富的次要主题和情节。在贾府这个大家庭里,聚集着各式人物的面孔,各族的头头、长辈、子女、亲朋、男女仆役、官僚、亲信以及附近的乡民。随着这个温柔、迷人而怠惰的宝玉的故事发展,我们完全置身在18世纪中国人的生活之中,看到当时的社会组织与文艺爱好和娱乐活动,信仰、神学与迷信、美食与医药、家庭生活与政治生活、行政与商业、家庭关系与性生活,

---

① 彼埃尔·卡马拉《新书介绍》,载《欧罗巴》1982年5月。
② 彼埃尔·卡马拉《新书介绍》,载《欧罗巴》1982年5月。
③ 雷威安《红楼梦》,载《法国大百科全书》。

等等。这部作品像一部百科全书那样有教育意义,又像《人间喜剧》那样有趣。我们发觉:曹雪芹虽从没读过陀思妥耶夫斯基和弗洛伊德的著作,却异常娴熟潜意识和"释梦"之说。他从未发表政治演说,但全书却充满着中国18世纪的"思想光彩"。他不相信男尊女卑的道理(事实上,他更倾向于女性高于男性)。对于父母安排的强迫婚姻,他异常愤恨。他宁取道家智者和佛家和尚的苦行精神,而摒弃商贾的唯利是图和权贵的卖官鬻爵。他在书中讲述了爱情的曲折多变和舍身取爱的故事,描写了弱者受尽欺凌、含冤自尽以及权贵者骄奢淫逸、兴败荣枯的景象。正是通过这一切,曹雪芹把自身的经历活生生地展现在我们面前。于是,他重新获得了失去的时光:那逝去的青春年华,那破灭的红运良机,那失落的幸福,还有那个时代的人民。

如果需要证明,尽管有许多区别,中国人和我们"都是同样的"的话,那么《红楼梦》便是最有力的证明:这部自1792年以来震撼了千百万中国人心灵的小说也必将打动着西方人的心!①

正因为这部来自东方的巨著,既有动人而深刻的思想内容,又具独一无二的艺术形式,所以它才会越过国界,在西方产生这样强烈反响,得到法国人这样高度的赞扬和喜爱。

当然,法国对《红楼梦》的研究还刚刚开始,对这部巨著的思想艺术的探讨还有待于深入,《红楼梦》法文全译本的出版,提供了汉学家深入探讨的可能。这就实际上预示了"红学"有可能会很快地发展到西方来。从法国最初出现的这些"评红"文章,就见其端倪。在这部译著出版前,法国汉学界不停地提到《红楼梦》,可谁也没有以此作为自己的研究对象,除了少数几个中国人以外(据笔者所知,郭麟阁先生在20年代曾以《红楼梦》为题,通过里昂大学的博士学位论文,他可能是在法国研究《红楼梦》最早的中国人)。《红楼梦》法文全译本问世后,许多人以《红楼梦》作为攻读博士学位的选题,法国中学教师鉴定考试也以《红楼梦》作为内容。继《红楼梦》法文本出版之后,法国又出版了《红楼梦与脂砚斋评语》的专著。被认为对《红楼梦》有很大影响的《金瓶梅》也由一法国著名汉学家译述出版。而在《红楼梦》法文版问世前两年,法国出版了由李治华先生的学生谭霞

---

① 克洛德·罗阿《来自东方的一部巨著》,载《新观察家》1981年11月。

客翻译的另一部中国古典名著《水浒传》,也曾轰动了法国汉学界,产生了强烈反响。所有这一切都表明了,一个深入持久的研究包括"红学"在内的中国文学的势头正在法国兴起。

瑞士《日内瓦报》在评介《红楼梦》法文版问世时,曾这样写道:"曹雪芹谈到他的作品时说:'字字看来皆是血。'随着时光的流逝,作者的血化作了甘露:这部著作犹如东方巨船,满载着奇幻的人物,带给读者以无限的幸福。"法国《费加罗报》评论员说:"翻开这部巨著,每个读者都可以从中汲取丰富的滋养。"法国《文学杂志》批评家这样欢呼:"让这部杰作永远留在我们记忆里吧!"

我们坚信:曹雪芹用毕生精力、呕心沥血写成的,由李治华夫妇用三十个春秋、精雕细刻译成的《红楼梦》这部不朽的著作,将会广泛地在西方人民中流传开来,带给他们以"无限的幸福""丰富的滋养",将会"永远地留在"他们的记忆里,在他们的心里生根、开花。

## 第四节 《金瓶梅》:来自东方的"奇书"

专刊世界名著的巴黎加利玛"七星文库",于1985年推出了由雷威安教授迻译的《金瓶梅词话》法文全译本,是继《水浒传》《红楼梦》之后享有这种最高文学荣誉的中国作品。《金瓶梅》法译本的出版同样引起了法国和西方的"轰动":它不仅满足了西方人的好奇心,使之有机会看到西门庆为他们打开"不断翻新的闺房"①,而且更重要的是它能使读者从昨天中国的"这一角",发现今日西方的"社会风俗的演变过程"②,一洗久已落在它身上的"淫书"的恶谥,从而发掘出这部东方"奇书"的真正的文化价值。

### 一、东方的"黑色羔羊"在西方的命运

在我国古典名著中,《金瓶梅》确实是一部"奇书"。它之"奇"就在于它的精华那么突出,而糟粕又那么触目,因而从一问世就处于毁誉交加、褒贬不一的尴尬境地;它之"奇"还在于它虽名声不佳,却仍有一种神奇的力

---

① 雷威安《金瓶梅词话·导言》第39页,巴黎加利玛"七星文库",1985年。
② 艾田蒲《金瓶梅词话·导言》(法译本)第22页,巴黎加利玛"七星文库",1985年。

## 第四章 中国古典小说在法国

雷威安译《金瓶梅词话》(1985年)法文全译本,巴黎加利玛出版社

量,不胫而走,较早地传到了异乡他土,在源远流长的中外文化交流中,具有不同于其他中国作品的奇特的经历和命运。

《金瓶梅》的确是一部不名誉的书。在故乡,不消说,人们提起它来总要和"淫"字连起来,因而谈《金》色变;到异乡,它也未落得一个好名声,人们称它为来自东方的"黑色羔羊"①,难以驾驭。它在西流中,有着不平常的遭遇。事实上,从19世纪初,这只"黑色羔羊"闯入法国和西欧文学界,就一直令当局者、汉学界左右为难:欲禁不能,欲弃不舍。因此,引进工作也就长期处在犹豫、提防、否定、肯定之间摇摆。直到雷威安的《金瓶梅词话》法文全译本问世之后,科学界定的砝码才在正确的方位上固定下来。

《金瓶梅》引进法国差不多与中国俗文学传入法国同时。早在1816年,由阿贝尔·雷米萨翻译的《赏与罚》一书中就提到了它。"……人们可从中汲取对社会风俗有益的经验,从《金瓶梅》这部著名的小说中也可得到这种收益,有人说它的淫秽内容,比腐败的罗马帝国及现代欧洲的所有黄色作品都要严重,然而正确地说,它在色情描写方面是赶不上这些作品的。"②这位汉学大师、译介中国小说的开山人,虽然肯定了《金瓶梅》"观风俗"的价值,但他对这部小说的总的看法,并没有摆脱中国人的成见。从此,《金瓶梅》连同它的"色情"的恶谥便一起传到了法国。19世纪下半叶(1853年),法国人在《现代中国》一书

---

① 克洛德·罗阿《被肆虐的一角》,巴黎,《新观察家》第1072期,1985年5月20日。
② 转引自雷威安《金瓶梅词话·导言》第38页,巴黎加利玛"七星文库",1985年。

中第一次读到了由路易·巴赞译的《金瓶梅》第一回,这也是西洋文最早节译《金瓶梅》的文字。巴赞的法译题为《武松与金莲的故事》,实际上这只是《水浒传》有关章节的摩制品,自然使人无法窥见全书原貌,此后,德里文在1862年出版的《唐诗》序言中也提到过这部风俗小说,并且声言已译出了部分章节,准备付梓刊行,但可惜我们一直未见到这位著名汉学家的译文。1922年,由乔治·苏利埃·德·莫朗(George Soulié de Morant)翻译的《金瓶梅》节译本问世,名为《金莲》,是欧洲最早的《金瓶梅》译本。莫朗在中国长大,很了解中国文化,曾毕其一生译述中国作品,向西方介绍,译著甚丰,但他的《金瓶梅》译文却错误不少(如原书中的"奴家"原系妇女对丈夫或长者的自称,译文成了"家庭的奴隶";"燕窝"本系我国珍贵的食品,而被译成"燕的窝口"等)。他在这部节译本中,不惜挥舞刀笔,对东方的"黑色羔羊"动了大手术。然而不幸的是,他割去的不是它身上的毒瘤,而是健康的肌体。他在译本序文中,称"《金瓶梅》与《一千零一夜》同趣",然而,正如李辰冬先生一针见血指出的,这两者的"同趣","不知据何而言?固然《一千零一夜》的原文写性交处最多(普通各种译本均将此种文字删去),然除此一点外,性质、描写、趣味全不相同。"①显然,译者强调的是《金瓶梅》的色情描写,因此,他的译本"淫"字更突出了,读者无法辨认它真实的面貌。于是,《金瓶梅》在西流中便第一次可悲地蒙上了黑灰。1930年,欧洲出现了一部轰动一时的《金瓶梅》德文节译本,这就是德国知名汉学家弗朗茨·库恩精心节选的译本《金瓶梅:西门与六妻妾奇情史》。这部据说"不是为少数专家服务,而是为广大读者服务,为广大受过教育的读者服务"②的译本,由于译文流畅而一版再版,成为欧洲最流行的本子,对《金瓶梅》这部中国名著在西方的流传虽然起到了不容忽视的推动作用,但也给《金瓶梅》带来了深重的灾难:库恩流利猥亵的译文,突出的是糟粕,删除的是精华,是小说的真正价值所在。这部人情小说,就这样在西渐中沦为一部十足下流的"淫书"。根据库恩译本转译的欧洲文字有多种,但就法文就有两种,一是1949年出版的由让·皮埃尔·伯雷(Jean-Pierre Porret)转译的本子《金瓶梅:西门与六妻妾奇情史》(1953年出修改本,1967年出两卷本,内容与库恩本子相同),二是1962年出版的由约瑟

---

① 李辰冬《金瓶梅法文译本》,载《大公报·文学副刊》第225期,1932年4月25日。
② 转引自王丽娜《〈金瓶梅〉在国外》,载《河北大学学报》1980年第2期。

夫-马丹·鲍尔(Joseph-Martin Bauer)等译的《金瓶梅:帷幕后的女人》。柏雷的译本附有保尔·拉维涅的序,序文声称:"为使欧洲读者不厌倦,必须对原著进行删选,特别要删去那些重复部分以及与整篇小说无关的情节。"据有些比较文学研究者考察,这个译本删去的其实是一些重要情节,即"一些揭露官府机构渎职、受贿、腐化以及市侩们出卖良心的种种细节,总之,删去的是所有能说明无赖西门庆之流何以官运高照的无情事实",是说明"曾一度繁荣昌盛的宋朝为什么,又是怎样走向灭亡"①的事实。其结果,必然使色情场面更加突出。《金瓶梅》在法国的命运便蒙上了更为灰暗的乌云。

那么,把这部小说看成是一部黄色的小说,这究竟是谁的过错呢?法国著名的东方学家艾田蒲认为,应当归罪于库恩猥亵译文和效法库恩译文的各种欧洲版本,它们"从商品拜物教思想出发(有什么东西能比所谓'黄色'书更卖价呢?),执意删除了这部名著存在的基础,而只强调下流的情节,同性或异性间的床上隐事的种种细枝末节","从而将一幅完整的、由繁荣而衰落的文化图景变成了一些浮泛轻佻的、令人憎恶且支离破碎的画面"。② 他指出:"库恩译文的那些改编者们却对此毫不在乎,或者也许他们根本没有能力去借鉴中文原著。"《金瓶梅》在西方的这段遭遇,使我们想起鲁迅的一段话。他说,《金瓶梅》是一部"描写世情"的书,"然亦时涉隐曲,猥亵者多。后或略其他文,专注此点,因予恶谥,谓之'淫书'"。

《金瓶梅》在法国和西方的厄运,不仅引起汉学界有识之士的关注,也引起了广大读者的兴趣。读者愈来愈不满库恩的译文及其变种,他们渴望了解中国这部名著的真实全貌。基巴特兄弟以不屈的毅力率先在西方献出了《金瓶梅》德文全译本的前两卷,满足了读者的这一愿望。"它的完整性、优雅性与其译者在厄运之中所表现出的坚忍不拔的精神同样令人赞叹不已。"③然而不幸,在纳粹德国统治时期,它遭到了希特勒匪徒的禁毁。虽然库恩的译本也遭到了同样的命运,但不久又得到了希特勒部下的特别恩准,免除了禁令。因此,广大读者所能读到的仍是经过肢解、曲解的库氏

---

① 艾田蒲《金瓶梅词话·序》第17—18页,巴黎加利玛"七星文库",1985年。
② 艾田蒲《金瓶梅词话·序》第13—14页,巴黎加利玛"七星文库",1985年。
③ 雷威安《金瓶梅词话·导言》第39页,巴黎加利玛"七星文库",1985年。

译本和同类欧洲文字的移植。在法国，介绍中国文化的倡导者和组织者艾田蒲先生，一直想把中国这部名著正确地介绍给法国和西方读者，他从日本订购了五卷本的《金瓶梅》中文原著，对照各种译本，逐字逐句研读，同时细心寻觅法文全译本的合格人选。1974年1月，他作为评审委员参加了雷威安先生的国家博士论文答辩会。后者以其汉学的深厚修养和对中国小说的深刻理解，使这位素来严格的评审委员确信，雷威安是迻译《金瓶梅》的合格人选。果然，这位出生在天津、寡言谦和的法国钟表匠的儿子，大器晚成的汉学家，不负前辈所望，以他对中国文化的赤诚、博学和特有的秉赋，对《金瓶梅》进行精雕细琢的移植，其一丝不苟的精神，就像当年他父亲悉心建构一座美丽精巧的钟表一样。他曾说过："翻译这部长篇巨著，困难不少，有如在茫茫的大海上航行，随时都可能触到暗礁，葬身鱼腹。我力求字斟句酌，传出作者的妙笔神韵，保持原著的娱乐性。"[①]经过七年的劳动，他终于向自己的同胞贡献出了《金瓶梅》法文全译本。这个译本以万历本《金瓶梅词话》（1617）为依据，以明末崇祯年间《新刻绣像批评金瓶梅》的二百幅绣像作为插图，全书用昂贵的圣经纸分上下两册，在权威的"七星文库"出版，是迄今为止西欧最完备、最忠实，也许是最优美的《金瓶梅》译本。从此，这只来自东方的"黑色羔羊"，才被推进了金色的文学殿堂，找到了自己应有的归宿。《金瓶梅》法文全译本问世后，在法国和西方引起了强烈反响，学界抚今追昔，感慨系之。老资格的法国汉学家克洛德·罗阿（Claude Roy）在《新观察家》撰文这样追叙：《金瓶梅》从它问世那天起，"既使中国读者难堪，又使他们着迷。文人学者不知如何对付这部令人心悸的杰作，对付这部巨型的色情与商务编年史……各政权及检查机构在这只"黑色羔羊"面前表现得犹豫不决，但不知他们的恐惧、犹豫从何而来：是由于书中那萨德式[②]的毫不在乎的色情性，或者是由于那幅描绘对黄金与性极度贪欲的社会图画所表现的冷酷的残暴性。"[③]这位汉学家说的是《金瓶梅》在中国的遭遇，实际上也是对《金瓶梅》传入法国和西欧的命运的真实概括。

---

① 米歇尔·雷格拉《访雷威安教授》，载《香港文学》，1986年。
② 萨德（1740—1814）：法国19世纪小说家，以描写性虐待狂者而著称于世，法文Sadisme（性虐待狂）一词，即由他的名字而来。
③ 克洛德·罗阿《被肆虐的一角》，巴黎《新观察家》第1072期，1985年5月20日。

## 二、"最动人、最招人非议的小说"

《金瓶梅》这部被法国人称之为"最动人、最招非议的小说"①,究竟是一部什么样的作品呢?"它是对当时社会现实进行无情揭露的杰作,还是一幅得意的淫画?是打在现实社会机体上的一块灼烫的烙铁。还是一部诱惑读者敏感于腰身以下的淫书?"②雷威安忠实可靠的《金瓶梅词话》全译本的问世,使法国广大的读者和研究者有可能窥见它的真实面貌,从而进行深入的探讨。研究中国文学的老资格专家克洛德·罗阿说:"《金瓶梅》仿佛是由一位公正的记录者讲述的一则由金钱、性及血交融一体的传说故事,因此,我们可以将它列为中国最优秀的古典小说之一。"③一个真正的自然主义、现实主义作家,从某种意义上讲都是一位"公正的记录员""书记官"。如果说,资产阶级社会最卓越的"书记"巴尔扎克,在《人间喜剧》里为我们详细地"记录"了法国19世纪资产阶级社会种种人生色相,那么,中国17世纪的这位不知名姓、异常冷峻的"记录员",在《金瓶梅》这部东方"奇书里""令人心悸"地描绘了中国封建社会这幅"对黄金与性极度贪婪的图画"。他指出,《金瓶梅》的主要人物形象虽然来自《水浒传》,但它所表现的,"不是叛乱与战争的冒险";《金瓶梅》与后来的《红楼梦》虽然有着密切的关系,但它描写的并不是宝、黛式的爱情奇遇,而是"另一个世界",是中国黑暗社会的"另一角"。"对于一个将《红楼梦》视为一部伟大的《追忆流水年华》的家庭小说,视为一部令人赞赏的爱情故事和一部描绘时事变迁、社会没落、岁月无情流逝之历史的西方读者来说,《金瓶梅》则反映了中国的另一个迥然相异的面貌",揭示的是"一个无耻而冷酷的资产阶层","一个唯利是图、吃喝嫖赌的小业主"的发迹变态史,从这个意义上讲,《金瓶梅》可谓一部"道德败坏者传"。④ 为此,这位研究者将《金瓶梅》与《红楼梦》做了有意义的对比。他说,《红楼梦》向我们展示的"是一个富人与穷人、心毒手辣者与温柔细腻者、复杂的社会与混杂的人物相关联的中国",而《金瓶梅》中除了六七个正面人物以外,"其余的均是恶

---

① 克洛德·罗阿《被肆虐的一角》,巴黎《新观察家》第1072期,1985年5月20日。
② 克洛德·罗阿《被肆虐的一角》,巴黎《新观察家》第1072期,1985年5月20日。
③ 克洛德·罗阿《被肆虐的一角》,巴黎《新观察家》第1072期,1985年5月20日。
④ 雷威安《金瓶梅词话·导言》第67页,巴黎加利玛"七星文库",1985年。

棍、骗子、狂人和憨大",是个恶人的世界。《红楼梦》中的大观园,"犹如《樱桃园》般地充满诗意",而《金瓶梅》中西门庆那不断扩展与丰富的庭院,"却更像是特里玛西翁的盛宴①里的花园:那儿,黄金充斥银箱,人们狂食滥饮,搂抱接吻,鞭笞下人,玩弄各种各样的'云雨'游戏",这是十足的罪恶淫荡的世界,这个世界中的女人,"永远是被征服者,被男人的情欲、被自身的情欲、被自己的受虐狂、被那种或出于爱,或为了打垮竞争对手而满足男人需要的难以忍受的折磨所击败"②。从这一点看,《金瓶梅》又可谓《爱之恐怖》之作,③其中的女性与《红楼梦》的女性之间的鲜明对比,恰如萨德笔下的鸨母之于司汤达作品中的女主人公",如果说古老的中国曾为世人留下《红楼梦》这样美丽动人的爱情小说,"那么西门庆及《金瓶梅》中的其他主人公似乎与最黑色的小说中的人物或与萨德笔下的那些邪恶的色情狂同样缺乏感情"。因此,《金瓶梅》所描绘的宋朝时的中国社会(似乎是明代的衰落),"与其说是曹雪芹等小说家笔下的中国,倒不如说更像裴特纳④描绘的罗马帝国或阿莱丹⑤笔下的文艺复兴时期的意大利"。这里的"金条、米酒、出卖童贞的少女、粗话、尿",罪恶的把戏,淫荡的行为,血腥的场面,构成了中国小说冷峻、黑暗的网面,而这幅画面却是"由一位万念俱灰的目击者以令人惊讶的、无动于衷的冷静,不带任何'感情色彩'地记录下来的"。这位研究者问:《金瓶梅》所提供的这幅画,"不知是要让人品尝恶之甘味还是要让人体会一下这位无能为力的目击者一腔怒火与阴冷的嘲讽——虽然他深切愤慨无补于世"。

雷威安认为,《金瓶梅》"是一部反映现实社会、现实民风的著作","它是一首抒情曲,通过它揭示了人类的灵魂,有时下意识或无意识地表达了对社会的嘲讽"⑥。小说以揭示西门庆发迹为主线,以暴露他的腐化堕落为中心,一方面用许多篇幅描述"他的宦海浮沉,他的社会交际,他的红门酒宴,他的慷慨施舍和吝啬小气以及他成为富豪后的各个情节与活动",另

---

① 特里玛西翁的盛宴:裴特纳小说《萨蒂利贡》中的一个插曲,写获得自由的奴隶举办的一次滑稽盛宴。
② 贝尔纳·拉朗德《金瓶梅》,巴黎,《今日中国》,1985年。
③ 雷威安《金瓶梅词话·导言》第66页,巴黎加利玛"七星文库",1985年。
④ 裴特纳:古罗马作家,著名色情小说《萨蒂利贡》的作家。
⑤ 阿莱丹(1492—1556):意大利作家,以描写讽刺与色情作品见长。
⑥ 雷威安《金瓶梅词话·导言》,巴黎加利玛"七星文库",1985年。此段引文,除注明出处者,均据此文。

一方面又以较多的笔墨写他的淫欲,他"对性的贪婪",对女性的占有与蹂躏。将他的淫荡置于小说的视角中心,将"他与其他官员的虚假交易展现于前台,在讽刺中透露出与占绝对优势的商界所特有的耽于声色之风的截然不同的格调",从而展示了"一代时风"。细心的读者不难从中觉察到当时中国的潜伏危机,"政府、官门腐败无能,民风败坏,外患加深……"①他指出:"艺术作品不应有功利主义的职能,而应该是个人对世界认识的表述。文雅的文学之所以受人敬重,原因就在于此。"《金瓶梅》以独特的方式表达了作者对世界、对人情世风的看法,应是"高雅"、严肃的文学而"不属'色情小说'或'淫书'之列"。他说,《金瓶梅》有关性行为的描写散见于各章回中,内容常有省略,而且很少重复。这类描写几乎都是不可轻视的,它们构成了塑造人物性格的组成部分。正是通过性行为的具体描写,小说才获得了超越其他常见的同类小说的独到之处",读者"不应单纯着眼极富娱乐趣味的那些男欢女乐的场面"②,而应当看到其中的深义。因此,"这部小说是献给那些能读懂其中深义的人的"。有些研究者还进而认为,世间"绝没有无肉体关系的爱情,但这种肉体关系不仅仅指床第之欢",《金瓶梅》这部"黑色小说"其实"不乏正常的爱情"③,只不过它以自己独有的方式表达这种感情罢了。确实,爱情与性爱有着不可分割的关系,男女之间的互相吸引往往以彼此生理构造的不同为基础,爱的激情归根结底与性的冲动有着或显或隐的联系。所以文学中的爱情描写有时也难免会出现各种各样的性描写,原是不足为怪的。我们不能以有无性描写来判断一部作品是否属于色情文学。不过,按照德国大诗人歌德的意见,"只有高度的精神文明和文化教育成为人类的共同财富时,诗人才能就这个题材无拘无束地挥洒笔墨"④。《金瓶梅》不惜笔墨对性活动做了惊世骇俗的揭示,成为一部"最动人、最招非议的小说",其原因大约在于,一方面它对性爱、人类生活的这一部分做了真实的描述,另一方面,这种描述又过于写实,过于袒露,过于铺陈,以致超越了历史的约束和时代的承受力。而雷威安教授"没有向前辈们的贞洁观低头"⑤,他从20世纪文

---

① 米歇尔·雷格拉《访雷威安教授》,载《香港文学》,1986年。
② 米歇尔·雷格拉《访雷威安教授》,载《香港文学》,1986年。
③ 贝尔纳·拉朗德《金瓶梅》,巴黎,载《今日中国》,1985年。
④ 张黎《从歌德与艾克曼的一次谈话说起……》,载《文艺报》,1988年7月23日。
⑤ 米歇尔·布罗多《人非完人》,巴黎,载《快报》1985年5月17日—23日。

化价值观出发,不但忠实地为西方读者献上了迄今为止最完备的《金瓶梅》全译本,而且还撰文强调指出,这部"民俗文学作品"具有"净化情感"的教育作用,人们从中不仅可以享受到"阅读的快乐",而且可以体察到"民风败坏"。他说,如果中国的马克思主义"红学家"将《红楼梦》这部爱情小说看作是一部"走向没落的封建社会百科全书",那么,西方的"金学家"却可以,而且应该将《金瓶梅》这部人情小说视为"两个世纪前的社会百科全书,而且资料更充实,范围并不局限于满族贵族阶层内部,而扩展到了中国那个妇女裹小脚的中层社会的深处",充分肯定了《金瓶梅》的意义。

法国汉学界享有声望的艾田蒲先生,在《金瓶梅词话》法文全译本问世的时候,曾郑重地向法国读者宣布,"我敢担保,雷威安先生向你们推荐的并非是一部'黄色'书,甚至也谈不上是一部淫荡的小说,而是"一幅丝毫未加粉饰的宋朝末年(1112—1127)中国社会的风俗画"。① 他在法译《金瓶梅词话》长篇序言中,从文化角度对中国这部名著做了多方面的考察,认为《金瓶梅》所描写的是个"死去的世界",然而也是一个"现实的世界"。

> 这看来具有异国风光,超脱于欧洲及大西洋彼岸的文学标准之上的世界,实际就是我生长在其中并苦苦探索的世界;在那儿正如同我身临其境,亲眼看着宋王朝覆灭一样,我觉得欧洲就是万能的金钱和通过它来收买一切达官贵人、商人统治的世界。在我们当今这个时代,这两者的显赫威力,不再以西门庆的贿赂或其六成利息的高利贷的形式出现,而是集中体现在多国公司及与梵蒂冈有着千丝万缕联系的大银行所拥有的神奇权威上,体现在喷气飞机,还有贮藏在财政金库中的巨款上……《金瓶梅》这部深刻描绘北宋王朝苟延残喘之现状的名著,难道真是'淫书'吗? 我倒忧虑地发现,书中展示了我们当今个人或社会生活与习俗的演变过程。既有公开的,也有秘而不宣的。

---

① 艾田蒲《金瓶梅词话·序》,巴黎加利玛"七星文库",1985年。以下引文均据此文。

## 第五章
## 寻求现代中国的贤智——中国现代文学在法国

> 和专业的东方研究者相比,我们更是联系东方与西方的贤智之间的桥梁建造人。
>
> ——罗曼·罗兰

### 第一节 罗曼·罗兰开拓的历史

1919年在东方,当中国五四新文化运动即将爆发之际,中国新文学就要在这历史的摇篮中诞生之时,法国现代文学巨匠罗曼·罗兰(Romain Rolland,1866—1944)正在西方向欧洲人郑重呼吁:"在我们未来的理想里再也不能把亚洲遗忘了……人类智慧是离不开这两股互为补充的力量的。"[①]罗兰的呼吁和中国新文学的产生差不多处于同一时刻,这种巧合并非纯属偶然,因为历史已经表明,和专业的东方研究者相比,罗曼·罗兰更是"联系东方与西方的贤智之间的桥梁建造人"[②],正是由于他,中国现代文学才第一次介绍到了法国和西欧,从而揭开中、法文化史上新的一页。

如果说,伏尔泰在18世纪把纪君祥的《赵氏孤儿》搬上法国舞台,首先拉开了中国古典文学在法国和西方广泛传播的序幕,那么,20世纪上半

---

① 罗曼·罗兰1919年3月给保尔-瓦扬·古久里的信。转引自张隆溪《比较文学译文集》第162页,北京大学出版社,1982年。
② 罗曼·罗兰1930年写给法国汉学家路易·拉卢瓦的信。转引自罗大冈《论罗曼·罗兰》第414页,上海文艺出版社,1984年。

叶,由罗曼·罗兰推荐、由敬隐渔翻译的鲁迅的《阿Q正传》在《欧罗巴》月刊上(1926年5月和6月号)的发表,则开了法国学界研究中国现代文学的先河。罗兰当年写给《欧罗巴》月刊编者巴查尔什特的推荐信中说得很明确:"我预先告诉您,敬隐渔如果受到鼓励,会供给出版一部中国当代小说集或故事集的材料。我相信,巴黎的任何刊物和出版社都没有接触过当代中国文学。"①显然,经罗兰推荐而发表在1926年的《欧罗巴》上的法译《阿Q正传》,是最早介绍到法国的第一篇中国现代文学作品,是我国新文学在法国传播的先导。

　　中国现代文学在法国的传播选中鲁迅的作品,这绝不是随意的选择。正如《赵氏孤儿》成为18世纪中法文学交流的最先使者,有其内在原因和外在原因一样,《阿Q正传》作为现代文学进入法国的先锋,完全是由作品本身的价值和介绍者的美学选择而决定的。在法国文学界,罗兰跟他的前辈伏尔泰一样,一生仰慕东方文明,致力探求东方贤智。他在写给一位专事中国音乐和古典文学研究的汉学家路易·拉卢瓦的信中,这样饶有兴味地问道:"你在今天中国的废墟中,是否找到了一些你所热爱的古代中国的才华?"②寻找"中国才华"是罗兰研究中国文化首先考虑的课题和出发点。如果说,伏尔泰从马若瑟节译的《赵氏孤儿》中看到的是古代中国文明和高尚的道德,那么,罗兰从敬隐渔译的《阿Q正传》看到的是中国当代小说的深刻的现实主义和作者非凡的艺术天才。据说,"他曾经被这篇作品深深感动以致流下泪来"③。出于对古代中国文明的仰慕,伏尔泰把《赵氏孤儿》搬上了法国舞台,出于对现代中国天才的激赏,罗兰把《阿Q正传》介绍到了《欧罗巴》。于是,这两篇作品在源远流长的中法文化交流历史长河中各领风骚,起着任何别的中国文学作品都无法替代的作用。

　　通过《阿Q正传》的法译本,罗曼·罗兰找到了鲁迅这样一个他所热爱的当代"中国天才",而在黑暗中苦斗的鲁迅则以自己不朽的艺术,"添上了一位海外知音"④。事实证明,罗兰非常理解鲁迅的艺术。他称赞《阿

---

① 罗大冈《论罗曼·罗兰》第418页。
② 罗大冈《论罗曼·罗兰》第414页。
③ 埃德加·斯诺语。转引自戈宝权《〈阿Q正传〉在国外》第40页。
④ 敬隐渔1926年1月24日给鲁迅的信。转引自戈宝权《〈阿Q正传〉在国外》第32页。

Q 正传》是"一部充满讽刺的现实主义艺术"①:"这是充满讽刺的现实主义……使人永志阿 Q 的丑恶形象而不忘。"②罗曼·罗兰的评语是:"这是一部充满讽刺的现实主义艺术作品……阿 Q 的可怜形象将长久地留在人们的记忆里。(C'est un art réaliste avéré d'ironie…la figure miserable d'Ah Q reste toujours dans le souvenir.)"是"高超的艺术的作品,其证据是在读第二次比第一次更觉得好",称鲁迅所创造的阿 Q 形象"将长久地留在人们的记忆里"③,对鲁迅的现实主义艺术给予高度评价。而鲁迅对罗兰的为人和艺术也十分推崇,称他为"大作家",为了庆祝这位法国大作家六十诞辰,鲁迅还翻译了日本作家中泽临川和生田长江合写的《罗曼·罗兰的真勇主义》发表在《莽原·罗曼·罗兰专号》上。东西方这两位文化巨人素未谋面却能心息相通的史实,无疑是近代中法两国文学交流史册上最辉煌的一页,我们甚至可以说,中国现代文学在法国传播的历史是由这两位文化巨人共同揭开的。

我们说,中国现代文学在法国的传播,是以罗曼·罗兰探求现代中国贤智鲁迅为始发点的,而这种探寻正是法国研究中国现代文学的一个鲜明的特点。从这个意义上说,自 1926 年法译《阿 Q 正传》问世至今,法国研究中国新文学的历史,就是汉学界遵循罗兰所开拓的道路,致力对现代中国文坛贤智求索的历史。

## 第二节 最初的实绩

最初,沿着罗兰的方向,为介绍中国现代文学做出了较大贡献的是 20 和 30 年代我国留法青年学生,他们把罗兰奉为精神领袖,把自己看成是"世界公民",以介绍中外文化为己任。他们一般都有较深厚的中、法文学

---

① 罗曼·罗兰这四句评语,有四种不同的说法,一种是许寿裳《亡友鲁迅印象记》(北京,1977 年,第 53 页):"这部讽刺的写实作品是世界的。法国大革命时也有过阿 Q,我永远忘记不了阿 Q 那副苦恼的面孔。"第二种是罗大冈《论罗曼·罗兰》(上海,1984 年,第 417 页):"这是一篇明确的富于讽刺的现实主义艺术杰作。……阿 Q 可怜的形象将长久地留在人们的记忆里。"第三种是戈宝权《〈阿 Q 正传〉在国外》(北京,1981 年 9 月,第 38 页):"这是充满讽刺的一种写实的艺术。……阿 Q 的苦脸永远留在记忆中。"第四种是徐仲年的《记敬隐渔及其他》(载《新文学史料》1982 年第 3 期,第 146 页),即本文所引。

② 参见《中国比较文学》创刊号,第 216 页,杭州,1984 年。

③ 敬隐渔 1926 年 1 月 24 日给鲁迅的信。戈宝权《〈阿 Q 正传〉在国外》第 32 页。

基础,又极熟悉中法文坛情况,因此具备胜任这种工作的能力和条件。虽然初期的研究主要还是围绕以鲁迅为中心的中国现代优秀作家作品的翻译介绍,但在法国汉学界还未把视线投向中国现代文学这块园地时,他们的劳作无疑具有拓荒意义。其中成绩突出、影响最大的当推敬隐渔。他在《阿Q正传》译文前写了一篇鲁迅生平简介,这是法国介绍中国现代作家公开发表的最早文字。在文中他称鲁迅是当代中国"最有名的作家之一","是一位杰出的讽刺作家",说鲁迅的"观察是细致的、巧妙的,他的描写确切地表达出我们的地方色彩"①。这些评介虽然简单,但却基本指出了鲁迅的独特性。这部译著,对鲁迅作品在国外的传播,对法国研究中国现代作家都有重大意义。日本作家增田涉在其1932年发表的《鲁迅传》中就曾说:"鲁迅的名字不仅在国内,就是在国外也是为人所知的,这是由于他的《阿Q正传》七八年前在法国翻译以来,并且刊载在罗曼·罗兰主编的《欧罗巴》杂志而开始的。"如果考虑到,素有欧洲汉学中心之称的法国,在20年代对中国现代文学却无人问津的情况,敬隐渔的译介就更加难能可贵了。

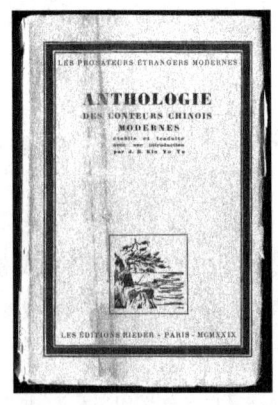

敬隐渔译《中国当代短篇小说家作品选》(1929年)封面

敬隐渔肖像

徐仲年译《中国诗文选》(1933年)

---

① 戈宝权《〈阿Q正传〉在国外》第31页。

如罗曼·罗兰所预言的，《阿Q正传》的译作发表后，敬隐渔受到了"鼓励"，随之便编译出了一部中国当代小说集，这就是1929年巴黎里埃德尔书局出版的《中国当代短篇小说家作品选》。这部译著是法国出版的中国现代文学最早的译本，其中除已发表的《阿Q正传》外，还新译了鲁迅的《孔乙己》和《故乡》两篇译作，同时选收了茅盾、郁达夫、冰心、落华生、陈伟漠和敬隐渔本人等中国作家的六篇作品。据说，30年代初流传在英美的英译本《阿Q的悲剧及其他当代中国短篇小说》就是根据敬隐渔这部法译本译的，可见其影响之大。

敬隐渔在法国同窗徐仲年、汪德耀等，在30年代为译介中国新文学也做了不少有益的工作。徐仲年曾跟敬隐渔一起拜会过罗曼·罗兰，亲聆过这位法国文豪的教诲，因此，他的译述也是遵循罗兰发掘现代中国贤智的路子，以鲁迅为中心而展开的。他在1931年巴黎《新法兰西杂志》上第二期《中国文学专栏》介绍了鲁迅的《呐喊》，1933年出版了译著《中国诗文选》内中收了《孔乙己》的译文，1933年在法文《上海日报》开辟《今日中国文学》专栏，他在专栏上译介了鲁迅的《肥皂》和活跃在当时中国文坛的女作家丁玲的作品，如《水》等。汪德耀曾译出女作家谢冰莹的《从军日记》，经罗曼·罗兰推荐，于1930年在巴黎出版。罗兰曾通过汪交给谢一封信，信中云："我从汪德耀先生译的法文《从军日记》里面，认识了你——年轻而勇敢的中国朋友，你是一个努力奋斗的新女性，你现在虽然像一只折了翅膀的小鸟，但我相信，你一定能够冲出云围，翱翔太空之上的。"[1]给了中国这位崭露头角的女作家以极大鼓舞。20年代从事中国现代文学评介的还有戴望舒。据信，他曾和法国汉学家艾田蒲合作把茅盾的《春蚕》译成了法文，也译过丁玲、张天翼、施蛰存等人的作品，但我们迄今未见到这方面正式发表的材料。[2] 随着我国新文学的成长和发展，法国对中国文学的研究也在不断地向前发展。如果说，20世纪二三十年代法国研究中国现代文学主要力量还是靠少数几个留学法国的中国人，其范围主要还局限于各种作品的译述，那么，到了40年代，这种格局就被打破了，研究队伍发生了变化，研究对象也在不断扩大。这个时期的研究者除了少数的旅法华人学者如李治华外，主要是法国人，较之上个时期，无疑是前进了。范伯旺、

---

[1] 阎纯德《作家的足迹·续编》第413页，知识出版社，1988年。
[2] 米歇尔·鲁阿《法国派的中国诗人》中戴望舒一节，巴黎，1980年。

布里埃和明兴礼等都是活跃在40年代专事中国现代文学研究的学者。其中明兴礼还以《中国现代文学:作家时代的见证人》为题目的论文,于1942年获得巴黎大学博士学位。跟20年代的开拓者不同,这些汉学家主攻的重点不在译述而在评论,其研究对象不仅是鲁迅,也扩大到其他著名的中国作家如茅盾、巴金、老舍、曹禺等这些"才华卓越""英气勃发"的中国现代文坛贤智。这些汉学家多是旅居中国的法国传教士,长期在中国执教,与中国文化层有很深关系,熟知中国文坛情况。运用这些有利条件,他们突破了初期研究者的肤浅的介绍,发表了不少作家专论。像布里埃的《人民作家鲁迅》(法文版《震旦大学通报》第7卷第1期,上海,1946年)、《时代的画家茅盾》(《震旦通报》第3卷第4期)和论巴金的文章,范伯旺《中国现代文学史上的鲁迅及其作品》(斯科特书局,北平,1946年)等,都是出自法国人之手,用他们自己的观点研究中国现代文学的最初成果,有些则是研究中国作家的最早的文字(如研究茅盾、巴金和曹禺的文章)。更为可贵的是,这些研究并不满足于对个别作家做一般性论述,而力求对中国新文学和重要作家做综合考索和总体研究。于是,第一批有分量的学术论著便产生了。如:范伯旺1946年著的《新文学运动史》、明兴礼著的《巴金的生平和著作》等。前者对中国新文学运动史做了总体论述,从桐城派对现代文学的影响一直论述到新文学革命、文学社团、左联、民族主义文学、中国新戏剧的产生等,一共十五章。后者对巴金的生活道路和创作特色进行了深入的分析,是本时期法国汉学界研究中国文学最重要的成果。而《巴金的生活和创作》,则是研究这位中国新文学巨匠第一部有分量的论著,在海内外产生了广泛的影响。这部论著有两个鲜明的特点,一是把巴金的创作放到中国文学发展中加以考察,从而论述了巴金在中国新文学史中所具有的独特性。明兴礼认为,《家》的创作者巴金是独树一帜的,他"用自己内心的经验,描写着整个家庭与西洋文化接触时的普遍状态",展现他那个时代中国社会的各种各样的"家":"在《激流》中是一个被威胁的'家',在《憩园》里是一个分裂的'家',在《寒夜》里是一个动摇的'家',最后在《火》里,我们找到了一个团圆的'家'。"作者指出,巴金所展示的"家",在心理描写、情节设置和悲剧力量方面,不仅远远胜过同辈作家林语堂的《瞬息京华》,而且比赛珍珠的《大地》写得"更深刻、更入神",即使与不朽的名著《红楼梦》相比也有其独特之处。他说,《激流》与《红楼梦》同属"自传体小说",表达的是"个人对理想的追求和本能地对幸福的追求",两位作者都是"把当时环境做小说背景",但巴金是以"新的观点去描写的",这是曹雪芹所梦想不到的。巴金"不以中国为背景,而以整个世界为背景。他的写作的影响也是从远处来的,他已经越过了帝国的边境,受到了在《红楼梦》时代被视为野蛮民族,在《激流》里被视为光明和幸福泉源的西方国家的影响"。这就使得《激流》具有《红楼梦》不同的时代色彩和历史意义。而作为"中国现代的一部杰出作品",《家》"在中国的文学和思想史中占一个很重要的地位",尽管"中国将来定会有更大的文艺家出现,但是《家》的作者巴金,还是会继续活在人间"。以广阔的时代和中国文学发展为背景,进行纵横交叉的分析比较,论证巴金创作的独特地位,这就突破了单篇作品封闭式的评述,具有史论结合的开放式研究特点,较之零散的随感式批评无疑是个新的突进。二是将巴金放到中法文学比较中去研究,因而在研究方法上有新的拓展。论著分析说,巴金的童年"被热爱和甘饴的空气包围着",他跟法国著名作家贝济和中国的冰心女士一样,小心保留着自己"富有诗意的童年的回忆",描述着母爱,追念着母爱。但巴金追怀母亲的爱,并非为了躲进母亲的怀抱,而是用"烈火一般"的母爱,激励自己在"这痛苦的世界一步一步向着光明的路上走!"这一点正与罗曼·罗兰及其笔下的约翰·克里斯朵夫颇为相似。论者指出,约翰·克里斯朵夫"是母爱把他从痛苦中救出,因爱而逐步走向革命,巴金则因爱而走向人道主义",要把爱洒向人间。这位法国汉学家认为,从巴金的《雾》《雨》《电》中的一些英雄群豪身上,可以看到马尔罗的小说《人类的命运》《征服者》中人物的影子,而巴金那清新的文笔足可跟现代法国一流小说家相媲美,虽然"没有茅盾那种雕琢的功夫",在人物肖像描写方面,也"比不上老舍的强有力的逼真的描绘","文笔有时太庄严而激动,缺乏幽默和想象力,字句虽不像鲁迅那样有力、逼真和隐晦,然而文词却非常流畅",有自己独特的艺术风采。尽管这种研究方法尚处于发轫阶段,常有浮光掠影、浅尝辄止的缺陷,但这种视野开阔的尝试却是难得的。

## 第三节 在寂寞中磨砺

50年代和60年代,法国对中国现代文学的译介和研究,显得相对的沉寂。造成这种局面的原因是多方面的,除了由于这个时期中法两国的政治、外交关系发生了重大变动,因而文化关系也发生了变动之外,还是由中国新文学本身的因素和当时法国汉学界的状况所造成的。中国新文学虽经上述二三十年代开拓者的引进,40年代海外汉学家的发掘,但毕竟还没有抓住法国读者,其影响甚小。而我国新文学作家像鲁迅等能写出短篇的精品、适于国外译介的大家终究很少,因而使得国外汉学家为难。明兴礼先生也就曾有感于此而这样说:"一位外国译者,想把中国的现代作品介绍给外国,屡次感到很大的困难,因为他觉得巴金、茅盾、老舍(鲁迅除外)的东西太长了,对外国人不一定感到很大的兴趣,这莫非纯粹是因为外国人性急的过错吗?"①果然,40年代末,法国汉学家让·布马拉(Jean Poumart)曾把在美国流传的英译本《骆驼祥子》介绍到了法国,但这部在美国畅销一时的中国长篇小说并没有在法国产生预期的影响。读者寥寥,因而,迫使出版家不得不中止拟出版"中国新文学译丛"的计划。50年代初,我国旅法翻译家李治华应明兴礼之邀而译成的巴金的《家》,也因之不能问世。从汉学界自身来说,上个时期热心介绍中国文学的我国留法翻译家除李治华外,都相继回到了中国,由于多种变故而不再从事这方面的工作,而客居我国的汉学家,在1949年后统统回到了法国。当时法中关系尚未正常化,这些人回国后便失去了先前研究现代中国的优越条件,除少数人如明兴礼继续从事中国现代文学著述之外②,再也看不到别的著述。另一方面,这个时期法国老一辈汉学家多数潜心于中国古典文化的研究,尚未分出精力对新文化这个领域进行开掘,而新的队伍尚未造就,这就使法国对现代文学的研究与开发处于一个相对冷寂的局面,使40年代已经初步形成的研究中国现代文学的势头中落。

---

① 明兴礼《巴金的生活和著作》第179页,上海,1950年。
② 明兴礼《中国当代文学顶峰》,巴黎,1953年。

## 第五章 寻求现代中国的贤智——中国现代文学在法国

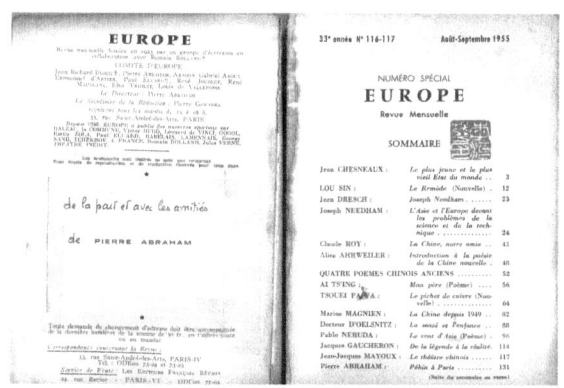 

《欧罗巴》(Europe,1953年8—9月)文学月刊"中国新文学专号"封面和扉页目录　　　明兴礼《中国当代文学的顶峰》(1953年)封面

　　法国汉学界在这寂寞之中磨砺着自己，为日后更好地译介中国新文学进行着扎实的准备和艰苦的探索，沉寂中孕育着发展。首先透出此种信息的是曾经刊登法国介绍中国新文学发轫之作的《欧罗巴》文学月刊，这家在欧洲享有盛名的文学刊物，发扬罗曼·罗兰的传统，于1953年推出"中国新文学专号"，"向沐浴在曙光之中的中国表示敬意"①。这期专号介绍了鲁迅的《药》、艾青的诗等现代作家的作品。一些著名的作家、汉学家如艾丽斯·阿尔韦莱、克洛德·罗阿等人都写了专论，初试锋芒。同年，巴黎多马出版社还出版了明兴礼的《中国当代文学的顶峰》的专著，对中国新文学主要作家做了系统论述。全书除导言和结语外，共分四章：第一章是小说，包括巴金、茅盾、老舍和沈从文四位作家；第二章是故事和杂文，也包括四位作家：鲁迅、周作人、冰心和苏雪林；第三章论述戏剧，主要论及了曹禺和郭沫若；第四章探讨中国诗歌，介绍了徐志摩、闻一多、卞之琳、冯至和艾青等五位作家。在论述这些作家时，大都突出了他们主要的创作个性，如分析曹禺时，强调他的命运悲剧的特色，论述郭沫若突出了他的剧中诗，谈冰心着眼于她对美与爱的歌唱，析周作人则肯定了他是人的捍卫者及其人道主义等方面的独到见解。这是明兴礼长期致力中国现代文学研究的

---

①　查尔斯·多勃辛斯基《中国：冲击与变革》，载《欧罗巴》1985年4月号，巴黎。

重要成果。1958 年,李治华翻译了艾青的《向太阳》,1959 年,翻译出版了鲁迅的《故事新编》。此后,随着中法两国关系的日趋发展,特别是 1964 年建立了外交关系之后,两国间的文化交流日益频繁起来。这种形势对汉学界进一步提高自己,补充自己,从而发展自己提供了极为有利的条件。汉学界的一些知名学者如保尔·戴密微等,运用这个良机,一方面更新自己的知识,努力熟悉中华人民共和国、新文学和新领域(以佛学和敦煌学闻名于世的戴密微同时也是毛泽东诗词的最好诠释者),一方面身体力行,花大力气培养新生力量。法国一些研究中国现代文学的专家,如米歇尔·鲁阿、弗朗索瓦·于连、保尔·巴迪、亚伦·贝罗贝、尚塔尔-陈·安德罗、白夏以及许多新秀,都是本时期先后接受汉学训练,经过刻苦学习和较长时间的磨砺成才的。他们相继成长,无疑为法国汉学界增添了新的血液,同时也为日后法国研究中国新文学,促进汉学新发展增添了活力。作为法国汉学界重要力量的我国旅法学者,本时期或潜心于中国古典文学的研究与迻译(如,李治华),或致力于法国文学的探索和介绍(如,程抱一),都在以惊人的毅力磨砺自己的才学,为日后更卓有成效地介绍中国现代文学做了坚实的准备。而这无疑也为下阶段法国研究中国新文学的中兴奠定了新的基础。

## 第四节　中国现代文学热

70 和 80 年代,法国对中国现代文学的译介与研究进入了一个新时期,呈现出繁盛的局面。无论是译介范围的拓展,还是研究对象的开掘,都有了令人惊喜的发展,显示了以往任何时期所没有过的好势头。

本时期出现的这种繁荣发展的新势头,仍然是以鲁迅作品的广泛传播为先潮的。这又一次表明,法国研究现代文学的历史,就是汉学界沿着罗兰的方向,对以鲁迅为首的现代中国文坛"天才"与"贤智"进行长期探求的历史。较之对其他中国作家的介绍,这个时期法国的鲁迅研究,依然是最为活跃的方面。它以过去无法比拟的规模和深度,并且带有更加自觉的特点向前发展,标志着鲁迅研究步入新的历程。

## 第五章 寻求现代中国的贤智——中国现代文学在法国

鲁阿夫人的鲁迅杂文选译作品《论战与讽刺(1925—1936)》(1977年)

鲁阿夫人《坟》(1981年)书影

于连主编《鲁迅手册》(1978年)书影

于连译鲁迅《朝花夕拾》(1776年)书影

首先,在译介方面,打破了先前单一的作品介绍的模式,呈现出多渠道、多层次的势态,或译介作品,或举办鲁迅展览会、纪念会,或把鲁迅的作品搬上舞台,或将鲁迅作品引进大学课堂。总之,研究者们运用多种途径,以各种形式介绍鲁迅,使其作品得到空前广泛的传播。由于法国汉学界的努力,可以毫不夸张地说,70年代上半期已在法国形成了一股与当时我国的"鲁迅热"遥相呼应的介绍鲁迅的新潮。单就译述而言,从1970年起,法国几乎每一年都有鲁迅的译作问世。举其要者如:1970年《从文学革命到革命文学》(内收鲁迅三篇杂文);1972年《如此这般》杂志发表了《为了忘却的纪念》《对左翼作家联盟的意见》的译文;1973年《这样的战士·鲁迅诗歌、杂文选》出版;1975年《阿Q正传》重译本问世,同时据此改编的话剧《阿Q》在巴黎公演,《野草》全译本出版;1976年《鲁迅杂文选》两卷集、《朝花夕拾》法译本流传;1977年《论战与讽刺·杂文选译》;1978年《华盖集》法译本首版;1979年《故事新编》(重版)等。这些译文已不限于鲁迅的小说,扩大到包括他的诗歌、杂文在内的全部创作,其翻译数量之多,质量之高,在法国汉学史上实属空前。

其次,在研究方面也有一些新的突破,主要表现在对鲁迅的全面介绍和具体作品的分析。前者如鲁阿夫人为《论战与讽刺·杂文选择》写的"前言",后者如弗朗索瓦·于连写的《作家鲁迅·1925年的展望,形象的象征主义与暴露的象征主义》。在《论战和讽刺·杂文选择》"前言"中,作者以《诞生在半封建社会的中国》《如何解放妇女》《为了左翼作家的团结》《反对人道主义》《战斗的知识分子的活生生的榜样》《文学与革命》《文学与宣传》和《向马克思主义转变》等二十一小节的篇幅,全面地论证了鲁迅作为中国文化巨人无可争议的地位。虽然本文的论点都是中国学界所熟悉的,但像这样具体、准确地论述鲁迅在中国新文学发展史中的地位和贡献的长篇文章,在法国鲁迅研究的历史中还是第一次,它对法国读者进一步全面认识鲁迅的战斗实践和艺术实践,无疑是有积极意义的,而且它的出现也表明了,法国的鲁迅研究已由以往的零星、随感式的介绍向系统研究的转换。《作家鲁迅·1925年的展望,形象的象征主义与暴露的象征主义》一文,对鲁迅的《野草》和《华盖集》进行了细致的考析,提出了一些新的见解,是法国汉学界研究鲁迅的少见的佳作。文章认为,1925年虽然是鲁迅创作异彩纷呈的年代,但透过其创作的多样性,"仍然贯穿着一个基本的共同点,这就是象征主义"。《野草》所表现的是"诗的象征",即形象的象征,"这是鲁迅自我的萦绕脑际的思想戏剧化的形象体现"。而《华盖集》代表的是"论战性的象征",即暴露的象征,"它不是戏剧性的而是嘲讽性的,目的是使其揭露的意图更为强烈"。文章通过《野草》和《华盖集》中的具体作品的分析,相当缜密、透彻地论证了这一命题,研究之深入,见解之独特,给人留下了深刻的印象。这篇文章是作者有感于人们对鲁迅作品采用政治上的实用主义研究偏向而发的,它凝聚了作者对鲁迅研究中若干问题的思考,是"从严格意义上的文学观点出发","毫不犹豫地回到作品本身中去"进行考察和分析的一种可贵尝试。因此,它的出现,从某种意义上说,就具有鲁迅研究领域中"拨乱反正"的作用,值得重视。

第三,本时期汉学界已形成了一支训练有素的年青的鲁迅研究队伍,这支队伍无论在数量上还是在素质上都有很大变化。他们一般都经过前一时期或本时期较严格的中文训练,对鲁迅这位东方思想巨人怀有崇敬的感情,介绍鲁迅具有明确的目的,这就使得本时期鲁迅研究带有一种自觉的特点。译介过鲁迅的《朝花夕拾》和《华盖集》、编写过《鲁迅手册》的年青的鲁迅研究者弗朗索瓦·于连说,他之所以要如此热心地介绍鲁迅,是因为"鲁迅是了解中国的捷径"①。法国著名的鲁迅研究家鲁阿夫人,原先并非专攻汉学,驱使她研究中国的唯一原因是鲁迅。她说:"当我把兴趣转向中国的时候(早在去中国之前),我真想不到这个后来引起我兴趣的'中心',这个如此强烈地震动我自己生命的'心',竟是一个当时我几乎还未听说过的作家:鲁迅。"②她崇敬鲁迅,认为鲁迅是"我们时代的三四个最伟大的'战斗的知识分子'之一",尽管地理环境相隔,历史文化不同,但鲁迅的思想却"集中地反映了我们时代的基本斗争的主要内容"。鲁阿夫人学习鲁迅是为了"向新的高度攀登,以便看得更远"。为了使法国青年了解和认识这位中国近代思想先驱,她于1977年与巴黎第三大学于如柏教授组建了巴黎"鲁迅翻译中心",决心把鲁迅的全部著作系统、准确地介绍到法国。这个中心是法国当前鲁迅研究最重要、最活跃的力量,他们已翻译出版了鲁迅的《坟》,将要出版的有《花边文学》《二心集》。由于他们的努力,法国的鲁迅研究得以持续地、稳步地向前发展。

鲁迅研究的新潮头,迎来了茅盾、巴金、老舍、丁玲等作家的译介活动的全面高涨,形成了20世纪法国研究中国现代文化热。这个"热"是以巴

---

① 见弗朗索瓦·于连《华盖集》(法译本)序言第12页,巴黎,1978年。
② 米歇尔·鲁阿《向新的高峰攀登,我们会看得更远》(钱林森译),载《鲁迅研究年刊》,陕西人民出版社,1981年。

金的作品《寒夜》第一部法译本的问世为引发点的。《寒夜》自法国女翻译家玛丽·约瑟·拉丽特(Marie-Jose Lalitte)夫人精心翻译,于 1978 年在巴黎正式出版,这部作品一出版就轰动了法国的汉学界和新闻界,法国各大报纸电台纷纷撰文评介,称它是一部"杰作""经典作品",是人们期待已久的"最美的作品"。① 巴黎各大小书店都陈列着《寒夜》的法译本,人们以异乎寻常的热情争相购买、阅读。据法国汉学界人士面告,中国现代文学作品能真正打入广大读者群的作品,法译《寒夜》是第一本。在《寒夜》的影响下,早已由我旅法翻译家李治华先生译好的《家》也于 1979 年在巴黎正式出版。于是,法国译介巴金的作品一发而不可收,连续翻译出版了他的其他长期小说,如:1979 年由于如柏、白月桂女士译的《憩园》;1980 年由多米尼克·科里奥和德·埃马纽埃尔·佩塞那尔等合译的短篇小说集《罗伯斯庇尔和其他小说》(收入《罗伯斯庇尔的秘密》《马拉之死》《蒙娜丽莎》《我的眼泪》《房东太太》《马赛之夜》《好人》《亚丽安娜·渥伯尔伯》《一封信》《爱的摧残》等 11 篇);由佩乃劳珀·布尔热瓦等人合译的短篇小说集《复仇》(收入《复仇》《洛伯尔先生》《狮子》《发的故事》《玫瑰花的季》《第二的母亲》《蒙娜丽莎》等 8 篇);1983 年《春》译本出版;1985 年又出版了《长生塔》等译本。巴金成为除鲁迅外法国译介作品最多的一位中国现代作家。通过这些译介,人们看到了巴金作品的魅力和价值,看到了这位"中国的左拉"在世界文学中的地位,认为"巴金之于中国文学,正如托尔斯泰、高尔基、陀思妥耶夫斯基之于俄国文学,巴尔扎克、左拉、福楼拜之于法国文学,亨利·詹姆斯之于英国文学……"②给巴金以崇高的评价。巴金的作品跟鲁迅的作品一样,也开始进入法国大学讲坛,成为各大学中文系必修课之一;巴金的名字也为法国东方学者经常提及,成为广大读者群熟悉的名字之一。

在"巴金热"的感召之下,法国汉学界的有识之士,也把注意力投向了茅盾,开始对他的作品做系统的介绍,1972 年,巴黎首次出版了《子夜》的重译本。于如柏和白月桂女士于 1979 年已译完茅盾的《动摇》,译者专程到北京访问了茅盾,茅盾还为这部译著写了序。1980 年,法国翻译出版了茅盾短篇小说《春蚕》,同年黄育顺又把《路》译成了法文。1981 年,法国读者第一次读到了"迷人的小说"《虹》,而茅盾生前"作为一份奇妙的礼物奉

---

① 《朝圣者》1978 年 4 月 16 日。
② 《晨报》1978 年 4 月 28 日,巴黎。

献给法国人民"的《锻炼》①,也由鲁阿夫人、沈大力译成法文,于1987年正式出版。茅盾的作品介绍到法国后,虽然没有产生像巴金那样广泛的群众性影响,但他的独异的艺术却赢得了汉学界、文学界的激赏。他们说:"茅盾无疑是一位非常伟大的作家,也许是中国当代最伟大的作家。他的作品中横溢的创作才华,精湛的文风,抒情的气息,只有鲁迅才能媲美。"②赞叹他是描写时代的巨匠,称颂他创建了《子夜》这样的"宏篇巨著大厦",其"文笔之纯熟达到了令人目眩神移的程度","既有登临纵目、驾驭全局的气势,表现出一个阶层的没落,又善于察事物于毫末,将转瞬即逝的分秒捕捉到手"③。

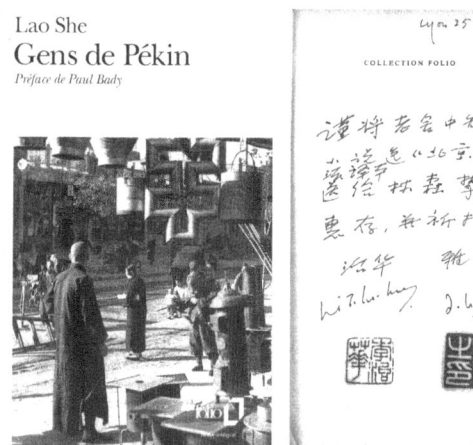

保尔·巴迪、李治华译老舍中短篇小说选《北京市民》(1982年)封面和扉页题赠

杜特莱译中国作家报告文学选《这里,生命也在呼吸……》(1986年)封底介绍

老舍也是本时期法国读者熟悉的中国现代作家。在40年前,他的《骆驼祥子》曾由英文转译成法文,但那时汉学界对老舍这部无与伦比的译作似乎没有给予足够注意。随着老舍作品的译介和研究的发展,他越来越引起法国汉学界的重视。本时期法国的老舍研究,以1973年《骆驼祥子》的

---

① 米歇尔·鲁阿《〈锻炼〉·序》,巴黎,1986年。
② 亚伦·贝罗贝《茅盾——希望与幻灭的描绘者》,载《世界报》1981年4月24日。
③ 苏珊娜·贝尔纳《走访茅盾》,载李岫编《茅盾研究在国外》,湖南人民出版社,1986年。

重译、出版为发端,1980 年《茶馆》在巴黎公演为发展,1982 年老舍短篇小说集《北京市民》的法译本问世为高潮。十年间,对老舍作品从翻译到评论都有了可观的发展。除上述作品外,介绍到法国的还有:保尔·巴迪译介的《老牛破车》;黄淑懿等人译的《全家福》;热内维埃夫·芳素思-蓬塞1982 年译的《猫城记》。老舍一部未完成的长篇小说《正红旗下》已由老舍研究专家保尔·巴迪和旅法华人翻译家李治华合力译成,于 1986 年出版。同年出版的还有这两位翻译家翻译的老舍的另一部小说《离婚》。在所有这些译著中,取得较大成就并产生较大影响的是《北京市民》,这部译著收了老舍 1933—1939 年间写的《断魂枪》《老字号》《我这一辈子》《月牙儿》《柳家大院》等九篇短篇小说,译文较好地体现了老舍作品的风貌,因而在法国公众中产生了强烈反响。一位法国读者说:"书中的人物以及风俗人情尽管是异邦的,从语言角度说,这本书竟像一本法文的原文小说集。"①随着作品翻译的增多,对老舍的研究也在深入。1983 年,保尔·巴迪以《小说家老舍》为题,通过了国家博士论文,成为法国和西欧研究老舍的第一位博士。他的这部论著以"新青年和爱国主义""绝望的中国""妥协的世界""人民和革命""短篇小说的写作技巧""作家的责任""北京社会的缩影""时代的峡谷"等九个部分作为全书的构架,看起来采用的是老式的、历史主义研究视角,但仍有不少新的发现。如,他论述到《离婚》时认为:

  作为小说的核心,如果说选择离婚,那么它绝不是为了小说情节的统一而主要是因为它涉及当前一个非常现实的问题。1931 年 11 月 26 日颁布、1931 年 5 月 15 日执行的新法律,引起了一场真正的革命,即每个人事先向对方提出离婚。然而,具有封建传统的中国,妇女向男方提出离婚总是遭到拒绝的。目前施行的新法律对妇女来说,无疑是一个进步,尤其对于女权同盟来说更是如此,这正像《大公报》刊登的读者来信说的。很显然,由于旧的婚姻制度使人们经常勉强地结婚,因此很多人选择对象的标准就是家庭妇女做家务劳动。这样,这已经成为道德问题。老舍在《离婚》中巧妙地利用了这个矛盾。②

---

  ① 李平《法译老舍中短篇小说选〈北京市民〉读后记》,载《欧华学报》1983 年 5 月第 1 期。
  ② 宋永毅《世界性的"老舍热"与各民族审美方式的异同》(未刊文,中国比较文学学会第二届年会暨国际学术讨论会材料)。保尔·巴迪在《离婚》法文本序中对这一观点做了新的阐述,可参考。

这就为《离婚》揭示了一个至今还没有为国内外老舍研究者们发现的时代与社会背景,值得重视。

丁玲是我国新文学史上个性独特而命运坎坷的作家,正因为如此,她也引起了法国汉学界的注意。惟其个性独特,才激起人们探求的兴趣,惟其命运坎坷才更引起人们的关注。50年代末,当丁玲由于众所周知的原因而从中国文坛消隐,几乎被国人忘却时,在法国仍有一些专修汉学的青年学者认真研读她的作品,她并没有被汉学家"忘记"。70年代,当丁玲沉冤昭雪,复出于文坛时,法国汉学界怀着怎样惊喜的心情欢呼她的新生啊!法国的丁玲研究就是在汉学界重新找回失去多年的这位中国文坛女杰的气氛中开展起来的。1980年,巴黎出版了题为《大姐》(即《杜晚香》)的丁玲短篇小说选法译本,包括她的近作《杜晚香》在内的八个短篇小说,同时组织专人迻译她的《太阳照在桑干河上》。同年6月,巴黎举行了中国抗战文学国际座谈会,会议期间,法、美、西德汉学家就丁玲的创作特点和风格进行了探讨。不久,被称为"中国当代文学的精心之作"的《牛棚小品》也被很快介绍到了法国。1983年5月,丁玲本人应法国政府之邀访问了法国,像英雄一样受到欢迎。其热烈程度充分表明:与其说人们把丁玲作为风格独特的知名女作家加以颂扬,不如说把她视为命运坎坷的女中豪杰加以崇奉。这既有文学内的意义,也有文学外的意义。然而,对于法国的文学研究者来说,丁玲独异的风格毕竟是他们探求的中心。他们对丁玲的创作进行了认真的思考,做出了十分相当的论述。有的说,丁玲的作品"有着强烈的主观性和个人需要的特征(特别是妇女的需要)。这些因素与社会是格格不入的"①。因此,表现妇女与社会"格格不入"是丁玲作品的重点。有的说,丁玲是个女权主义者,她的作品是女性的自我意识的表现,是女性主义的集中反映。② 这些论述确实从某一侧面触及了丁玲的风格,对我国研究界未必没有启发。

本时期译介到法国的中国现代作家的作品,还有《郭沫若诗集》(鲁阿夫人译,1976年)、《艾青诗集》(卡代里内·维尼尔译,1979年)、《冰心诗集》(安娜·程译,1979年)和曹禺的《雷雨》等。《雷雨》被法国人称为"沟

---

① 《论丁玲延安时期的小说〈夜〉》,载《抗战时期的中国文学论文集》,巴黎,1982年。
② 《〈三八节有感〉和丁玲的女性主义的文学表现》,载《抗战时期的中国文学论文集》,巴黎,1982年。

通中西文化交流的桥梁",作者曹禺因此荣获法国荣誉勋位团勋章。法国外长雷蒙先生在授勋仪式上说:"如果中国愿意,他的声音可以响彻云天,为人类的思想文化贡献许多天才。曹禺先生的作品就是有力的证明。"1980年,法国翻译出版了一本题为《奴隶的心》的中国现代作家短篇集,内收鲁迅的《白光》,巴金的《奴隶的心》,茅盾的《大鼻子的故事》以及夏衍、沙汀、赵树理、孙犁、王汶石、周立波、刘白羽等"对中国现代文学做出宝贵贡献的知名作家"的作品,出版者赞许了他们的非凡的才气,"表现出了今天已获得解放、掌握了自己命运的千百万奴隶心底的痛苦和希望"。中国现代作家的作品,不断地被译成法文在法国出版:1981年温晋仪女士译的李劼人的《死水微澜》,1984年李治华译的姚雪垠的《长夜》,1935年玛丽·奥尔兹曼译的谢冰莹的散文集《女兵》,1986年杜特莱译的中国作家报告文学选《这里,生命也在呼吸……》(内收朱自清的《执政府大屠杀记》,夏衍的《包身工》,曹白的《这里,生命也在呼吸》,宋之的的《1936年春在太原》,董钢的《开麦拉之前的汪精卫》,以及徐迟、魏巍、刘宾雁等人的名篇),1987年西尔韦和王路合译了钱锺书的《围城》等,都是法国人沿着20年代罗曼·罗兰寻找"中国贤智"的路径进行探求的重要成果。

## 第五节　对中国抗战文学的研究

中国作家代表团在巴黎中国抗战时期文学国际研讨会上(1980年6月16—19日)艾青和欧美汉学家(左边美国汉学家,右边德国汉学家顾彬)

中国作家代表团在巴黎中国抗战时期文学国际研讨会上(1980年6月16—19日)艾青和于如柏在会上(自右至左:于如柏、艾青)

中国作家代表团在巴黎中国抗战时期文学国际研讨会上(1980年6月16—19日)刘白羽和孔罗荪(自右至左:刘白羽、孔罗荪、顾彬)

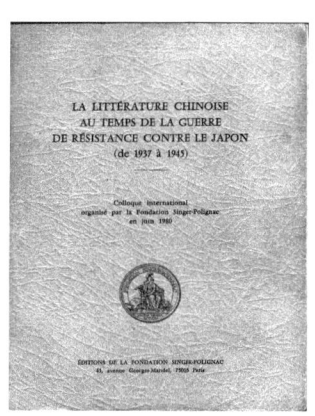

《抗日战争时期的中国文学论文集》(1982年),巴黎

在法国汉学史上,1980年可算是法国研究中国现代文学年。这一年法国出版了两部巴金短篇小说选译本,使法国读者读到了《家》之外的巴金佳作。法国人在这一年第一次读到了茅盾的短篇小说和丁玲的短篇小说。北京人民艺术剧院应法兰西喜剧院之邀访法,把老舍的话剧《茶馆》带到了法国,使法国观众第一次欣赏到了中国现代话剧艺术。而这年召开的巴黎中国抗战文学国际讨论会召开,则把研究中国现代文学推向了一个新的阶段。

中国抗战文学国际座谈会于1980年6月16—19日在巴黎召开,参加会议的除了法国汉学家外,还有来自美国、加拿大、德国、荷兰、意大利、中国香港等地的学者百余人。中国作家刘白羽、艾青、孔罗荪、吴祖光、马烽、高行健应邀与会。中国作家直接跟法国和西方汉学家聚会,这可能是有史以来第一次。

中国抗战文学是在光明与黑暗相搏斗的时代产生的,在中国现代文学史上占重要位置,然而却为东方和西方的研究者所忽略。法国汉学界举办的这次国际讨论会,旨在对这个尚未被人们重视的领域进行开掘、探索。他们认为,在抗日战争时期中国作家经历了法国作家1904—1944年抗战时期相类似的磨难与考验。在烽火与硝烟中,在与民族共存亡的斗争中,中国产生了许多动人的作品,涌现出了阿拉贡、艾吕雅和加缪式的大作家,对这些作家需要进行估价和认识。当时,在中国文坛公开论争的"作家与人民的关系、文学艺术的民族形式问题、知识分子政治态度、作家的社会问题",也跟同期法国文坛相似;中国作家提出的问题,当年法国作家也提出过。抗战文学究竟有些什么共同特征?这是需要学界深长思之的问题。同时,法国人认为:"就人类的智慧而言,民族的危机会使它结出丰硕的成果。""在被占领期间,作家面对着威胁,便会骤然发挥他的真正才华,创造出流传千古的作品。"①法国汉学界举办这次国际讨论会,就是要协同中国作家和西方汉学家在中国抗战文学这个园地上进行开掘,探究一下"异常多彩的中国文学流派和文学天才"②。因此,这次讨论会也是法国汉学家遵循罗曼·罗兰寻求中国文坛才智的方向,对中国现代文学进行更深层次的探索。

讨论会围绕如下七个专题进行了广泛探讨:抗日战争及其在东北的预兆;延安的大作家,向丁玲致敬;大后方的大作家们;文学里的抗战、革命与民族主义;四川才子;诗人们:向艾青致敬;戏剧与口头文学。与会者提交了数十篇论文,后来结集于1982年在巴黎出版,内选论文31篇,其中英文15篇,法文9篇,中文7篇。文论所及,几乎包括抗战时期的重要作家和各种文学体裁、文艺运动,是对中国抗战文学的全面大检视。

虽然论者多数仍然着重于作家作品分析,但由于他们在具体论述中能把握时代特点,并与中国现代文学发展相观照。这就使这些论文突破了个别作家单篇作品的封闭式评论格局,获得了一种比较深广的历史特点。如《1937—1945年的中国战时戏剧中的信念和经历》③一文,就是从时代出发,从具体作品分析入手而具有相当深度的论文,文章对洪深的《飞将军》,曹禺的《蜕变》《桥》,陈白尘的《乱世男女》《大地回春》《岁寒图》,宋之的的《雾重庆》,夏衍的《芳草天涯》,茅盾的《清明前后》等进行了考察之后,认为随着抗战的深入,作家的认识在深化。如果前期剧作如《飞将军》《乱世男女》《大地回春》等主要表现的是"中国人民精神和道德的关注",

---

① 阿兰·佩雷菲特《巴黎中国抗战时期文学国际讨论会上的祝词》,载《抗日战争时期的中国文学论文集》,巴黎,1982年。

② 阿兰·佩雷菲特《巴黎中国抗战时期文学国际讨论会上的祝词》,载《抗日战争时期的中国文学论文集》,巴黎,1982年。

③ 《抗日战争时期的中国文学论文集》第377—394页,巴黎,1982年。

那么后期剧作如《雾重庆》《清明前后》等所表现的,则是对"影响国家前途的社会和政治问题的关切和认识",前期剧作的主人公的矛盾、冲突是个人的,社会政治势力远不如个人来的强大。文章不仅论述了剧作家们的政治、道德信仰与艺术表现的一致性,而且指出了二者之间的矛盾性,从而对抗战时期的戏剧做出了政治与美学相结合的评价。《张天翼的战时讽刺艺术》①一文,通过《华威先生》《谭九先生的工作》《新生》等小说,精审微析进行多方面的比较,论述了张天翼作为新文学史上一位著名讽刺艺术家的创作特色,指明其讽刺对象是随时代的变化而变化的,文章写得有时代感。而《茶馆群兽》②一文则以鲁迅开拓的现实主义文学传统作比照,细致考析了沙汀的暴露与讽刺跟批判现实主义密切相连的关系,指出沙汀创作的全部特点在于:坚持现实存在的东西,写自己经历中最熟悉的事物。分析中不乏精当之论,给人以深刻的历史感。

　　这次探讨之深的特点还表现在对一些没有被研究界予以足够重视的作家或因某种原因而被埋没的作家进行新的发掘,做出新的评价,前者如端木蕻良、丘东平,后者如路翎。在中国文学史上,路翎是独树一帜而颇有成就的作家,由于众所周知的原因而几乎被文学界忘却。《论路翎的〈饥饿的郭素娥〉》③就是西方汉学家在中国抗战文学这块园地上进行挖掘的最初成果。这篇论文的价值不仅在于它通过郭素娥、张振山这两个狂放,雄强,显示人的原始力量的形象的透视,率先触及了路翎的风格,还在于它首先在西方"挖掘"出了埋没达20年之久的路翎本人,使人们想起中国这位命运坎坷、个性独特的作家,足见西方学者在审美探索方面很少有我国学界的束缚和拘谨。《笔,就是剑》④通过对《在茅山下》等小说的细致的分析,论证了丘东平的创作特色,肯定了他在中国抗战文学中的地位,认为"他的作品对完整地了解这一阶段的历史是不可多得的"。这篇论文的意义不仅表现在对中国抗战文学有过贡献的作家做出新的评价,而且表现在一位西方论者对丘东平这样一位用热血和生命献给人民解放事业和文学事业的作家的理解。《端木蕻良:科尔沁旗草原》⑤对《科尔沁旗草原》这样

---

① 《抗日战争时期的中国文学论文集》第377—394页。
② 《抗日战争时期的中国文学论文集》第243—260页。
③ 《抗日战争时期的中国文学论文集》第267—280页。
④ 《抗日战争时期的中国文学论文集》第101—112页。
⑤ 《抗日战争时期的中国文学论文集》第13—55页。

一部尚未引起我国学界重视的小说第一次做出了全面评析,指出端木蕻良的这部"自传体史诗","不仅为随后歌颂全国抗日运动的英雄主义小说树立了榜样,而且也是现代中国许多预见到共产主义最终胜利的历史小说的先驱",虽然"在风格和手法上存在不足,但仍不失为30年代一位作家从正反面表现中国最有抱负的作品"。

中国的抗日解放斗争是国际反法西斯斗争的一部分。中国抗战文学属于国际无产阶级文学的一翼,是与其他国家反法西斯文学互为影响和联系的。从比较的角度来探讨这种内在的联系是需要研究者来开拓的新课题。《〈八月的乡村〉与无产阶级文学》①一文是这方面最初的尝试,文章将《八月的乡村》与法捷耶夫的《毁灭》、绥拉菲摩维支的《铁流》做了比较研究,认为《八月的乡村》是一部闪耀着"社会主义俄国式无产阶级文学的光辉"的作品,作者萧军"是在几部杰出的'无产阶级革命文学'所提供的范围内进行创作的",他涉及的问题,诸如群众、领导、面对优势敌人的革命战争、纪律及由此产生的矛盾等等,都受到苏俄两部作品的影响。不过,文章指出,萧军着重描写的主要是"自我和自我强加于己的社会准则及目标之间的冲突",因而使萧军在文风和思想方面都发展了独特的、中国式描写人物、情景和过程的方法,即"取消矛盾的方法",将这部作品置中外文学比较背景下考察,就为理解它的独异性提供了一个新的视角点。从中外文学比较的角度来认识和估价中国抗战文学,是一个十分重要的课题,在这方面只是开了个头,需要更多的研究者进一步开拓。

抗战文学讨论会的主持者法国汉学家于如柏先生曾经指出,这次讨论会未能将海外华人文学,特别是东南亚华人文学,也没有将巴金、赵树理、萧红、胡风等人列为专题研究,是一个不足。然而,他说,综观会议取得的成绩,这次探讨为研究中国抗战文学"迈出了一大步","留下了继续研究的路标",②从其探讨的问题的广度和深度看,此次会议,对中国抗战文学这块园地恰如一次全面的春播,收获是肯定无疑的。如果从与会的人数和广泛的代表性来看,则不仅有会内的学术收获,还有会外的对话意义。这次会议本身就标志着一种对中国文学更深层次的探讨,而中国作家与汉学家一起讨论中国文学,更具有开风气的意义。

---

① 《抗日战争时期的中国文学论文集》第57—69页,巴黎,1982年。
② 《抗日战争时期的中国文学论文集》第389页。

以上我们就中国现代文学在法国的传播做了简略的历史回顾，从这一回顾中可以清楚地看到，法国对中国现代文学研究的历史，就是汉学家对以鲁迅为首的现代文坛上的天才反复探求的历史。虽然，这种探索因汉学发展的内部条件和外部因素，在各个阶段的发展是不平衡的，但是，自从罗曼·罗兰半个多世纪以前开创这种探寻风气以来，汉学家的这种探索始终没有停止过。他们在这方面所获得的成果，对加强中法两国文化的总体交流，促进两国人民的彼此了解，无疑具有重大意义。而且，这种反复探求的本身还向我们揭示了这样一个事实：中国文学在国外的影响，不仅取决于外部因素，还取决于内部因素。也就是说，不仅取决于国外汉学的发展，而且取决于中国文学本身的发展。它告诉我们，我们的文学已经在国外产生了可观的影响，但要真正走向世界，除了提高翻译质量，继续加强文化交流以外，重要的就是要发展自身，造就像鲁迅那样能激起人们探索，需要人们探索的文化巨人。因此，法国对中国现代文学研究的历史，又是一部使我们感奋，促我们深思的历史。

# 第六章
# 中国现代小说家在法国

## 第一节　东方文化巨人与西方知音
## ——鲁迅在法国

　　自然，人类最好是彼此不隔膜，相关心。然而最平正的道路却只有用文艺来沟通……

　　　　　　　　　　　　　　——鲁迅《呐喊·序》捷克文

　　这是一篇明确的富于讽刺的现实主义艺术杰作。……阿Q的可怜的形象将永久地留在人们的记忆里。

　　　　　　　　　　　　　　——罗曼·罗兰对《阿Q正传》评语

　　在中国现代作家中，与世界文学联系密切，而又最享有世界声誉的，无疑是伟大的鲁迅。鲁迅生前注重外国文学的介绍与吸取，是一个借异域之石，攻本国之玉的好手，为建构中国新文学留下了里程碑式的作品，而这些作品又为世界各国介绍和研究，在异域广泛流传，成为人类共享的文化财富。

　　鲁迅的文学事业肇始于外国文学的介绍。如果从1907年，他写《摩罗诗力说》算起，直至逝世前翻译果戈理《死魂灵》。30年间他从未停止过外国文学的翻译和介绍工作。"因此，可以说，鲁迅一生的文学活动，是以翻译介绍和研究外国文学开始，而又以这一工作告终的。"[①]鲁迅译介外国文

---

[①] 戈宝权《鲁迅在世界文学上的地位》，载《鲁迅研究年刊》，陕西人民出版社，1981年。

学是从法国文学开始的。1903 年,他就抱着"改良思想,补助文明"①和"为人生"的目的,翻译了凡尔纳的科幻小说《月界旅行》《地底旅行》和雨果的《随见录》中的《哀尘》。② 虽然鲁迅后来关注的重心并不在法国文学,但他与外国文学的联系却始于法国。饶有趣味的是,鲁迅的作品最早介绍到西方也是在法国。中外文化交流中的这种偶然现象,表明了鲁迅与法国之间有一种不解之缘。

## 一、一个"迷人"的课题

最先将鲁迅的《阿 Q 正传》译成法文的敬隐渔是最早将罗曼·罗兰的《约翰·克利斯朵夫》介绍到中国的译者。这种巧合无意中在中法这两位文化巨人间架起了一座桥梁,替"中国贤智"找着了一位法国"知音"。

据戈宝权先生研究③,敬隐渔译的《阿 Q 正传》曾深得法国学界的好评。巴黎某杂志主任就曾称许"译文是极精细的而富于色彩的"。但照鲁迅看来,译文"未必诚挚"④,而且"还只有三分之一,是有删节的"⑤。敬隐渔删去了原作的第一章《序》,把第三章《优胜记略》改为译文的第一章,其他各章相应改动,第九章改为第四章,《大团圆》为标题改译为《再见》,这种译法,法国鲁迅研究专家鲁阿夫人也认为是不合适的,因为将它还原为中文"可能会译成《特殊荣誉》,因此会改变整个语气,改掉了作者想赋予主人公去死的含义"⑥。敬隐渔因介绍过罗曼·罗兰的作品而一度与之关系甚密,他将《阿 Q 正传》法译本寄给罗曼·罗兰。据敬隐渔自己说,深得这位法国文豪的赞许:"您的译文是正确的、沉畅的、自然的。"罗曼·罗兰十分欣赏鲁迅的《阿 Q 正传》,给予了高度的评价,经他推荐,敬氏的这部译作便发表在享有盛名的《欧罗巴》杂志上。从此这两位素未谋面而又互

---

① 鲁迅:《科学小说〈月界旅行〉辨言》,见《鲁迅译文集》(第 1 卷)第 4 页。
② 《哀尘》本名为《芳汀的来历》,是雨果《悲惨世界》的素材。
③ 戈宝权《阿 Q 正传在国外》第 30—43 页,他在本书中,对敬隐渔译的《阿 Q 正传》法译本问世、流传及罗曼·罗兰对这部著作的评价都有周详的疏证,本文有关这方面的论述,除注明出处外,多据此。
④ 鲁迅 1934 年 3 月 24 日信。
⑤ 鲁迅《阿 Q 正传的成因》。
⑥ 见米歇尔·鲁阿《罗曼·罗兰和鲁迅》,载《欧罗巴》1982 年 1/2 月号,第 633—634 期。引文据王祥译《中国比较文学》1984 年第 1 期,第 211 页。

相倾慕的文化巨人,便以中国现代文学这部奠基之作为契机,进行了中法文化交流史上高层次的"对话"。

在西方,罗曼·罗兰是对《阿Q正传》做出正确评价的第一人,从他对这部作品的理解来看,不愧为鲁迅的一位"海外知音"。由于他们在中法文学史上的重要地位,由于他们的人生"旅程"和创作道路有不少相似之处①,因此,罗兰对《阿Q正传》的介绍与评论,不仅在当时为鲁迅所关切,而且已成为中法文化关系史上举世瞩目的盛事,愈来愈引起研究两国文化关系的专家的重视,成为他们的一个"迷人"的课题。② 在中国,最先公开披露罗曼·罗兰评论《阿Q正传》消息的,是1926年3月2日《京报》副刊上署名柏生的文章《罗曼·罗兰评鲁迅》,文中有这么一段:

> 昨接全非先生由法国来信,中有一节关于罗曼·罗兰论鲁迅先生的《阿Q正传》的:
>
> 鲁迅先生的《阿Q正传》,由一位同学敬君翻成法文,送给罗曼·罗兰看,罗曼·罗兰非常称赞,其中有许多批评话,可惜我不能全记,我记得两句是:这是充满讽刺的一种写实的艺术。……阿Q的苦脸永远留在记忆中。

据戈宝权先生研究,柏生就是副刊的编者孙伏园,"全非"即孙伏园之弟孙福熙,时正在法国里昂留学。但是罗曼·罗兰对《阿Q正传》的评语,鲁迅生前只约略地知道个大概,并没有看到罗氏确切的书面文字,对此,他曾多次表示过遗憾。他在1933年12月19日给姚克的信中这样写道:

> 但是,我想罗兰的评语将永远找不到。据译者敬隐渔说,那是一封信,他便交给创造社——他又在法国,不知道这社是很讨厌我的——请他们发表,而从此就永无下落。这事已经太久,无可查考,我

---

① 对此,茅盾在纪念鲁迅逝世二十周年大会上的报告中,曾做过分析,他说:"我这个人有这样的感想,如果把鲁迅和罗曼·罗兰相比较,很有相同之处。……罗曼·罗兰在解释他'是从什么地方,从什么时代的深处来到',曾经沉痛地说,他的童年和青年时代是一直在悲观主义的重压下度过的。同样地,鲁迅也经历过'寂寞和空虚'的重压,而鲁迅的'旅程'好像比罗曼·罗兰的更为艰苦……"

② 米歇尔·鲁阿《罗曼·罗兰和鲁迅》。

以为索性不必寻找了。

后来,许寿裳先生在他的回忆录《亡友鲁迅印象记》中,也记录了此事:

> 他(指鲁迅)又告诉我:"罗曼·罗兰谈到敬隐渔的法译《阿Q正传》,说道:'这部讽刺的写实作品是世界的,法国大革命时也有过阿Q,我永远忘记不了阿Q那副苦恼的面孔。'因之罗氏写了一封给我的信托创造社转致,而我并没收到。因为那时创造社对我笔战方酣,任意攻击,便把这封信抹杀了。……"鲁迅说罢一笑,我听了为之怃然。

很长时间以来,中国学者只从《京报》柏生的文章和许寿裳回忆录中透露出来的消息,知道罗曼·罗兰曾对《阿Q正传》做过诸如此类的评论。但对罗氏的确切评价都毫无所知。直到70年代末、80年代初,我国外国文学专家戈宝权、罗大冈先生认真考察,多方追索,才对中法文化史上这一"迷人"的课题取得了重大突破。戈宝权先生发现了敬隐渔1926年1月24日从法国里昂给鲁迅的原信,从中我们得知罗曼·罗兰对《阿Q正传》曾做过这样的评价:"《阿Q正传》是高超的艺术的作品,其证据是在读第二次比第一次更觉得好。这可怜的阿Q底惨象遂留在记忆里了。"这种评价得到了当年敬隐渔里昂留学时的同学林如稷的证实,据林的回忆,罗曼·罗兰在给敬隐渔的信中,曾对《阿Q正传》这么评论过:"这是一篇明确的富于讽刺的现实主义杰作。……法国大革命时期,也有过类似阿Q的农民。……"罗大冈先生在罗曼·罗兰夫人的协助下,从罗曼·罗兰留下的文札中,找到了当年他写给《欧罗巴》杂志编者巴查尔什特的原信,其中有关《阿Q正传》的文字是这样的:

> 我手中有篇不长的故事(较长的短篇小说)的稿子,是当前中国最优秀小说家之一写的,由我的《约翰·克利斯朵夫》的青年中国译者敬隐渔译成法语。这是乡村中一个穷极无聊的家伙的故事。这人一半是流浪汉困苦潦倒,被人瞧不起,而且他确实也有使人瞧不起的地方,可是他却自得其乐,并且十分自豪。(因为一个人既然扎根于生活之中,就不得不有点值得自豪的理由!)最后,他被枪毙了,在革命时期被枪毙,不知道为什么。使他郁郁不乐的却只有一件事,那就是当

人们叫他在供词下边画一个圆圈时（因为他不会写自己的名字），他的圆圈画不圆。这篇故事的现实主义乍一看好似平淡无奇。可是，接着您就发现其中含有辛辣的幽默。读完之后，你会很惊异地察觉，这个可悲可笑的家伙再也不离开你，你已经对他依依不舍。①

罗曼·罗兰的这段文字，对《阿Q正传》的思想艺术做了一个简约而精当的评论。身为一个异邦人，他对在中国民族土壤上孕育形成的阿Q性格，难免有某些隔膜之处，但这段评论确实不乏新鲜的见解，甚至真知灼见。罗曼·罗兰一方面称阿Q"被人瞧不起，而且确实有使人瞧不起的地方"，表现了与鲁迅"怒其不争"的精神相吻合，另一方面又从深厚的人道主义精神出发，认为阿Q确有自豪的理由："因为一个人既然扎根于生活之中，就不得不有点自豪的理由！"表现了罗曼·罗兰对阿Q性格的一种"宽厚的谅解"②，这显然与鲁迅的"哀其不幸"的感情相通。所以，他称阿Q这个"穷极无聊的家伙"是"可悲可笑"的人物。罗曼·罗兰对《阿Q正传》的艺术评论，更表现了他的卓识。他敏锐地指出这部小说"乍一看好似平淡无奇"，读下去就"发现其中含有辛辣的幽默"，读完之后，"这个可悲可笑的家伙再也不离开你，你已经对他依依不舍"了。这正是鲁迅小说"平淡中见神奇"，寓庄于谐的现实主义特点的准确描述，充分体现了这位西方"知音"对东方"贤智"的充分理解。

作品是作家心灵的一面镜子，对一个作家的理解，首先在于对其作品的认识。罗曼·罗兰对《阿Q正传》深切理解，实际上为法国人开辟了一条通往认识鲁迅的道路。后来的汉学家大凡都是沿着这条路径去追寻、认识和理解这位中国文化伟人。追索的中心自然仍然以鲁迅的杰作《阿Q正传》为依据。1953年，克洛德·罗阿为保尔·雅马蒂翻译的《阿Q正传》写了一篇序言，在序言中称鲁迅的这部小说是"震撼心灵的杰作"，它表现的是"人的主题"，"书中浸透的人道主义精神""深深地拨动了"西方读者的"心弦"。他说，鲁迅对阿Q境遇的关注，"不仅是对不幸者命运的一种恻隐之情，一种普泛的朦胧的温情，而是带有对世人的一种关切之情，一种强调自我应获得做人的资格的令人钦佩的坚强意志"，而"作为知识分子的鲁迅，他对雇工阿Q的人生境遇，感同身受，他首

---

① 罗大冈《罗曼·罗兰评传》第418—419页，上海文艺出版社，1979年。
② 张华《怎样理解罗曼·罗兰对〈阿Q正传〉的评语》，载《西北大学学报》1983年第2期。

先是将自己置身于这个可怜者境遇之中"。克洛德·罗阿指出：像阿Q之类的劳苦者在中国多达几千万人，"鲁迅通过自己的观察和想象，凭借自己的批判精神和灵敏的感受力，使这些劳累不堪者的苦楚带有自己独有的印记。鲁迅试图竭尽一切努力同这些劳苦者打成一片，他是真正地对这些人的生活境遇充满着深切同情的"。这是《阿Q正传》能够直接打动西方人心灵的原因。在克洛德·罗阿看来，《阿Q正传》又是一部"地地道道的心理小说"。鲁迅"以非凡的天才描述了阿Q的奇特的心理结构"，以"鞭辟入里而又准确无误"的笔致，对一个在世上一无所有，甚至连自己做人的尊严也丧失殆尽的人的内心活动进行了分析，他完全采用心理叙述的手法，从那些被剥夺了自身尊严的人的内心深处来解释什么是人的尊严，这在世界文学中也许是第一次。他认为："中国的革命，就其本身来说，它不仅仅给了中国人以住房、工作以及由面包和鲜花构成的那种幸福，它还给了阿Q至死都没有能得到的东西，那就是对人生尊严自由而热烈的渴望。"而鲁迅的思考、著作和行动都是为了促进这个革命的早日到来，因此，阅读《阿Q正传》这样一部作品，也许"才能最好地领会到鲁迅的这一特点"，表现了对鲁迅的正确认识和深切理解。

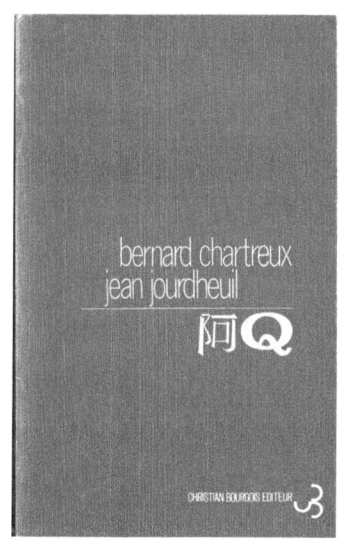

让·儒尔德伊、贝尔纳·夏尔特纳合著《阿Q》(剧本,1975年)书影

鲁迅《短篇小说》法译新版(1976年)书影

法国人围绕《阿Q正传》的探究远没有止息,在70年代"鲁迅热"的高潮中,1975年法国同时出版了两本《阿Q正传》的单行本:一是马蒂纳·瓦莱特-埃梅里翻译的《阿Q正传》新译本,一是让·儒尔德伊和贝尔纳·夏尔特纳根据鲁迅小说改编的剧本《阿Q》。同年,由巴黎水族剧团上演,阿Q第一次登上了西方舞台。编者编写这个剧本的动因是为了对"五月风暴"①进行"辛酸的反思",有深刻的政治背景。编者在《告读者》中说得很明确:"1968年的五月风暴曾使我们一时激动过,就像1911年革命激动过阿Q一样,我们需要若干年,才能做鲁迅用审视的目光观察阿Q一样,来审视我们自己。起初我们曾竭力试图把幻灭的时刻往后推延,后来我们才发现尽管情况有所不同,但相比而言,鲁迅涉及的某些主题,可以反映我们这一代部分人的精神状态。1911年革命之后的10年,鲁迅写了一部充满辛辣讽刺的连载小说《阿Q正传》,1968年'五月风暴'之后的6年,我们把这部连载小说改编为一部'悲剧'……"显然,借鲁迅小说浇胸中块垒,返观现实,正是改编者的创作动因。为了把握住阿Q这个角色,他们对原著进行了认真的研究,提出了一些颇为引人深思的见解。他们认为:处于"未来和过去相交替的时代"、产生于中国"腐烂的封建社会之中的阿Q",不是"机灵的仆从",而是一个"未脱去祖传旧日粗俗的奴隶",其特点正在于"他既向往世界真正的变化,又永远无法与旧世界割断联系","他的根源与其从资产阶级登台后的欧洲戏剧中机灵的仆人中去寻找,不如从滑稽怪诞的传统中去寻找",他的命运发展,要么"蜕化为一个机灵的仆人",要么"怀着一种难以言明的悲剧性的崇高,从人世间消失掉"。基于这样的见解,编者把鲁迅这篇小说写成一部"悲剧"。他们说,这不是欧洲"传统文学体裁的悲剧",而是"介于'悲剧'和'民间喜剧'之间的东西",说到底,"只是一出反悲剧",因为它描写的不是伟大的英雄,而是"芸芸众生,其目的与其是净化,不如说是谴责"。他们称《阿Q》一剧的人物设置和情节安排,受到了布莱希特的影响,他们立意将阿Q塑造成帅克和阿兹杰克②。因此舞台上的阿Q与鲁迅原著中的阿Q就相去甚远。剧本以鲁迅小说中的故事为情节线索,以原故事发生的地点划分场次,全剧共二十六场,从第

---

① "五月风暴",系指1968年5月,法国学生风潮。这次风潮的结果,导致戴高乐政府倒台。
② 帅克为布莱希特的《第二次世界大战中的好兵帅克》的人物。阿兹杰克为布莱希特《高加索灰阑记》中的人物。

一场阿Q、王胡迎候赵太爷儿子乡试回家到终场阿Q广场就义,基本忠于原著,阿Q的屈辱性格,及其"革命性"也基本上得到了展示,保留了原作风貌,但也有几处重大的改动:一是把《祝福》中的故事移植过来,把吴妈变成了祥林嫂,为了强调吴妈、阿Q在赵家的辛劳,作者还随手引出了《诗经·七月》以烘托气氛。二是添上了两个道家老人,作串场人物,渲染了生死天定的玄虚的悲剧色调。三是突出了阿Q性格油腔滑调的一面,许多地方使人看了这个东方的阿Q更像莫里哀戏剧中狡黠饶舌的仆人。鲁迅生前曾告诫国人,对待阿Q"实不以滑稽或哀怜为目的"。他不赞成将小说改编成电影,以免"一上演台,将只剩下滑稽"。法国上演的《阿Q》悲剧,显然没能避免这个弊病。

## 二、"向新的高峰攀登,我们会看得更远"

如果说,20年代罗曼·罗兰由激赏鲁迅的艺术认识了鲁迅。那么70年代法国汉学家则多由崇敬鲁迅的思想才开始了解鲁迅,显示着这位东方文化巨人对西方的一种巨大魅力。由艺术入手,可通向对鲁迅的美学探究,从思想出发,则导致对鲁迅做总体的政治评价,这确实是了解鲁迅这样一个伟大文学家和思想家两个不同途径。

法国汉学家鲁阿夫人就是由鲁迅思想的吸引而步入了解鲁迅,追随鲁迅的道路,成为当今法国研究鲁迅的知名学者。她早年从事古希腊文、拉丁文教学和研究,后来才改学中文,专攻汉学,兴趣转向了中国。诱发这种兴趣"转向"的还是鲁迅思想的引力。她这样说过:"我自己之所以抛弃古希腊、拉丁文研究而去探索中国,绝非是偶然的选择,或像人们决定到阿根廷、巴塔哥尼地区或到富图纳岛去游览观光一样,而因为中国是个思想故乡。"[①]在这个"思想故乡"里,鲁迅是"最突出"的一位思想家。他给西方战斗的知识分子提供了"要寻求的东西":为真理而战的榜样和深刻的智慧力量。她称鲁迅为"大师",对鲁迅充满真挚的感情,她的案头放着题有"横眉冷对千夫指,俯首甘为孺子牛"的鲁迅塑像,墙上挂有"鲁迅在北京女师大"的油画。她不无感叹地说:"有时我感到一种奇特的遗憾,就是我

---

① 见鲁阿夫人为纪念鲁迅百周年诞辰而撰写的专论《向新的高峰攀登,我们会看得更远》,译文由钱林森译,载1981年《鲁迅研究年刊》第407—411页,陕西人民出版社。本段引文均据此。

没有能成为那些围着'长长的红色围巾'的女大学生中的一个,目光凝望着他,静候他的教诲和斗争的鼓舞,就像画上所看到的那样。"70年代初,她怀着"当年鲁迅所乐意做的""窃火者"的心情,来到了北京,瞻仰了鲁迅的故居,并激动地写下了这样一首诗:

> 我坐在这个位置上,
> 这是您学生聆听您教诲的地方,
> 我聚精会神地凝视您当年的痕迹,
> 您的丰功伟绩历历在目。
> 尊敬的大师啊,为了法兰西人民,
> 应当怎样来擦亮我们的武器呢?
> 我在思索你为我们讲述的道理,
> 眼眶里充满着滚烫的泪花。

鲁阿夫人《诗歌》(1981年)、《中国语言和文字》(1979年)书影

鲁阿夫人译鲁迅《阿Q正传》(1990年)封面与扉页题赠

可见,鲁阿夫人是把鲁迅作为思想导师加以追寻、崇奉的。她还不止一次地说过,她介绍鲁迅是入了"窃火",为了"登上高山之巅,从高处我们看得更清楚,从这个高度,我们也可以对自己国家的现实和未来看得更清楚"。这是鲁阿夫人研究鲁迅的切入点和出发点。这种切入点无疑是思想、政治的选择。我们注意到,她是在国际和国内极为错综复杂的"路线"

斗争的背景下做出这种选择的。作为一个严肃的马克思主义者,她的这种选择绝非是随意的政治游戏,而是经过痛苦探索,付出昂贵代价的信仰的"转换"。唯其如此,她的抉择才显得那么真诚可信,她对中国、对鲁迅的信念和热爱之情才显得那么执着、可贵。她曾说过:"我像人们爱一个活生生的人一样,热爱鲁迅,因为他像活着的人,能在黑暗的日子里驱除气馁,即使在连续不断的困难中,整天读它(鲁迅著作),翻译它,解释它,就会使人心境平静。请不要说,这是勤勉一天的收获,是摆脱社会生活的喧闹而取得充裕、悠闲的休息。不是,要永远胜过这些,应当说是,准备更勇敢,更准确地攀登新的高度,从那里我们就看得更清楚,看到通向未来的道路……"为了使更多的法国人能登上这个"新的高度","看到通向未来的道路",从70年代初,她就致力鲁迅作品的翻译和介绍,曾先后出版过《革命文学》、《这样的战士》(鲁迅诗歌、杂文、散文选译)、《门外文谈》、《论战和讽刺:杂文选译》(内收《春末闲谈》《无声的中国》等30篇杂文)、《中国语言和文字》、《鲁迅诗歌》、《妇女们非人的命运》(鲁迅小说杂文选译)等鲁迅作品译文单行本,撰写过《鲁迅》《谈点鲁迅》等多篇文章,为法国人认识这位"中国贤智"做出了可贵的贡献。由于她的积极倡导,由于她和其他汉学家的共同努力,在法国掀起了一股介绍、学习鲁迅的热潮,造成了一种"鲁迅奇观"。这种"奇观",无疑是70年代中国"鲁迅热"在西方的一种积极的回响,但从根本上说来,却是鲁迅本身的力量所产生的一种直接结果。对此,鲁阿夫人说得十分明确:

> 那么为什么在我们热爱鲁迅的人看来,总觉得产生了"鲁迅奇迹"呢?我们最牢固信念的"纽带",我们这种把鲁迅看作"中心"的真正动机,可以叫作什么呢?我们确实把鲁迅跟布莱希特和葛兰西①一样看作是我们的同胞,我们最好的同胞;或者说是我们的近邻。尽管地理环境的隔绝,文化历史的不同,但他的思想却集中反映了我们时代基本斗争的主要方面。要不是这个原因,还能有什么别的原因呢?这个斗争没有结束,这就是为什么我们觉得鲁迅对我们来说,还是那

---

① 葛兰西(1891—1937)意共创始人,著名作家。鲁阿夫人认为鲁迅在"左联"内部的思想斗争所采取的立场,犹如法国伟大诗人保尔·艾吕雅之于多列士,德国布莱希特之于卢卡契、意大利的葛兰西之于陶里亚蒂,称鲁迅是这三四个最伟大的"战斗的知识分子"之一。

样珍贵、那样鼓舞人,无论在思想武装方面,还是在日常实践斗争中都还是那样直接有益。

这是法国汉学家接受鲁迅,从而产生"鲁迅奇观"的生动表述,也是他们研究鲁迅、理解鲁迅的一种新角度,即政治思想观照的角度。对鲁迅做政治思想的观照,既可以通向理解鲁迅的道路,也可以通向误解鲁迅的道路,这是由于,思想评价往往与评论者自身的政治取向纠结在一起,而呈现出十分复杂的局面。而像鲁迅这样一个孕育在极为复杂的斗争中、具有鲜明政治倾向的作家,一旦成为世界性的作家之后,是极容易被人理解,也极容易被人误解,甚至曲解的。70年代,鲁阿夫人与皮埃尔·里克芒斯围绕鲁迅《野草》的评价所引起的争论,就反映这种复杂情况。皮埃尔·里克芒斯于1975年翻译出版了《野草》,他在"导言"中,称鲁迅追求的是一种"为矛盾所苦恼,为怀疑所折磨,为虚无和绝望所困惑的思想意识,是不可救药的独立的、个人主义思想"。说鲁迅《野草》的伟大之处就在于它把"政治的把戏压小到最低限度、自由的创造发挥到最大高度"。这种语言显然是评论者出于某种政治动因,向非文学滑行的表白。因而他的研究在通向认识鲁迅的道路上,必然产生大幅度的滑坡,滑向歪曲鲁迅的歧途。果然不久,他在后来论鲁迅的《死火》的文章里,由《野草》生发,进而全面否定了鲁迅,正是他在这条斜坡继续滑行的合乎逻辑的结果。他在这篇文章坚持认为:鲁迅"既非思想家,又非理论家",甚至是否够得上一个作家,还要打个问号。因为鲁迅的杂文说到底,只是"对'中国人国民性'漫长、无情而痛苦的探究"之老调,他的小说除了《阿Q正传》之外,只不过"暴露出鲁迅作为幽禁在狭小角落里的痛苦、敏锐、精细、病态的艺术家而已,他的内心世界只是悲观主义、绝望、死的困扰、虚无的诱惑一种复合的存在","他的犹豫、矛盾、疑惑和反常不仅使他的同道感到困惑,而且也使他的对手感到困惑"。只不过是"惹人厌烦的同路人"……总之,在西方批评家"独有"的政治视角观照下,鲁迅完全变了形。足见一个批评家若是带着主观的甚至心造政治意图来评品鲁迅,不管他如何自诩"公正""客观",都会对鲁迅产生可悲的误解和曲解,不管他号称如何"尊重历史事实",都将对历史的真实的鲁迅产生可怕的落差和偏离! 出来纠正这种偏差的是鲁阿夫人,她于1975年发表了《保卫鲁迅,反击皮埃尔·里克芒斯》专论,从《野草》产生的时代背景入手,结合当时中国思想界、政治界的斗争实际,论述了《野草》思想意义,纠正了皮埃尔对鲁迅这部著作的曲解,同时指明鲁迅的文学活动和中国无产阶级解放斗争是分不开的,和党的路线相一致,有力地回击了他对鲁迅的攻击,捍卫了鲁迅的正确方向,这对法国人正确认识鲁迅无疑是有积极意义的,应当给予高度的评价。

但是,我们必须看到,围绕《野草》这场论争与评价主要还限于政治、思想领域,虽然这是理解鲁迅不可或缺的方面,但它毕竟掺杂着太多的非文学的因素,而使研究者难以对鲁迅进行准确的评价,而且,这种带有浓重政治色彩的评判与论争,即便是贴近鲁迅的正确评价,也难以摆脱功利主义的倾向,势必会影响到对鲁迅的真实把握。同时,我们还应当看到,70年代法国的"鲁迅奇观",固然是鲁迅力量的生动明证,固然是法国人对鲁迅一腔热情的真实流露,但它与当时中国鲁迅研究中所出现的"造神"思潮,并非没有联系,也会使研究者在对鲁迅的观照中出现某种失真失准之处,这是毋庸讳言的。

### 三、"毫不犹豫地回到作品本身中去"

鲁阿夫人著《保卫鲁迅,反击皮埃尔·里克芒斯》(1975年)封面

于连著《鲁迅:写作与革命》(1979年)封面

突破对鲁迅纯思想、政治的考察,回归到文学本身探究中来的是法国后起的一些研究者。这种回归,既是对 20 年代罗曼·罗兰传统的一种继承,也是对 70 年代盛行在中国和西方鲁迅研究界的一种时尚的反拨。对这种时尚,青年学者弗朗索瓦·于连就曾做过这样的批评。他说,长期以来,中国总习惯于对鲁迅其人、其文的"革命特质做单一的""一成不变"的解释,而忽略作品本身的"细致准确的分析",①其批评之道,又多袭用"知人论事"的路数,注重鲁迅生平传略的考察,更有甚者,将鲁迅研究导向政治实用主义,"中国革命每'深入一步',都要把革命口号同鲁迅联系在一起,把鲁迅视为革命思想的确切体现者(如鲁迅是'将革命进行到底'的反修战士;鲁迅斥责狄克;鲁迅提倡学日语;鲁迅赞成向西方开放……)",这就势必使鲁迅的作品"失去它可靠的内在含义","鲁迅就不得不沦为为意识形态服务的木偶"。② 这种风气传到西方,竟然也使一些西方汉学家效仿,导致他们运用自己对中国的政治认识来评估中国人对鲁迅所做的这些解释,而不管这些解释是否符合鲁迅原作的精神。他认为,这不是把握真实鲁迅的门径。补救的办法在于从严格意义上的文学观点出发,"毫不犹豫地回到作品本身中去"③,对鲁迅作品进行细致的研究。因为据他认为:"如果有一个真正的鲁迅,那就是他作品中的鲁迅,只有透过作品的研究,我们才能发现他。"④他的《鲁迅:写作与革命》和《作家鲁迅:1925 年的展望,形象的象征主义与暴露的象征主义》等论作便是从鲁迅作品探寻"真正鲁迅"的重要成果。前者就鲁迅《故事新编》中的《补天》,《呐喊》中的《狂人日记》以及《华盖集》《野草》《朝花夕拾》中的作品进行"双重的破译",即本文的破译和背景的破译,"从作品原有的清新的内容中去考察作品本身不可剥夺的思考深度",多有所见;后者则结合《华盖集》《野草作品本身的分析,论证了鲁迅在散文诗和杂文中的象征主义特色,颇具见地。他认为,《野草》中"诗的象征",主要是建立在虚构的,更多是梦幻被虚构的基础上的,是悲剧化、个性化的;《华盖集》中"论战性的象征",是从客观事实出发而构思的,是暴露、独创性的。而两者都是"通过对立与矛盾的手法表现出来"。"在散文诗《野草》里形象的象征主义必然会影响对整个环

---

① 弗朗索瓦·于连《鲁迅:作写与革命·导言》,巴黎高等师范学校,1978 年。
② 弗朗索瓦·于连《作家鲁迅:1925 年的展望,形象的象征主义与暴露的象征主义》。
③ 弗朗索瓦·于连《作家鲁迅:1925 年的展望,形象的象征主义与暴露的象征主义》。
④ 弗朗索瓦·于连《鲁迅:写作与革命·导言》第 12 页。

境的描写",借之敌对的、不吉祥的、不相容性的景物(《秋色》中的枣树与天色,《死火》中的火与冰,《求乞者》中的树与墙)的描写,造成了一种紧张、窒息的背景气氛,"沉重地压抑着作品中的自我","难以摆脱",鲁迅不堪忍受的自我形象就在这种"令人困扰的致物景写"中鲜明地表现了出来。这种环境描写无疑是"作家强烈地所体验过的内心悲剧的一种直接投射或直接反映"。而在杂文《华盖集》里,象征的含义能够通过日常生活中的一些"细小的事","把这些'细小的事',在思想中重新复现的真正含义显示出来"。鲁迅善于从具体经历过的细小的事件入手、发掘出一般人不能发现的象征含义,把它系统地纳入到思想背景中去,在赋予它们一种象征意义的同时,又赋予它们一种思想意义。这种象征主义产生于对现实的观察,通过强烈的象征色彩,阐发出了蕴含在事物之中的思想内涵,具有独到风格。从这点看,《华盖集》中的象征主义可与巴尔特的《神话学》中的语言符号与手段相比较。不过巴尔特把符号学的总体视为一种明晰的体系,而鲁迅的象征基本上是追求暗含的境界,符号的含义全在言外,一如神秘莫测的影子。于连最后指出,如果说,《野草》中用形象表现的象征主义,可能受到了西方的影响,受到了现代诗的影响,受到伯格森,特别是弗洛伊德的新世界观的影响,那么,杂文所表现的风格技巧更体现了真正的中国传统(即孔夫子也很赞同的春秋笔法):"如果说,为了摧毁语言的自然特色或明晰性(任何一种思想所蕴含的),那种系统地挖掘语言符号的象征意义的意图,是属于一种色彩强烈的现代意识形式,那么,在鲁迅的作品中,那种富有象征功能的文学样式依然是丰富多彩的,鲁迅是中国散文的巨大天才(如传统的批评所表述的那样)。在这种情况下,这种强烈的象征色彩就愈加浓厚,因为它是以一种隐秘的方式表现出来的,因此具有一种永远新奇的潜在思想。这种潜在思想像一个陷阱似的安排在杂文的每一页里,它随时都会使读者偏离正常的认识。"因此需深入本文细致分析、小心求索才是。惟有这样,才能把握真正的鲁迅。

回到作品本身,研究鲁迅,会导致批评方法上的革新,开拓新的视角。如克罗德·劳兰的《〈狂人日记〉心理分析》,就运用了弗洛伊德心理学视角,对"狂人"的谵妄的心理依据和社会根源进行了别开生面的观照,颇有新见。文章一方面以弗洛伊德的泛性论的人格发展学说为依据(这种学说将儿童心理发展的第一阶段称为"口部阶段",幼儿主要通过吮吸母亲的乳房、奶瓶等唇与舌的运动来得到快乐和满足),指出鲁迅笔下的"狂人"

已退化到口部阶段的心理水平,不过其表现不是吮吸乳汁,而是咀嚼人肉。他将自己的幻觉强加到周围人身上,他的日记展示的是个阴森可怖的世界。另一方面,又联系到鲁迅作品产生的时代背景,认为:中国封建社会是一个患集体谵妄症的社会",而"狂人"的被迫害狂想症,正是"中国封建社会的一面可悲的镜子","《狂人日记》中的谵妄也许正是对这个病态、愚昧、阴险、残暴的社会的高度概括"。因此,鲁迅的《狂人日记》"向我们展示了潜意识的原始舞台,同时又展示了人类历史的社会舞台",无论是真实的记录还是文学的想象,"它都是难能可贵的生动见证,它使我们对发生在旧中国的迫害狂想症有了新的认识"。对鲁迅这样一篇为中外研究者评论了不知多少遍的名作,运用这样的视角来透视,确不失为一种新的路径,能使我们有新的发现。

从作品本身研究鲁迅,研究者有可能采用多种方式,探究鲁迅原作精神。我们在上文已提到过,70年代法国人就把鲁迅的小说《阿Q正传》改编为戏剧,付诸舞台观照。1987年,法国人又把鲁迅的另一篇著名小说《狂人日记》改编为现代剧,搬上了舞台。不过前者的改编有明显的政治动因,而后者的改作则主要出自原作的现代意识的诱发。据报载,这个取名为《两兄弟》的法国现代派形体剧,虽然对小说《狂人日记》进行了修改,甚至虚构,但在艺术上采用象征的手法,较好地表现了原作"人吃人"的思想主题。① 它在法国上演了一百场,便是成功的明证。舞台上的狂人,是一个精神麻木,身穿中式斜襟黄色布袄、留着长辫的人物。开始,他神经质地在舞台上来回走动,忽而磕头作揖,忽而搬出一摞摞书本,边摆弄边阅读。当他从字里行间发现了"吃人"两字时,他惊恐万状坐立不安,但当他在一股冲动之下毅然地拿起剪刀剪掉头上的辫子时,却又仰天大笑。接着,狂人从后台背出一袋米,当他一把把往嘴里送时,突然发现了一具童尸,如晴天霹雳,顿时他又被恐惧攫住了:怎么?!处处吃人!最后,犯人又推出一辆破旧不堪的自行车,跌跌撞撞,怎么也骑不上去。这时村子里的狗又叫起来了。使他感到慌乱、紧张,他灵机一动,把那具童尸放到自行车上,寄希望于未来,寄希望于孩子。此时,他停止远眺,帐幕渐渐合拢。全剧只有一幕,一个演员,始终没说一句话,借助演员形体塑造种种形象,表现角色的感情,颇有独创之处。编导说,他们之所以要把鲁迅

---

① 双木《中国"狂人"走上法国舞台》,载《文学报》1988年2月25日。

的《狂人日记》搬上舞台,是因为:"鲁迅说中国封建制度是人吃人的,这个真理是永恒的,是有普遍意义的。通过演出,也让西方观众意识到在他们的历史里也有同样的一页。"借助西方人所熟悉的现代派手法,再现鲁迅小说中的现代意识,这在西方无疑是一次有意义的探索,有助于西方人认识和了解鲁迅。

## 第二节　"时代的画匠"与"革命的历史家"
　　　　——茅盾在法国

我也从事写作,但笔触所及的天地之狭小……,他开扩了我的视野,使我放眼社会,以无际的世界和生活作为驰骋的疆场……

——苏姗娜·贝尔纳

……没有一位中国作家比他更令人想起巴尔扎克。

——李健吾

茅盾《虹》法文版(1981年)

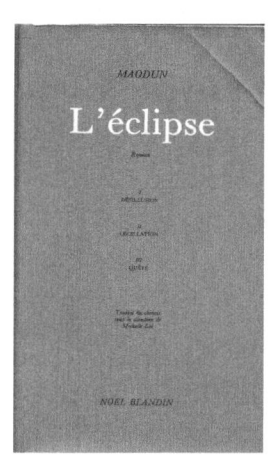
鲁阿夫人主持翻译茅盾《蚀》三部曲(1992年)封面

与鲁迅一样,茅盾作品在国外的传播、研究,几乎跟这些作品在国内的问世是同步进行的,茅盾的作品流入西方的第一站便是法国,他在汲取异域文学滋养,构建自己的艺术大厦时,也像鲁迅一样,首先把视线投向了法国。鲁迅最先对法国文学的引进并未持续下去,后来他对异域文学的采撷逐步把重心转移到了俄罗斯文学,而茅盾虽然像鲁迅一样博览约取,但他的目光似乎始终没有离开过法国文学,以引进自然主义文学理论为起点,他对左拉、巴尔扎克的思考、容受,可以说贯穿于创作的始终,而成为他自己的艺术血肉和现实主义的一种建构。

  这种艺术建构一经传到法国人之手,便自然地激起他们的研究兴趣。1929年由敬隐渔译的茅盾的短篇小说《县》介绍到了法国,这是茅盾传入到国外的第一部作品。仅此一部茅盾的早期短制,自然无法代表这位中国现代文学大师的创作特色,因而它没有引起读者的注意。能够给法国人以总体印象,并由此引起他们注目的是茅盾的《蚀》《子夜》和《春蚕》等代表作的问世与流传。早在40年代旅居中国的法国学者布里埃(O. Brière)、亨利·范伯旺(H. Van Boven,又译文宝峰)和明兴礼就在自己的论作中对茅盾进行了颇为独特的研究,他们称茅盾为"当代中国最有影响的小说家",是"时代的画匠"。① 当他的《子夜》《虹》《春蚕》《锻炼》等相继介绍到法国后,一些汉学家进而把他奉为中国的巴尔扎克,并在他们的探索中触及了一些为比较文学研究者感兴趣的命题。

  我们知道无论是创作主张还是创作实践,茅盾早期都深受左拉的影响。法国的茅盾研究便以此为切入点,对茅盾的创作倾向进行了细致的考察。他们认为,不能简单地把茅盾称为"自然主义者"或"左拉主义者",他所坚持的,"绝非是只描写个人情欲和本我的盲目冲动的自然主义,而是一种现实主义,或者说是一种尚未成熟的新写实主义。② 在法国研究者看来,茅盾的现实主义是真正以生活为蓝本,与公式化、简单化、偷工减料是背道而驰的。③ 这种现实主义的特点,就是对社会事件的关注和对时代的描绘。他们指出,"社会事件比任何东西都可能引起茅盾的注意",茅盾坚持这一原则:"文学有自己的社会职能。艺术和生活是分不开的。文学应当负有描写时代的使命,绘制出当代人类苦难和不幸的图画。"④他的作品

---

  ① 布里埃《茅盾:时代的画匠》,载上海《震旦学报》1943年第3卷第4期。
  ② 亨利·范伯旺《新文学运动史》第52—53页,北平,1946年。
  ③ 苏珊娜·贝尔纳《走访茅盾》,载李岫《茅盾研究在国外》第566页,湖南人民出版社,1984年。
  ④ 布里埃《茅盾:时代的画匠》,载上海《震旦学报》1943年第3卷第4期。

"善于准确地描绘他生活的时代"①。"茅盾像巴尔扎克那样直接从当代现实生活中汲取文学创作的素材。"②因此,读他的小说,人们似乎看到"震撼中国的一个接一个的大动荡:《虹》中的1919年的爱国运动和文艺复兴运动以及1925年南京路上的'五卅'运动,《蚀》中南方革命军的远征,《子夜》和《路》中1930年上海和武汉的经济萧条及共产党的兴起,短篇小说中的农村的饥馑混乱"③,总之,从中可以看到,"从标志着现代文学及现代文化诞生的1919年的五四运动到1949年全国解放这一时期,中国所发生的一切重大历史事件"④。从对社会事件的关注到时代的总体描绘,使茅盾成为一个"时代的画匠",使他的作品成为外国人观察近现代中国大时代潮汐的航标。茅盾小说所具有的这种史诗般的风格,可以说是他受惠于左拉、巴尔扎克文学精髓的启迪的结果。

其实,就其作品所表现的历史主义和恢宏气势来看,与其说茅盾与左拉相通,不如说"他更能够令人想起巴尔扎克"。不同时期的法国汉学家在各自的研究过程中都不约而同地看到了这一点。40年代在天津大学执教的法国学者明兴礼先生,通过对《虹》与《腐蚀》所展示的革命历史事件的分析,认识到茅盾是"革命的历史家"⑤。80年代,鲁阿夫人则从《虹》《春蚕》《子夜》《锻炼》的翻译与研究中发现:"茅盾在沿着巴尔扎克的足迹创作他自己的那个国家、那个时代的《人间喜剧》。"⑥这种认识与发现,无疑揭示出了茅盾与巴尔扎克之间的内在联系,使我们能从中窥探到中法这两位作家之间的相似与相异之处。巴尔扎克曾经说道:"法国社会要作历史家,而我只能当它的书记。"他要以这个角色"编制恶行和德行的清单,搜集情欲的主要事实,刻画性格,选择社会上的主要事件",来写出"许多历史家忘记了写的那部分历史",即"风俗史"⑦。《人间喜剧》就是这部

---

① 亨利·范伯旺《新文学运动史》第52—53页,北平,1946年。
② 米歇尔·鲁阿《锻炼·序》(法译本),巴黎古卫城出版社,1986年。
③ 布里埃《茅盾:时代的画匠》,载上海《震旦学报》1943年第3卷第4期。
④ 米歇尔·鲁阿《锻炼·序》(法译本),巴黎古卫城出版社,1986年。
⑤ 明兴礼《茅盾:革命的文学家》,载《中国当代文学的顶峰》第39页,巴黎多马出版社,1953年。
⑥ 米歇尔·鲁阿《锻炼·序》(法译本),巴黎古卫城出版社,1986年。
⑦ 巴尔扎克《人间喜剧·前言》,见伍蠡甫主编《西方文论选》(下卷)第168页,上海译文出版社,1979年。

"风俗史"。茅盾极为推崇巴尔扎克,把他尊为"写实主义的先驱"①,他像巴尔扎克一样,以描绘自己的时代,展示社会变动为己任。他的小说所具有的编年史的方式以及对现代物质文明冲击下社会关系的变动和人的心态动向的深刻揭示,都和巴尔扎克有相似之处。然而,由于他们所处的社会和时代不同,实际上担当的历史角色不同,他们的作品所提供的人物,所呈现的历史图景也不同,这是不言而喻的。如果说,充当法国社会"历史家"的"书记"的巴尔扎克,着重"编制"的是人的恶行与情欲,为我们提供了一部法国社会,特别巴黎上流社会的卓越的现实主义的历史,那么,据法国汉学家研究,作为革命运动的目击者和参与者的茅盾,则以更为自觉的历史精神,"如实地报道了"中国革命的历史进程:"他在作品中讲述了革命的准备、曲折和未来,讲述了期待前的昂奋、结局后的失望、夺权的斗争、胜利的狂放以及对快乐的寻求和绝望的苦涩……"②他"描写革命过程中固有的现象:幻灭、怀疑和一切心灵与信仰的悲剧"③。茅盾是中国"革命的历史家"。如果说,活跃在巴尔扎克《人间喜剧》舞台上的中心角色是上流社会的男女们,那么,展现在茅盾历史图像中的人物则更多的是革命的弄潮儿,"特别是女性","他喜欢取年轻女性作为他小说的主角,而且他最喜欢的模特儿是乐观主义的女子"。④ 法国研究者说,从《虹》到《蚀》,从《腐蚀》到《锻炼》莫不如此。巴尔扎克以观察一切的"锐利的眼光",看到了他笔下的男女不配有好的命运,茅盾则以深邃而冷峻的现实主义笔触描绘了革命男女的奋斗、追求、挣扎和失败:"他没有像空想的共产主义者那样,用不切实际的光明前景引诱读者,以抚慰当前的不幸"⑤;"他不允许自己去左右历史,也不愿安排令人慰藉的出路,更不肯说教"⑥;他是"希望和幻灭的描绘者"⑦,即便是描写那些被剥削得走投无路,作无望挣扎的农民(如《春蚕》中的主人公),他的作品也仍然"蕴含着希望,一种从一开始就注定是漫长的斗争中新近酝酿出来的希望"。这不仅与左拉的《土地》中

---

① 茅盾《西洋文通论》,世界书局,1930年。称《人间喜剧》为法国"社会转形期的风俗画"。
② 明兴礼《茅盾,革命的文学家》,载《中国当代文学的顶峰》。
③ 亨利·范伯旺《新文学运动史》第52—53页。
④ 亨利·范伯旺《新文学运动史》第52—53页。
⑤ 亨利·范伯旺《新文学运动史》第52—53页。
⑥ 米歇尔·鲁阿《虹·序》(法译本),巴黎古卫城出版社,1981年。
⑦ 亚伦·贝罗贝《茅盾——希望与幻灭的描绘者》,《世界报》1981年4月24日。

"那种不可救药的兽性"①截然相反,也是巴尔扎克的作品中所未曾看到的一种现实主义力量。尽管如此,我们从茅盾与巴尔扎克对社会历史事件的深切关注和倾心描写,从他们对各自社会现实的深刻理解和真实揭示,以及从他们作品中显示出的历史精神,都可以看到,茅盾与巴尔扎克确有不少相通之处。这种相通之处便构成了对二者进行比较的基础,这就是法国汉学家研究茅盾所给予我的一种启示。

然而,巴尔扎克毕竟与现今时代相距遥远。较之巴尔扎克,与茅盾处于同一时代,并且也以描写革命历史进程而蜚声世界的安德烈·马尔罗(André Malraux,1901—1976),对法国人来说,则显得更亲近些。于是,善于进行比较研究的法国汉学家在研读茅盾作品时,便自然地想到了马尔罗。马尔罗曾以现代中国历史为背景写过两部著名的小说:《征服者》和《人类的命运》,前者以1925年中国省港工人罢工为题材,后者写了1927年上海工人武装起义的斗争以及汉口工人运动被蒋介石镇压的历史事件。马尔罗曾有幸与茅盾相遇过,他们之间确实存在着较多的联系。法国汉学家将茅盾的《蚀》与马尔罗的《征服者》进行了比较研究,认为中法这两波擅长写"革命历史"的作家,虽然取材相同,但风格各异:马尔罗在《征服者》中所提供的"是一幅经过渲染、富有色彩和音响的图画:浸透了鲜红的血色,充满着沸腾火热的气氛,国际歌的音响、炸弹的轰鸣和机枪的扫射声,织成了一曲乐曲";茅盾的《蚀》是另一番景象:"阴晦的天空、寒冷而低沉的气氛映衬着失恋者的叹息、醒悟的革命者的哀怨、绝望的鸣咽。"②《征服者》中的人物,"几乎是清一色的男人,是一些可鄙的仇视女性者、动作迅捷者、恐怖分子或十足的无政府主义者",他们总是"陶醉于行为而往往又毫无结果",而茅盾笔下的人物多为弱者和女子,"他们对革命充满了理想主义","渴望建造一个美好的世界,但总是为失败和命运所击碎。太阳下山了,理想暗淡了,爱死去了,革命失败了,一切都沉落剥蚀了",这就是《蚀》所表现的基本色调。研究者指出,造成《蚀》与《征服者》这种格调的差异,就在于它们的作者所处的环境和心态不同,以及看待人生的方式不同所致。茅盾写《蚀》时,正处颓唐,"对人生已感到厌倦",他常跟中产阶级的学生打交道,总是"戴着浓重的悲观主义和感情色彩的有色镜"注视

---

① 米歇尔·鲁阿《虹·序》(法文本),巴黎古卫城出版社,1980年。
② 明兴礼《茅盾,革命的文学家》,载《中国当代文学的顶峰》第41—43页。

人生,而"热情的马尔罗"正当革命热点,他生活在运动发动者和无政府主义者中间,并和他们结下了亲密的友谊,"他以清醒的才智控制着整个舞台,他那反叛的心底的搏动是与之合拍的",因而他的作品就更带有一种"行动性"和"亢奋"色彩。虽然,马尔罗与茅盾的比较研究还有待深入,但法国汉学家的这种尝试无疑有助于人们对茅盾的认识和理解。

事实上,来自比较文学之乡而又熟谙中国文化的法国汉学家,他们观照中国文学时,总喜欢采用这种比较的视点,因而常给我们诸多启发,他们在探讨茅盾的创作特征时,不仅把他与法国某些与之有着内在联系的作家相对照,也把他与本国或其他西方国家同时代的风格相近或相异的作家进行比照,从而凸显出茅盾作为中国现代的"时代画匠"和"革命的历史家"的特色。如明兴礼在论述茅盾"长于女人的病态的描写"的特点时,就曾以《动摇》中方罗兰与梅丽夫妇失和的场面,与挪威当代著名女作家、诺贝尔文学奖获得者温塞特(Sigrid Undset,1882—1949)的《克里斯汀·拉夫朗的女儿》中的某些场面相比较,提出两者都笼罩着一种死寂的气氛,写的都是赌气,不理解的场景,主人公时而强忍怒火,时而勃然狂怒,时而冷笑,时而揶揄,时而苦笑,流下的是同样的泪水,表现的是一样的痛苦,表明茅盾是可以与世界名家比肩的,他也是一位"洞察人类灵魂奥秘的行家"。不过在茅盾那儿,"只不过是巨型画幅上的一个微型细密画而已"①,因为茅盾不仅是刻画女性心理的能手,更是描绘他那个时代的巨匠。又如布里埃在探讨茅盾风格时曾将他与享有同样声誉而个性迥异的巴金相比较:巴金是个热情、哀婉动人的作家,茅盾是个冷静、周身都透溢着客观感的艺术家,他的作品常是冷峻的,即使激动的场面,也很少能使之感动;巴金是个感情奔放、富于想象、极其敏感的作家,茅盾似乎在这方面略逊一筹,但却勤于实践,巴金是自发的、直接的、个人的,他滔滔不绝地讲述着,但从不涉及理论,而茅盾正相反,具有明确的文学原则,只有在谈到理论功能时他才讲述;巴金的风格充满了生活气息,流畅、自然,但失之于浅显,缺乏推敲,而茅盾敏捷不足,但勤奋臻于完美,表达十分高雅。② 这种比较看起来未免失之浮面,但却大致地区分了这两位中国现代文学巨匠的不同的艺术个性。

---

① 《中国当代文学的顶峰》第44—45页。
② 布里埃《茅盾:时代的画匠》,载《震旦学报》1943年第3卷第4期。

茅盾作品之所以引起国外研究者的注目，难道不正是由于它们熔铸了茅盾与众不同的艺术个性吗？

## 第三节 "巴金热"：文化反馈
## ——巴金在法国

> 巴金是同代人中三四位不朽的伟大作家之一。
> ——波埃尔·仕·雷米

> 在所有中国作家中，我可能是最受西方文学影响的一个。
> ——巴金

巴金是法国读者最熟悉、最爱读的少数几个东方作家之一，就其与法国文化的密切关系和他在当代西方享有的威望而言，也许没有任何一个中国当代作家能与之相比。他说过："我是照西方小说的形式写我的处女作的，以后就顺着这条路走去……"①的确，作为东方一位杰出的作家，中国文坛上一名反封建的坚强战士，他的生命正是从西方——法国开始的。20年代，他在那儿受到了法国优秀文化的熏陶，写下了他第一部小说《灭亡》，从此步入文坛，成为当代举世瞩目的作家；他在那儿受到法国民主思想的深刻影响，坚定了革命信仰，踏上了漫长的战斗旅程，成为一个令人敬仰的战士。巴金，他的事业和生命是跟法国连在一起的。

近几年来，巴金的作品被陆续介绍到法国，产生了极其强烈的反响，巴金本人曾先后两次应邀重访了他青年时代的文学和思想的故乡，受到法国人民热烈欢迎，随之在法国兴起一股"巴金热"，这一中法文学交流史上十分引人注目而又十分令人欣慰的文化反馈，又一次证明了歌德"东方西方，不可分离"的伟大预言。

### 一、"作家巴金：一位被禁读的中国左拉"

"作家巴金：一位被禁读的中国左拉"②，这是"四人帮"倒台不久，巴金

---

① 巴金《给瑞士女作家马德兰·桑契的一封回信》。
② 《东洛林共和主义者》1978 年 5 月 14 日。

作品首次介绍到法国时,法国一篇署名文章的标题。这是个耐人寻味的标题,它既指明了巴金在中国文学史上的重要地位,又概括了他曾经蒙受过的不平的遭遇;既点出了巴金与法国文化的因缘,又道出了法国"巴金热"的个中原委。巴金在左拉"我控诉"的感召下,执笔战斗达半个世纪之久,写下了许多批判旧世界、歌颂新时代的光辉作品,为我国新文学增添了独异光彩。可是,在"四人帮"对祖国文化进行野蛮肆虐的黑暗年代,巴金的作品也跟我国其他一切优秀的作家作品一样,遭到了最粗暴的蹂躏,被无端地涂上了黑色,泼上了脏水,被诬为"邪书""毒草",加以禁止。然而正像没有任何力量能够扑灭真理的火焰一样,也没有任何人能够抹去巴金作品的光辉。从流传与接受中读者的心理动向来看,越是禁读的作家越加激起他们探求的兴趣,越能在读者群中形成一个期待视界,更何况被禁读的是与西方文学(特别法国文学)有着亲缘关系的"中国左拉"。因此,"四人帮"对巴金的禁锢,反倒是国外"巴金热"的潜在因素,一旦禁锢打破,这潜在因素就会释放出一种热力,促进巴金作品在国外的传播。

玛丽·约瑟·拉丽特译巴金《寒夜》(1978年)封面

李治华译巴金《家》(1979年)封面和扉页题赠

巴金第一部介绍到法国的作品是《寒夜》,由巴黎最著名的加利玛出版社于1978年在法国正式出版。这个日子距巴金20年代在法国开始写第一部小说的时间,正好半个世纪。时光相隔虽然这么久远,他的作品一回到了自己的文学故乡,就像久别的亲人般受到了人们的热烈欢迎。近年来,法国的"巴金热"就是由这部译作的问世而开始兴起的。译者玛丽-约瑟·拉丽特(Marie-Jose Lalitte)夫人是巴金的崇拜者,她以女性特有的敏感和细腻的才情,对《寒夜》做了忠实而出色的移植。人们称颂她的译文优美,说多亏了她,读者"才能体会到小说的细腻、敏锐和微妙之处,仿佛在读原文一般"[①]。这部译作的出现,一下轰动了法国学界,法国各大报纸、电台纷纷撰文介绍,巴黎各大小书店都在显眼的地方陈放着《寒夜》的译本,"巴金——《寒夜》""《寒夜》——巴金"的大幅广告沿街张贴,人们以异乎寻常的热情欢迎巴金这位先行者的作品。差不多就在《寒夜》出版的同时,法新社驻北京记者访问了巴金,向全世界发出了第一篇关于这位劫后余生的老作家的报道。文章在法国报纸发表,顿时引起所有关注巴金命运的人的兴趣。随后,法国电台又派专人到上海,为巴金拍了一套电视片,使法国观众有可能通过电视屏幕看到这位备受尊敬的作家的生活场景。这无疑为刚刚兴起的"巴金热"增添了新趣。继《寒夜》之后,1979年法国相继出版的巴金的两部小说:一是李治华先生译的《家》,由巴黎的艾贝尔和弗拉马利庸两家出版社联合出版;一是于如柏先生和白月桂女士合译的《憩园》,由罗贝尔-拉封出版社出版。1980年,巴黎马扎黑纳和塞热尔斯两家出版社又分别出版了巴金的《罗伯斯庇尔和其他小说》和《复仇》两个短篇小说集。1983年,巴黎又出版了《春》的译本。这些译著的相继出版,把已经形成的"巴金热"推向了一个新阶段。

在这些译著中,当推《家》的出版影响最大。它的问世使"巴金热"达到了高潮。《家》在第一次印刷中就达1.5万册,一下售完,接着出版精装本1.5万册、袖珍本数万册,成为在法国的畅销书,深得法国读者,特别是青年学生、妇女界的喜爱。在巴黎的地铁里,在大学中文系的课堂上,随时可见有人在阅读《家》,介绍《家》。《家》不仅流传法国,而且通过法译本的媒介,传到了欧洲其他国家,传到了南美洲,产生了广泛的影响。据译者李治华面告,南斯拉夫、荷兰、南美洲的西班牙文、葡萄牙文,以及美国的英文译本,甚至瑞典文译本都是根据法译本转译过去的。《家》已在全世界范围内广泛传播。

这里,需要指出的是,巴金本人的国际旅行,对形成国外的"巴金热"具有直接的推动作用,1979年5月,巴金应《家》的出版社艾贝尔和弗拉马利庸的邀请,率领中国作家代表团访法,之后不久,他又赴法参加国际作家

---

① 《朝圣者》1978年4月16日。

笔会,再度访问法国,这两次的访问促进了"巴金热"的进一步高涨。在法逗留期间,他重访了昔日生活写作的地方,瞻仰了他50年前曾多次抚摸过的民主主义思想先驱卢梭的塑像,会见了作家、记者、大学教授、汉学家、学生、妇女,所到之处,都受到了热情欢迎,用他的话说,"进到了友谊的海洋"。巴黎第三大学的学生用中文朗诵《家》的片段欢迎他。第八大学的师生放映《家》的电影招待他,向他提出了各种问题,跟他交流读他作品的体会,他也跟大家倾心交谈。巴金的这些活动给法国人民留下了深刻而美好的印象,使广大读者有机会目睹到这位中国作家的音容笑貌,这就自然地形成了他们渴望了解巴金的期待视界,因而也就为他们译介、研究巴金,进而了解中国带来一股新的热流。

巴金的作品卷帙浩繁,当前介绍到法国的还是一小部分,正如《世界报》署名文章所说,巴金作品"犹如一座冰山,目前译成法语的仅仅是一个薄薄的外层"①,但仅是这一部分作品,已在法国读者群、文学界、汉学界产生了强烈反响,他们透过巴金作品的这"薄薄的外层",看到了它内在的魅力和艺术价值,看到了这位东方艺术家在世界文学中的地位。他们认为"巴金是一个具有世界价值的作家。他跟福克纳②或者索赞尼辛③具有同等的分量,可以跻身于陀思妥耶夫斯基和左拉等伟人的行列"。④ 巴金在答法国记者问时说,他不喜欢这位作家(索赞尼辛)。巴金使法国文学界为之兴奋、惊异,使读者为之倾倒、迷恋。

巴金的作品何以能征服西方读者?如何解释它在法国产生的影响,从而解释由此而形成的"巴金热"这一文学现象?有人曾就《寒夜》在法国获得成功的原因做过解释,认为《寒夜》的成功是个"契机":第一,在法文版《寒夜》出版半个月前,法新社记者访问巴金,"文化大革命"后巴金第一次在公众面前自我解释,因此,人们的注意力便自然地转向这本书;第二,过去非党员的中国小说家的作品译介得很少,第三,法国读者爱读书。⑤ 看起来,这些解释似乎都有些道理,但实际上并没有触及问题的实质。如果说,《寒夜》等获得读者的欢迎,只是个"契机",人们阅读它只出于对作家

---

① 《介于托尔斯泰和亨利·詹姆斯之间的巴金》,载巴黎《世界报》1979年4月6日。
② 福克纳(1879—1962),美国小说家,1949年诺贝尔文学奖获得者。
③ 索赞尼辛,苏联作家。
④ 《全景》1978年5月17日。
⑤ 《巴金,中国小说家》,载《新加坡法兰西联盟学校》1978年11月第11期。

复出后的某种好奇,那么"巴金热"只不过是过眼烟云的现象而已,"热浪"过去,便很快被人遗忘。而事实上法国的文学界、读者群仍在兴味浓烈地研读巴金的作品,并且有越来越多的人研究它。法国读者爱读书,这是毫无疑义的,可是,法国每年出版的文学作品,且不说本国那数不尽的各种各样优秀获奖作品,单就外国名著就不下数十种,读者又何以独独醉心巴金的作品?况且法国人真正读到巴金的作品显然是近年来的事,但对它的兴趣却由来已久。早在40年代之初,法国人已开始研究巴金的作品,法国传教士布里埃和明兴礼是最初的热心介绍者,他们于1942年分别在上海《震旦学报》和《教务会议委员会卷宗》上发表了评介巴金的文章。这大约是法国人研究巴金的首批文章,明兴礼于1948年写成了《巴金的生活和著作》,是国内外研究巴金的第一部专著,曾几次译成中文,在海内外广泛传播。而在同时,应明兴礼之邀,著名翻译家李治华先生已着手翻译巴金的名著《家》。由此可见,近年来的法国"巴金热"酝酿已久,"契机"是有的,但之所以发展成这样瞩目的文学热,完全由其内在的原因所决定。普列汉诺夫谈到易卜生作品在世界影响时曾这么说道:"如果易卜生的影响传到离他祖国很远的地方,那么可见他的作品里面一定有某些特点,的确是适合于现代文明世界读者群众的情绪的。"巴金也是这样。因此,要说明巴金作品在法国的影响,找到近年来在法国产生"巴金热"的原因,那只能在中法文化交流的总背景下,从巴金作品本身去寻找。

## 二、巴金作品是献给"那些失掉幸福的人的"

法国最早研究巴金的专家明兴礼先生,对巴金作品做了全面细致的考察后认为:巴金是一位把爱撒向人间的艺术家,他的作品犹如"古代陶醉人的歌曲","是唱给那些失掉幸福的人的"。① 爱人类的艺术家,必然为人类所爱,巴金的作品之所以赢得法国读者的喜爱,其原因就在于此。

巴金的创作反映了人类的不平与不幸,他握笔创作就是为着寻求一条路,铲除社会的不幸,把爱和幸福撒向人间。他说他的信条是"正当的奋斗,爱那需要爱的,恨那摧残爱的,我的上帝只有一个,就是人类,为了他我

---

① 明兴礼《巴金的生活和著作》,上海文风出版社,1950年。

明兴礼著,王继文译《巴金的生活和著作》(1950年)封面

预备贡献出我的一切"①。这是作者的战斗誓言,也是他的创作纲领。纵观巴金半个世纪的文学事业,他作为一个仁爱的作家,是实践了这个纲领的;作为一个坚强的战士,他是履行了这一战斗诺言的。他用他那饱含感情的笔,无情地鞭笞了摧残爱的势力,在自己的作品中讴歌了一系列"舍生取爱"的英雄人物,并通过他们来表达自己热爱人类的高尚情怀和献身精神:"我们生活在这个世界上来,并不是来点缀太平的。我们并不是来领受,是来给予的。我们也许永远会得不到爱,但是,我们必须把爱给予别人。我们可以贡献一切的牺牲,但我们必须用我们的爱来改造无爱世界,使那许多一生领受不到爱的人都可以过着幸福的生活。"(《新生》)在法国人看来,《灭亡》中的杜大心,《新生》中的李冷、高志元、方亚丹、敏,《激流》中的觉慧这样一些有理想、有信仰的青年,是"用爱来改造无爱的世界"的战士,他们的斗争精神,不消说令人崇敬,就是《寒夜》中文宣这样的一个忍辱负重,最终被摧残爱的势力吞噬的弱者,也是一个"把爱给予别人""舍身取爱"的人物,他的牺牲精神也让人同情和敬仰。正是从这个角度,法国评论界把《寒夜》提到世界经典著作的高度,给予崇高的评价;也正是

---

① 巴金《海行杂记》。

从这点出发,法国读者才把《寒夜》视为一部难得的、打动读者灵魂的好书。一位评论家在《世界报》(1985年5月5日)"书的世界"一栏里这么写道:"能否说《寒夜》是一部杰作呢?如果说,杰作是指那些严肃地打动我们灵魂深处的东西:真理、生活,诱惑你并驱使你也跟着发出爱与绝望的呐喊——而且最后还要爱下去——那么《寒夜》就属于这类杰作。读者合上书时会说:'爱,毕竟比爱本身更美。'"他们说:"文宣自始至终为他伟大的爱情所支配。"①与其说他死于肺病,不如说他死于爱情,弱者的力量比自私和满足欲望更显伟大,其自我牺牲精神堪称现代的茶花女。② 对主人公"以身殉爱"的精神给以热情赞美。

巴金的作品是他内心的爱憎和痛苦的产物。他善于表达自我的这些真情实感去打动读者。这是巴金创作上的一个鲜明的特点。这一特点,历来为法国的汉学家所注目、称道。他们说:"巴金每部作品里都清清楚楚将自己表现出来,在他最美的小说里,或者最动人的叙述里,我们听到他个人的理想和热情,痛苦和希望,爱情与憎恨。"③他自己也说过:"我有我的爱,我有我的恨,我有我的欢乐,也有我的受苦。"(《激流·序》)"我的生活是一个痛苦的挣扎,我的作品也是的。"④他拿起笔,因为"有感情需要发泄,有爱憎需要倾吐"⑤,有痛苦需要表达。这种创作个性和他所敬仰的法国作家雨果、罗曼·罗兰是有相似之处的。雨果也曾说过,他进行创作是因为"灵魂里充满着爱憎、苦痛——需要抒发一番"(《雨果夫人见证录》)。而罗兰则在《贝多芬》中提出"通过痛苦,得到快乐"这样一个人生格言,并把它熔铸到《约翰·克利斯朵夫》主人公形象的创造里。巴金曾多次声言,他喜欢《约翰·克利斯朵夫》,因为从中可以"寻到快乐和鼓舞"。巴金早期思想感情的发展和创作里,也有着这种对痛苦的理解和反映。但是,他表现痛苦,并非提倡吃苦哲学,而是为了他人的幸福,为了一种崇高的革命理想。对此,他曾这样明确地回答过巴黎一位汉学家:"我并不提倡为受苦而受苦,我不认为痛苦可以使人净化,我反对禁欲主义的苦行,不赞成自找苦吃。可是我主张为了革命,为了理想,为了崇高的目的,不怕受苦,甚

---

① 《世界报》1978年5月5日。
② 巴金对光明的呼唤,《曙光报》1978年3月28日。
③ 明兴礼《巴金的生活和著作》,文风出版社,1950年。
④ 《写作生活的回顾》,收入《巴金专集》,江苏人民出版社,1981年。
⑤ 《创作回忆录·文学生活五十年》。

至甘愿受苦,在那种时候,'痛苦就是力量,痛苦就是骄傲'。这里面并没有什么哲学。"(《创作回忆录·关于〈海的梦〉》)巴金并不是描写个人悲欢的作家,他在作品中倾诉的痛苦,具有丰富的社会内容,"是人类的痛苦呼吁"(《复仇·序》)。正因为如此,法国评论界才予以高度评价,说《寒夜》的力量在于它表现了"一种永远处于矛盾中的人性,一种永远献身于痛苦的人性"(《她》,1978 年 5 月 1 日)。它之所以能列入世界名著而毫无愧色,"那只是表明作者十分完美地体现了蒙泰涅的原则:每个人都包含人类的整个形式。"[1]它的价值在于"通过普遍的自我同世界沟通"。

作为一个挚爱人类的艺术家,正如巴金自己所说,实际上是"在寒天中送炭,在痛苦中送安慰的人"[2],他的崇高的艺术使命就在于,给寂寞者以慰藉,不幸者以希望,痛苦者以温暖,增添人们生活的勇气和力量,鼓励他们向前进。所以,巴金总不愿自己的作品给读者带来太多的苦痛,而是给读者以鼓舞。1979 年,他重访法国时,一位法国女士拿了法译本《寒夜》找到作者,说她喜欢这本书,请他签名。巴金本来想写上"希望这本小说不要给你带来太多的痛苦",但一下笔"太多的"三个字没有了。在他后来《随想录·十八·在尼斯》一文中写道:"作为作者,我不希望给读者带来痛苦。这种心愿是在几十年的创作实践中逐渐培养起来的。"这种真诚而善良的愿望,正是作家爱人类的高度责任心的表现。《寒夜》以其悲惨凄苦的生活画面,呈现在西方读者面前,使他们不得不以"各种姿态面对生活、面对矛盾和冲突、面对死亡"[3],从而感到了痛苦,这是毋庸置疑的。然而,作品中这种痛苦的画面,没有使读者感到沉沦,却能启迪他们从痛苦中寻求和开拓快乐的人生。这是因为在这幅流泪又流血的痛苦画面里透溢着作家"那仁慈的热情",跳动着爱人类的心。他是为消除人间不幸的痛苦而描写痛苦的,这就决定了他在表现人间不幸时与西方作家很不相同的特点,带着某种"审慎""有分寸"的格局。这是《寒夜》的风格和魅力。法国评论界给予了很高的评价,他们说:《寒夜》所提供的广泛的主题,"足以使一个西方作家创造出一幅狂乱痛苦的宏伟画面。对穆尔齐[4]来说,他可以用来突出和强调一曲悲伤的交响乐;对高尔基来说,为了唱起工人团结之

---

[1] 《巴金对光明的呼唤》,《曙光报》1978 年 3 月 28 日。
[2] 《搜索集·我和文学》。
[3] 《文学半月刊》第 301 期,1979 年 5 月 15 日。
[4] 罗伯特·穆尔齐(Robert Musil,1880—1942),奥地利著名悲观主义作家。

歌,他可能会把社会的仇恨弄得混乱不堪;对福克纳,他会因此而耽于精神反常和难以理解的意识的泥潭之中,但在巴金那里丝毫没有这些,当他描写不幸,表现可怜渺小的快乐和嘲笑时,他是细致、审慎,甚至几乎带着微笑的"①。"巴金以其令人赞叹的笔墨和风格,以其战栗的敏感性和非凡的直觉,把一个平凡的生活故事熔铸成一部撼动人心的书,节奏奇特巧妙,调子忧郁,但准确而有分寸,也是十分奏效的。"②

　　巴金的作品写了痛苦,也写了悲哀。他写的悲哀并非是个人的小悲,而是人间的大悲,这在上面已经说过,他是以"人类之悲为己之悲的";这也是以爱人类为基础的。因此他作品虽然写到悲哀,甚至像他早期的作品,有"横贯全书的悲哀",但并不绝望。这在30年代就为一些有见地的批评家所指出:"巴金有的是悲哀,他的人物有的是悲哀,但是光明在她们的眼前,火把燃在他们心底,他从不绝望。"③就像他不愿给读者太多的痛苦一样,他也不愿给读者太多的悲哀,他认为人类需要文学,是因为需要"它给我们带来希望,带来勇气,带来力量,让我们看见更多的光明"④。通过对光明的呼号,给人类带来希望,这是巴金致力以求的。法国评论界称道《寒夜》对悲哀痛苦做了独特的表现,认为"就最经济地运用'象征符号'表现主题而言,《寒夜》堪称一部经典著作,它的写作方法似乎模拟痨病的势态,以留存在肺中越来越少的空气,直到克制不住吐出血与痰"⑤。读来令人感到悲凉,但它不是悲观主义作品,明兴礼在评论《寒夜》时说:"悲观的小说家,给我们写了许多忧郁的事情,在许多悲痛的事情里又隐藏着一种青春的希望。"⑥这种看法完全符合作品的实际。正因为《寒夜》在忧郁里"隐藏着一种青春的希望",黑暗里透露着黎明的曙光,它才深得法国读者的喜爱。

　　巴金在《再访巴黎》一文中曾这么说过:"我想起了四十六年前的一句话:'就让我做一块木柴吧。我愿意把自己烧得粉身碎骨,给人间添一点点温暖。'⑦我一刻也不停止我的笔,它点燃火燃我自己,到了我成为灰烬的时候,我的爱,我的感情也不会在人间消失。"巴金执笔创作就是要"给人

---

① 《新法兰西杂志》第305期,1979年6月1日。
② 《阿尔萨斯报》1978年6月23日。
③ 李健吾《爱情三部曲》,载《李健吾文学评论选》,宁夏人民出版社,1983年。
④ 《关于〈砂丁〉》,载《创作回忆录》,人民文学出版社,1982年。
⑤ 《人道报》1978年3月30日。
⑥ 明兴礼《巴金的生活和著作》,文风出版社,1950年。
⑦ 载《旅途随笔》。

间添一点儿温暖"①,他乐意这样度过自己的一生:把他的爱,他的感情洒向人间。他的作品给异域读者以温暖、希望,这也许是"巴金热"中的一股奔涌的暖流!

### 三、"我们理解,心是一样的"

巴金喜欢运用罗曼·罗兰这样一句话作为自己的座右铭:"民族,太窄了;而人类,这才是我们的主题。"②巴金的作品沟通了人类的感情,这是它能打动法国读者的心弦,从而产生强烈反响的内在原因。一部作品,倘能沟通人类的感情,使人们互相关心,不隔膜,才是真正有价值的作品,才会赢得人民的爱,成为人类共享的文化财富。巴金的作品无疑是人类文化宝库中一颗闪光的珠子。

在中国现代文学史上,巴金以热情流畅的文笔描绘青年的命运见长。他自己的作品中真切而动人地描写了青年的痛苦、不幸,向往与追求,表达了他们追求光明,争取幸福的愿望。他所表现的那种否定传统,要求革命的精神曾吸引、鼓舞了我国许多青年,走上革命道路,产生了深刻的影响。巴金创作的这个特点在40年代就为法国一些批评家所肯定,他们指出,《家》在青年中引起强烈反响,"唯一原因就是它代表了中国大多数青年的自传"。说"《激流》中的一切事实就好似一个乐队,演奏着青年们的革命进行曲,又好像一个歌咏团,歌唱着反家长制、反封建的神圣歌曲"。指出青年人反封建家长统治的斗争,"是新旧两种文化的斗争,在那里面,我们听到热血青年的欢呼,他们庆祝这久已干燥的大地上有了一个新春的花季,这是激流——特别是《家》所得到的收获"。因此《家》是"中国现代的一部杰出作品","它在中国文学史和思想史中占有一个很重要的位置,同时它还是中国革命和文艺复兴的珍贵史料"③。巴金的这一创作特点,也深得法国读者,特别是法国青年的喜爱。诚然,巴金笔下的主人公是在全然不同的历史条件和时代背景下生活和呼号的人物,但他们否定传统,追求幸福的精神和法国当代青年人的思想情绪是相通的。这就是为什么巴

---

① 《创作回忆录·关于〈还魂草〉》。
② 转引自布里埃《中国现代小说家巴金》,上海《震旦大学学报》1942年第3卷第3期。参见《巴金研究在国外》第322页,湖南文艺出版社,1986年。
③ 明兴礼《巴金的生活和著作》,文风出版社,1950年。

金作品虽然写的是旧中国的人和事,但仍能打动法国读者,并能引起他们在感情上和精神上的共鸣与交流。1979年,尼斯两个法国年轻妇女跟巴金讨论《寒夜》《憩园》里两个主人公时说:对这两个人物,她们一点儿也不陌生。巴金说,他写的是旧中国,旧中国的事情不容易理解。她们回答说:"我们理解,心是一样的。她们是好人啊。"①巴金所创造的人物为异域读者所理解,确实表明了他的艺术沟通了人类的感情,他的作品具有某种适合西方文明世界读者群众情绪的特点。我们知道《憩园》中的女主角姚太太(万昭华),是个富有同情心,希望"揩干每只流泪的眼睛"的好心女人,而《寒夜》中的树生,则是追求个性自由的小资产阶级的女性,在她"温存的母爱后面,藏着一种可憎的享乐恶情",但作为东方妇女的道德观念在她身上并没有完全泯灭。如果说巴金对姚太太怀着友爱之情,那么对树生则是褒贬分明的。但对她们的命运和不满现状的要求给予不同程度的肯定。法国读者称她们是好人,也正是从这一点加以肯定的,对她们的思想感情表示理解,由此加深了对东方妇女的了解。

　　巴金的作品又以描写家庭悲剧见长,这是巴金的艺术价值所在。法国批评家明兴礼就曾指出:"巴金小说的价值,不只是再现时代,而特别是在将来的时候要保留着,因为他的小说是代表一个时代的转变,这好似一部影片,在上面有无数的中国人所表演的悲剧。"就已经介绍到法国的小说《家》《寒夜》《憩园》而言,都是描写家庭悲剧的。这位批评家据此把《家》称为被威胁的家,《寒夜》是动摇的家,《憩园》是分裂的家。也就是说,写的是家庭解体和崩溃。巴金作品的这一特点,不仅和法国现实主义传统相吻合,也符合法国读者的审美趣味,这就使得他的作品比任何一位中国作家的作品更易于与法国读者交流感情。描写家庭的悲剧,透过家庭的窗口来揭示社会的矛盾,这是法国现实主义作家所反复表现的主题,单就近代法国的小说家而言,从弗朗索瓦·莫里亚克(Francois Mauriac),到埃尔维·巴赞(Herve Bazin),无一不是以揭露资产阶级家庭罪恶,描写资产阶级家庭解体、崩溃著称于世。莫里亚克除少数作品之外,大部分小说都是对资产阶级家庭的批判和战斗的檄文。在自己的作品中,把资产阶级家庭比作囚人的牢房,孤独的深渊,漆黑的隧道、荒漠,苦役的船,在这里人们之间没有爱,没有温暖,没有同情与谅解,有的只是妒恨、贪婪与报复,演出了

---

① 《随想录·在尼斯》。

一幕又一幕的家庭惨剧。他的小说在法国文学史上独树一帜,并且征服了读者,赢得了读者,成为20世纪法国青年最爱读的作家之一。被法国读者誉为50年代最优秀的小说家埃尔维·巴赞也是描写资产阶级罪恶、溃灭而蜚声文坛的,他的多卷小说《勒佐一家》,曾轰动一时,成为法国的畅销书,至今仍然是读者喜欢的作品。小说写一个资产阶级知识青年背叛家庭,选择新的生活道路的故事,跟巴金的《家》一样,是一部"记载着一个痛苦的新人的斗争"的小说。作品里揭露的资产阶级的腐朽罪恶,表现的青年的觉醒与抗争,以及"树倒猢狲散"的家庭悲剧结局也跟巴金的《家》有许多相似之处;主人公批判资产阶级陈规陋俗和挣脱资产阶级精神桎梏的斗争,和觉慧反抗封建礼教的精神也是相同的。很显然,巴金的现实主义精神和法国当代现实主义文学的传统相一致,他的作品符合法国广大读者的欣赏趣味。这就不难看出,为什么巴金的作品一传到法国就为广大读者所迷恋的原因了。

莫里亚克曾经说过:"我们一向相信我们的独特性,我们忘记了:那些迷住我们的作品,乔治·艾略特和狄更斯、托尔斯泰和陀思妥耶夫斯基以及赛尔玛的小说,描写的是与我们迥然不同的国家,描写的是另一种族、另一宗教的人类。但是,尽管如此,我们迷上了他们,仅仅因为我们从中发现了我们自己。"①可以说,法国人迷上了巴金的作品,也是因为他们从中"发现了自己"。40年代,明兴礼读巴金的作品,便从巴金发现了爱,发现了罗曼·罗兰;从《灭亡》等小说里找到了马尔罗小说《人类命运》《征服者》里的人物,而现在法国人阅读《家》《寒夜》又发现了他们自己民族的擅长于描写家庭解体的小说家。这种发现,无疑是巴金作品揭示了人类普遍的社会问题,沟通了不同肤色的读者的感情的结果,是读者透过巴金的艺术,跟作者进行心的交流的结果。

法国评论家在评论《寒夜》的时候,多次把它跟莫里亚克的悲剧小说《母亲大人》②相提并论,他们认为《寒夜》中的男主角文宣跟《母亲大人》中软弱的男人费尔南相似,始终摆脱不了母爱与情爱的苦境,他终于在像莫里亚克小说中所描述的可怕的母亲支配下,一再游离于又爱母亲又爱妻子的感情之间,饱受苦难与折磨,在贫病交加中弃世而去。这是法国人在

---

① 弗朗索瓦·莫里亚克《受奖牌》,载《爱的荒漠》,漓江出版社,1986年。
② 莫里亚克的重要小说之一,载《爱的荒漠》。

迷恋巴金之后的一种自我发现。其实,《寒夜》和《母亲大人》是两部很不相同的小说,前者通过抗战时期处于贫病交加,在死亡线上挣扎的小公务员汪文宣的悲惨遭遇,写的是"一本悲欢离合的苦戏";而后者写的是女主角病态的母爱,给家庭带来毁灭性的灾难,表现资产阶级占有欲所造成的家庭惨剧,显然存在着不同民族文化制约下的内在精神和气质上的差异。但是,渗透在这两部作品中悲怆动人的色调,两位作家深沉细腻的文笔,以及环境描写和人物心理刻画相结合的艺术手法却是相同的,特别是灌注在作品中那悲哀、愤懑的感情,有惊人相似之处。正是这些相似点,像一条感情的纽带把巴金的作品和拥有广大读者群的法国优秀作家连了起来,叩动了读者的心弦,使他们震惊、迷恋,并且从中发现自己,这无疑是巴金赢得西方读者的重要因素。

### 四、"一位腰弯背曲而毫不折服的长者"

巴金的作品引起法国和西方的兴趣、注目。不仅在于他的文品,还在于他的人品,在于他的作品中所表现的战斗风格,在于他本身的战斗人格。人们把他的作品誉为"真文学""美文学",称他为爱真、爱美、爱人间一切美好事物的艺术家,是被压迫阶级的忠实朋友和不屈战士;这些美称巴金是当之无愧的。

巴金的文学生涯,他的文学事业就是为真善美而不屈斗争的事业,他在《文学生活五十年》一文中说:"自从我执笔以来就没有停止过对我的敌人的攻击。我的敌人是什么?一切旧的传统观念,一切阻止社会进化和人性发展的不合理制度,一切摧毁爱的势力,它们都是我最大的敌人。我始终守在我的营垒,并没有做过妥协。"巴金创作生活的50年,就是跟"一切旧的传统观念,一切阻止社会进化和人性发展的不合理制度,一切摧残爱的势力"做不妥协斗争的50年。他直面人生,为了真理、信仰和理想,为了祖国和人民,以自己的作品作武器,进行了半个世纪的奋斗。这样一个热爱真理,并为之奋斗献身的革命作家,得到法国读者的喜爱,是理所当然的。

巴金说过:"在所有中国作家中,我可能是最受西方文学影响的一个。"[①]这里所说的西方文学影响,无疑主要指法国文学的影响。巴金开始

---

[①] 巴金答法国《世界报》记者问,见《巴金专集》。

接受外来影响很少从纯文学角度考虑,这是他不同于我国其他作家的一个特点。① 这就是说,他首先想成为一个战士,而不想成为一个作家,来接触西方作家,他爱好和选择的标准主要不是为了把西方作家作为自己创作楷模,而是为了当作自己的榜样。巴金年幼时读过雨果的作品,1927 年到法国后,又广泛地阅读了左拉、罗曼·罗兰的作品,研究了伏尔泰和卢梭的作品,这些法国作家都是同社会上邪恶势力做过不妥协斗争的民主战士,从卢梭对黑暗势力猛烈讨伐,到伏尔泰为宗教迫害平反昭雪,从雨果痛斥小拿破仑(Napoléon le Petit,也译为"拿破仑小人",该词为雨果所创)到左拉控诉"德莱福斯事件",法国作家的这些可贵的战斗传统,无不使年轻的巴金受到感奋和教育。他称这些法国作家是他的老师,他从他们的著作中不仅吸取了创作滋养,而且更重要的是学到了立身做人的原则。他不止一次说过,他为真理、正义而握笔战斗的精神,是从"法国老师"那儿学来的。他十分崇拜这些捍卫真理、正义的光辉榜样,从他们的民主思想和战斗精神中受到启迪和鼓舞,在他的文学生涯中产生了不可忽略的重要影响,概括起来有这么几个方面:

(一)他从法国作家那儿继承了对封建黑暗势力的批判斗争的精神。在这方面,卢梭是他的"第一个老师"。卢梭饱尝了下层人民在封建社会的艰辛和痛苦,对封建专制制度进行了猛烈的批评和揭露,不仅震撼了西方,也影响了东方的民主战士。巴金年幼时虽没有像卢梭那样受到人间的欺凌和侮辱,但他却从小目睹了统治阶级的罪恶和黑暗,下层人民的不幸和痛苦,看到了封建礼教的残酷和善良者的悲惨命运,这就使他对卢梭批判旧制度的革命精神,能在感情上引起强烈的共鸣。巴金崇拜卢梭,在他探求革命道路时,曾不止一次地站在卢梭铜像前,向这位"梦想消灭压迫和不平等的作家,倾吐自己的寂寞和痛苦,寻求慰藉、勇气和力量"。"这个'日内瓦'的公民至今还屹立在巴黎国葬院门前,他的遗体也安息在国葬院里面。在我疑惑不安的日子里,我不知道有若干次冒着微雨立在他的面前,对他倾诉我的痛苦的胸怀。现在又轮着他来安慰我了。他将永远是我的鼓舞的源泉。"②50 年来巴金在自己的创作生活中,"常常忆起他",从他那儿吸取斗争力量。50 年后,巴金重访巴黎,又一次寻觅卢梭的铜像,向这位民主主义先哲、反压迫的先驱表示

---

① 陈思和、李辉《巴金与西欧文学》,载《文学评论》1984 年第 4 期。
② 《卢梭与罗伯斯庇尔》,载《静夜的悲剧》,文化生活出版社,1948 年。

自己的敬意和怀念。巴金从卢梭、左拉那儿学到了与黑暗势力不妥协的斗争精神,使自己成为被压迫人民忠诚而坚强的战士。

(二)他从法国作家那儿学到了热爱真理、正义,为不幸者而战斗的高贵品质。法国进步的作家捍卫正义、真理,为不幸者而战斗的高贵品质和光荣的传统,引起巴金的向往与崇敬,他把他们视为自己做人的楷模。他说:"对伏尔泰我所知较少,但是他为卡拉斯老人的冤案,为西尔文的冤案,为拉·巴尔的冤案,为拉里托伦达的冤案而奋斗,终于平反了冤案,使惨死者恢复了名誉,幸存者免于刑戮,像这样维护真理,维护正义的行为我是知道的,我是钦佩的……左拉为德莱福斯上尉的冤案斗争,冒着生命危险,替受害人辩护,终于推倒了诬陷不实的判决,让人间地狱中的含冤者重见光明。"①这种为"惨死者恢复名誉,使幸存者免刑戮",置个人生命于度外的斗争精神,这种为捍卫真理,维护正义而战的英雄品格,使巴金受到深刻的教育和熏陶,直到晚年在"文化大革命"的黑暗日子里,他还用"法国老师"的这种精神勉励自己,希望有伏尔泰这样的"维护真理,维护正义"的人来替一切遭受不平的人鸣冤昭雪,可见影响之深。

(三)他从"法国老师"那儿学到了"说真话","爱真、爱美、爱生命"的品质。一个革命作家,作为人类灵魂的工程师,人民情绪的忠实的代言人,最可贵的品质是诚实,说真话。巴金是个无比热情、无比真诚的作家,他在自己的作品中从不说假话,而是真实地向读者掏出自己的一颗心,向世人敞开自己的胸怀。这样诚挚的作家和真实的文学,虽然可能会使无知者产生误解,伪善者感到难堪,但一定会得到读者的爱戴。巴金这种诚实的品质是从法国作家那儿学来的,他曾一再怀着感激的心情这样说:"我从《忏悔录》的作者那里得了安慰、学到了说真话。"②"我写小说,第一位老师就是卢梭,从《忏悔录》的作者那里,我学到诚实,不讲假话。"③一个说真话的作家,他必须是爱真、爱美、爱生命的艺术家,是正视现实直面人生的艺术家,他的作品必然唱出了自己的声音,人民的声音,真实的声音,而这正是巴金作品的魅力和生命所在。因为"只有真的声音,才能感动中国人和世界的人"④。

如果说,巴金当年爱好、选择法国作家没有单从纯文学的角度来考虑,

---

① 《随想录·把心交给读者》。
② 《随想录·重访巴黎》。
③ 《探索集·后记》。
④ 鲁迅《无声的中国》。

那么,我们可以说,他的作品在今天引起法国公众这么广泛的喜爱也大大超越了文学本身的范围,而包含着对作家美好的人格和不寻常的战斗精神的仰慕。体现在巴金身上这些为法国读者所赞美的品德,都是他从巴黎最杰出的作家那儿师承来的,与法兰西优秀文化有着血肉联系。因此,法国人与其说把他作为东方作家的杰出代表加以崇拜,不如说对自己民族文化的优秀代表表示敬意更为确切。从这个意义上,法国读者对巴金的爱戴,实际上是对优秀文化热爱的引申和开放,也是一种引人注目的文化反馈。

当然,任何国家的优秀文化和精神文明一经为别国所吸收,就必然融汇了自己民族的特点。巴金学习了西方的作家,绝不是机械地模仿,他从法国学来的品质也不是简单的移植,而是经过自己的思考、选择,具有自己的个性特点和时代色彩,巴金毕竟是生长在中国土地上的伟大作家,他的品质必然具有中华民族的特点。法国译介巴金的著名专家玛丽·约瑟·拉丽特这样概括巴金的人格:"巴金人格包括三个方面:敏感、仁厚和战斗性。"[1]她说,她开始阅读巴金的小说时对巴金并不了解,但书中激荡着的仁慈、战斗的精神使她共鸣。唯其仁慈,才能对不幸者寄予同情,把爱奉献给失掉幸福的人;唯其敏感,才能爱人类之所爱,乐人类之所乐,与人民心意相通,唯其战斗性,才能给人以感奋,引导人们向前。巴金集三者于一身,不仅有别于他仰慕的"法国老师",也有别于其他中国作家。巴金虽然深受外国文化影响,但他是中国优秀文化哺育下生长的,他的作品是在我国民族文化甘露滋润下结出的丰硕果实。因此,他身上那种忍辱负重、泰山压顶不弯腰的民族特质,也是显而易见的。法国《人道报》赞叹他是个勇于正对生活,"勇于观察生活的作家",是"一位腰弯背曲毫不折服的长者"。[2] 巴金历经坎坷,他在"文化大革命"中饱受了折磨,经受了他的"法国老师"所未曾经历的磨难。当他坚强地活下来,重返他青年时代的文学故乡时,人们不只是怀着好奇的态度,而是带着虔诚的心情,把他作为一位东方英雄加以崇敬。当他宣告:我不会停笔,我仍要写作,仍要战斗,只要一息尚存。法国公众该以怎样的敬仰的心情来欢庆这位历经磨难而仍葆革命青春的中国作家啊!他们说:"让我们阅读《寒夜》吧。"[3]这是庆

---

[1] 《巴金,中国小说家》,载《新加坡法兰西联盟学校》1978 年 11 月第 11 期。
[2] 《人道报》1978 年 3 月 30 日。
[3] 《阿尔萨斯报》1978 年 6 月 23 日。

祝中国最伟大作家之一的"新生"的一种方式！在此基础上所形成的"巴金热"，实际上是一个意义深远的文化反馈。法国人从这位"本世纪伟大的见证人之一"①身上，不仅看到了中国的过去，也看到了中国的未来，正像法国总统在给巴金授勋时的祝辞中所着重强调的："对于昔日有幸目睹过您崭露年青才华的法国人，对于多年之后在您率领第一个中国'笔会'代表团重返我国时再度欢迎过您的人，尤其是对于今天被您的著作日益增多的译本吸引而至，同时转而发掘这些奇妙篇章的无数读者来说，您就是中国形象的本身，中国文化的优秀代表，一个经过世纪考验所锤炼的，并且不断从自身产生复兴功力的、兄弟般的中国形象本身。"②

1979年，巴金在巴黎曾就他自己与西方文学的关系回答《世界报》记者时，引用了托尔斯泰致罗曼·罗兰一封长信中的一段话："无论哪一事业的动机应当是为爱人类，不应当是为爱事业本身。……只有沟通人类的感情，去除人类的隔膜的作品，才是真正有价值的作品，只有为了坚定的信仰而牺牲一切的，才是真正有价值的艺术家。"巴金说，托氏的这封信对他影响很大。我认为这段话也揭开了法国"巴金热"的奥秘，为本文所要探讨的问题做了很好的结论。巴金的文学事业是"爱人类"的事业，巴金的作品，是"沟通人类的感情，去除人类隔膜的作品"，巴金本人是一个"为了坚定的信仰而牺牲了一切的""真有价值的艺术家"。这就是巴金作品赢得广泛喜爱，产生强烈反响的真正原因。巴金曾说："真正的作家并不常常想到自己，他重视自己对人民、对读者的责任，我并不在乎所谓的'声誉'，我也不是为了'声誉'而写作的。"③巴金自己就是这样一个"真正的作家"。半个世纪来，他一心为人民美好的未来，为自己的祖国的未来而写作。他没有想到自己的"声誉"，但他确实为人民赢得了"声誉"，成为当今中国蜚声世界的作家。

## 第四节 "民族特性越鲜明，就越具有国际性"
### ——老舍在法国

*最有深厚的民族特性，最具鲜明的地方色彩的文学也是最富人道*

---

① 《巴金研究在国外》第32页。
② 《巴金研究在国外》第32—35页。
③ 《创作回忆录·关于〈还魂草〉》。

的、最能打动异国人民心灵的文学。

——安德烈·纪德

现在的文学也一样,有地方色彩的,倒容易成为世界的,即为别国所注意。

——鲁迅

任何一个伟大的作家,总是独特的。一个作家的独特性,正是构成他自身价值的要素,是他走向世界,产生国际影响的一种潜力。尤其在他不幸逝世后,他的独特价值越为人们所发掘,使人们越感到他存在的珍贵时,这种潜在力量表现得越加明显。老舍在法国的传播与影响就是如此。

老舍的作品传入到国外,曾产生过三次世界性翻译热潮①:一次是20世纪40年代至50年代初期,一次是50年代中期至60年代初,再一次是60年代末至80年代。这三次译介高潮使老舍"成为当代所有中国作家中第二位最负国际声誉的作家(仅次于鲁迅)"②。这种国际声誉,无疑来自老舍的独创性,来自他自身的价值。老舍的国际影响正始于异域读者对他独有价值的认识与发现。

## 一、卓越的"肖像画家"和出众的"幽默家"

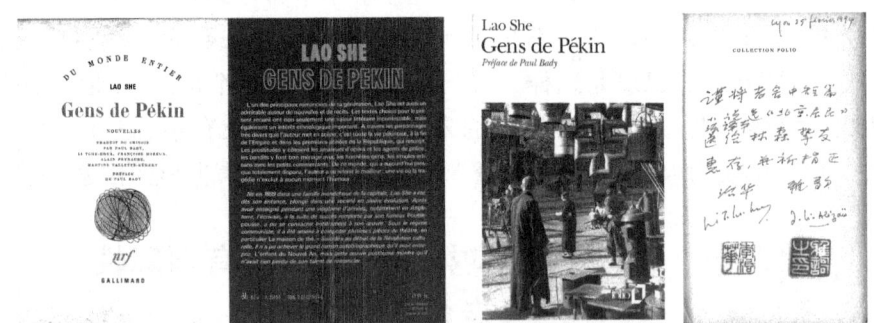

保尔·巴迪、李治华译《北京市民》(老舍短篇小说集,1982年)封面、封底、扉页和题赠

---

① 参见宋永毅《世界性的"老舍热"与各民族审美方式的异同》,中国比较文学学会第二届年会资料。

② 美国汉学家葛浩文语,见美国《中国语文教师学会学报》1978年第4期。

在20世纪40年代至50年代初,首次世界性的老舍作品的译介高潮中,法国汉学家曾先后将美国流传的《骆驼祥子》《四世同堂》英译本转译成法文。由于当时法国接受者对老舍作品的独特价值还缺乏认识和了解,因而并没有产生真正的影响。虽然,在老舍这两部作品介绍到法国之前,明兴礼和达莱尔先生曾对老舍及其创作做过一些介绍①,但多数法国读者对中国现代文坛这位独树一帜的作家所知甚少。然而,翻译毕竟扩大了老舍作品的世界性阅读范围,有助于人们对老舍价值的发现。在法国,最先对老舍进行研究,并且对其独特性有所发现的是明兴礼先生。他对老舍作品做了一番考察之后,发觉到这位"北京的小说家"是个卓尔不群的"肖像画家"和温婉有趣的"幽默家",并在一篇专论②中,首次对老舍这两个特征做了明确地描述:"老舍虽无非凡的天才,但却特别善于简约的描绘,工于肖像的刻画",他最喜欢描绘的人物是"处于生活困境中的普通人",在他的小说中,"从北京小学校校长老张,到京城大学生赵子曰,从伦敦的移民二马到从美国回来的文博士,从新加坡的广东青年小坡到北京苦力祥子,他都以其灵活而巧妙的笔致一一将他们的体貌特征给我们勾画出来了。他将他们种种滑稽形象逼真地描摹下来,并将他们不易发现的毛病、秘密的思想和美好的感情统统揭示出来。他面带揶揄者的微笑,将这些人物介绍出来,展现在我们面前,使我们由此感到无限的乐趣,但作者又常常使他笔下的人物在某一方面表现出人类的同情心。在他的每一部小说中,我们都可以看到一些令人喜爱的、饶有趣味的人物。"明兴礼认为,老舍同时也是一位杰出的"幽默家","他的作品与鲁迅不同,丝毫没有辛辣的讽刺,但却充满了幽默,这种幽默就是一种含着泪花、充满着怜悯的微笑。他善于用几句风趣的话非常成功地使读者看到人物的面部表情、举止行为以及性格特征的可笑之处,但是这些趣味横生的妙语却很难翻译出来,北京方言味极浓。作品对人物和社会的批评从来不是外加的,而与故事发展和人物肖像描绘融为一体。老舍是个具有深刻洞察力、丰富想象力、才智横溢的观察家,他看到了,并且也使我们看到了变化不定的人。由于他运墨

---

① 参见明兴礼《老舍〈二马〉中的两个民族、两代人》,载北京《教务会议委员会卷宗》第18卷第I号,1945年。达莱尔《两位中国作家:老舍和曹禺》,蒙太亥阿尔,1946年。

② 明兴礼《老舍,肖像画家和幽默家》,载《中国当代文学的顶峰》第47—55页,巴黎多马出版社,1953年。

巧妙,熟练地驾驭富有想象的字句,使用栩栩如生的比喻,这就增强了生活气息和真实感,使整个画面都充满了生气。他笔下的人物肖像,好似作者在最富有特征的时刻,巧妙地拍下色彩绚丽的迷人的图像,这些图像又化成了充满活力的画面。作者的幽默犹如涂色的配料注进了画面;除了早期小说之外,老舍很少滥用幽默或为幽默而幽默。正是这种适度的幽默与肖像家和小说家的才能融为一体,才使老舍的艺术具有如此盎然的趣味,如此浓郁的民间气息。他师承狄更斯的风格,并不在编织故事方面下功夫,情节异常简单;其笔调与其说是讽刺性的,不如说是心理描写性的;形象丰富多彩,但人物性格变化不大。

老舍一有机会就在进行道德教训,但他不是切斯特顿式①的思想家。他带有刺激的幽默很少出现不合常情的现象。由于他的善意和同情,他的才情往往显得既有理性而又趣味横生。他毫不迟疑地刺破脓疮,清洗伤口,但即使在最悲伤的场景中,也总要掺上一些非常滑稽的成分,大大减少揪心的悲痛。他既未达到鲁迅式的那种悲剧的苦恼的境地,也未达到莫里哀深刻的喜剧程度。他承认这点并为此感到遗憾。他的目的是要让读者一会儿泪如泉涌,一会儿大笑不止,但这都是十分节制、有分寸的!他描绘着、玩味着、讲述着、劝导着,机敏而又快乐,他幽默地批评着,微笑地矫正着。明兴礼对老舍的这种发现颇有独到之处,它必然有助于法国人对老舍的总体了解,从而有助于人们对老舍价值的认识。

## 二、"当代中国最真实、最深刻的文学创作"

50年代中期至60年代初的第二次世界性的老舍作品翻译热潮,虽然在法国没有留下清晰的痕迹,但老舍创作中那特有的地方色彩和民族特性却引起了法国文学界、汉学界越来越多的重视。60年代末,当"文化大革命"风暴将老舍作品当作垃圾一样加以横扫时,一些研究过老舍、有见识的法国学者,却看到了他的价值:"老舍是西方读者最感兴趣的中国当代小说家,他的充满同情的描写及其对北京市民总是闪耀着幽默才情的批评,使他的小说成为20世纪中国人的弱点和不幸的最生动、最有力的见

---

① 切斯特顿(G. K. Chesterton,1874—1936),英国著名小说家诗人。

证。"①当这场风暴最终将老舍的生命吞没时,他的作品却频频地传到了法国,使一些从未读过老舍的法国知名作家发现了中国新文学的新天地,不能不从内心发出这样的悲呼:"老舍可怕的死亡,标志着当代中国最真实、最深刻的文学创作的终结",惊叹:"老舍的艺术是真实的表现——而这,是要付出生命的代价的。"②于是,这种"最真实、最深刻的文学",便理所当然地激起了人们的探索热情,一场空前的译介老舍热便这样在法国掀起,至今方兴未艾,它是第三次世界性的老舍作品翻译热潮的重要组成部分。

继明兴礼之后,致力老舍价值探求的是法国当代知名汉学家保尔·巴迪(Paul Bady)。他之所以要以老舍作为自己探索的中心,主要得益于前辈学者戴密微、李治华先生这样的启示:若要研究中国文学,甚至中国历史,老舍是不可忽略的小说家。他自己明确地告诉过我们:"要更好地了解中国今天的生活,必须知道他的昨天,老舍的作品正是了解中国昨天的历史的一面镜子。"③巴迪正是为了寻求这面观照中国文化、观照中国历史的镜子,而专事老舍作品的探索,成为当今法国独一无二的老舍专家。他从60年代起就着手老舍课题的研究,1966—1969年,他任法国驻华使馆文化参赞期间,系统地接触了老舍的作品。在那动乱的时代,他虽与老舍相距咫尺,却不能亲睹老舍的音容笑貌,甚至也无法知晓他所景仰的东方作家早在魑魅魍魉的肆虐下屈死离开了人间。尽管如此,却没有任何力量能阻隔一位诚挚的西方探求者通向对东方作家了解的道路。在热诚的中国朋友的帮助下,通过对老舍作品的细心研读,巴迪对老舍风格特质颇有深切的领悟。1972年,他在东京翻译出版了老舍的理论集《老牛破车》,在法译本的长篇导言中,他以《小说家的生涯(一)(二)》和《美学特质》为题,对老舍的创作风格和独特价值做了精到的介绍和深刻的阐发。他首先看到了,作为"都市小说家"的老舍为"生育他的城市的居民而创作"的特色,并由此而开掘出老舍作品的世界意义。他说:"老舍之于北京,一如狄更斯之于伦敦","老舍在中国白话文学史上所占有的位置,一如狄更斯和马克·吐温在他们各自文学史上所占的位置","如果说,老舍的作品具有世界意义,其原因正在于他对北京人的爱恋,而不是无视这种爱。那么,实际上,

---

① 潘莫诺《文学词典》(第2卷)第2266页,巴黎,1968年。
② 克莱齐奥《老舍,北京人》,原载《解放日报》,巴黎,1983年2月14日。
③ 阎素伟《巴黎的老舍专家》,《文艺报》1986年3月1日。

我们将纪德对文学的如下思考移到老舍身上也是十分合适的:'最有深厚的民族特性,最具有鲜明的地方色彩的文学,也是最富人道的、最能打动异国人民心灵的文学。'"①巴迪的这一发掘,无疑接触到了老舍作品独有价值的内核。1973年,巴黎拉封出版社出版了程抱一先生根据中文译的《骆驼祥子》。这表明,法国的接受者们已经认识到老舍这部代表作的审美真谛,力图用准确的语言,在更高的审美层面上忠实地再现。巴迪为此撰写了《论〈骆驼祥子〉》一文②,对老舍的这部代表作所体现的地方色彩和民族特色,钩沉发微,为把握老舍的真实价值迈出了新的一步。巴迪认为,《骆驼祥子》的故事,虽然"反映了当时的社会斗争",但显然,"人物和地点比历史事件更能引起作者的注意"。"若要寻求老舍创作《骆驼祥子》的基本意图,那么,从容地描写北京城这一意愿要超过任何其他创作动因。"老舍对他所出生的城市的地势、气候、社会、民情都异常熟悉,并在小说中加以真实地再现,他写得那么准确,"以致使读者不禁想找一张地图,随着主人公的足迹,跑遍作者指引的任何一个地方",跟随祥子穿过"城内外各条大街小巷",跟他一起体验北京多变的气候:"冬天的冰冻与干燥,北京有名的卷起尘沙的黄风,装点古都的白雪,短暂的春天或被突然到来的雷雨打断的夏日炎热。"他写得又是那么真实动人,令人想起昔日京城的风物、习俗:"可口的风味小吃和地方佳肴,圣地朝拜的回忆,民俗杂耍剧团,京城里随着季节变化而出现的各类众多的小摊贩,初冬日卖栗子、夜壶,年关时兜卖糖、画像和灯笼,各种不同的叫卖声,一一回荡在读者的脑海里,使人好像又重返于热闹的北京街头。"而对自然、对社会真实精确的描绘,"并非是系统调查的结果",而是作者与赖以生存的城市"相依为命的结果",这正是老舍的现实主义特质的表现。巴迪指出:老舍在《骆驼祥子》中所表现的现实主义极为丰富,"这种现实主义往往总是取决于一种感情和幽默的美"。这种感情即作者对不幸者的深切同情,而幽默,则是"老舍作品中的人物在当时的社会中,面对生活的基本的哲学成分之一"③。巴迪并不完全赞同一些研究者对祥子个人主义的苛责,他说,《骆驼祥子》不仅仅谴责了个人主义,更重要的是对不幸命运的揭示和对清白无辜者的同情,"祥

---

① 安德烈·纪德《偶感集》,巴黎,1924年,转引自保尔·巴迪《老牛破车·序》(法文本)第79页,巴黎,1974年。
② 保尔·巴迪《骆驼祥子》,巴黎《批评》,1973年。
③ 阎素伟《巴黎的老舍专家》,《文艺报》1986年3月1日。

子对自身所发生的一切当然应负主要责任,他是造成自己不幸的根源","但同时祥子亦是不公正的社会的受害者,他跟别的洋车夫一样,是深受雇主的盘剥,与电车竞争的牺牲品。他无法抗拒命运的捉弄,无法抗拒接连不断地出现在他面前的人物,诸如溃逃的兵士、肆无忌惮的警察、性饥渴的女人。他并不是无辜的,但没有什么可以指责自己,除非责怪自己逆来顺受,听天由命。事实上,祥子不像其他许多又怯懦又堕落的北京市民,他是个非常诚实的乡村小子,一心要保持自己的清白。由此看来,正是虎妞的挑逗,致使他走入歧途,他永远洗刷不清她留在他身上的污点。除了希望或等待死亡,他没有别的出路"。保尔·巴迪认为:"《骆驼祥子》所表现的恶的胜利,得以使老舍从他以前的作品中占优势的肤浅的观察中解放出来",从而充分显示出"作品的思想意义与美感密不可分的特性",这正是这部小说的真实的、深刻的现实主义力量所在.

  人们越是发现到老舍的价值,越感到失去这位作家的悲痛,便越能激发一种探索的力量。最先将老舍被害的消息披露于世的是日本汉学家①。1978年,日本女作家有吉佐和子到中国做了详细调查,以《老舍之死》为题第一次向世界公布了老舍被迫害致死的详情(载1978年《周刊新潮》),同年,巴迪也发表了题为《死亡与小说》的文章,对老舍的弃世表示深切的哀悼,并对他的死因提出了质疑。老舍的惨死从此便萦绕在巴迪的脑际,而成为一个难以解脱的痛苦课题。② 表现了这位汉学家对老舍突然消失的深深怀念和难言的悲痛。50年代见过老舍的法国著名作家克洛德·罗阿也撰文痛析老舍的悲剧,对造成老舍含冤屈死的不正常的政治发出了诘问。③ 对老舍的这种广泛深沉的悼念活动,无形中在法国广大读者群中形成了对老舍作品的一种新的期待视界,而这正是提高老舍的国际影响和研究水准的一种潜力。1980年秋,北京人民艺术剧院应法国、瑞士、西德之邀访问西欧,在巴黎公演老舍的名剧《茶馆》。《茶馆》在法国和西方的演出,被誉为"东方舞台的奇迹",在观众和学界产生了强烈的反响。他们盛

---

  ① 据研究,世界上第一篇公开发表的悼念老舍的文章,是日本作家水上勉1967年3月的散文《蟋蟀葫芦》,1970年日本老作家井上靖又写了回忆性的悼念文章《壶》。由此,苏联、美国、西欧才得知老舍被害的确切消息,引起了一场世界性的沉痛悼念。见宋永毅《世界性的"老舍热",与各民族审美方向的异同》。

  ② 巴迪曾多次向中国朋友询问老舍的死因,如1979年巴金访法,与法国友人相见时,巴迪就亲自询问过巴金,使得在场者都感到心情沉重。

  ③ 克洛德·罗阿《一心灵破碎的人》,巴黎,载《新观察家》1982年6月26日。

赞《茶馆》"把现实主义带回到了西方",说:"有两样东西使法国观众感到惊奇:一是台词明显的客观性,二是老舍作为作家拒绝赋予他的剧作以某种泾渭分明的政治意义。①《茶馆》丢掉的正是这种干巴的说教,"它却得到了现实主义或真理"②。从"现实主义,中国的民族特点,以及演出的整体性"③三方面给《茶馆》以极高的评价。这种将老舍作品直接付诸观众接受的"国际旅行",无疑又进一步激发了他们对老舍的"期待",从而促进了老舍译介高潮的到来。老舍的长篇小说《猫城记》《正红旗下》《离婚》和短篇小说集《北京市民》等正是在这种背景下相继被译成法文,介绍到法国的。这些译著的出版又反过来推进了老舍作品的传播与扩散,为法国人探求老舍风格,认识老舍价值创造了十分有利的条件,从而造成了老舍研究的一种持续发展的局面。这表明,人间一切邪恶的势力虽然可以扼杀一个作家的生命,但却永远不能夺去他用热忱和爱创造出来的这"最真实、最深刻的作品"的生命。

### 三、"永生不灭的人,总有一些他们独有的品质"

一个伟大作家的生命,说到底就是他的艺术生命。当他的自然生命已经结束,但其艺术仍在燃烧时,他的生命实际上已获得了一种永生的价值,老舍就是这样一位作家。由于一场罕见、可怖的浩劫,老舍的自然生命骤然终结了,但他的艺术生命却在延伸,为世界上愈来愈多的人所欣然接受。老舍是不朽的。而一个不朽的作家总有一些与众不同的品质。法国汉学家保尔·巴迪,通过对老舍作品的研究,悟出了这个道理。他在《北京市民》法译序言中援引了法国作家乔治·罗迪蒂的一句隽永深刻的话:"永生不灭的人,总有一些他独有的品质。"在巴迪和她的法国同行看来,不朽的老舍之所以为他们所挚爱,确有"他独有的品质":

(一)老舍是替无处说话的人说话的作家。保尔·巴迪以为:"自己在那儿说话的作家,并不是大众的作家,相反,让别人说话的作家,才是大众

---

① 皮埃尔·马卡布鲁《富有戏剧性,更富有社会性》,载《费加罗报》1980年10月3日,转引自《东方舞台上的奇迹——〈茶馆〉在欧洲》第81—82页,中国文化艺术出版社,1983年。
② 转引自周瑞祥,王宏韬《现实主义的光辉》,载《文艺报》1981年第7期。
③ 夏淳《现实主义旺盛的生命力》,载《东方舞台上的奇迹——〈茶馆〉在欧洲》第94页,中国文化艺术出版社。

的作家。"老舍,无论是他的戏剧,还是他的小说,"都是让那些从来没地方说话的人说话"①。作家克莱齐奥则结合自己的创作实践,从文学反映真实、表现时代论述到了老舍这个特点,他说:"创作,就是要做到直言不讳地说出怀疑的、混乱的时代里人类生活的真相,就要记下人类生活的足迹……创作就在于寻求表达这人与外部世界、真理与可怕的现实之间的统一。世间很少有人能成功地表达这些,因为真理是昂贵的,它要求用灼热的目光来观察世界,直至这种目光能够燃烧起来。因此,作者仅仅成为时代的编年史作者,成为一个历史学家,这就很不够了;还必须成为时代的表现者,通过自己的回忆,描绘出日常生活的图景,替那些无权说话的人说话。老舍正属于这些作家之列。"②

(二)老舍是独一无二的北京通。克洛德·罗阿对此做了这样精彩的表述:"老舍通晓北京生活、风俗语言,熟知北京胡同里的社会关系、民间佳节和居民有趣的故事。他善于正确无误地认出北京居民的地方特点,善于挑选市场上的甜瓜,善于识别年画的优劣。他也善于笑,在《北京市民》中,我们发现这种幽默的笑正是他的魅力之一。老舍也有冷峻、有力的讽刺和粗俗的玩笑。但他喜爱幽默,喜爱笑,正如他所说,'深刻在于笑声中的同情'。正是他的这种对北京生活的深刻的了解,正是这笑声中的同情,才使《北京市民》中的小说与老舍的另一部代表作《骆驼祥子》一样,既有独特性,又有普遍性。"③

(三)他作品中的人物独特。他们指出:"老舍笔下的主人公不是行动着的人物,不是理想主义的革命家,甚至也不是旧中国的堕落者。他们是'北京人',是市民中微不足道的小人物,不为人世所知的无名之辈、战败者,是一些与世间毫不相干的人物。"④总之,是黑暗时代的弱者,无处逢生的人物。在老舍之前,这些人物在文学上"只是被顺带或简略提一笔的人"。⑤ 老舍怀着深沉的感情描写这些人物,展示他们不幸的命运,他"不仅在他的人物身上消灭了自我,他更是这些人物的伙伴,和他们共同分担

---

① 《北京市民·前言》(法文版)。
② 克莱齐奥《老舍,北京人》。
③ 克洛德·罗阿《一个心灵破碎的人》。
④ 克洛德·罗阿《一个心灵破碎的人》。
⑤ 《北京市民·序》(法文版)。

着他们的不幸"①,"他善于让我们跟他一起分享他的同情,他的不安,有时也分享他的谐趣"。② 这些论述触及了描写市民社会的特点。

（四）他的语言独特。研究者对老舍驾驭语言的能力赞不绝口,称老舍是所有中国伟大的作家之中"在文学中充分发挥说话语言长处的先驱者之一",老舍运用的是地地道道的北京话,其手法之娴熟,"简直是天才"。因此,不论是谁,当他高声地朗读老舍的作品时,"他感受到的却是一首真正的乐曲。读者从第一个音符起,就好像在听戏一样,能够真正地感受到:他是在北京,他的周围都是北京人"③。老舍就是凭借这纯粹的北京话讲述他所熟悉的故事,描写他所熟悉的人物,像莫泊桑一样,"他生来是讲故事的。他讲述,他观察,描绘,文字清楚,简洁,直截了当。他介绍人物,把人物活生生地展现在我们面前,我们仿佛也听见了他的声音"④。

（五）色调独特。几乎所有研究者都认为,老舍的作品罩上了一层悲观失望的色调,但"最终打动读者的仍然是生活的真正信仰和活下去的勇气"⑤,"生活的艰难并不能完全扼杀人们的善良,他们天生的人道精神以及幽默性格"⑥。据此,有的研究者对老舍的《猫城记》做出新的评价。他们认为《猫城记》是老舍怀着"沉重的失望情绪,才描绘出重压在他的国家和人民身上的一切不幸的图画"。然而人们在其中与其说看到的是作者故意制造的有关人民的弱点和缺点的消极描绘,不如说见到的是对当局的批评和对人民的同情。读者应当从中"听到老舍发出的告警的叫喊,这是痛苦的,但并非是绝望的叫喊",其目的为了唤醒人民的觉悟,联合人们的心。因此,他们说:"责备老舍的叫喊过分刺耳是毫无理由的,对老舍的辛辣讽刺不肯宽容是不正确的。"他们问:"当一个人要不顾一切地让别人听到,难道不需要重复和提高他的声音吗?"⑦这就对老舍这部为过去的研究者所否定的小说,做了充分的肯定。

在这里需要指出的,法国研究者对老舍特质的这种认识和发掘,在很

---

① 《北京市民·序》(法文版)。
② 克莱齐奥《老舍,北京人》。
③ 《北京市民·序》(法文版)。
④ 保尔·巴迪《老舍与短篇小说艺术》,载普赛克《中国文学史研究》第13—37页,巴黎,1976年,第14卷。
⑤ 克洛德·米歇尔·克伦尼《北京市民》,载《巴黎日报》1982年7月27日。
⑥ 克洛德·罗阿《一个心灵破碎的人》。
⑦ 《猫城记·序》(法文版),巴黎,1981年。

大程度上首先取决于译著的水平,高水平的译本往往来自译者对原作的深刻理解。尤其对老舍这样一个地方色彩鲜明、风格独具的作家,没有对他深切的把握,是无法再现原作风韵的。一部优秀的译作,说到底,就是译者对原著精神深刻理解和真切把握的果实。译者,作为最重要的媒介者,他对原作的理解,直接关系着原著风格的再现,关系着研究者对原作精神的认识与探索,而作为接受者,他对原著的认识与把握,本身就是该作品流传过程中探索的开始,是整个接受过程中至关重要的一步。法国的老舍译介者正是老舍作品的勤于探索、乐于探索者,对老舍风格领会颇深,他们奉献的一部部高水平的译作,是老舍作品得以在法国广为传播,老舍研究得以深入发展的重要因素,是法国汉学界探索老舍"独有品质"的重要成果。仅以老舍中短篇小说法文选本《北京市民》为例,这个选本所选《断魂枪》《我这一辈子》《月牙儿》等九篇小说,都是描写市民生活、体现老舍风格的重要作品,这些作品中人物均以北京市民为描画对象,使用语言也是地道的北京话,具有浓郁的地方色彩。要保持原作的风格首先要保持老舍原作传神生动的语言风格,这就给译者带来好多困难,不用说那丰富多样的北京方言、俗语,就是用来表示北京旧习俗的名词也够种类繁多了,单《我这一辈子》中有关办丧事而言,就有向其冥衣铺订制"倒头车""烧活""墩箱""灵人""引魂幡""灵花"等名目,这些有时连中国人也难以理解,更难于用恰当外文来迻译,使西方人理解。这部译著最见功力之处,就在于这些语言的移植。为了体察老舍作品精神,忠于原书风格,译者保尔·巴迪等曾专程来中国访问了老舍夫人胡絜青,参观了老舍旧居、老舍幼年读书的地方,老舍教中学的学校,并搜集了有关的资料,为译介做了多方面的准备。译者之一李治华虽不是旗人,却是地道的北京人,对老舍小说中许多北京方言、习俗都具有深切的了解,而其他合作者亚伦·贝罗贝和芳素思·莫赫(Francois Moreux)或者是专攻北京方言的语言学者,或者久居北京,比较熟悉北京方言、习俗,他们通力合作,建树最多的地方就是保持原作的语言风格和地方色彩。在迻译过程中,他们想方设法寻求相应的法国俗语、土话,将原书的人物对话、方言、俗语迻译过来,如原书"胳臂扭不过大腿去",译者运用拉封丹寓言中的成语,译成了"瓦罐碰不过铁罐";"瞎叨叨"译为和原词有同样象声成分的 blablabla",因而译文生动传神,较好地体现了原作风格。通过译者这种令人赞叹的努力,"这座几近一万公里远处,半世纪前的北京城,竟轻巧地被捧到了法语读者们的眼前"①,使"他们真如亲眼见到了这些活生生的北京市民,亲身体会到他们的感情、分尝他们的痛苦、悲愤和失望"②,赢得法国读者的广泛的喜爱。以描写现代西方都市生活见长的法国当代著名小说家克莱齐奥读了《北京市民》撰文说:"多亏保尔·巴迪提供了优美的译文,使我们得以和中国最伟大的作家之一相识。"③这种高质量的媒介无疑延伸了老舍作品的生命力,扩大了它在域外的阅读范围,有助于异乡读者对老舍价值的认识。值得注意的是,法国翻译家们在移植老舍作品的过程中所表现出的这种"创造性的接受",不仅表明了他们对母语和移植语言的通晓,而且表明了他们对原作意蕴的深刻把握。比如,他们将法国读者不易理解的《正红旗下》的书名巧妙地译为《大年初一出生的孩子》,把《离婚》译为《半开的樊笼》,就是对原作精神的开掘。前者的更名突出了《正红旗下》这部自传体长篇巨著中"叙述者出生时诗一般的现实主义"④及其相关的民族生活的风俗画面,后者的易名则强调了原作中"北京人风俗喜剧"⑤的种种心态呈现,都是译者对原作进行悉心研究之后所做的一种发掘。特别是《离婚》的译名更是对原作思想主题和艺术风格的体察入微的表述。《离婚》写的是老李、邱先生、孙先生、吴太极等一群北平科员家庭人人想离婚,喊离婚最后又不敢离婚,离不了婚的悲喜剧,深刻地揭露了我们民族性格的软弱、苟且与庸懦的一面。老邱的这么一段表白正是这种苟且心态的写照:"生命入了圈和野马入了笼一样的没意思。我少年时候是个野驴,中年结了婚,做了事,变成个贼鬼,溜滑的皮驴;将来,拉到德胜门外,大锅熬,卖驴肉。我不会再跳出圈外,谁也不能。"《离婚》的法译者们深达此种意蕴,就别出心裁地想出了《半开的樊笼》作书名,贴切生动地再现了原作的思想内涵和艺术格调,这一出色的译名,令人想起钱锺书先生《围城》书名的来历。钱先生套用法语"Forteresse assiégée"(取城外的人想冲进去,城里的人想逃出来这一旨意)作为这部讽刺杰作的书名,与巴迪从北京居民喜爱鸟笼这一习俗中,衍生出"半开的樊笼"作《离婚》译本的书名,同属文化交融中的化境,是中法

---

① 李平《法译老舍中短篇小说选〈北京市民〉读后记》,载《欧华学报》1983 年第 1 期。
② 李平《法译老舍中短篇小说选〈北京市民〉读后记》,载《欧华学报》1983 年第 1 期。
③ 克莱齐奥《老舍,北京人》。
④ 《正红旗下》法译本介绍,巴黎,1986 年。
⑤ 《离婚·序》(法译本),巴黎,1986 年。

两种文化媒介中的"文心会通"的范例。

## 第五节 "中国革命的女儿"与"中国的女权主义者"
### ——丁玲在法国

> 我相信人民、世界人民还是容易互相了解,彼此相爱的,虽然由于各种阻碍而显得遥远。
>
> ——丁玲

尚塔尔·格雷西埃、阿苏译丁玲《大姐》(即《杜晚香》,1980年)封面和封底

丁玲是一位具有独特的艺术风格、举世瞩目的知名女作家。她的作品以表现妇女的追求和命运著称于世。她以女性的细腻和同情,真实地反映了一代妇女的悲欢苦乐,以作家的正义和胆识不断地提出了妇女解放的新课题,更以战士的勇气和热忱,为她们的自由幸福大呼猛进,进行了持久不懈的斗争。半个世纪以来,她饱尝了人生忧患,但不论是在黑夜还是在黎明,是在顺境还是在逆境,她都始终不渝地用她那支犀利的笔,猛烈地扫荡

着一切扼杀妇女个性的旧势力,呈献了她对人民、对妇女的执着的、挚爱的感情。她为妇女彻底解放的不息追求的革命精神,赢得了世界人民深深的尊敬,她那独具一格的艺术作品和创造个性,引起了国外研究者的重视,人们称她为"中国革命的女儿","中国的女权主义者",给她以极高的评价。

　　丁玲这一独特的艺术个性和坎坷的命运,正是法国和西方学者为之注目的中心。可以说,它是牵动异乡读者的心,促进她的作品在国外流传的一个内在的"契合点"和"热点"。30年代,当她以鲜明的个性跻身于中国文坛时,她的作品《水》就介绍到了法国,法国一些著名作家、学者如古久里、艾田蒲还特地在巴黎举行学术报告会,专门就这位名重一时的女作家的艺术进行了探讨;①当她不幸身陷国民党囹圄时,也正是包括法国大作家罗曼·罗兰在内的国内外进步力量给予她以正义的声援,才使她幸免于难。② 50年代末,当一场猝不及防的政治洪峰骤然间把她逐出了文坛、她的作品因而受到无情的挞伐、封禁时,巴黎大学一些热爱中国文学的"好事者"却在"对着干":他们孜孜不倦地研读她的作品,默默地为她的命运祝福;70年代末,当丁玲以罕见的刚毅,饱经人生劫难,神奇般地复出于文坛时,法国汉学界又以何等惊异和惊喜的心情迎接她的新生! 1980年,她的第一部短篇小说法译本在巴黎问世时,法国女汉学家马蒂娜·瓦莱特·埃姆丽(Martine Vallette-Hémery)撰文这样欣慰地说:"我们高兴地看到,长期销声匿迹、以其坚强个性著称的中国女作家丁玲的短篇小说选译本终于问世了……她虽然不无感伤地蹲过两个制度下的班房,但却有幸从所有这些毫无例外的考验中死里逃生。她的作品于1934至1949年曾被国民党政府查禁,1957至1976年又遭受停止出版的命运。"③丁玲的作品终于冲破各种人为的阻碍,在法国刊行,不能不使汉学界感到由衷的"高兴"。同年5月,巴黎举行中国抗战文学国际讨论会,法国知名汉学家于如柏先生曾代表东道国,亲临北京邀她参加,虽然丁玲因健康原因未能出席,但与会的汉学家们却一直惦记着这位当年抗战的女战士:在会议期间,他们致电祝愿她健康,并以"向丁玲致敬"为题,对她的创作进行了深入的探讨。1983

---

　　① 据艾田蒲致徐仲年函(未刊)。参见《艾登伯致戴望舒信札》,载《新文学史料》1982年第2期。
　　② 聂华苓《林中·炉边·黄昏后——和丁玲在一起的时光》,载《文汇》1983年第9期。
　　③ 马蒂娜·瓦莱特·埃姆丽《从革命浪漫主义到无产阶级文学》,巴黎《文学半月刊》1980年12月1日,译文参见孙瑞珍、王中枕《丁玲研究在国外》,湖南人民出版社,1985年。

年5月,丁玲与刘宾雁一起,作为法国总统的客人应邀访法,所到之处,受到了英雄凯旋般的欢迎。1986年"三八"国际妇女节前夕,当这位为中国妇女的解放而呐喊了一生的"中国革命的女儿"谢世长眠时,又引起了汉学界人士怎样的悲悼和惋惜!法国女作家鲁阿夫人撰文指出:丁玲的离去,带走了她一生的奥秘,然而她没有死,"她是永生的!她不是几度死亡几度复生吗?此刻,我仿佛听到她在讲述鲁迅写给她的诗,看到她那幸福的容光……"①足见,丁玲受到法国人这样的关切、爱护、注目和怀念,感情系之,正源于她那传奇般的革命经历和独树一帜的创造个性,这是西方读者对一个为真理握笔的作家真情实感的表露,充分显示出了不管在世间有怎样的阻隔,"人民,世界人民还是容易互相了解,彼此相亲相爱的"②。

显然,"中国革命的女儿""中国的女权主义者",是西方汉学家对东方这位个性独特而命运坎坷的女作家的一种认可与评价,是她们对丁玲其人其文的一种互为补充的观照。虽然人们不能把当今西方"女权主义批评"理论范式不加调整地拿来界定中国革命作家的创作特征;虽然丁玲本人也曾在各种不同的场合,向法国学界几次公开声言:"我不是女权主义者"③,并对"女性文学"一词表示过非议④,但是,我们发现,当西方批评家以女权的视角重新观察她笔下独特的系列女性形象时,却不失为一个新颖、独到的视点,而且,"女权主义"作为西方思想文化运动发展中的历史产物,它本身就富有一种革命的涵义,在西方人心目中,还富有英雄的传奇色彩,它在女权运动领袖西蒙·德·波伏娃的故乡法国尤为如此。因此当他们以女权主义的眼光重新审视丁玲的艺术生涯和革命生涯时,也不失为一种有识见、符合实际的观照。从这一视角,他们看到了丁玲自1927年起,"就在小说中强烈地抨击那些束缚中国妇女的传统习俗,并鼓励妇女们去争取自

---

① 鲁阿《丁玲,一个革命的女作家》未刊文。
② 丁玲《丁玲短篇小说选·序》(意大利文版)。
③ 丁玲1983年在巴黎访问时回答记者说:"我不是妇女问题专家,我没有倾注一生为妇女而斗争。我也写男人。但由于我是女性,便自然地以女人作为我小说中的女主角。理由仅仅在于我比较熟悉她们的问题。"见亚伦·贝罗贝《两位中国作家在巴黎》,巴黎《世界报》1983年4月29日。
④ 丁玲接受女作家苏姗娜·贝尔纳访问时声言:"作为妇女,当然对妇女更了解,更熟悉她们的情况,她们的问题……所以女作家写妇女,也是很自然的事。"见苏姗娜·贝尔纳《会见丁玲》,法文版《中国文学》1984年第3期,译文参见《丁玲研究在国外》第464页。

由和爱的权利"①。丁玲在任何时刻,都"未曾忘记她是一个女性,未曾忘记替所有那些没有发言权的妇女仗义执言"②,未曾忘记"妇女解放的问题"③。他们认识到,"这位意志坚强、性格刚毅的女作家","是为争取妇女解放而英勇斗争的早期战士"④,"如果有朝一日在中国掀起一场妇女解放运动,那么,就得承认丁玲是一位开拓者"⑤。从而阐发了丁玲的革命经历和艺术个性共生互补的特征,并由此开发出丁玲研究促人深思的论题,如:他们从丁玲短篇创作的考察中,发现《杜晚香》这篇小说里也"闪烁着不满现状的火花"⑥,这是一个颇为引人思考的新颖论点。描写妇女不满她们所处的现实,确是丁玲创作中的个性特征。从 20 年代的《梦珂》《莎菲女士日记》,到解放区的《我在霞村的时候》《在医院中》直至社会主义时代的《杜晚香》,都贯串了这个鲜明的创作特色。她笔下的女性形象,无论是 20 年代的梦珂、莎菲,40 年代的贞贞、陆萍,还是 70 年代的杜晚香,在一定意义上说,都是"不满现状者"。显然她们由于所处的时代,所隶属的阶级不同,各自的经历、遭遇不同,因而追求的理想,不满的"现状"有着不相同的社会内涵和时代特点,但她们都要求自立,要求人身解放,都具有鲜明的女性的"自我意识",都不满自己周围的"现状",即不满一切窒息妇女个性,阻碍妇女解放的旧思想、旧势力。以这一点说来,她们有着一脉相承的地方。诚然,20 年代的梦珂、莎菲和 70 年代的杜晚香,不能等同而语,前者是为"五四"精神所唤起的小资产阶级叛逆的女性,后者是社会主义时代有觉悟的劳动妇女,对人生有更高的境界和追求,有着迥然不同于梦珂、莎菲的思想性格和精神情操。但她仍然是个"不满现状者":不满足于政治上已经获得的解放,不甘依附自己的丈夫,扮演"回到家的娜拉"的角色,要求跟男人同样的劳动权利,要求为社会为人民做出跟男人一样多的贡献。单就要求女性自立与解放来说,单就表现的强烈的女性自我意识来说,她仍然与梦珂等有某些相通之处。

---

① 居伊·勒克莱克《巴金的〈复仇〉,丁玲的〈大姐〉》,法国《罗纳·阿尔卑斯日报》1981 年 1 月 22 日,译文参见《丁玲研究在国外》。
② 尚塔尔·格雷西埃、阿苏《大姐·前言》(法文版),巴黎,1980 年,译文参见《丁玲研究在国外》。
③ 鲁阿《丁玲,一个革命的女作家》未刊文。
④ 丁玲《丁玲短篇小说选·序》(意大利文版)。
⑤ 鲁阿《丁玲,一个革命的女作家》未刊文。
⑥ 丁玲《丁玲短篇小说选·序》(意大利文版)。

1980年,巴黎中国抗战文学讨论会上,法国和欧美汉学家从女性主义的角度,对丁玲的创作个性进行了更深的开掘。据西德汉学家顾彬(Wolfgang kubin)研究认为:"丁玲的早期作品(1927—1931)是以反映人们(尤其是妇女)的主观意识与社会相冲突为主要特征的",而丁玲延安时期的作品不仅描写了"个人与社会的关系",而且着重写出了延安的"妇女和她们的处境",这对了解中国的妇女问题具有重要意义,应当"引起学者的注意"。① 她以《夜》为例进行分析,说《夜》中出场的三个妇女,地主闺女清子、农民何华明的妻子和妇女主任侯桂英,"都是传统的妇女形象","似乎与西洋化了的和相当解放了的莎菲女士保持了距离",但她们同莎菲一样,"都感到了不满足",然而她们却没有看到,"她们的不满足是由一个男性统治的社会造成的。她们不敢反抗男性,只是等待着,或者前去追求男性"。由此表达了与《三八节有感》相通的思想主题。不过,与《三八节有感》相比,丁玲采取的是一种"克制自己而不流露自己的立场,只是站在妇女一边,如实地记叙了她们的真实情况"。她指出,丁玲"并没有简单地、草率地掩饰社会变革过程中个人的需要以及所处的困境,而是把这些问题明确地表达出来,这一点无疑是她最伟大、最令人难忘的成就之一"。美国汉学家白露(Tani E. Barlow)的《〈三八节有感〉和丁玲的女权主义在她文学作品中的表现》一文,则明确地提出了"丁玲是中国的女权主义者"的命题。② 他通过对丁玲作品的分析,具体考察了丁玲女权主义产生的历史特点,描述了它在不同时期的不同表现及其发展轨迹。他说,丁玲的女权主义也如西方一样,十分强调性的区别。"她在考察每个妇女的性表达方式时,感到关切的是有关性别的社会定义对人们所产生的约束力。她在描述人们的觉悟时,试图分析性别如何决定了每一个人的思想和行动。她在文学作品中为女主人公塑造的自我是性的自我,因为一旦摆脱了家庭的藩篱,主要问题是性别,而不是家庭的等级。"丁玲女权主义在作品中的表现,由《梦珂》开其端,《在医院中》发展到顶峰,《太阳照在桑干河上》为终结。因为,在《太阳照在桑干河上》"再也见不到她那在习俗控制之外自由地处理女性性爱的梦想。而代之以这样一种认识:在农村舞台上,女性性爱问

---

① 顾彬《丁玲延安时期的短篇小说〈夜〉》,载《抗日战争时期的中国文学》第147—157页,巴黎,1980年。
② 白露《〈三八节有感〉和丁玲的女权主义在她文学作品中的表现》,载《抗日战争时期的中国文学》第131—147页,巴黎,1983年。参见《丁玲研究在国外》。

题终究是压迫者与被压迫者斗争的一个方面。小说中的女性都有一定的自我意识,但这种意识已不是严格按性别,而是以容易受到外力攻击与否为依据。小说中农民构成的社会现实中,性别本身的差别已为阶级的划分所代替"。于是,丁玲不得不抛弃"性别第一"的观点。她强调指出:丁玲之所以是一位女权主义者而不是简单地以妇女为题材的作家,其原因之一,"就是她极看重男女性别的差异。比起其他社会因素来,人物性别对于丁玲来说更重要,它有助于判断:谁是有个性的人物?她能干什么?能成为什么样的人?"但丁玲并没有通过自己的小说表现女人某些不可名状的"本性",而在作品中所表现的历史现实与部分妇女征服现实之间注入了一种辩证法,描写了觉悟的女性开始时完全是靠意志力,以后则靠革命推动,强调了男女恋人之间的秘密策略,最后她设想,现代妇女只有从旧式的家庭中解放出来,才能保持她们的自我意识。她还研究了妇女可用来撬开中国家庭的顽石的多种策略,例如起外国名字,人与感情的关系,自杀与革命等。据这些汉学家考察,这就是丁玲的女权主义的全部内容。

　　如此,按照西方汉学家的理解,我们可看到,丁玲的"女权主义"萌发于女性意识的呼唤和对儒家家庭观念的反叛之中,成熟于妇女觉悟的期待之中和对妇女解放的孜孜求索中,熔铸着她对人类,特别是对妇女命运的深切关注和挚爱。它不仅贯串着丁玲创作始终,构成了她的艺术个性,而且也贯串着她整个革命过程中,成为她一生为之奋斗的重要内容。"女权主义者"和"革命家"在她那儿是二而为一的。由此可见,从"女权主义"视角点来审视丁玲的艺术创作和革命历程,进而把握其艺术主体特征,确有所见。但是,正如我们上面已经指出,"女权主义"作为特定的历史的、文化的产物,作为当今西方的一种批评模式,它只有其特定的内涵和尺度,它虽可以帮助我们从另一角度观察我们身处其中的文化现象,获得一种新知,从而开辟新的思维空间,但我们不能、也不可能不加分析地套引这套模式,来解释甚至涵盖或限定我们自己的经历。"我们的历史属于我们自己",这也许是丁玲生前一再声言"我不是女权主义者"的原因吧?然而,詹姆斯·乔依斯(James Joyce)早就说过:"在文明这张斑驳的网系里,你怎能说有一根织线是纯粹而原色的呢?"①

---

① 参见胡缨、唐小兵《"我不是女权主义者"》,载《读者》1988年第4期。

# 第七章
# 中国现代诗人在法国

我耽爱着你的欧罗巴啊,波德莱尔和兰波的欧罗巴。

——艾青

艺术家和诗人、哲学家在一起创造社会财富,这种财富虽然是属于全人类的,但这是这个民族和这个环境的表现。

——吉约姆·阿波利奈尔

## 第一节 探索新的诗神

中国的新诗在国外的流传与影响远不及古诗那样广泛和深远,中国现代诗人也比不上古代诗人那样受到西方汉学家的注目和推崇。这原因大约在于新诗生长的历史不长,尚未建造起像古诗那样令人叹为观止的诗国,也未造就出能与古代诗神相颉颃的歌手。正如一位法国汉学家所指出的:"中国现代诗的历史很短。它在西方还没有像古诗那样受到人们的青睐,西方人对它了解甚少。"① 然而,由于中国现代诗所描写的新的社会内容,所表现的新的艺术形式,以及它本身与国外(特别是与西方)的密切关系,这就不能不引起西方汉学家的关注,特别当这些汉学家看到自己所熟悉的艺术(如自由诗、象征诗、朦胧诗)经过中国人的移植,竟然在不同的文化模式中得以生长和发展的时候,更激起了他们探求的兴趣。事实上,中国现代诗人也确有值得人们探究的诗国:一方面,作为中国"这个民族和这个环境的表现"。他们的诗作也像古诗一样,与我国悠久的文化传统有

---

① 吉约马(Patricia Guillermaz)《当代中国诗歌·序》第 29 页,巴黎,赛格赫出版社,1962 年。

着内在的联系,另一方面,20世纪的现代意识又不能不使他们突破传统的束缚,借用外来的形式来表达自己的新的感受,铸造自己新的诗魂,成为一代诗神。法国人对中国现代诗人的探究就是在这样的背景下开展起来的。

　　法国对中国新诗的引进与研究始于30年代。最初引进工作只限于一般的介绍,具体诗作的翻译并不多见。据我们所知,最先给法国人做这种介绍的是H.阿克东先生,他于1936年在《北京政治》第4期上发表的《中国现代诗》一文,首次透露了中国新诗的信息。1946年,范伯旺《新文学运动史》提到过中国第一代新诗人郭沫若、冰心等人和"新月"诗人闻一多、徐志摩,但都未做分析。1947年,李凤白在巴黎《时代的脉搏》第1期发表的《中国当代诗歌之一瞥》则是对新诗发展与特点的一篇专论,1948年,他在同一刊物上发表的另一篇诗歌专论中又着重强调了中国新诗的特点,称中国现代诗"开辟了一个新的道路","其栩栩如生的作品给中国新文学注进了新的生命"。[①] 50年代法国人对中国新诗的探究日渐深入,一些重要的诗人得到了初步的介绍,他们的作品也开始译成了法文。最早译介到法国的中国现代诗作大多是艾青的诗。1955年春,法国作家艾利斯·阿维莱访问北京与艾青见面,艾青赠他一本自己的诗集。回到巴黎后,这位热心的法国作家约请旅法翻译家李治华先生将艾青诗集译成了法文。1955年8、9月合刊《欧罗巴》首先刊发其中的《我的父亲》,其余结集成《向太阳》,于1958年在巴黎正式出版。艾利斯还特地写了介绍文字刊于同期《欧罗巴》专号上。他在分析中国新诗特点时说,新诗没有抛弃中国古诗,而是继承了其人民性的一面,是"人民诗歌的承启者"[②],同时指出,中国经历的反帝反封建的长期斗争和"革命的热情时代",不能不是新诗讴歌的内容,他看到了中国新诗与古诗之间的承启与发展的关系。最先试图在法国学界对中国新诗做总体描述的是明兴礼。他在早于艾利斯的文章两年出版的《中国当代文学的顶峰》(1953年)一书里,专章讨论了中国现代诗歌,可以说这是法国汉学家追寻中国新诗的开始。他认为,中国白话文学的30年,诗歌是丰收的,"天才已经成熟,经验得到深化,前辈未曾体验的感情也得到了表达,新的形式被采用"[③]。对中国新诗的成就给予了充分

---

[①] 转引自明兴礼《中国当代文学的顶峰》第115、119页,巴黎多马出版社,1953年。
[②] 《欧罗巴》1955年8、9月号,第51页。
[③] 转引自明兴礼《中国当代文学的顶峰》第115、119页,巴黎多马出版社,1953年。

的评价。他指出,在未来诗人面前,似乎出现了"两种倾向",显出了"两条道路":一是致力于"普通的、永存的美的探讨",一是"与人民心息相通的"现实主义。1949年以后,后一种思潮"显得最为热闹",但他认为"最伟大的诗人往往不正是在默无声息中成熟起来的吗?"①据此,他专门介绍了体现这种思潮的代表诗人:"浪漫主义歌者"徐志摩、"巴那斯派"诗人闻一多、"象征诗人"卞之琳、"十四行诗人"冯至和"人民现实主义诗人"艾青。在他看来,这些诗人既植根于中国土壤,又呼吸着新世纪的意识,无疑是现代中国一代诗神,代表着中国新诗的实绩和发展方向。他说:"在中国诗歌复兴中最富有活力的诗人中,徐志摩、闻一多无疑是比肩而立的执牛耳者,他们以各自的威望和才情标志着整整一个时代。高大、美丽,天生富有女性优雅气质的徐志摩,是18世纪英国诗人的虔诚崇拜者,他是抒情的、自发的,富有音乐美的诗人,是他那一诗社的偶像;而闻一多以其忧伤、狂放的气质,更具男性的刚烈,他倾心于中国过去的那种博学,讲究逻辑、富于教训,这使他更能充当首领的角色。"②"作为大自然爱情和忧郁的浪漫歌手"的徐志摩,出于其"富有人性的抒情,成了中国文艺复兴中评价最高的诗人之一"③,而"集文人与革命家于一身"的闻一多,他的敏感,虽然远不像徐志摩那么充盈、自成,但"却工于艺术家的精雕细琢"。作为文人,"他要使自己的作品注重形式,用新眼光洞观旧事物",作为一个革命家,"他要以辛酸的调子歌唱时代的苦难,效仿外国的模式,创造自己的诗作"④。如果说,"徐志摩属于拉马丁和缪塞之类的诗人,那么,闻一多则接近于维尼勒克特·德·利斯特(1818—1894,法国诗人)",都以自己卓越的才情铸就了一个新的诗国。明兴礼认为卞之琳和冯至也是这一诗国的"新形式"的创造者,前者在中国现代诗坛开了印象派的先河,后者是中国的"十四行诗的大师",前者诗风显然受到了波德莱尔、马拉美、瓦雷里、亨利·阿姆、里尔克和T. S. 艾略特的影响,后者不仅欣赏歌德和里尔克,也很喜欢唐朝的大诗人,他们用各自的创造实绩丰富了中国新诗的内容,继徐志摩、闻一多之后,"把过去和现在、西方和东方联系起来"⑤。至于艾青,据这位

---

① 明兴礼《中国当代文学的顶峰》第120、128、127页。
② 明兴礼《中国当代文学的顶峰》第120、128、127页。
③ 明兴礼《中国当代文学的顶峰》第120、128、127页。
④ 明兴礼《中国当代文学的顶峰》第129、142、148页。
⑤ 明兴礼《中国当代文学的顶峰》第120、128、127页。

汉学家看来,他的个别诗作虽然不免有散文化的倾向,①但仍不失为"中国文艺复兴最伟大的诗人之一",他跟徐志摩等一样,以自己的独特诗情丰富和扩展了中国新诗的表现领域。

60—70年代法国对中国现代诗神的追寻进入了一个新的阶段。首先,是对中国新诗人新诗歌的全面译介。1962年巴黎出版了由老资格汉学家吉约马主持编译的《当代中国诗歌》,与第二年出版的由保尔·戴密微主持编译的《中国古诗选》构成了介绍中国诗歌的姐妹篇。本书收录了从"五四"到1961年期间的90多位诗人230多首诗作,其中既有现代诗歌的开山诗人胡适、郭沫若、冰心等人的诗作,也有社会主义时代的歌手李季、公木等人的歌唱,还有港台地区著名诗人余光中等人的作品,可谓海峡两岸的新诗大检视。编译者吉约马先生写了一篇序,对中国新诗发展的历史,诗风的流变及新旧诗歌的区别都一一做了介绍和评述,他认为新诗在使用语言、表现手法、描写对象、风格特点等方面都与传统诗歌存在着明显的差异,这些差异正表明了现代诗人与古代诗人之间有着不尽相同的文化影响、创作源头和美学追求。他说,古代诗人去除诗中一切详尽的描写和笨拙的思想,一切都在不言中,而现代诗人受到西方浪漫派善于言辞的影响,不惜穷形尽意;古代诗人孜孜以求的是博学,他们的诗作是纯粹中国化的,现代诗人追求的是独创,他们时而以新眼光注视旧材料,时而又倾心西方源头,因此,他们的诗作同时包括了传统因素和外来成分;古代诗人深受中国传统文化影响(儒家的道德哲学和道家的神秘主义),儒家影响赋予他们以实践的、实用的、社会的、伦理的和理性的特征,道家影响赋予古代抒情诗人以梦一般的、超越的、神秘的特征,而现代诗人却不要这些传统思想的约束,他们的爱情诗完全抛弃了矫饰、羞涩的作风,他们描绘自然的诗也不做哲学的沉思,而是颂扬自我……②对新、旧诗人的这种区分和对照,在我们今天看来,是失之一般的。但在西方对中国新诗所知甚少的情况下,却又是极为有益而有趣的介绍,它对西方人加深对中国新诗的认识无疑是有积极意义的。

其次,是对毛泽东诗词的译介和工农兵诗人的引进。前者以居伊·布

---

① 明兴礼认为艾青的某些诗作中"描写的都是极平常的事物,没有将它们置于诗的反射镜中给予美的、普遍而永恒的真实的反映"。这显然是对现实主义诗派的一种苛责。参见《中国当代文学的顶峰》第148页。

② 吉约马《当代中国诗歌》第15—16页。

罗索莱(Guy Brossolet)译的《毛泽东诗词大全》(1969年)为代表。后者以米歇尔·鲁阿编译的《中国人民的诗人》(1969年)和雅克琳娜·德斯波鲁娃(Jacquelinne Desperrois)译的《中国每日诗抄》(1977年)为代表。法国人认为,毛泽东是当之无愧的"中国的伟大诗人"①,在现代诗坛具有特殊地位,他的诗是中国传统文化和现代社会政治交为一体的独特的艺术珍品,不仅揭示了现代中国的历史进程,而且展现了现代诗歌风貌的一个侧面,因此对这些诗词的译介与研究,应当视为法国汉学家对当代东方一代诗神的深入探寻。毛泽东诗词由北京外文出版社于1960年翻译出版的法文本(共18首诗词)传进了法国,1965年法国著名汉学家戴密微重新翻译了其中10首诗词,其译文被汉学界奉为典范。1969年出版的由居伊·布罗索莱译的本子,共收毛泽东38首诗词,是法国最全的一个译本,书中有些译文参照了汉学家戴密微和何如的有关译诗,注释参考了周振甫的有关评论,书前有译者写的一篇长篇评述:从中国传统文学功能出发,论述了毛泽东诗词的思想内容和艺术风格。文章说,"中国的一切古典文学都是一种政治的、道德的文化,诗歌也不例外",而深受古典文化滋养的毛泽东,在其诗作中"总是尽可能地保持着中国所固有的精神文明的风格",②他的诗绝大部分与政治有关,"直接展示了内战或近四十年来的政治生活的场景",这些诗犹如"竖立在某个地方或出现在某个特定环境中的碎石","标志着毛泽东的一生,因而也标示着近半个世纪中国的历史",③成为鼓舞中国人的典范和象征。文章认为,毛泽东诗词所表现的中心主题是时间,即内心情感的时间,包括对童年的回忆,向逝去的爱情诀别,返乡的题材;宇宙的时间,常用江河、流水、浪涛、白帆、飞鸟等流逝的形象表现变化不定的大千世界;历史的时间,再现中国革命的业绩和功勋;挑战的时间,表现征服自然,征服世界的博大胸怀,如此建构了一个独特的诗国。米歇尔·鲁阿编译的《中国人民的诗人》一书系"社会主义国家诗歌"丛书之一种,内收16位工农兵诗人80余首诗作,是从中国1960—1964年出版的16个诗集中选择出来的。该书出版者称这些诗作正是"大跃进"之后到"文化大革命"总危机到来之前的产品,是"六亿五千万人民诗人被召来代替职业

---

① 保尔·戴密微《毛泽东的十首诗》,载《法国信使》,1965年。
② 居伊·布罗索莱《毛泽东诗词大全》第2页,巴黎,1969年。
③ 居伊·布罗索莱《毛泽东诗词大全》第13页,巴黎,1969年。

歌手,磨砺革命最有效的武器:文化"创作出来的,西方人可从中窥见中国现代诗歌发展的某些轨迹。雅克琳娜·德斯波鲁娃译的《中国每日诗抄》,主要收入的也是工农兵诗人的作品,同时还附有李瑛悼念周总理的长诗《一月的哀思》的译文,这首长诗曾在法国文化界和青年读者中产生过强烈的反响,法国人认为,工农兵的诗歌创作与毛泽东诗词一样,是现代中国的政治风云和历史变迁的一个缩影,与中国传统文化现实生活息息相关,展示了中国现代诗发展的某些侧面,因此,对它们的译介与研究也是探究现代诗国的不可忽略的方面。

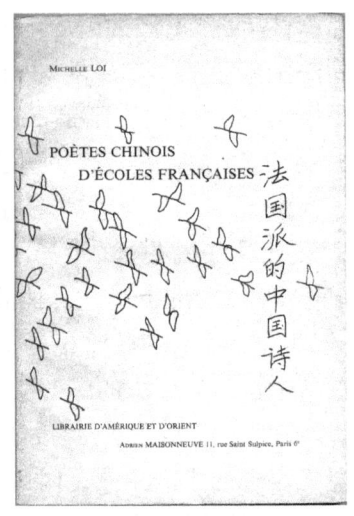

鲁阿夫人著《法国派的中国诗人》(1980年)

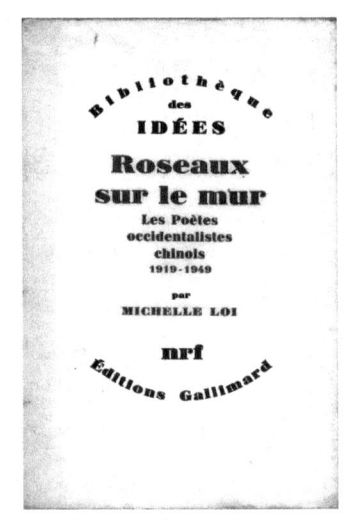

鲁阿夫人著《墙上芦苇:中国的西方派诗人(1919—1949)》(1971年),巴黎:加利玛出版社

再次,是对中国的"西方派"诗人的介绍与探讨。在这方面做出重要成绩的是米歇尔·鲁阿,她从60年代初便开始研究中国诗歌,著述甚丰,除上面提到的《中国人民的诗人》一书之外,还有《中国的诗与风景》(1961年)、《中国诗歌》(1967年)、《郭沫若的诗》(1970年)、《墙上芦苇:中国的西方派诗人(1919—1949)》(1971年)和《法国派的中国诗人》(1980年)等。其中以《墙上芦苇》和《法国派的中国诗人》最重要。《墙上芦苇》是作者的国家博士论文,是她长期潜心中国新诗研究的一部巨著,全书分三大

部分,第一部分考察了"五四"之后的文学运动和诗歌运动,西方文学流派如浪漫主义、批判现实主义、象征主义、形式主义和现代主义及西方主要诗人如拜伦、席勒、海涅、阿波利奈尔、里尔克等对中国现代诗人的影响和新诗发展的意义;第二部分通过诗人作品的具体分析,论述了中国新诗的象征和主题;第三部分论析了新诗的形式。书后还附有中国新诗运动大事记和中国新诗发展图,这个发展图清晰地展示了中国新诗发展的全貌,也标示着这位研究者探寻中国现代诗神的途径。①

《法国派的中国诗人》是鲁阿夫人继续沿着这条路径进行探究的又一成果,她在本书中第一次较为系统地考析了所谓"法国派"的中国诗人李金发、戴望舒、艾青、王独清、穆木天、冯乃超、汪铭竹、穆时英、卞之琳、姚蓬子、罗大冈等受法国影响的历史和特点,材料赅博,议论亦多有可取,同时她还译出戴望舒、李金发等人的十余首诗,其中有些是第一次译成法文。除鲁阿夫人的这些著述外,巴黎东方语言学院于1979年还翻译出版了《艾青的诗》和《冰心的诗》,分别列入法国东方丛书第十四和十五集。1985年,《欧罗巴》的"中国文学专号"译介了艾青、北岛、顾城、舒婷等人的诗作或诗论,1988年5月号《欧罗巴》又刊载了北岛、芒克等人的诗,同年巴黎百花出版社出版了艾青的另一诗集《礁石(诗与寓言)》法文本,所有这些都是法国人为探寻一代中国诗神所做的弥足珍贵的努力。这种努力意在探明中国诗人的"独创性",正像冰心的诗译者安娜·程所明示的那样,她之所以要把冰心诗作介绍到法国,目的是要让法国人看看这位"中国少见的以诗使人敬服的女性"②,究竟如何建造了自己独特的诗国:她的抒情与浪漫的理想主义相统一的特点;她对宇宙奥秘的探寻和对柏拉图的哲学主题的表现;人的命运的探询和对世间一切弱小生命的挚爱;她独有的寂寞、苦痛以及给人以春天般慰藉的情怀等等。法国人对中国现代诗人的探究,是他们探寻中国古代诗魂的一种自然延续,正像他们对古国诗魂的探索热情不会熄灭一样,他们对现代诗神的追寻也不会止息。

---

① 《墙上芦苇:中国的西方派诗人》,巴黎加俐玛出版社,1971年,第319页。
② 安娜·程《冰心的诗·序》第5页,巴黎,1979年。

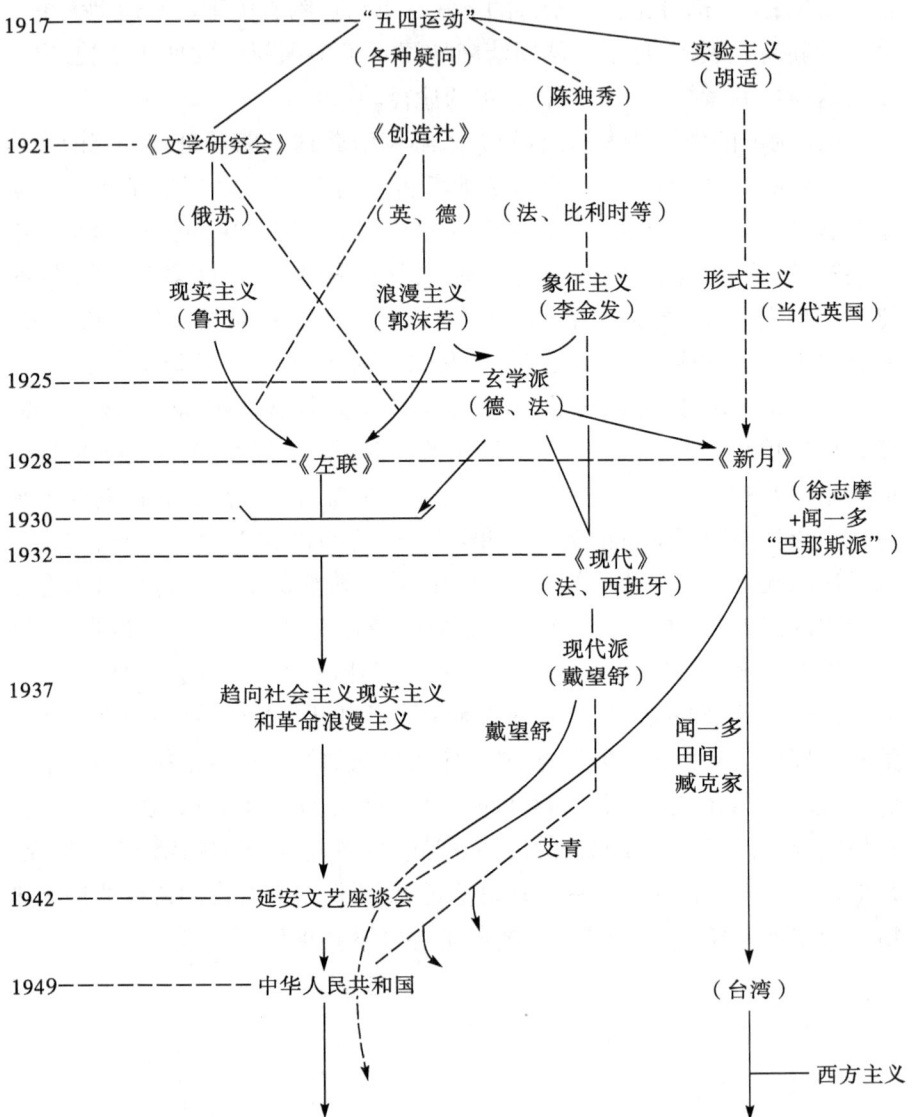

## 第二节　艾青及其他西方派的中国诗人

在中国现代诗人中,艾青无疑是最受法国人注目的一位。人们称他为"阿波利奈尔的信徒,也是中华人民共和国早期歌喉最嘹亮的诗人之一"①,说:"读艾青的诗可以惊异地发现某些明显的欧洲影响。然而他也是同代中国诗人中扎根自己民族土壤扎得最深的一位。"②这是对艾青特点颇为确切的表述。艾青的创作确与欧洲特别是与法国有着密切的关系。我们知道他是"从彩色的欧罗巴带回了一支芦笛",才开始自己的歌唱的,青年时代的艾青在波德莱尔的故乡度过的"精神上自由、物质上贫困的三年",不但使他亲历了人生的初次磨炼,而且也受到了现代艺术的深刻熏染,因之他的歌声不能不掺杂着某些异域的音调,带有"明显的欧洲影响",但他毕竟是扎根于自己民族土壤的中国歌手,他的歌唱又必定有他自己独特的声音,他的歌声是那么悠扬动人,不仅震撼了当时祖国的南方和北方,而且似乎具有一种超越时空的永恒的力量传到了西方,飞到了法国,产生了强烈的反响,并在近代中法文化关系中形成了巴金之后又一令人瞩目的文化反馈。他的诗作和评论被不断译成法文,广为传播,成为像巴金一样介绍到法国最多的一位中国作家。1980年当他重返阔别近50年之久的巴黎,也像巴金50年后重返巴黎一样,受到了热烈的欢迎,由于他卓越的创作,为中法文化交流做出了重要贡献,因而也像巴金一样,成为荣膺法兰西共和国殊誉的少数几个东方作家之一。③

艾青的这些特点,正是法国汉学家所致力探究的。法国最早研究艾青的学者明兴礼先生就曾注意到,作为中国"富裕农民的儿子、革命的爱国者",艾青首先是个"战争和土地的歌唱者",他的作品常以"描写的简洁,画面所呈现的现实主义,丰富的想象,对人民的挚爱及整体的力度"而达到一种"异常高的巅峰",同时,他又具有多方面的素质:既"富有史诗的天赋",又有抒情才能。有时"他的抒情跟浪漫主义者一样感人,他的想象跟象征主义者一样丰富",他的歌唱分明裹挟着"普罗旺斯的骄阳和中国北

---

①　米歇尔·鲁阿《法国派的中国诗人》第60页,巴黎,美洲与东方书店,1980年。
②　卡特琳·维耶尔《艾青的诗·序》第5页,巴黎,1979年。
③　巴金1983年荣获法国荣誉军团勋章,艾青1985年荣获法国文学艺术的最高勋章。

方吹来的寒风",交融着弗朗德尔地区诗人的声音。① 这位汉学家较早地察觉到了艾青诗歌创作与法国、比利时诗人之间的联系。这种联系不是浮面的,而是内在的、深刻的,这是艾青独特的地方。对此,米歇尔·鲁阿进行了卓有成果的探寻。她认为,艾青当年虽然受到了阿波利奈尔的启迪,带回了这位法国诗人的芦笛,但"阿波利奈尔的芦笛并没有吐出任何一点阿波利奈尔的音调,却向我们倾吐了一位被关在法国监牢里的中国诗人的感情"②。她强调的是艾青的个性和独到之处。她指出:法国诗人对包括艾青在内的"法国派"的中国诗人的影响,"乃是变化不定的,有时只限于诙谐幽默的范围之内,有时又显得比较深刻"。照这位汉学家的看法,艾青接受的西方影响当属这"深刻"之列,其深刻就在于他对外来形式的借鉴"不是一种简单的追赶时髦的做法",而是"从正确的理解的基础出发",借以"表达另一种文化的基本特性"。③ 这是极为精当的看法。出于青年时代的艾青"没有条件进行系统的学习和阅读,只能接触到什么吸收什么"(《母鸡为什么下鸭蛋》),因此,他接受的主要不是西方某一流派的某个宣言和理论的熏陶,而是西方某些诗人某个具体作品的艺术感染,诸如情绪的共鸣,意象的启发和感觉的契合等等。这就决定了艾青接受西方影响不仅不是浮面的而且也不是单一的,他受过阿波利奈尔、波德莱尔等人的影响,更受过比利时魏尔伦的影响,但不管受哪位外国诗人的影响,他都能化为自己的血肉。即如阿波利奈尔所言,他是读过这位法国诗人的《醇酒集》之后从中感受到某种情绪的共鸣与激荡,才创造出《芦笛》这首诗的,他还引用阿波利奈尔的这样两句法文原诗作为《芦笛》的题目:

J'avais un mirliton que je n'avais pas
échangé
contre un bâton de maréchale de France
(当我有一支芦笛,拿法国大元帅的节杖
我也不换)

---

① 明兴礼《中国当代文学的顶峰》第 143 页,弗朗德尔地区,是法国、比利时交界的平原地区,这儿指艾青受这个国家诗人的影响。
② 《法国派的中国诗人》第 61 页。
③ 《法国派的中国诗人》第 61 页。

这里,显然也并非出于时髦和装门面,而是借他人诗句抒发自己胸怀,借西方芦笛吹奏东方人的心曲。它奏出了诗人自己的声音,奏出了一个备受苦难煎熬而倔强搏击的中华民族的声音。确实如鲁阿夫人所指出的,"以灵敏的手法表达了另一种文化的基本特性",这正是艾青的"崇高之处"和"深刻之处",我们认为,也是他的动人之处和高人之处。

据此,一些法国研究者指出,在追寻中国现代西方主义诗派的时候,不应当拘囿于诗人们自封或评论家们所冠之于他们的"西方主义的种种现成的名号",停留在浮面的推测上,而应当结合他们的创作特点和文化背景,深入研究他们的作品,探究其实质。事实上,从他们诗作所表现的实际内容来看,西方的诗人对他们的影响要比人们预想的要复杂得多,深刻得多,因而也要丰富得多。据米歇尔·鲁阿的深入探寻,造成这种复杂性的原因是多方面的:其一,由文化传统的差异而形成的施与者与接受者之间的"貌合神离",如歌德之于王独清。《罗马》一诗中首引屈原、歌德的诗句作为题铭,表面看来写的是西方化的主题,实际上与歌德并列的屈原的诗句"登大坟以远望兮,聊以舒吾忧心"才是全诗的主旨,它抒发了诗人自己怀乡的独有的情调,"诗中并没有什么西方主义":这位著名的"法国派"象征诗人虽然也像当年的歌德和杜伯雷一样,来到了罗马这地中海上的第二长安,"但他在这儿所怀念的并不是法兰西,甚至也不是古罗马,而是东方古老的长安"——他生长的地方,他是在深受本国古典诗人尤其是唐朝诗人的熏陶后才开始接触造就拜伦、雨果、拉马丁、魏尔伦等的"本原文化"的。对这种文化他尽管知之甚多,却仍然不免失之肤浅。他尽可以讲到怀乡病,讲到瑞亚·西尔维亚,尽可以点缀无数以 us 结尾的单词,却并不能说明他的思维方式是罗马化的,同样也不是歌德化的,尽管他引了歌德的一首《罗马哀歌》作为题铭:"你尽管是一个世界,啊,罗马……"①鲁阿指出,类似此类"貌合神离"的怀乡主题,实际上体现了中国现代诗人文化回归的倾向,只要对这类诗作进行比较深入的研究就可以发现其中所蕴含的东方伦理和哲学的丰富意蕴以及与中国传统文化的直接的渊源关系。切不可不加分析地就范于现成的结论,也不可为诗人们所标榜的表面名号所迷惑,他问:"中国现代诗人笔下的游子归来而亲人不相识的主题,难道应该归结到

---

① 米歇尔·鲁阿《墙上芦苇》第319页,巴黎加利玛出版社,1971年,参见鲁进译《文学研究参考》1987年第12期。

荷马而无视贺知章以及其他许多同样表现了这个主题的中国古代诗人吗？"而郭沫若的《凤凰涅槃》中的凤凰对天提出的问题，虽然也正是海涅在一首诗中所提出的问题。"是翻译使郭沫若受了影响呢，还是应当更合情合理地想到屈原的《天问》？"①其二，由施与者与接受者的"文心会通"而产生的"偶合"，如絮佩维埃尔（Jules Supervielle，1884—1960）之于戴望舒，戴于1942年7月写下了这样的诗句：

　　我用残损的手掌，
　　摸索这广大的土地。

戴望舒抚摸的中国使人自然地想起絮佩维埃尔的《遥远的法兰西》：

　　我用饥渴的手，
　　　寻找着遥远的法兰西……

　　这种似曾相识的意象，很容易使人得出前者是后者之模仿或移植的结论，然而从两诗创作时间的简单推算来看，却排除了这种影响的可能性，②尽管戴望舒曾经是絮佩维埃尔的翻译者和崇拜者。其实，这种不求合而自合的"偶合"现象只不过是中西这两位诗人的"文心会通"的表现。这种现象在中外诗歌交流史中是屡见不鲜的，鲁阿说："魏尔伦从未读过秦观的词，拉马丁也没有接触过白居易的诗，反之更不用说，而中国现代诗人的意象和表现手法为什么不能与魏尔伦或拉马丁似曾相识，既然他们与自己的文化传统有着同样或更深的联系，有一些普遍存在的意象，可以被每个人感受到，如海鸥的飞翔如同飘忽的思绪，屋顶的炊烟象征着归隐的安宁……"③切不可不加深究而做简单的类推。其三，由接收者对施与者"长久而全面的接触"而产生两者风格的内在默契，如冯至之于里尔克，这两位诗人表面上相似之处很少，但却存在着内在的默契；他们的哲学态度很相近，"尽管冯至的诗是中国式的，但却可以从整体上看出里尔克的宇宙观。这绝不是表面的装饰，或者吸收，也不是中国式的暗喻，而是一种深至诗歌

---

① 《墙上芦苇》第373、371页。
② 《墙上芦苇》第373、371页。
③ 《墙上芦苇》第371、375—376页，参见鲁进译《貌合神离》，载《文学研究参考》1988年第1期。

源泉中的中西融合"①;他们的诗歌意象相似,冯至在从十四行诗中描写了在原野上和生命中被命运神秘地划出的交错的蹊径,描写了宁静、寂寞的夜晚,人与事物的细微变化,以及"难以遏制地不断产生的向世界扩张自我的冲动"②都与里尔克惊人的相似,然而两者之间仍存在着丰富的差异性,这种差异性正表明了"中国诗人摆脱了某些共同的诗歌源泉而找到了自己的独创性"③,因为,"真正的融会贯通","决不会影响诗歌的独创性"④。

如此形式的接受与影响的复杂、多姿的状态,需要结合每个诗人的内在因素和外在因素加以综合细致的考察才能探明,似不可草率从事。鲁阿还认为:现时代的各国的大诗人"越来越注重博采百家,并且不露痕迹",中国现代优秀诗人也不例外。由于20世纪产生了不少类似诗人家族的诗人群,从歌德到雪莱,从歌德和雪莱到郭沫若,从雪莱到泰戈尔,从泰戈尔到冰心和徐志摩……"在世界范围内形成了一个无形的织网,很难把东方和西方截然分开,所以不能把中国受西方影响的诗人看成绝对而纯粹的'西方派'"。她说:"闻一多、戴望舒、冯至、艾青等西方主义者之所以是优秀的诗人,并不是因为他们是西方主义者,而是因为他们的意象,象征与思想本质上是中国式的。作为西方主义者,他们仅仅某些侧面才是西方化的,并且通过某个自己喜爱的西方诗人来丰富自己国家与时代的诗歌领域。"⑤鲁阿这一富有现代意识的批评是切合中国现代诗人实际的。

如果说艾青等是"将彼俘来"、熔异乡文化于一炉的脚踏实地的"西方派"。那么,李金发这位"中国象征派"的创始人,则是这一流派中"蹩脚地模仿西方",华而不实的"墙上芦苇"。据米歇尔·鲁阿的研究,"李金发的'怪诗',是一些本能的,无规则的,甚至是毫无道理的印象的集结"⑥,他的诗之所以"怪",原因有二,一是他不求甚解地、浮面地照抄西方人的词句。"他把魏尔伦的两句诗放在自己的一首晦涩难懂的诗歌题下,就算完事大吉了,至于他是否弄懂了,实在是说不清,甚至连魏尔伦自己也未必说得清楚的魏尔伦的诗。显然,他也以这种特殊的方法阅读了相当多的阿波利奈

---

① 《墙上芦苇》第371、375—376页。
② 《墙上芦苇》第376—377页。
③ 《墙上芦苇》第376—377页。
④ 《墙上芦苇》第376—377页。
⑤ 《墙上芦苇》第378页。
⑥ 米歇尔·鲁阿《法国派的中国诗人》第16—17页。

尔的作品,东拉西扯地把其中的一个字和一个词组相搭配,但却从来不提他的名字。"①二是有意使用古语,追求隐晦:李金发真正喜欢的是"文言",他所谓"新颖","就是拒绝'白话'运动的目标,寻求'神秘'的色彩"。② 鲁阿认为,如果说李金发的探索和试验是失败了的话,那是因为一来他拒绝诗的形式,像第一批"白话"诗人一样,或像后来的现代派诗人一样拒绝诗的形式,而这种拒绝形式的诗句,"既不如现代派那样自然流畅,又不如早期'白话'诗人那样受古诗的影响而十分简练",是"一大堆短诗或带有传统手法的古诗的堆砌",令人费解。二来,他"对于另一种文化,没有任何协调的东西,没有任何理论,也没有任何真正成熟的东西","他既不熟悉法国,也不精通法语,而却一边翻阅着法国诗人的作品,一边写自己的诗。所以把他说成法国诗人的追随者,实在有些勉强"。她最后指出:"中国人由于不了解法国诗而无法看懂他的诗,英美评论家也是如此,往往轻信他的一面之词。实际上,对他的创作方法可以一言道破:'华而不实'。"这种判断显然十分严厉,然而也极其深刻,它对我国诗歌研究者的某些不符合实际的拔高倾向,不失为一语中的的批评。值得注意的是,鲁阿虽然对李金发等做了如此严厉、尖锐的批评,但她对他们的贡献还是给予了非常公正的评价:"在他们之前中国诗歌只有一个声威赫赫的传统和人们不再使用的古老语言。在他们之后中国诗歌又重新获得了生命力。他们讨论了诗歌理论,探索现代的象征与主题,更新诗歌形式。无疑最困难的是第二点,因为他们不仅为此付出了思考与艺术,并且投入了整个生命。"③虽然他们当中有些人"得到了一个'墙上芦苇'的名声,得到了一个追求时髦,空洞无物的名声,但是在这个名声之下毕竟还有些东西是人们不该忘记的;他们是一个时代的诗人,标志着中国文学史上一个重要的阶段"④,"正是他们宣布了'五四'时期的战斗者所向往的中国现代诗的诞生,他们在'五四'时期的战斗者和他们直接继承者——当代诗人之间架起了一座桥梁"⑤。这些看法无疑对我国诗歌研究界有很大启发。

---

① 丁雪英、连燕堂译《法国派的中国诗人》第 16—17 页,译文载《文学研究参考》1987 年第 12 期。
② 《法国派的中国诗人》第 61—62 页。
③ 《墙上芦苇》第 378—379 页。
④ 《法国派的中国诗人》第 61—62、57 页。
⑤ 《法国派的中国诗人》第 61—62、57 页。

# 第八章
# 新时期中国文学在法国

> 这种文学的核心就是人,人的灵魂,人的命运,是表现在社会氛围内并脱离个人小圈子的人。
>
> ——尚达尔·陈-安德罗
> 《从短篇小说到报告文学:叙事作品风靡一时》

> 中国和法国是两个相距遥远而又在各个方面不尽相同的国家。但我认为,人类的心灵都是相通的。文学艺术正是沟通人类心灵的桥梁。
>
> ——路遥《人生》法文版序

1976年,粉碎"四人帮"之后,中国文学表现出一种"觉醒和追求",呈现着"复苏的景观"。① 中国文学经历了西方文学所未曾经历过的磨难,终于迎来了自己的艺术春天,进入了新的发展时期。它以其未曾见过的多姿多彩的色调引起了世界注目,使法国汉学界不能不怀着惊异之情,把探求的视线投向这一历经创伤而今焕发着青春的新文学,发掘着这一领域里久已埋没而才华不减当年的老一代及初试锋芒大有希望的新人。他们对我国新时期文学的探索无疑是对"五四"以后新文学探索的一种自然延伸,其基本路径是与罗曼·罗兰在20年代拓开的寻求中国贤智的方向相通的。

## 第一节 从超文学的选择到纯文学的探讨

法国汉学家对新时期中国文学的关注,是基于对"四人帮"的假文学

---

① 夏尔·多勃辛斯基《中国,冲击与变革》,载巴黎《欧罗巴》1985年4月号。

的摈弃与否定,并且在这种彻底的否定中,最终确立他们研究中国当代文学的取向和视角,即由超文学的选择到纯文学的选择,由政治层面的观照到艺术层次的探讨。

法国研究者对"四人帮"统治时期的中国文学向来持有严厉的批判态度,在他们看来,那一时期的中国文学,只不过是"枯燥乏味缺乏象征、缺乏深意、没有艺术效果的文学,是纯粹党的正确路线的寓意化的产品",充斥着标语口号陈词老调,是"虚假的文学,荒谬的文学"①。他们甚至认为"建国到1979年这一段时间中国实际上没有文学,只有政治宣传"②。这种否定的、甚至不无偏执的观点,使他们注重从政治的角度和社会学角度看中国当代文学作品,视中国文学为"纯粹的文献资料",认为"它揭示了一个外国观察家所不能直接理解和领会的东西,它可以表明这个大国的思想气温,作为一种证据、标记、迹象或征兆"③,是瞭望中国的窗口,而新时期破土而出的发轫之作,直面社会现实、直抒胸臆的特点,更使他们对中国文学的这一政治的、社会学的取向得到了强化。他们从各自的研究中,发现了中国当代文学这样一个鲜明特征:"与时代的社会现实一致。"④他们说"一部作品,在中国不管是不是杰作,总是社会的某种见证"⑤,只要读者善于从作品中"破译这些信息,就肯定能从中获得丰富的教益,进而了解中国当代社会"⑥。法国汉学界对中国新时期文学的介绍正始于这样的认识和动因。也许基于这种共同的认识,也许出于接受者的逆反心理,法国一些研究者起初都把视角的焦点集中在一些迅速反映社会现实、轰动当时中国文坛的作品,或集中在一些有争议受批判的作品。1980年,陈若曦的《尹县长》被率先译成法文介绍到了法国。1982年,巴黎同时出版了两部中国当代小说集,收集的也多是这样一些有争议受批判的作品。由白夏和扎法诺利合译的《蒙面中国》,收入了《人妖之间》《调动》和《飞天》三篇小说,由埃尔韦·道尼斯(Hervé Denès)译的《父亲的归来》,搜集的更是暴露社会"黑暗面"而名噪一时的作品,诸如《社会档案》《检查官的信念》《夜幕下》

---

① 弗朗索瓦·于连《跨入门槛》,载巴黎《欧罗巴》1985年4月号,第13—17页。
② 郝敏《诺埃尔·杜特莱谈法国研究中国文学的情况》,载《文学研究参考》1988年第5期。
③ 弗朗索瓦·于连《跨入门槛》,载巴黎《欧罗巴》1985年4月号,第13—17页。
④ 苏珊娜·贝尔纳《中国女作家短篇小说选·序》,巴黎,1985年。
⑤ 苏珊娜·贝尔纳《中国女作家短篇小说选·序》,巴黎,1985年。
⑥ 诺埃尔·杜特莱《中国的报告文学》,载巴黎《欧罗巴》1985年4月号,第76—85页。

《她》和《周德发的婚事》等,这些作品多数早已被我国读者忘却,法国人却看重它们,首先把它们介绍到法国,大约是因为这些作品"揭示了一个外国观察家所不能直接理解和领会的东西"。显然,这种介绍与其说是纯文学的选择,不如说是一种超文学的选择,或者多半是从"纯文学资料"考虑的结果,《蒙面中国》的译者说得十分明确,中国1979—1980年文学之春给他们提供的作品,构成了西方人了解那一时期"中国社会生活、社会冲突以及渗透到社会肌体中的种种现象的不可代替的资料"①,他们之所以选译《人妖之间》等1979年发表的三篇作品,是因为这三篇作品很好地表现了新时期新文学的最重要的主题,即所揭示奸淫的罪恶、官僚主义的荒谬和干部的专权与贪污等等,以此来观照当时中国社会动向。可见这种接纳的层次仍然是政治性、资料性的,正像台湾有见识的批评家所尖锐指出的:"目前,越是在大陆遭受政治批评的作家,越容易受到西方的重视。也就是说,西方对当代中国文学的接纳角度,仍旧是新闻性、社会性、政治性的,还有,观光性的。"②

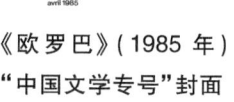

《欧罗巴》(1985年)"中国文学专号"封面

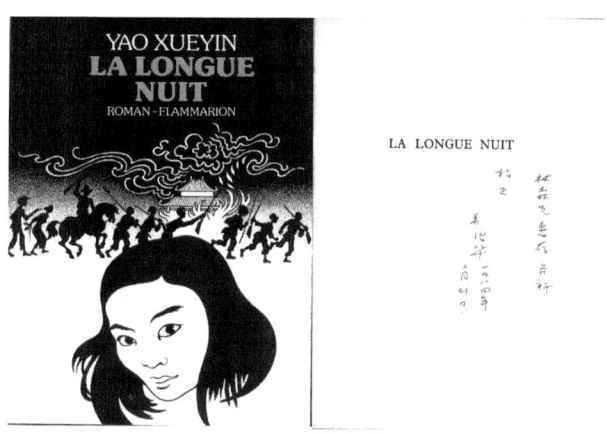

李治华译姚雪垠《长夜》(1984年)封面和扉页题赠

诚然,当中国新文学尚处于各种试验阶段之时,初期的介绍者,引进这

---

① 《蒙面中国·序》。
② 龙应台《人在欧洲》,台北时报出版社公司,1988年6月。

类作品,借此了解中国当代社会的"一角",了解中国当代文学的"一角",并非毫无意义。但是,罗列此类作品,呈现于法国广大读者之前,毕竟不能使他们正确、全面地认识当代中国文学的新貌。决意突破这种局面的是《欧罗巴》文学杂志的编者们。他们有感于法国对"开始思索、反省和创造的中国",对处于"复苏""变革"的中国当代文学了解甚少,于是,联合了一批年青的汉学家,于1985年推出了一期"中国文学专号"。他们说,"他们并不想寻求所谓'杰作',而是选登当代文学上一些具有代表性的优秀作品","深入挖掘与正处于萌芽状态和尚在争议之中的新事物发生着直接联系的老一代及新一代的诗人、小说家",①开始严格意义上的文学介绍工作。从此,法国对新时期中国文学的研究便推进到一个新的层面,转换到一个新的角度。这期专号译介了中国当代著名的小说家和诗人的作品,如王蒙的《歌神》、宗璞的《我是谁?》、谌容的《玫瑰色的晚餐》,以及艾青、雁翼、晏明、周良沛、雷抒雁、舒婷、顾城、北岛、江河、车前子、骆耕野、晓凡、朱家堤等人的诗和诗论。同时刊载了《短篇小说、报告文学:叙事作品风靡一时》《中国的报告文学》《新时期的诗歌》《中国当代话剧(1976—1984)的风貌》等论文,对我国新时期文学的各种体裁、各种流派做了广泛的评述。除上述以外,论及的主要的作家作品有:李玲修的《啊,友情》、张洁的《在雨下》《爱,是不能忘记的》、刘心武的《我爱每一片绿叶》《爱情的位置》、母国政的《在荒凉的大堤上》、宗璞的《蜗居》、卢新华的《伤痕》、刘绍棠的《蒲柳人家》、理由的《痴情》《中年颂》《希望在人间》、徐迟的《哥德巴赫猜想》、黄宗英的《大雁情》,以及宗福先、沙叶新、高行健、白桦的戏剧,王蒙、蒋子龙、茹志鹃的小说,刘宾雁、陈祖芬的报告文学集,可谓1976—1984年间新时期中国文学的大扫描。论者称选评的对象是"众人皆知的作家",而避开"那些争议愈益增多的作家",选评原则是:"把评价嵌入更富有文学特色的背景之中,同时毫不回避文学作品与社会或政治现实之间的联系。"②持论较为客观公允,较之起初的介绍,无疑深化全面了,虽然这儿所涉及的还只是少数有代表性的作家、作品,对我国粉碎"四人帮"之后发表的浩如烟海的文学创作来说,不啻于沧海之一粟。然而,这样从纯文学角

---

① 夏尔·多勃辛斯基《中国,冲击与变革》。

② 尚达尔·陈-安德罗《从短篇小说到报告文学:叙事作品风靡一时》,载《欧罗巴》第18页,巴黎,1985年4月号。

度做系统介绍,在法国还是第一次,引人注目。它有助于法国读者对中国新时期文学的正确了解,有助于汉学界对这一新的文学做进一步探究。

杜特莱译阿城《三王》(即《孩子王》《棋王》《树王》,1988年)封面和扉页题赠

亚丁著《高粱熟了》(1987年)封面和封底

在《欧罗巴》"中国:一个新的文学"专号倡导和推动下,法国汉学界对新时期中国文学的介绍愈见重视、深入。1985年以来,译成法文出版的当代中国小说就有张贤亮的《绿化树》(1987年)、《男人的一半是女人》(1985年收入《中国之声》,1987年单行本),张洁的《沉重的翅膀》(1986年),张辛欣的《在同一地平线上》(1986年)、《疯狂的君子兰》(1988年),古华的《芙蓉镇》(1987年),戴厚英的《人啊,人!》(法译名为《黑暗中的火花》),陆文夫的《美食家》(1988年),阿城的《三王》(即《孩子王》《棋王》《树王》,1988年)及叶永烈的科幻小说等。与此同时,北京《中国文学》外文杂志社于1981年创设了"当代中国信使"——《熊猫丛书》,与法国汉学界遥相呼应,推出了不少中国当代作家作品的法译本,其中重要的就有王蒙的《蝴蝶》(1982年)、蒋子龙的《赤橙黄绿青蓝紫》(1983年)、《当代十作家小说选》(1984年)、张贤亮的《绿化树》(1987年)、刘绍棠的《乡土小说》(1996年)、张辛欣和桑晔的《北京人》(1987年)、陆文夫的《井》(1988年)等,这些译著先后流入法国,对法国人研究中国当代文学无疑具有促进作用。在这儿我们还需要提到几部直接用法语写成,在巴黎出版的中国当代作品,它们是:大陆女钢琴家周清丽的自传体小说《花轿泪》(1984年)、中国作家沈大力和法国女作家苏姗娜·贝尔纳合著的《延安的孩子们》

(1985年)、旅法侨居的中国作家亚丁的《高粱熟了》(1987年)和著名的法国文学专家、诗人罗大冈的诗集《破盆中的玫瑰》(1987年)。这四部作品都以描写人的真实情感见长,在法国受到了广泛的欢迎,产生了巨大的反响。《花轿泪》在巴黎一下就销售150万册,还被译成英、德、西班牙等十一国语言,在西方广为传布。

《高粱熟了》真实地写出了中国知青在"文革"中的坎坷遭遇,在法国一举成名,作者因之而被吸收为西欧知识分子高级团体"欧洲骑士团"的成员,获得了一个作家难以得到的殊誉。而以描写当年延安儿童英勇长征的故事,展现"中国灵魂的内涵"的《延安的孩子们》,更被法国人誉为一部"具有人道、历史和文化价值的伟大作品",受到了异乎寻常的欢迎。《破盆中的玫瑰》也得到了法国文学界、汉学界的普遍的好评。这些作品的广泛流传加速了中法文学交流的进程。此外,中国作家访法活动,也推进了法国对中国新时期文学的介绍和研究,扩大了中国文学在西方的影响。如1979年巴金、徐迟、罗荪访法,1980年艾青、刘白羽、马烽、吴祖光等访法,1983年丁玲、刘宾雁访法,1986年张洁访法等都直接激发了法国人对中国现当代文学兴趣,推动了他们对这一领域的研究,而1988年5月中国作家陆文夫、张贤亮、白桦、刘宾雁、刘再复、刘心武、阿城、北岛、高行健、韩少功、芒克、张抗抗、张辛欣等赴法访问,更是中法文学交流史上规模空前、影响深远的一次"国际旅行"。为了配合此次中国作家代表来法国访问,汉学家还编辑出版了《当代外国文学精萃·中国专刊》撰写了有关新时期中国文学的专论,对来访的十三位有影响的中国作家逐一做了详细的介绍和评述,其资料之翔实,立论之客观是前所未有的。中国作家在法逗留期间和东道国文学界、汉学界读者群进行了广泛的接触,有助于法国人对中国当代作家的了解、为他们从纯文学角度评介研究新时期中国文学无疑增添了新的力量。

## 第二节 人性复苏的新文学:瞭望当代中国的窗口

经过这样由政治层面的审视到纯文学的选介;经过与中国作家直接的对话,使法国汉学家有可能对新时期中国文学做较为深入的思考和探讨,从而做出自己的艺术判断。那么,法国汉学家对中国新时期这一"觉醒和追求"的文学有何总体评价呢?它究竟有些什么新特质呢?他们认为:

这是从大漠中走出来的"新颖而奇特的文学"[1]。它之新,"是因为它是在一片荒漠中诞生的……越过这茫茫荒原,从它的尽头走出来的作家数以百计",其中既有沉冤二十年的老将,又有农村成长、"敢于思考"[2]的新人,如今,"老一代恢复名誉,新一代重新回城,为饱受磨难的中国文学带来了新的生机";它之奇,"是因为拿起笔来的这些年轻作家并未受到良好教育",这种"轰动"似乎并不特别有悖常理。须知:"在中国,文学是唯一可以揭露各种社会问题的场所,作家们能通过它向世界倾诉他们所曾经遭受的苦难:他们的声音酷似六十年前鲁迅的呐喊,而那时的中国刚刚脱离封建社会的母体。"因此,他们的声音可以看作是当代中国的声音,他们的作品则是瞭望当代中国的窗口。

这是一种"人性复苏"的文学。它从"伤痕文学"开始崛起,"以重新发现人的价值为突破口,表现为"寻找自我,肯定面对集体的个人价值",同时表现为"人际关系的再评价以及对人类最伟大的共存性的召唤"。[3] "这种文学的核心就是人,是人的灵魂,是人的命运,是表现在社会氛围内并脱离个人小圈子的人。"新时期中国文学的"觉醒和追求",首先就体现在"人性的复苏和人的价值的追求,这种文学正是法国汉学家为之倾心呼唤和赞美的人的文学,真的文学"。

这是题材多样、风格各异、流派纷呈的"对其他文化开放的文学"。"四人帮"垮台后的思想解放运动使作家有可能触及不同的题材,"这些题材紧紧联系着社会、政治或经济生活中的一些焦点。甚至于个人生活——

---

[1] 《新颖奇特的文学》,载《当代外国文学精粹·中国专刊》,巴黎,1988年5—6月。
[2] 白夏《论文学与政治点滴》,载《中国当代文学国际讨论会》,上海,1986年,未刊稿。
[3] 尚达尔·陈-安德罗《从短篇小说到报告文学:叙事作品风靡一时》,载《欧罗巴》第19页,巴黎,1985年4月号。

爱情、家庭冲突——的题材也延伸到社会范围内"①。因而,使新时期的中国文学成为名副其实的"瞭望社会的窗口"。由于当今中国作家获得了"艺术家第一个权力"——自由,得到了宽容和信任,蕴藏在他们身上的那种"丰富、先进、宝贵的创造力量"一下被释放了出来,②于是,"各类文学作品应运而生,争奇斗胜,以至于人们很难主观武断地按照流派对今天的中国文学进行恰当的分类"③。这种风格多样、流派纷呈的文学景观,不能不使勤于思考的法国汉学家从不同方面进行深入的探究,提出自己的见解。

有的从现代化与民族化的角度出发,认为新时期的中国文学,"其明显特征在于,作家们试图创造一种完全具有现代风格,即对其他文化开放的文学,同时它又完全具有中国特色,并不单纯模仿西方文学。现代化与民族化,这是 1919 年五四运动以来,中国文学所面临的挑战,在这一方面,在两次世界大战期间,闻一多在诗歌领域、老舍在小说领域都取得了重大成就。今天中国年轻一代的作家们正在从中国传统的文学和思想中寻找自己的根,同时也汇入现代潮流"④。

有的将新时期中国文学划分为三大潮流:即源于 30 年代文学大师鲁迅、茅盾、老舍、巴金等人,同时受到苏联文学影响的现实主义潮流;"远离传统的表达方式",被视为异端的现代主义;"展示中国文化价值的持续性"的民族文学。属于现实主义流派的有陆文夫、张辛欣和刘宾雁,这一流派在当代中国文坛"依然占据着主导地位,并且无可置疑地受到人民大众的欢迎";属于现代主义的则有诗人北岛、芒克和剧作家高行健和小说家张承志;归入民族文学之列的是阿城、韩少功,无论从创作题材还是从审美意识上看,他们都和沈从文一脉相承。而张贤亮和王蒙的某些作品,则是现实主义和现代主义兼而有之。⑤

有的借用西方文学批评标准和黑格尔《美学》中有关小说的原理,⑥考

---

① 尚达尔・陈-安德罗《从短篇小说到报告文学:叙事作品风靡一时》,载《欧罗巴》第 25 页,巴黎,1985 年 4 月号。
② 谭霞客《中国当代文学国际讨论会发言稿》,载《中国当代文学国际讨论会》,上海,1986 年 11 月,未刊稿。
③ 《新颖奇特的文学》,载《当代外国文学精粹・中国专刊》,巴黎,1988 年 5—6 月。
④ 《潘莫诺谈中国当代文学》,载《当代外国文学精粹・中国专刊》,巴黎,1988 年 5—6 月。
⑤ 《新颖奇特的文学》,载《当代外国文学精粹・中国专刊》,巴黎,1988 年 5—6 月。
⑥ 参见亚伦・贝罗贝《谈八十年代的中国小说》,载《中国当代文学国际讨论会》,上海,1986 年 11 月,未刊稿。

察色彩纷呈的当代中国小说流派,认为大致可归纳为:(1)现实主义、自然主义小说,类似于法国的巴尔扎克、左拉、福楼拜和中国的鲁迅、老舍小说的风格,典型的如谌容的《人到中年》,张洁的《条件尚未成熟》《沉重的翅膀》,陆文夫的《小贩世家》和邓友梅的《寻访画儿韩》等;此外尚有"压缩性的社会壁画"——微观社会小说,如张辛欣和桑晔的《北京人》;"资料小说"(包括"报告文学"形式)如刘宾雁的《人妖之间》、钱钢的《唐山大地震》等,均属现实主义、自然主义流派。这类小说是"社会的一面镜子",是司汤达所说的"一面沿着道路移动的镜子",其形式是线性的,发展是持续的,虽然时有倒叙(如《人到中年》或《寻访画儿韩》)或内心独白(如王蒙的《蝴蝶》)都没有破坏小说的线性。(2)心理小说,当"小说人物不再受到一个公正而美好的激励,或者说,不再按照经济和社会决定其所规定的方向演变。社会背叛了个人,使得后者只能在他自己的意识中得到拯救。这样,小说的重心便从社会转移到内心。张贤亮、王蒙、张承志某些被称为"现代派的作品"可纳入这类小说。这些小说"主人公的自我寻求不是与社会同步,而是在社会阻挠下进行的",要么在一个被扭曲的压迫性的社会中感到窒息,如《绿化树》《男人的一半是女人》中的主人公;要么像卡夫卡那样,把荒诞看成现代人类命运的一种本质,停留在荒诞之中,如《风筝飘带》中苦恼无端的一对情人;要么鉴于对生活的厌倦,感到要在大自然中抒发的需要,如《黑骏马》中驰骋于广阔的草原,与大自然融为一体的孤独的骑手。这类小说的写作技巧是新颖的,神圣不可侵犯的情节性被丢在一旁,变成了作品主题的,是"感觉和图像交织"的世界。现实不再是被讲述出来,而是被支离破碎地表现出来,小说常采用影射或暗示的象征手法,探及人与周围社会的奥秘,即生活的本质。因此,文学在这里,不再是描写性的,叙述不再是线性的,时空概念也被打破了。(3)新小说的倾向。新小说是作为存在主义和注重心理学的对立而出现的,对物体烦琐入微的描写,在这里变成了疑虑的表达形式。因此,要描写世界就必须采取一种解说性的笔法,用来揭示充满隐喻的话语,如陆文夫《美食家》中对食物和烹调法的冷漠而入微的描写,《绿化树》中对张永璘的饥饿感觉的描写,邓刚的《迷人的海》等。法国汉学家注意到:"在目前的中国,不存在单一性的文学潮流",强调"不能把一个作家单方面归纳到某一个流派当中。他的某一部作品可以被看成是现实主义的,而另一部却又可能是象征主义或存在主义的"。他们从各自的探究中,认识到:中国新时期文学尽管有如此形形色色的倾向,但"最新的有独到之处的中国作品几乎是独立于西方影响而产生出来的"。①

由此可见,法国汉学界对中国新时期文学研究,已显示出相当的深度,虽然这些研究还是初步的,许多方面还有待深入和开拓,但它毕竟越过了政治层面,把视角投置到文学本身,为对中国当代文学进行本质层次的探究,迈出了重要一步,标示着法国研究者将会继续沿着这个路径,对东方这一人性复苏的新文学进行深入的探索。

## 第三节　中国女作家探

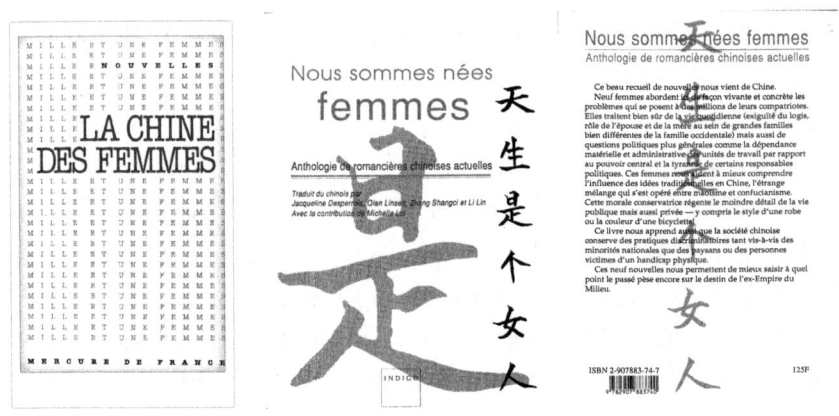

苏珊娜·贝尔纳译《中国女作家短篇小说选》(六人集)　鲁阿夫人、雅克琳娜·德斯波鲁娃著,钱林森译《天生是个女人——中国现代女作家短篇小说选》(1984年)封面和封底介绍

中国新时期的女性文学取得了众口皆碑的突出成就,引起了法国人的兴趣和重视。在汉学界对中国当代文学的引进、介绍中,女作家的作品占据重要的比重。除上面提到的谌容、宗璞、舒婷、张洁、张辛欣、戴厚英等人的小说、诗歌之外,译成法文的女作家作品,还有遇罗锦的《一个冬天的童话》(1982年)和《一个春天的童话》(1984年),杨绛的《干校纪事》(1983年)。1983年,法国推出了一部《中国妇女》专集,介绍了中国现当代知名

---

① 参见亚伦·贝罗贝《谈八十年代的中国小说》,载《中国当代文学国际讨论会》,上海,1986年11月,未刊稿。

女作家的作品。1984年,在鲁阿夫人的主持下,由女汉学家雅克琳娜·德斯波鲁娃和钱林森合作,编译了一部《中国女作家短篇小说选》(七人集),译介了茹志鹃的《儿女情》、张洁的《爱,是不能忘记的》、张抗抗的《夏》、叶文玲的《心香》、王安忆的《本次列车终点》、航鹰的《金鹿儿》和宗璞的《心祭》。苏珊娜·贝尔纳在巴黎出版了另一部《中国女作家短篇小说选》(六人集),译介了丁玲的《牛棚小品》、冰心的《空巢》、谌容的《人到中年》(节选)、茹志鹃的《草原小路》、张洁的《森林来的孩子》、宗璞的《弦上的梦》六篇小说。法国汉学家致力于女作家的译介、研究,是他们对新时期中国文学深入探索的重要方面。法国汉学界敏锐地看到了中国女性文学在当代文学中的重要位置和生命力,认为"女性作家站在中国社会'热点'的第一线,她们大胆勇敢地涉足这些热点"①,用自己的作品深刻地反映了当代中国社会生活的各方面。她们的作品是新时期中国文学复苏的重要方面。而中国女作家以细腻的才情描绘了当代法国文学并不多见的纯正的爱情,更引起汉学界的注目和赞叹。苏珊娜·贝尔纳就曾在《中国女作家短篇小说选·序》中说:"作家涉及爱情的方式各异,角度不同,但心理描写的笔触总是那么细致入微。这里,爱情不论是萌发在一位少女的心中(如《草原小路》),还是通过结合与艰难困苦的磨炼变得更为坚实(如《人到中年》),或是显露在催人泪下的离情之中(如《牛棚小品》),但都在人们生活中占有真正的位置。"她指出:"纪德曾经说过,作家并不是用高尚的情操写出优秀文学作品的。可是,在中国文学——特别是女性文学——是一种相信情操,并且相信'高尚'情操的文学。"她认为,"外国读者应当努力熟悉中国人的敏感性,重新唤起自己灵魂的纯真和心灵的纯洁。这些品质,我们——至少在我们的艺术和文学中——已大部丧失!"法国评论界认为,在展示爱情主题方面,张洁的创作是独具一格的。作为"一代政治清教主义受害者的呼声",作为"对婚姻自主、不能结合,也能有爱的权力的强烈要求",她的小说《爱,是不能忘记的》,为这一主题又增加了一个内容:"妇女不屈服于某种受'商品交换规律支配'的婚姻。"②而她的《方舟》通过三个女主角的命运描写,揭示了这样一个严峻的事实:"在这些女人失去'女人的价值',即失去了她们与男人的关系的价值时,她们便失去或正在失去

---

① 苏珊娜·贝尔纳《中国女作家短篇小说选·序》,巴黎,1985年。
② 米歇尔·鲁阿《中国女作家短篇小说选·序》未刊。

其全部社会价值"①,尖锐地提出了妇女解放的新课题。研究者指出,张洁的功绩在于:她与几位女作家在文学界首先奋起反抗把命运交给男人的"因袭的感情",表现了较强烈的女性意识。这类作品与那种表现英俊王子、温顺女人的爱情小说不同,它们熔铸了女作家独特的人生体验和"严肃思考",表现了"与前辈们不同的热烈追求爱情及幸福的态度"。他们说,不论女作家属于哪一派新潮,但她们无一不以坦诚的态度在自己的作品中,"揭露了现实社会的弊端以及根深蒂固的当代中国社会至今都很难摆脱的传统观念和现实情况"②,这就使她们的作品具有深刻的现实意义,在当代中国文学中占有一个特殊的地位。

女作家在艺术上的追求,也深得法国人的推崇。短篇小说,是一种很难的文体,在当今的中国,已被视为"作家才能的试金石"。在这方面,我国女作家确有令人称道的创造,她们的小说无论在结构设置、人物塑造、感情抒发,都各显风采。对此,法国同行、著名法国当代女作家苏珊娜做出了这样的评价:"众所周知,短篇小说,有其自己的规则,它和一曲室内乐颇为相似,素材简单,结构严谨,形式短小,用语纯净凝练,启发性强,语调亲近。它是一个理想之地,在这里任何停顿、任何亢奋、任何抑扬变化都举足轻重。这本集子介绍的每一个女作家都有自己独特的节奏,独特的和声,独特的速度,快速,省略,在时间中运动,主旋律,悬而未决的结尾……只要用心细读,就会发现每个作家都有独到之处,都有自己的方式和贡献。"③对中国女作家的艺术才华发出了由衷的赞美。苏珊娜指出,中国女作家的这种卓越的艺术,是与她们独特的经历、独特的感受分不开的。她以丁玲的《牛棚小品》为例,认为这部作品在丁玲复出后的创作中占有特殊的地位,"它是建立在真正个人基础上的直接见证,是名副其实的忏悔。它是令人窒息、难以忍受的报告:丁玲的回忆,清楚而带有幻觉色彩,我们和她一同忧郁,一同希望,一起痛苦……作家的艺术在这里达到了顶点——可是,到了这个水平,我们还能再言'艺术'吗?艺术一词已变成了血肉,变成呐喊……"④给新时期女性文学以极高的评价。

---

① 米歇尔·鲁阿《关于几种"主义"与当代中国文学》,载《中国当代文学国际讨论会》,上海,1986 年 11 月。
② 米歇尔·鲁阿《中国女作家短篇小说选·序》未刊。
③ 苏珊娜·贝尔纳《中国女作家短篇小说选·序》,巴黎,1985 年。
④ 苏珊娜·贝尔纳《中国女作家短篇小说选·序》,巴黎,1985 年。

## 第四节 "朦胧诗"：新的文化取向

活跃在中国当代文坛的新诗群，以新的歌喉、新的文化走向，引起了法国人的注目。作为新时期中国文学复苏景观的一种具体呈现，他们的诗作也被陆续介绍到法国，成为汉学界颇为注重的研究课题。由《欧罗巴》1985年"中国文学专号"开其先，译介了新诗群的代表诗人舒婷、北岛、顾城、车前子、江河等的诗作。随后，法国又相继译出这几位新星的专集，主要的有：《舒婷诗选》(1986年《文汇年鉴》)、顾城的《一代人》(法译名为《黑色的眼睛》，1987年《文汇年鉴》)和《芒克、北岛诗选》(1988年《欧罗巴》5月号)等。与此同时，在报纸杂志上有关的介绍和专论时有所见，巴黎的诗歌爱好者还举行中国新诗体、新走向的学术研讨会或报告会，表现了他们对这一领域的特殊兴趣。

诗评家说："在中国文学艺术中，诗无疑是一个先锋的品种。仅仅数年的实验，诗正进行着从村社状态的文化心态到现代都市文明的文化心态的转变。诗告别了激情宣泄的阶段……考虑人的自身存在、人与自然的关系以及人生奥秘的永恒的主题，成为一种普泛的探寻。"①中国当代诗的这种"文化心态的转变"和对人的自身价值的追寻，正是法国研究者注目的中心所在，他们怀着极大的兴趣注视着当代诗界这场深刻的变革，注视着新一代诗群的这种文化心理走向，并且怀着极大的热情肯定新诗人所做的种种"精神实验"和艺术探寻。

新时期的朦胧诗无疑是这种"精神实验"所产生的"一个先锋品种"。当它以新的装束出现于我国久已荒芜的诗坛时，曾被有些人视为"异端"，引起了一场争论与"骚动"，中国诗界的这场"骚动"使法国学界感到颇为茫然：他们不明白，为什么"这个国家一边重新翻译马拉美的诗，一边又对那些所谓的朦胧诗持怀疑的态度"②在他们看来，对朦胧诗的怀疑和否定未免显得过于简单，为此，法国有影响的《欧罗巴》文学杂志社专门刊发了有关文章③，旨在参与中国朦胧诗的讨论。据认为，这场，"激动人心的讨

---

① 谢冕《中国，一个缩影：诗的和平的骚动》。
② 夏尔·多勃辛斯基《中国，冲击与变革》，巴黎《欧罗巴》第5页，1985年4月号。
③ 《欧罗巴》1985年4月号发表了我国旅法学者熊秉明的《关于一首朦胧诗的思考》，艾青的《关于朦胧诗》，顾工的《两代人——从诗的"不懂"谈起》。

论",虽然在某些方面显得较"幼稚",与西方国家所关注的问题也有所不同,但它还是"富有启发的","富有教育意义的","即使对法国诗人也不例外":因为它"探讨了一些根本性的问题,明确了创造必须摆脱神话,或者用最简单的话说,摆脱一些束缚"。① 摆脱了这些人为的束缚,诗就会获得良好的生存空间,它的飞跃将是无法预测的。

那么,对"朦胧诗"这新时期中国诗坛的先锋品种。法国研究者究竟有什么看法呢?他们认为:

"朦胧诗"并不是舶来品,它是中国诗歌新一代求索者沿着"五四"以来新诗运动民族化、现代化传统进行艺术探求的必然产物,朦胧不在诗歌本身而在于接受者欣赏能力的退化。汉学家潘谟诺明确地说:新时期中国诗歌创作之所以特别引人注目,"这是因为也许它最能代表中国的文学传统,也许比较含蓄的诗歌语言可以更为大胆、更为隐晦地表达思想感情,朦胧二字只是对那些感觉迟钝的人而言的"。②

朦胧诗是诗人转换视角,表现自我的独特的产物,它的朦胧不在语言的运用,而在于内容,在于诗所表现的独特的感受、独特的角度、独特的镜头。"从普遍的镜头推进到特殊的镜头,如果不变换焦距,影像当然要朦胧的。"③

朦胧诗是新诗创作的一种文化走向,它看上去似乎受到西方文化思潮的影响,实际上却深深扎根在民族文化土壤中。这个观点,我国旅法学者熊秉明的《关于一首朦胧诗的思考》一文里表述得十分充分。文章中,他在运用萨特的存在主义对顾城的一首诗《远和近》(你/一会看我/一会看云。/我觉得/你看我时很远,/你看云时很近。)做了精辟地分析之后,指出:"说朦胧诗有存在主义倾向,是可以的。说我的诠释有存在主义倾向,也是可以的。但是这些年轻诗人大概并没有读过什么现代存在主义的理论。存在主义并不一定靠舶来;存在主义也不仅此一家,在西方有许多流派,存在主义也不一定是可憎可怕的,在一定的社会条件下,就会萌生。"他

---

① 夏尔·多勃辛斯基《中国,冲击与变革》。
② 《当代外国文学精粹·中国专刊》,巴黎,1988年5—6月。
③ 见熊秉明《关于一首朦胧诗的思考》,载《欧罗巴》第117页,1985年4月号。此文又由作者译成中文,刊在台湾《当代》创刊号。

认为国内朦胧诗的争论反映了一个"代沟"问题,而顾城等新一代诗人和他们的父辈之间之所以造成代沟,其根本原因在于,"上一代的主导思想是一种本质主义,年轻一代的主导思想是一种存在主义":"存在主义和本质主义是相对立的。存在主义主张'存在先于本质';本质主义主张'本质先于存在'。本质主义哲学探索人的定义,通过这定义指出人的本质","存在主义哲学认为这样的定义是人为的,不可靠的,以这样的定义来规范、衡量实际的人的行为,是桎梏人的自由发展","本质主义是信仰的一代,他们沿着既定的道路去走,他们吃紧的问题是'实现'一个理想",存在主义是怀疑的一代,"他们吃紧的问题是'寻求'"。这种代沟就传统文化根源来说,实际上也是各自所隶属的儒家世界观和道家世界观的反映:"在中国传统哲学中,儒家是本质主义,道家是存在主义。儒家讲正名,也就是确定定义;道家讲无名,也就是不讲定义,而讲存在。儒家讲做人,做圣贤;道家讲无为、无用,讲自然。本质如果先于存在,那么一旦认识了本质,则存在可以为本质牺牲,所以孔子说:'朝闻道,夕死可矣。'更进一步说:'志士仁人,无求生以害仁,有杀生以成仁。'孟子也这样主张,用鱼和熊掌的故事喻'舍生而取义'。老子的道不可名,不可道,那是自然的规律,存在的规律,也即是生命的规律。他的基本原则是维持存在的完好与迁化,他讲'养生'之术,讲'善摄生'的道理,一旦闻得此道,即可以'长久'。庄子所描写的神人是'大浸稽天而不溺,大旱金石流,土山焦而不热'。按照道家的看法,'朝闻道'而'夕死'是荒谬的"。因此从这个意义上说,朦胧诗的文化取向,与其说是现代的,不如说是传统的,与其说是西方思潮的舶来品,不如说是东方哲学的复归,它扎根于深厚的民族文化土壤中。

作为执着而勇敢的探索者,新一代诗人,就这样致力于艺术奥秘和人生奥秘的探寻,正像熊文所热情明示的:"他们否定预制的人的定义,扬弃别人规划好的行为标准,在他们看来,本质是后来创造的,就像路,是通过寻索走出来的。既然没有现成或铺好的路,当然就不免有恐惧和疑惑……既然在全新的土地上,当然就有风险,人或将迷失,然而勇猛前去也就有发现、有开拓、有惊喜,唱出'未尝闻之歌'来"——

　　　　坚固的城堡也会变成坚固的死牢
　　　　　　　　——顾城《水龟出游记》

> 告诉你吧,世界,
> 我——不——相——信!
> 如果你脚下有一千名挑战者,
> 那就把我算作第一千零一名。
> ——北岛《回答》

朦胧诗为"诗的世界带来新的感受、新的震撼、新的意境,和它同时来到的应是哲学上的新视野、新问题",这是熊文对朦胧诗所做的结论,它很能代表法国学界的一些基本观点。

## 第九章
## 跋语:中国,你向世界展现什么?

你不同于我,我也不同于你。

——皮埃尔·艾马纽埃尔

最关键的要素是要写得深刻。写得深刻,其作品就会具有民族的特性,地方的特性,人的特性,也会同时具有一种普遍性,一种共同性。一个为人类,不仅仅是今天,也为未来的人类所能理解的可能性。

——王蒙

文学是文化的一种独特存在,任何一个民族的优秀文学总是该民族文化精髓的结晶,总要深刻地表现这个民族某种内在的东西,真实地展现民族面貌的某些特征。从这个意义上,我们说,一国的文学在另一国流传的历史,就是这个国家民族文化精髓、这个国家形象本身反复呈现于他国的历史,是他国人民对这个国家、这个民族不断探求的历史。

中国文学在法国传播的历史,正是法国人对中国、对中华民族精魂致力探求的历史。揭开这历史第一页的是 18 世纪的伏尔泰。这位崇尚东方文明的法国启蒙运动先驱,以思想家的深刻、文学家的敏锐,首先看到了中国杂剧《赵氏孤儿》中所体现的"中国精神":剧中主人公程婴等所体现的富贵不能淫、威武不能屈的精神境界,"仁爱""信义"的伦理准则,重然诺、轻生死的义烈精神,以及在艰危中奋斗不息和扶危济贫的侠骨义肠,正是中华民族精魂的集中反映。为了弘扬以儒家文化为中轴的"中国精神",伏尔泰据此写出了《中国孤儿》,使之成为法国和西方人瞭望中国文明的第一扇窗口,并由此开拓了法国学界从文学来探知中国文明、寻求中国灵魂的历史传统。19 世纪法国汉学界的先驱者们继承了伏尔泰这一传统。对中国纯文学进行了较为广泛的介绍和研究,以期了解当时对他们来说还很遥远神秘的东方民族。他们当中有的专事中国俗文学(小说、戏剧)的介绍,以此观照出中国人"精细的习俗"和"进步的文明形态",①有的潜心于中国古诗的研究,从古诗中读出了中国人"严肃、温顺而坚忍不拔、毅力坚强、勇于自卫而不图寻衅"②的民族天性和民族精神,其着眼点和开发性都和18世纪伏尔泰一脉相承。早期汉学家对中国文学的这些介绍和研究,对法国人认识、了解中国文化、中华民族有重要的意义,这是因为,中国"这个陌生的世界",对19世纪初的广大法国人来说,"还是轻雾迷漫,晨曦初升的世界"③,没有这些介绍,"中国人所给予他们想象的材料,除了奇形怪象的瓷人之外,几等于零"。④ 20世纪初,法国著名诗人保尔·瓦雷里,曾经感慨于人们对"中国民族的生活、中国民族的生命"缺乏了解,因而便对中国"设想出多少怪戏",产生了"茫无头绪的成见"。当他读到了中国作家盛成的法文小说《我的母亲》时,便感到欣喜。因为这部作品"拿一位最可爱与最柔和的母亲作为民族的代表"来展示"中国的文化",并以朴素的文笔,让西方人"由外面一直看到中国的内部","中国的深处",看到了中国赖以存在的"实力"和内在的精神———一种民族的凝聚力。凝聚力、生存力,这无疑是中华民族最宝贵的精神之一,瓦雷里正是从这一角度来看取中国文学的。60年代初,法国汉学大师戴密微从其对中国文化毕生研究中得出:中国古诗是中华民族的文化精髓,是这个民族的"最高智慧的表现",认为,一个西方人阅读中国古诗,不难从中发现到"中国浩瀚无垠的疆土,与人类相适应的宇宙",感受到这个民族心灵深处的回响。他的弟子、杰出的中国古诗专家桀溺教授也从他自己的研究中,发觉到了"中国灵魂"的跃动:"中国人头脑清醒,不会轻信那些解除痛苦的空幻梦想;他们面对现实,能抑制住心头的失望;无可慰藉而不怯懦,高尚而不浮夸。"⑤这位知名汉学家自谦地说:"我不知道,一个经验肤浅的外国人来谈论'中国灵魂'是否有些自命不凡,但我总觉得这些诗歌所提供的完美形象,正好反映了中国民族的精神面貌,这将会使后代人因为它而认识到自

---

① 雷米萨《玉娇梨·序》(法文版).
② 德里文《唐诗·序》(法文版)。
③ 桀溺《牧女与蚕娘·序》(中文版)。
④ 达尔斯《好逑传》法译本序,转引自陈受颐《中欧文化交流史事论丛》第187页,台湾商务印书馆,1970年。
⑤ 桀溺《古诗十九首》结论部分,巴黎,1974年。

己。"①显然,他是把握到了中国美文学中所蕴含的"中国灵魂",并以此作为探究中国古诗意蕴的一种标示。60年代末,当文化浩劫的狂飙席卷中国神州大地,中华民族的灵魂遭到空前的凌侮和扭曲时,法国文学界、汉学界的一些有识之士依然沿着伏尔泰的传统,执着于中国文学研究,并以此呼唤中国精神,追寻华夏文化精魂,粉碎"四人帮"之后,他们在深孚众望的东方学者、知名作家艾田蒲带领下,一方面推出了《红楼梦》《水浒传》等这样一些反映"人类自身文化"的古典名著的译本,以发掘在东方久已存在而在西方却所知甚少的"文化瑰宝",另一方面又加紧译介鲁迅、巴金、老舍等这样一批以"自由、开放和宏博的思想成为本世纪伟大见证者"的著作,以寻找早已失落而不该失落的形象——一个真正的中国形象。这就把探究中国精神的纯文学研究推到了一个新的阶段。也许正是有感于动乱十年的文化传统的丧失,也许有感于道德价值的颠倒,客居中国的法国女作家苏珊娜和中国作家沈大力通力合作,于1986年创造出了《延安的孩子们》这样一部"魂魄俱动"的小说。作者说得十分明确:写这部书,就是要通过延安儿童英勇长征的故事,来挖掘出"千百年来一直存留的'中国灵魂'"。小说中所描写的中国儿童在艰难中搏击向前,奔赴光明的精神,宁死不变的信念和患难与共的纯真感情以及在中国哲学主导精神影响下所形成的生命观、宇宙观,正是这"千百年一直存留"的中华民族精魂的体现,是伏尔泰笔下以儒家道德为主体的中国精神的升华和发展。它的出现,向世界透露了这样一个信息:经过"十年荒凉"之后,中国"又重新成为人类文化的一个重要源泉"②。新时期中国文学不仅找回了久已失却的传统,而且呈现着更为发展开放的态势,这无疑为法国人探求"中国魂"提供了新的契机。面对着中国当代文坛色彩纷呈、流派林立的"复苏景观",法国知名汉学家雷威安这样告诫我们:"毋庸置疑,年青一代的中国作家是有才智的。尽管他们受了百年来孤陋寡闻恶习的影响,或许不甚了解鲍葛斯或杜拉,其实这都无关紧要;重要的是他们应该写出具有普遍性的作品,摈弃过分狭隘的'异国情调',而同时又不要失去中国的灵魂。"③这位素以持重而闻名于法国汉学界的学者在欣喜之余,所关注的仍然是"中国灵魂"

---

① 雷米萨《玉娇梨·序》(法文版)。
② 艾田蒲致沈大力函,转引自《瞭望周刊》第13期,1981年3月30日。
③ 米歇尔·莱格拉《访雷威安教授》,载《香港文学》,1986年。

的揭示。可见,从18世纪到20世纪,探求"中国精神""中国灵魂",确为法国人观照中国文学的一个传统、一种尺码和取向。它何以成为法国人探究中国文学的一个传统?一个没有过时、仍具魔力的传统?这是一个需要深思的问题,时任法国文化部部长雅克·兰对中国作家讲的这段话也许能道出其中原委:"没有伦理,没有理想,没有普遍的热情,你怎么能战胜今天的危机?……我们这些国家,自从宗教理想消亡以后,还没有创造出另一种生活的理想,而只要我们创造不出另一种理想,我们就永远走不出这个危机,我们社会所缺乏的,是一种道德,超越个人生活的一种道德。"①伦理、理想、热情、道德、信念,这是中国文学的灵魂,也是中华民族的灵魂,几个世纪以来,法国人对中国文学致力探求的正是这个灵魂。

中国文学在法国传播的历史,也是法国人对中国人的文学不断呼唤的历史。法国人对中国人的文学的呼唤起源于对中国精神文明的赞赏,始发于中国文学天地的发现,与中法文学交流的历史是同步进行的。18世纪,当伏尔泰从元杂剧中受到中国道德的感悟,写出了颂扬中国文明的《中国孤儿》时,它其实不仅是高扬中国精神的一曲凯歌,也是对中国人的文学发出的第一声呼喊。他在这部作品中颂扬了中国道德,同时直接承启儒家的"仁学"思想(即人道主义精神),着意宣扬了"仁爱"、人格的力量以及对人的价值的追求,写出了人性的觉醒。他笔下的悲剧英雄不只是中国道德的化身,而且也表现出人性的复苏、爱人的感情和人格的追求,而这正是构成文学——"人学"的基本内容,从而在法国文学界、汉学界开创了从"人学"的角度来观照、取舍、融受中国文学的先例。此后,法国作家和汉学家大体沿着这一方向,对中国文学进行真正文学意义上的探究,虽然在探索的不同时期中有不同的侧重方面。19世纪法国汉学家在译介、研究中国俗文学(小说、戏剧)和古典诗词过程中,在注重中国风俗民情、文明形态的探索的同时,也十分关注中国文学表现人性、抒发感情的特点,如对中国传奇、中国诗词的研究。20世纪初,研究中国文化的汉学先驱葛兰言在其《诗经》的译介研究中,虽然立意在东方文化的寻根的探究,但在具体论述中却强调了《诗经》(特别是《国风》)中人性和人的感情的自然抒发,并且难能可贵地批驳了中国经学家对《诗经》这一特点的曲解,使《诗经》固有的情韵、人性大放异彩。20世纪20年代,罗曼·罗兰从深邃的人道主义

---

① 豪矛《走向世界与文化传播》,载《文艺报》1988年10月22日。

精神出发,对鲁迅《阿 Q 正传》这部表现"人的主题"①的杰作所做的崇高的评价,对陶潜这位抒写"至真人性"的诗人的推崇、赞叹,以及由此对鲁迅精神的深刻理解和陶诗情性的深切领悟,更是法国学界对中国人的文学、真的文学的探寻的光辉范例,它指出了法国近代学人把握中国文学真谛的道路,激发人们在这一方面继续追寻,如当代法国汉学家对《红楼梦》等中国古典小说和巴金等现代作家的评价、对人性复苏的中国新时期文学的呼唤,特别是对"朦胧诗"所表现的人的价值取向的热情探寻,都是罗兰精神的直接承启。而苏珊娜、沈大力轰动西方文坛的《延安的孩子们》,更把中国文学中张扬人性、抒发人的纯真感情、肯定真实人生价值的追求发展到了一个新的境界,升华到了一个新的美的高度,显示出了真正的人道主义精神的光辉!

中国文学在法国传播的历史是中法文学不断交融、反馈、共生互补的历史。中法两国文学有各自的悠久的传统,各自的特点,"你不同于我,我也不同于你"②,彼此都受对方魅力的吸引,一旦走出"自我中心主义"的壁垒,面对的就是需要认识、需要交流的必然。首先打破这个自我封闭的壁垒、表现出勇于"取"的历史首创精神的依然是伏尔泰,他的《中国孤儿》不仅是法国文学向东方寻求新题材、新灵感的先驱,而且也开启了中法戏剧方面交流、反馈的历史航程。正是通过他带有"误解",然而是创造性的接受,传入 18 世纪法国的中国古典戏剧,才成为法国和西方剧坛写实主义的前锋武器。19 世纪法国和西方人对中国戏剧显得有些冷淡,但到 20 世纪30 年代,当他们对戏剧艺术进行革新时,又将视线投向东方,从中国古典戏剧表现程式和古典哲学中受到启迪,他们的探索成果,反转来影响着我国新时期剧坛新秀,如高行健对法国现代戏的借鉴。从中国方面来说,20世纪初,小仲马的《茶花女》等法国和西方现实主义戏剧传入中国,无疑是中国话剧艺术最早的催生剂。此后,这一从西方移植来的话剧形式,在中国戏剧家的精心培植下,便在中国的土地上牢牢地扎下根,并结出了丰硕之果。80 年代,当我国艺术家带着这些成果(老舍的《茶馆》)首次访问法国和西欧时,一下轰动了西方的文坛和剧坛,使法国和西方的艺术家不能不反顾自己的戏剧创作……如此借鉴、吸收、反馈、往复,推进了中法戏剧

---

① 克洛德·罗阿《阿 Q 正传》法文本序。
② 法国作家皮埃尔·艾马纽埃尔语,转引自《费加罗报》1987 年 3 月 20 日。

艺术的发展。在诗歌领域,这种接受和反馈现象也十分明显。自19世纪,德里文第一个把中国抒情诗的普遍价值披露给法国公众之后,法国研究者在这一领域的开掘就没有止息过,他们对中国古典诗歌丰富宝藏的开发,首先滋润了法国19世纪和20世纪的诗苑,特别是象征主义诗歌奇葩,从戈蒂耶、波德莱尔到魏尔伦、兰波,从马拉梅到瓦莱里到克洛岱尔、米修,在他们的诗歌创作中,我们都可以看到中国古典诗歌、古典哲学的直接、间接的影响,而他们的作品又哺育着"五四"以后的李金发、戴望舒、艾青、卞之琳等这样一些"法国派的中国诗人",促进了中国新诗的发展。而在80年代崛起的新诗群所建造的新诗国中,也明晰地烙上了他们前辈探索的印记。他们的诗作又很快介绍到法国,成为汉学界致力探究的热门课题。小说领域也不乏这种接受、反馈的例证。中国灿烂的文化曾给予18世纪启蒙家伏尔泰、卢梭和19世纪、20世纪文学大师巴尔扎克、罗曼·罗兰直接和间接的滋养,他们的思想和人格又反转来影响中国现代文学巨匠巴金。巴金从他的法国老师那里师承了与封建黑暗势力不屈斗争的精神,为真理、正义而战的品质,"爱真、爱美、爱生命"的高尚情怀,并且学会了"说真话""写小说"。70年代末,当巴金的作品陆续介绍到法国,回到他第二故乡时,便受到了极其热烈的欢迎,形成了中外文化关系史上令人瞩目的"巴金热",这一现象不仅反映了法国读者对中国这位伟大作家的爱戴,而且反映了他们对中法文学交流中这种从思想到艺术上的交融与反馈的认同。中法文学交流中出现的如此频繁的反馈现象,正是中、法两个民族突破各自的"自我中心主义"的文化偏离而表现出来的勇于"予"且不怯于"取"的品格。它深刻地揭示出这样一个事实:当一个民族文化中的某些优秀部分为其他民族所接受之后,它往往又会将这些成果移植过来,用以充实和提高自己。中法文学在"予"和"取"中既显示着各自强大的生命力,又显示着各自内在的溶受力,这是它们经世纪而常新不衰、在世界面前永葆生命魅力的根本原因。这一事实本身又一次印证了罗素所说的:"不同文明之间的交流过去已经多次证明是人类文明发展的里程碑。"①中法文学交融、反馈、共生互补的辉煌历史表明:文学需要交流,交流才能发展,过去是这样,现在和将来也是这样。

  中国文学在法国传播的历史告诉我们,中国文学在国外的影响,不仅

---

① 罗素《中西文明比较》,转引自汤一介《中国新文化的创建》,载《读书》1988年第7期。

取决于外部的条件,即外国汉学的发展,更重要的取决于内部的条件,即它自身的发展。正因为中国文学拥有从《诗经》到《离骚》,从唐诗、宋词到元曲、明清小说,从《阿Q正传》到《子夜》《家》和《骆驼祥子》等这样一批描写真实的中国、熔铸华夏文化精魂的辉煌巨著,正因为中国文坛拥有屈原、李白、杜甫、曹雪芹、蒲松龄、吴敬梓、鲁迅、茅盾、巴金、老舍这样一批与世界文坛巨人比肩而立的伟大作家,正因为中国文学从古代到现代,从现代到当代的发展主潮中始终回响着人的呼唤,播扬着人性觉醒的涛声,奔腾着人道主义的热流,才有可能从一开始就使法国和西方人对中国文学仰慕不已,激发起他们经久不衰的探索热情。因此,中国文学要真的要走向世界,关键的一环乃是重视自身的建设和提高,造就出一批需要世界探索、经得起探索的文坛巨子。他们无须迎合西方人的趣味去抬高自己的身价,也无须跃过汉学家的龙门,获得世界的承认,而是立足于艺术上的追求,加强文化上的自我反省,写出"人的味道",写出"中国灵魂"的巨作。两个半世纪以来中法文学和中外文化交流的辉煌历史已多次证明:任何一个时代、任何一个民族的伟大作家最终极的关怀都是一致的,这就是人的价值。正像我国海峡两岸有远见卓识的作家所指出的:"最关键的要素是要写得深刻。写得深刻其作品就会具有民族的特性、地方的特性、人的特性,也会同时具有一种普遍性、一种共同性。一个为人类,不仅仅是今天的人类,也为未来的人类所理解的可能性。"(1)"大陆文学要成熟,从而光华灿烂,它势必要从纪录文学——包括报告文学、伤痕文学、反思文学等等——中成长超越,而至脱离,进入高度的艺术领域中去。在高度的艺术领域中,文学要表现的,是'人'的味道……"(2)"世界对当代中国文学的要求,最主要的是在文学中深刻再现中国,中国的前进,中国的奋斗,中国的血泪,中国的贫弱,中国的幻想,中国的希望,中国的生生死死!"(3)这是当代中国一切胸有丘壑的作家的器量和心声,也是中国文学真正走向世界的关键所在。

# 附录

## 一、作者名中外文对照表

### A

阿·艾伦斯 A. Ehrenstein
阿·安德烈奥吉 A. Andreozzi
阿贝尔·雷米萨 Abel Rémusat
阿尔央斯 Argens
阿尔那尔·维西埃尔 Arnald Vissière
阿兰·博斯凯 Alain Bosquet
阿兰·佩尔菲特 A. Peyrefitte
艾田蒲 R. Étiemble
艾蒂安·巴拉兹 Etienne Balaze
埃尔韦·道尼斯 Hervé Denès
爱德华·于贝尔 Edouard Huber
爱德华·比奥 Edouard Biot
爱德华·沙畹 Edouard Chavannes
安文思 Gabriel de Magalhaens
安托尼·巴赞 Antoine Bazin
安德烈·铎尔孟 André d'Hormon
安德烈·克拉韦尔 André Clavel
安娜·程 Anne Cheng
昂博尔·于阿里 Imbault-Huart

### B

白晋 Le. P. Bouvert
白夏 J. P. Bèja
保尔·雅各布 Paul Jacob
保尔·巴迪 Paul Bady
保罗·戴密微 Paul Demiéville
伯希和 Paul Pelliot
鲍吉耶 G. Pauthier
贝尔纳·夏尔特纳 Bernard Chartreux
贝纳尔·拉朗德 Bernard Lalande
布里埃 O. Brière

### C

程抱一 François Cheng

### D

戴密微 Paul Demiéville
德里文 Hervey de Saint-Denys
杜赫德 Le. P. du Halde
杜特莱 Noël, Dutrait

多米尼克·科里奥 Domonique Colliot

多勃辛斯基 Charles Dobzynski

## F

范伯旺 H. Van Boven

芳素思·篷塞 François-Poncet

伏尔泰 Voltaire

弗朗兹·库恩 Franz Kuhn

弗朗索瓦·于连 François Jullien

弗朗索瓦·福热日 Jean François Fogel

弗朗索瓦·艾格纳 François Xenakis

## G

戈尔贝 Colber

葛兰言 Marchel Granet

顾赛芬 Séraphin Couvreur

## H

亨利·考狄 Henri Gordier

洪若翰 Jean de Fonteney

侯思孟 Donald Holzman

胡若诗 Florence Hu-Sterk

黄淑懿 Huang shu-yi

## J

吉·勒·克莱克 Guy Le Clech

吉尔伯持·加纳 Gilbert Ganne

吉约马 Patricia Guillermaz

桀溺 J.P. Diény

敬隐渔 J. H. Kin Yn Yu

居耶尔·达海 N. Guillard d'Arey

居伊·布罗索莱 Guy Brossolet

## K

卡尔唐马尔克 Kaltenmark

卡代里内·维尼尔 Catherine Vignal

克莱齐奥 J. M-G. Le Clézio

克洛岱尔 Paul Claude

克洛德·罗阿 Claude Roy

克洛德·米歇尔·克伦尼 Claude Michel Cluny

## L

莱昂·威热 Léon Vieger

勒萨日 Alain Rene Lesage

雷威安 André Lévy

李明 Louis le comte

里科·路易 Ricaud Louis

梁珮贞 Liang Pei-zhen

路易·拉卢瓦 Loui Laloy

路易·阿韦诺莱 Louis Avenol

路易·巴赞 A. P. L. Bazin

鲁德照 Alvarez Semedo

## M

马若瑟 Joseph de Prémare

马伯乐 Henri Maspero

玛丽·约瑟·拉丽特 Marie-Jose Lalitte

马蒂纳·瓦莱特·埃姆丽 Martine Vallette-Hémery

门多萨 Ganzales de Mendoza

蒙田 Montaigne
米歇尔·鲁阿　　Michelle Loi
米歇尔·布罗多 Michel Braudeau
M. 科恩 M. Kern
明兴礼 J. Monsterleet
莫朗 George Soulié de Morant

## P

佩乃劳珀·布尔热瓦 Pénélope Bourgeois
皮埃尔-艾蒂安·维尔 Pierre-Etienne will
皮埃尔·里克芒斯 Pierre Pyckmans
皮埃尔-让·雷米 Pierre-Jean Remy
皮埃尔·马该涅 Pierre Macaigne

## Q

钱德明 Le. P. Amiot

## R

让-皮埃尔·伯雷 Jean-Pierre Porret
让·儒尔德伊 Jean Jourdheuil
让·克雷茫坦 Jean Clémentin
让·布马拉 Jean Poumart
让-彼埃尔·雷奥那蒂尼 Jean-Pierre Leonardini
R. 斯坦 R. Stein
儒莲 Stanislas Jullien
瑞蒂·戈蒂耶 Judith Gauthier

## S

尚达尔·陈-安德罗 Chantal chen-Andro
宋君荣 Le. P. Antoine Gaubil
苏珊娜·贝尔纳 Suzanne Bernard
孙璋 Le. P. Lacharme

## T

泰奥多尔·巴维 Théodore Pavie
泰奥菲尔 Théophile
谭霞客 Jacques Dars

## W

王德迈 Léon Vandermeersch
卫匡国 Martino Martini
温晋仪 Wen Jinyi
吴德明 Yves Hervouet

## X

西尔韦 Slyvie Servan-Schreiber
西尔韦斯特 Silvestre de Sacy
西韦特·阿海 Siwitt Aray
谢阁兰 Victor Segalen
熊秉明 Xiong Bing-Ming
徐仲年 Hsu Sung-Nien

## Y

亚伦·贝罗贝 Alain Peyaube
亚历山大·克莱兹科沃斯基 Alexandre Kleczkowski
雅克·贝尔托 Jacques Bertho
雅克·勒克吕 Jacques Reclus
雅克琳娜·德斯波鲁娃 Jacquelinne Desperrois

雅热 Georgette Jaeger
伊纳·肖放 Yvonne Chauffin
伊夫·玛丽·吕科特 Yve Marie-Lucot
伊莎贝勒·毕戎 Isabelle Bijon
殷弘绪 P. d'Entrecolles
于如柏 Robert Ruhlmann

约瑟夫·斯卡里热 Josephe Scaliger
约瑟夫－马丹·鲍尔 Joseph-Martin Bauer

## Z

扎法诺利 Zafanoli

# 二、书名中外文对照表

## A

《阿Q正传》La Veridique histoire d'AQ, 1975, Paris

《艾青诗集》Poèmes de Ai Ts'ing, 1979, Paris

## B

《八世纪前的中国的"不法之徒"》Au bord de l'eau Des "hors-la-loi" chinois, il y a huit siècles, la quinzaine littéraire, 16—31, 1.1979

《巴白、空塔与医生》Barbet, Pagode, médecin.1723

《巴金，中国小说家》Pa Kin, romancier chinois, Alliance française de Singapour, 11, 1978, No 11

《巴金的〈寒夜〉》Pa Kin: Nuit glacée, Elle, 1 mai, 1978 Pa Kin: Nuit glacée, Le Pèlerin, 16 avril, 1978

《巴金的〈家〉》《Famille》de Pa Kin, Le matin, 28, avril, 1978

《巴金对光明的呼唤》Le cri de lumière de Pa Kin, L'aurore, 28 mars, 1978

《白蛇精记》Blanche et Bleue ou les deux Couleuvres-fées, 1834, Paris

《北京苦力·欢乐的心》Cœur joyeux, coolie de Pékin, 1948, Paris

《北京市民》Gens de Pékin, quotidien de Paris

《被肆虐的一角》Le jardin des services, le Nouvel Observateur, No. 1072, 20 mai 1985

《碑林集》Stèles, 1912, Paris

《冰心诗集》Poèmes de Ping-Hsin, 1979, Paris

## C

《长夜》Yao Xue Yin: La longue nuit, 1984, Paris

《朝廷宫人》Mandarin chez les mandarins, Les Nouvelles Litteraires

《沉重的翅膀》Ailes de plomb, 1986, Paris

《春蚕》Les vers à soie du printemps, 1980, Paris, Pékin

《从〈水浒传〉到〈儒林外史〉》Au bord de l'eau à la forêt des lettrés, Critique N⁰411—412

《从短篇小说到报告文学:叙事作品风靡一时》De la nouvelle au reportage, la vogue du récit, Europe, Avril 1985

## D

《大中华帝国史》Historia del gran Regno de la China, 1588

《当代中国小说家巴金》Un romancier chinois contemporain: Pa King, Bulletin de l'Université l'Aurore, 3.3, 1942

《当代中国诗歌》La poésie chinoise contemporaine 1962, Paris

《当中国醒来的时候》Quand la Chine s'éveillera, le monde tremblera, 1973, Paris

《当中国沉睡时》Quand la Chine s'endormira, le Point N⁰ 484, 28, 12, 1981

《窦娥冤》Thou-Ngo-Youen, ou le Ressentiment de Teou-Ngo

《锻炼》L'Epreuve, 1987, Paris

## E

《二度梅》Erdu Mei, ou les pruniers merveilleux, 1880, Paris

## F

《法国派的中国诗人》Poètes chinois d'écoles françaises, 1980, Paris

《疯狂的君子兰》Une folie d'orchidée, 1988, Paris

《父亲的归来》Le retour de la Chine, 1981, Paris

《芙蓉镇》Hibiscus, 1987, Paris

《复仇》Vengeance, 1980, Paris

## G

《根据〈诗经〉探讨古代中国风俗民情》Recherches sur les mœurs des anciens chinois, d'après le Chi-King

《古诗十九首》Les dix-neuf poèmes anciens, 1963, Paris

《故事新编》Lou Siun: contes anciens à notre manière, 1959, Paris

《关于一部迟译的伟大的中国小说》A propos de la révélation tardive d'un grand roman chinois, Critique, 1982, Paris

《关于朦胧诗》A propos de la poésie obscure, Europe, Avril, 1985

《关于一首朦胧诗的思考》Réflections sur un poème obscur, Europe, Avril, 1985

《官场显贵》Mandarin chez les mandarins, Les Nouvelles, Littéraires

《郭沫若的诗》Poèmes de Kuo Mo-Jo, 1970, Paris

## H

《汉学论文选》Choix d'études sinologiques, 1921—1970 1979, Paris

《汉代宫廷诗人司马相如》Un poète de cour sous les Han：Sseu-Ma Siang-Jou

《寒夜》Nuit glacée 1978, Paris

《〈寒夜〉，来自中国的一部绝妙小说》Nuit glacée, un superbe roman qui vient de Chine, L'Alsace, 23. 7.1978

《好逑传》Hau-Khleou-Tchouan, ou la femme accomplie, 1842, Paris

La brise au claire de lune, le Deuxième livre de genie, 1925, Paris

《合汗衫》Ho-Han-Chan, ou la tunique Confrontée

《虹》L'arc-en-ciel, 1981, Paris

《红楼梦》Le rêve dans le pavillon rouge, 1981, Paris

《皇宫艳史》Histoires de cœur à la cour impériale, Genève, 12. 12.1981

《黄粱梦》Le rêve du millet jaune

《灰阑记》Hoël-Lan-Ki, ou L'histoire du cercle de craie, darme en prose et en vers, 1832

《货郎旦》Ho-Lang-Tan, ou la chanteuse

## J

《嵇康的生平和思想》La vie et la pensée de Hi K'ang, 1957

《家》Pa Kin：famille, 1977, Paris

《夹缝中求生》La vie par une fente, L'Humanité, 30 Mars 1978

《介于托尔斯泰和亨利·詹姆斯之间的巴金》Pa Kin entre Tolstoy et Henry James, le Mode, 4.6.1979

《金莲》Lotus d'or, Roman adapté du Chinois, 1922, Paris

《金瓶梅》Fleur en fiole d'or, Aujourd'hui La Chine, Paris

《金瓶梅词话》Jing Ping Mei：Fleur en fiole d'or, 1985, Paris

《金瓶梅：西门与六妻妾奇情史》Kin Ping Mei, ou la fin de la merveilleuse histoire de Hsi Men avec ses six femmes, 1953, 1967, Paris

《金瓶梅：帷幕后的女人》Chin Ping Mei, femmes derrière un voile

《九命奇冤》Crime et corruption chez

les Mandarins, 1979, Paris

## K

《抗日战争时期的中国文学论文集》La littérature chinoise au temps de la guerre de resistance contre le Japon, de 1937 à 1945, 1980, Paris

《跨入门槛》Sur le seuil, Europe, Avril 1985

## L

《来自东方的一部巨著》Le chef-d'œuvre qui vient de l'Orient, Le Nouvel observateur, 28.11.1981

《老牛破车》Lao niu po che, essai autocritique sur le roman et l'humour, 1974, Paris

《老舍与短篇小说艺术》Lao She et l'art de la nouvelle, 1976, Paris

《老舍,北京人》Lao She, un homme de Pékin, Libération, 4 Février, 1983

《老残游记》Lieou Ngo, Pérégrinations d'un clochard, 1984, Paris

《李清照诗词全集》Li Qing Zhao, œuvres poétiques Complètes, 1977, Paris

《离骚》Li-Sao, 1870, Paris

《离婚》La cage entrebâillée, 1986, Paris

《两位中国作家在巴黎》Deux écrivains chinois à Paris. Le Monde, mai 1983

《两代人——从诗的"不懂"谈起》Deux générations-A propos de "l'incompréhénsible" en Matière de poésie, Europe, Avril, 1985

《梁山泊强盗》Die Rauber Vom Liangshan Moor, 1934

《聊斋选译》P'ou Song-Ling: contes extraordinaires du pavillon du loisir, 1969, Paris

《鲁迅:作品与革命》Lu Xun: Ecriture et révolution, 1979, Paris

《鲁达造反》Wie Lo-Ta unter die Rebelen Kan

《绿化树》Mimosa, 1987, Paris

《论〈骆驼祥子〉》La Chine du pousse-pousse, Critique, 337, jun, 1975, Paris

《论战与讽刺:杂文选译》Pamphlets et libelles, 1977, Paris

《论中国长短篇小说》Etudes sur le conte et le roman Chinois, 1971, Paris

《罗曼·罗兰和鲁迅》Romain Rolland et Lou Sun

《罗伯斯庇尔和其他小说》Le secret de Robespière et autres nouvelles, 1980, Paris

《骆驼祥子》Le pousse-pousse, 1973, Paris

## M

《卖油郎独占花魁》Fong Mong-Long:Le vendeur d'huile qui seul possède la reine de beauté,1976,Paris

《毛泽东的十首诗》Dix poèmes de Mao Tsé-toung,1965

《毛泽东诗词大全》Poésies complètes de Mao Tsé-toung,1969,Paris

《茅盾:时代的画匠》Un peintre de son temps:Mao T'oen,Bulletin de l'Université l'Aurore,3.4,1943

《猫城记》La cité des chats,1982,Paris

《美食家》Vie et passion d'un gastronome Chinois,1988,Paris

《蒙面中国》La face cachée de la Chine,1981,Paris

《明代短篇小说》Nouvelles chinoises des Ming,1986,Paris

《牧女与蚕娘》Pastourelles et magnanarelles,1977,Genève-Paris

## N

《孽海花》Niehai hua,Fleur sur l'océan des péchés,1983,Paris

《奴隶的心》Un cœur d'esclave,1980,Paris

## P

《琵琶记》Le Pi-Pa-Kiou,L'histoire du luth,1841,Paris

《平山冷燕》Les deux jeunes filles lettrées,1860,Paris

《破家子弟》Ts'in Kien-Fou:le fils prodigue

《菩萨的人》Jl Dente di Budda,1883

## Q

《憩园》Le jardin du repos,1979,Paris

《强盗与兵》Rauber und sobbes,1924

《墙上芦苇:中国的西方派诗人(1914—1949)》Les poètes occidentalistes chinois Roseaux sur le mur 1919—1949,1971,Paris

《全家福》Les Retrouvailles,1977,Paris

## R

《人啊,人!》Etincelles dans les ténèbres,1987,Paris

《人无完人》L'homme n'est pas de jade,L'Expresse.17—23 Mai 1985

《人民作家鲁迅》Un écrivain populaire:Lou Sin,Bulletin de l'Université l'Aurore,3.7,1946

《认识东方》Connaissance de l'Est,1896—1905,Paris

《忍字记》Tcheng T'ing-Yu:Le signe

de la patience

《儒林外史》Wou King-Tseu: Chronique indiscrète des mandarins, 1976, Paris

## S

《三王》Les trois rois, 1988, Paris

《三国演义》Trois Royaumes, 1960—1963, Saigon

《三国志演义》Trois Royaumes, Sanguo Zhi Yanyi, 1851, Paris

《社会的一面镜子》Le Miroir d'une société, Le Nouvel Impace, 15.1.1982

《十四世纪至十九世纪中国诗》La poèsie chinoise du XIV$^e$ au XIX$^e$ siècle, 1886, Paris

《十七世纪通俗短篇小说》Le conte en langue vulgaire du XVII$^e$ siècle, 1981, Paris

《一部伟大的十八世纪的中国小说》Un grand roman chinois du XVIII$^e$ siècle, Le monde, 10.12.1982

《诗歌与政治：阮籍的生平和作品》Poetry and politics: The life and works of Juan Chi Cambridge University Press Cambridge London-New York-Melbourne

《诗经》Cheu King, Ho Kieu Fou, Imprimerie de la misssion Catholique, 1896

《首先做人，然后做诗人》Homme d'abord, poète ensuite, 1946, La Baconnière A Neuchatel, Suisse

《水浒传》Au bord de l'eau, 1978, Paris

《〈水浒传〉，中国文学的一部代表作》Un chef-d'œuvre de la littérature chinoise, Au bord de l'eau, La Libre Belgique, 1.31.1979

《〈水浒传〉，江苏的108条好汉》Au bord de l'eau, Les 108 mousquetaires du Jiang-Su L'Expresse, 10—16.2.1979

《〈水浒传〉，来自中国的1980年的畅销书》Au bord de l'eau, lebestseller 1980 qui vous vient de Chine Nice-Martin, 17.2.1980

《死水微澜》Rides des Eaux, 1981, Paris

《宋江的108条好汉》Les cent huit brigands de Song Jiang, Le Nouvel Observateur, 1.2.1979

《随笔集》Essais

## T

《唐诗》Vacances du pouvoir, poèmes des Tang, 1983, Paris. Poésies de l'époque des Tchang 1862, Paris

《唐诗百首》Cent quatrains des Tang, 1942, Suisse

《唐代诗人及其环境》Les lettrés chinois poètes T'ang et leur milieu, 1977, Paris

《唐代诗人张若虚的诗歌结构分析》Analyse formelle de l'œuvre poétique d'un auteur des Tang, Zhang Rou-Xu, 1970, Paris

《唐诗中的"镜"与1540至1715年的法国诗》Miroir dans la poésie des Tang et la poésie française de 1540 à 1715, Etudes chinoises, Paris

## W

《万恶的中国》Une Chine de sac et de corde, L'Education, N 380

《王道》Wangdao, ou la voie royale, 1977, Paris

《王梵志诗全译本》L'œuvre de Wang le zélateur Wang Fan-Tche' suivie des instructions de l'aïeul T'ai-Kong Kia-Kiao', 1982, Paris

《围城》La forteresse assiégée, 1987, Paris

《文化的垂危》La culture des fontaines jaunes

《我为您阅读……》J'ai lu pour vous……

《武松与金莲的故事》Histoire de Wou-Song et de Kin-Lien, 1853, Paris

## X

《西游记》Si Yeou Ki, ou le voyage en Occident, 1957, Paris

《西厢记》Si-Siang-Ki, ou l'histoire du pavillon d'occident, 1872 à 1880, Paris

《向太阳》Ai-Ts'ing: vers le soleil, 1958, Paris

《向巴金提问》Questions à Pa Kin, la quinzaine Littezaire, No.30, 1—15 mai, 1979

《向新的高峰攀登,我们会看得更远》Vers les hauteur d'où l'on voit mieux, 1981

《新文学运动史》Histoire de la littérature chinoise moderne, 1946

## Y

《野草》La mauvaise herbe, 1975

《一部机智疯狂的惊险小说》Un roman d'aventure de sagesse et de folie, Magazine Littérature

《一个心灵破碎的人》L'homme au cœur brisé, Nouvel Observateur, 26.6.1982

《一百〇八将的奇袭》Les quatre cents coups de la bande des cent huit, Le Point N. 328

《玉笛》La flûte de jade, 1867, 1902, Paris

《玉娇梨》LU-KIAO-LI, ou les deux cousinés, 1826, Paris

## Z

《在同一地平线上》Sur la même ligne d'horizon, 1986, Paris

《赵氏孤儿》Tchao-Chi-Kou-Eul, ou L'orphelin de la Chine, drame en prose et en vers, 1834, Paris. Tchao chi cou eull, ou le petit Orphelin de la maison de Tchao, Tragédie chinoise

《这里,生命也在呼吸……》Ici la vie respire aussi, 1986, Aix-en-Provence

《正红旗下》L'enfant du nouvel an. 1986, Paris

《中华帝国史》Imperio di la China

《中国新纪闻》Nouvelle relation de la Chine

《中国上古史》Sinicae Historiae decas prima M

《中华帝国全志》Description géographique, historique, chronogique, politique et physique de l'Empire de la Chine et de la Tartric chinoise, 1735

《中国现状新志》Nouveaux mémoires sur l'état présent de la Chine

《中国孤儿》L'orphelin de la Chine

《中国人信札》Lettres chinoises, 1739, Paris

《中国戏剧选》Théâtre chinois ou choix de Pièces de théâtre, 1838, Paris

《中国现代诗歌》Poésies modernes, 1892, Paris

《中国古代的歌谣与节日》Fête et chansons anciennes de la Chine, 1982, Paris

《中国古诗选》Anthologie de la poésie chinoise classique, 1982, Paris

《中国通俗小说戏剧中的传统英雄人物》Traditional Heroes in Chinese popular fiction, the confusion Persuasion Stanford University Press, 1960

《中国古典诗歌的起源:关于汉朝抒情诗的研究》Aux origines de la poésie classiques en Chine, 1968, Leiden

《中国诗语言研究》L'Ecriture poétique chinoise, 1977, Paris

《中国的仲夏夜之梦》Songes d'une nuit de Chine, L'Expresse, 31.12.1982

《中国文学的一座丰碑》Un monument de la littérature chinoise

《中国式的言情小说》Les marivaudages d'un chinois

《中国12世纪的伟大传奇小说》Un grand roman d'aventures dans la Chine du XII siècle, Le Monde, 16 mars.1979

《中国古典名著〈水浒传〉终于译成了法文》Au bord de l'eau classique chinois enfin traduit en français Libération, 28.12.1978

《中国人想象力的探索》Exploration de l'imaginaire Chinois, L'écho du centre, 17.2.1979

《中国巨人历险记》The aventures of a Chinese

《中国骑士》Les chevaliers chinois, 1924

《中国现代短篇小说家作品选》Anthologie des conteurs Chinois modernes, 1929, Paris

《中国诗文选》Anthologie de la littérature chinoise, 1933, Paris

《中国女作家短篇小说选》La Chine des femmes, Nouvelles, 1985, Paris

《中国每日诗抄》Poésie Quotidienne en Chine.1977, Paris

《中国左拉讲述其黑暗岁月》Le Zola chinois raconte ses années noires, Le Républicain Lorrain, 17, mai 1978

《中国当代诗歌之一瞥》Aperçu sur la poésie contemporaine en Chine

《中国杂纂》Mémoirs concernant l'histoire, les sciennes, les arts, les mœurs, les usages etc. Des chinois par les missionnaires de Pékin

《中国的冲击与改革》Chine, le choc et le changement, Europe, avril 1985

《中国的报告文学》La littérature de reportage chinois Europe, Avril 1985

《中国诗歌》Poèmes chinois, 1967, Paris

《中国的诗与风景》Poèmes et paysages de Chine, 1961, Paris

《中国人民的诗人》Poètes du peuple chinois, 1969, Paris

《中国当代文学的顶峰》Sommet de la littérature chinoise contemporaine, 1953, Paris

《俏梅香》Tchao-Mei-Hiang ou les intrigues d'une Soubrette

《卓越的文学家蒲松龄》Pou, le lettré merveilleux

《子夜》Minuit, 1962, Pékin, 1972.Paris

《作家巴金：一位被禁读的中国左拉》L'écrivain Pa Kin, un Zola chinois interdit, Le Républicain Lorrain Est, 14, mai 1978

《作家鲁迅：1925年的展望，形象的象征主义与暴露的象征主义》Lu Xun écrivain: perspective de l'année 1925, symbolisme figurateur et symbolisme d'émonciateur. Etudes chinoises, Paris

# 后记

## 一、

1976年9月,我应邀到法国巴黎第三大学东方语言文化学院任教。临行前,我所在的现当代文学教研室同志曾对我说:"到巴黎留意一下法国人研究中国现代文学,研究鲁迅的情况,回来给大家介绍介绍。"我出国任教的时刻,正是光明与黑暗在祖国做最后决战的时刻,日夜萦绕我心头的是祖国和民族的命运,以致无心去实现同志们的嘱托。不过,我的任务就是教学,我与法国朋友朝夕相对的便是中国文学,因而对中国文学在西方青年中那特有的魅力却有亲历的感受。至今我还清楚地记得我对法国大学生、研究生讲授林黛玉葬花词时,他们击节赞赏的场面,讲授《孔乙己》时,他们屏息静听的情景,以及诵读李瑛《一月的哀思》时,他们那一张张含泪的面孔。1978年回国后,我写了一篇文章《鲁迅在法国》,不料这篇短文发表后却引起了一些鲁迅研究者的兴趣,文章被一再转印,产生了意想不到的反响。有些研究中国文学的朋友得知后,竟然相继约我撰写《红楼梦在法国》及其他中国作家、作品在法国研究、传播的文章,足见我国学界是多么渴望了解外国同行的研究信息。可惜,我均因资料缺乏,又无调查研究而无法满足这些要求。1982年秋至1984年秋,我又一次应邀去巴黎大学任教,赴法前,系里一些前辈学者嘱咐我,要充分运用这次难得的机会,实地考察一下法国汉学研究,回国后亦可写写这方面的文章。我自己也有这个打算。但是,繁重的教学工作以及我对法国当代文学的浓烈兴趣,使我无法分出更多的时间从事这方面的调查。只在第二学年后半期,我利用了一切课余时间,钻图书馆,访汉学家,集中搜集了一些法国人研究中国文学的资料。任满回国后,系领导要我为中文系毕业班同学讲讲中国文学在法国的情况,并设法开出一门新课。我感到为难:我手头虽然有一些资料,但一无整理、二无思考,怎么能开一门新课呢?在系领导和教研室的推动和鼓舞下,经过几个月紧张的准备,于 1985 年冬为本系开出了"中国文学在国外"的选修课。不料,这门仓促应急的新课,竟吸引了众多的听众:选修这门课的不仅有本系的还有外系的,不仅有中国研究生,还有外国进修生。前来听课的两位西德留学生,在我的邀请下,还登台给中国学生主讲了布莱希特(Bertolt Brecht)与中国文学,收到了意想不到的效果。这使我受到极大鼓舞。为了上好这门课,此后数年,我一方面将手头的法国汉学家论中国文学的资料选译成中文,另一方面想方设法充实新的资料,同时有意识地撰写了一些论文。久而久之,我便萌生了这样的念头:如果写出一本《中国文学在法国》的专著,对中国文学在法国流布的历史做一些梳理,并从中进行一些规律性的探讨,这对进一步促进中法文化和文学交流岂不是一件有意义的事?倘能编一套《中国文学在国外》的丛书,对中国文学在国外的传播与影响做一些总体描述,对我国文学走向世界,对方兴未艾的中国比较文学,不是更有意义吗?我把这个想法写给我大学时期的老师乐黛云教授,很快便收到了她的回信。信中云,设想甚好。并相约共同编一套《中国文学在国外》的丛书。1987 年 8 月,西安比较文学年会上,我们进一步落实了首批书目,确定了各本书的执笔人。1988 年 4 月,花城出版社热情支持我们的计划。我负责撰写《中国文学在法国》,从 1988 年 5 月开始执笔,运用教学之余的时间,断断续续,到 1989 年 1 月才完成,历时半年有余。

从上述经过的琐碎的回顾中,不难看出,我所从事的这一专题的研究,以及由此通向比较文学的门径,都带有很大的偶然性,甚或很大的盲目性。因此,当我一旦握笔写书,开始迈向比较文学的门槛时,便立刻发现到自身存在着难以避免的弱点:不仅对比较文学理论所知甚少,而且中、外文学的根底也很浅薄,无论在理论上、知识上,甚至资料上都缺乏充分的准备,在这种情况下,要写一部专著,对源远流长的中法文学交流史做准确的描述,实在是一个不自量力、缺乏自知之明的盲目之举。然而,"千里之行,始于足下",凡事总需有个开头,况且,抛砖可以引玉。正是本着这样的信念,才使我有足够的勇气担当起这部书稿的撰写任务,克服诸多困难,完成这项力不从心的研究。在这一研究过程中,我得到了不少中法朋友、同事及有关专家、学者始终如一的支持、鼓舞和帮助。他们是南京大学程千帆教授、叶子铭教授、周勋初教授、董健教授、许志英教授、杨剑副教授,南京国际关系学院许钧副教授,北京大学乐黛云教授、梁佩贞教授,北京外语学院沈大力副教授,北京语言文化大学阎纯德教授、巴黎知名汉学家侯思孟教授、桀溺教授、巴黎第三大学程抱一教授、熊秉明教授、第七大学保尔·巴迪教授、第八大学米歇尔·鲁阿教授、尚达尔·陈-安德罗教授、于连教授,巴黎东亚语言研究所亚伦·贝罗贝教授、波尔多大学雷威安教授、著名翻译家李治华先生、周庆陶先生、谭霞客先生以及花城出版社的编辑先生。特别令人难以忘怀的是八十高龄的老资格的汉学家、知名学者、中国人民的忠实朋友艾田蒲教授为本书和整个丛书写来了热情、诚挚的序言,为我们的研究增添了新的色彩和生命。没有这些来自各方的宝贵的支持和帮助,我要完成这项研究是不可能的。在此,谨向他们以及所有关心、支持过这部书稿写作出版的中法朋友们和同志们致以衷心的感谢。

当这部书稿即将交付花城出版社刊行面世的时刻,我不由得想起罗曼·罗兰写给汉学家路易·赖鲁雅的一句话:"和专业的东方研究者相比,我们更是联系东方与西方的贤智之间的桥梁建造人。"罗兰,这位奠定中法现代文学交流始基的伟大作家,确实不愧为"联系东方与西方的贤智之间的桥梁建造人"！我想:如果我的这本小书也能成为构筑这座桥梁的一粒小小的石子,那便是对我的最大奖掖和黾勉。也许正是怀着这样的奢望,才使我有勇气不揣浅陋,将这部极不成熟的著作呈献于中、法广大读者之前。我真诚地期待着读者批评指正。

1989 年 2 月 15 日
南京,裕德里

## 二、

《中国文学在法国——18 世纪至 20 世纪 80 年代》是我 30 多年前举步跨文化比较文学研究、中法文学(文化)关系探索的首部试作,原系习作者师从乐黛云先生共同创办的北京大学、南京大学《中国文学在国外》丛书(花城出版社,1990 年初版)之一种,为当时海内外研究中法文学关系的第一本专著,刊行面世至今已近 30 载。拙著从东西方文明交流碰撞、共生互补的大背景出发,立足于中法文化文学交流史翔实可靠的历史史料,共设上、下两编,九个章节,简明清晰地钩沉、梳理自 18 世纪以降至 20 世纪 80 年代末,中国文学在法国的传布与接受,试对渊源流长的中法文学交融碰撞的悠久传统、互补共生的历史进程,做纲举目张的总体描述和双向考察。得益于习作者1976年—1978年、1982年—1984年两度赴法任教的机遇,专事中外文化交流实践的"底气"和运气,有幸亲赴欧洲汉学重镇、比较文学发祥地、东西文化交流前贤先驱伏尔泰、罗曼·罗兰的故乡,读书、学习,调研、考察,得以独步于百花争妍、千紫万红的跨文化比较文学园地和百家争鸣的欧洲汉学胜地,经年累月地自由徜徉、倾听、思考、观察,目不暇接,任情采撷;孜孜不倦,专心收纳,以致流连忘返,年复又一年……如此,借助当时现场见习者初涉法国汉学、比较文学学术征程的陶冶与历练,以及多年精心采集、积累的第一手丰富资料和启蒙初获的西方汉学、比较文学的基本知识、基本理论与方法,本书作者不畏浅陋,现趸现卖,努力以译介学、媒介学、接受与影响的视角,一方面,致力于18世纪前贤伏尔泰所开创的中法文学相遇交流的文化对话与文化透视,着重探究在这漫长而曲折的跨文化跨世纪的交流对话中,法国文化人对中国形象、中国精神的追求与重塑;另一方面,继承、发扬20世纪先驱罗曼·罗兰所倡导的研究他国文学平等对话的原则、追寻异乡文坛贤智者的方略,聚焦、描述饱经沧桑的中国文学在面向世界的传播中,究竟展示了怎样的文化中国形象,从而深刻的揭示、彰显了中国文学西渐中的文化价值意义,使这部冒险的习作,事实上成为当时西方受众阅读中国、了解中国,不期而遇的"镜像",是他们瞭望中国、映照中华文化精魂的窗口。因而本著作为《中国文学在国外》丛书之一,甫一问世,便获得了海内外广大读者的欢迎和学界的好评,这是当初丛书创办者和举步习作者所未曾想到也未曾奢望的。

20世纪70年代末倒行逆施的"四人帮"文化专制统治垮台后,迎来了中国知识界的思想大解放,对外开放的春风曙光催发比较文学在东方神州大地复苏,使其一跃而为"显学"。《中国文学在国外》丛书的出现与这一时期我国广大读者的阅读诉求和海内外受众的期待视野,正不期而遇、不谋而合,故而受到热情的欢迎和赞许。毋庸置疑,拙著也正是受惠于这改革开放东风劲吹、春潮涌动、骄阳普照的好时运,获天时地利人和,在阳光雨露的沐浴下而孕育、萌发、催生的。得先机之遇,它有幸作为《中国文学在国外》丛书率先出版(1990年)的首批"显学"比较文学读物之一,自问世迄今近30年来,搭乘改革开放的"顺风车",一路风调雨顺,满程阳光,一路走来,可以说占得了先机,斩获了改革开放的"红利",享尽了所有"荣光"。自它面世后的翌年,假1991年东京国际比较文学第13届年会之机,就由我国比较文学代表团遴选为赴日与会参展的中国比较文学著作之一，首度亮相世界比较文学书展，受到了海内外与会代表的好评；伴随着方兴未艾的比较文学成为我国新时期学术复兴的"显学"后，它又屡屡不无荣幸地登上了我国高校讲堂，成为攻读比较文学、世界文学、域外汉学硕、博学位的必读参考书目和读物，获得广大年轻学子的欢迎。而在此期间，笔者又曾时不时地，多次收到来自四面八方相识、素昧平生的读者朋友热情洋溢的来信，他们不无美意和美言，或真诚热切地跟我交流读后心得，或恳切焦急地向我询问，何处可买到这本出版多年的小书？每当读到这样的来信时，我总是难以平静内心深处那说不出、道不明的惴惴不安的感激之情。我还清楚地记得，2014 年深秋，在延边大学举办的中国比较文学学会第 11 届年会暨国际比较文学研讨会上，就有两位素未谋面，来自新疆著名高校的老师当面对我说，他们当年给学生讲授比较文学和中外文学关系史课程，凭借的就是包括拙著在内的几本参考书，听了他们这番既真实又不无夸张的溢美之词，真是激动得我无言以对，不知该对他们说什么是好，唯有感到的是惶恐、汗颜。这种"尴尬不安"的场景，至今我还记忆犹新。

  星移斗转，日新月异，物换星移几度秋。令人惊异的是，这本流传 30 个年头的小书，时至今日——2018 年 9 月深秋，居然还有学界不少热心朋友记得它，想到它，要读到它，将之列为必选读物。更没有料到的是，就是我正纠结于拙著是否值得再版之际，忽然收到一封"陌生人"发来的邮件，打开一看，方知是老朽三年前在成都参加四川大学承办的中国比较文学高端论坛上相遇的年轻才俊，西南交大外国语学院法文系成蕾老师，在那次会议上我和她有一面之交，时值她师从四川大学名师曹顺庆教授门下，攻读比较文学博士学位，后获悉不久便被选派赴巴黎四大比较文学系访学深造，专攻儒学在法语世界的翻译与接收课题，就再无联系。岂料她在久违三载后，竟然致函于我，发来这样一封既让人惊喜、感动，更让人愧疚、始料未及的短信，随手照录如下：

钱老师：您好！
  2015 年 5 月川大见过您和师母之后，一晃 3 年过去了，希望您和师母一切都好。
  我于 2015 年 9 月至 2016 年 8 月在巴黎四大比较文学系访学，同时开始着手我的关于《论语》在法语世界的译介和接受研究的博士论文,在巴黎的一年里主要完成了文献搜集工作,回来后才开始动笔写,到现在大概完成了13万字,计划在年底前完成20万字的初稿。

平时读书写作中,时常读到您的文章,每次都忍不住感慨您的治学精神和带给我们这些后辈的丰厚学术养分。很多次有过跟您联系问候的念头,但一是担心叨扰,二是我自己的论文进展很慢,也有点后进学生愧见老师的胆怯。前几天很想读您在花城出版社出版的《中国文学在法国》一书,大概因为已经停版了,在网上已经买不到了,终于鼓起勇气跟您写封信问好,也顺道咨询您,不知您是否知道哪里可以买到这本书。

不知您近况如何,您和师母身体都还好吗?愿您和家里一切顺心如意!

学生　成蕾　　　2018/9/15

确实,拙著自19世纪90年代首版至今,已近30个年头,在市面上,早已停版、缺版,书肆或网购,就再也难觅它的踪影了。然而,需要读它的人却依然绵绵不断,上述来信便是其中最近的一个例证。正有鉴于此,我曾几何时,也曾不止一次地老心勃发,滋生过修订重印、再版的念头,但每每总因各种主客观因素,而一直有心无力,无果而终。好事多谋,谋事在人。所幸,得益而又得力于吾辈同窗老友、挚友阎纯德教授的不断敦促、鼓舞和鼎力相助,才终于使这本早已缺版的小书,得以最终拂去30年岁月的尘埃,列入他主编的"汉学研究大系",重印再版。在此,我要首先向纯德教授致以深切的感谢,若无他兄弟般的关爱、高瞻远瞩的提携和全力无私的支持,拙著绝无可能以"新装"原貌和如此便捷、荣耀的通道,刊行面世,与怀念它,希望重新见到它、读到它的海内外读者再次相逢。

20世纪90年代末,阎纯德教授得我国新时期改革开放之先机,曾率先"筚路蓝缕,以启山林",首创《中国文化研究》和《汉学研究》,取得了有目共睹、有口皆碑的成就,蜚声学界。但他并没有满足于已取得的成绩,在21世纪伊始,又马不停蹄,创设"列国汉学史书系"(2019年改名"汉学研究大系"),另辟新的疆场。他心无旁骛,殚思极虑,经十余年之努力,其精心打造的这套汉学史书系,已初具规模,在海内外学界产生了很大反响。

我记得，在其书系开张之初，承他之抬举、厚爱，就曾几度当面相邀，邀我来撰写法国汉学史，并多次敦促、不断鼓励，给出具体建议：或独立撰写，或联手学者合编，皆由我定。但遗憾的是，一来，我那时正忙于主持多卷《中外文学交流史》在研国家社科项目和"十一五"国家重点图书项目而分身无术、有心无力；二来，我认为当时邀我撰写法国汉学史，无论是由我独立主笔，还是联手合编，就我而言，知识结构和学术积累，皆缺火候，心余力绌，因而便与纯德教授的相约诚邀、善举抬爱失之交臂，真有说不出的愧疚和抱歉。想不到时隔十余年后，当我所担承的多卷《中外文学交流史》国家社科项目和国家重点图书项目结项、竣工后不久（2014年末—2015年初），正赋闲居室养病期间，纯德教授不计老朽十年失约的"前嫌"，又居然前来热情相邀，邀我将含本著《中国文学在法国》在内的几部出版多年而再未重印的著述，修订再印，列入他主编的"汉学研究大系"刊行面世。同窗挚友的扶持、厚爱与美意，又一次让我受宠若惊，也受之有愧，不由得让我心潮澎湃，浮想联翩：岁月悠悠，十余年过去了，在这十余载时光里，纯德教授含辛茹苦、精心栽培的列国汉学园地，已满园春色，千紫万红，春华秋实，硕果累累，先后推出了：《英国汉学史》《俄罗斯汉学三百年》《法国汉学史》《朝鲜半岛汉学史》《日本中国学史稿》《德国汉学史》《意大利汉学史》《美国汉学史》《法国汉学史论》《荷兰汉学史》《英国19世纪汉学史研究》《京都学派汉学史稿》《日本诗经学史》《中国文学俄罗斯传播史》《唐诗西传史论》《唐诗在法国的译介和研究》《中国新文学俄苏传播与研究史稿》等数十种列国汉学史（含汉学家研究、中华文化经典西传史）著译书系，已蔚然大观，享誉海内外。因此，不免相形见绌，扪心自问：纯德教授何以要选中我这本《中国文学在法国》的过往小书呢？在我看来，它早已明日黄花，岂能登堂入室，进入他这套气象万千的"汉学研究大系"呢？这就使我不免望而却步，顿生踌躇。如此纠结、踌躇，一晃，不知不觉又悄然逝去了两载春与秋。直至2017年初，纯德教授见此"按兵不动"的状态，似乎敏锐地猜着了我趑趄不前的心态，便很快发邮件、打电话，帮我消除畏怯心理，并以北大学长李明滨教授的榜样相召唤，鼓励我参照李明滨教授先行的模式，仿照他将《中国文学在俄罗斯》旧作,改写为《中国文学俄罗斯传播史》①的方法,要我努力将拙著《中国文学在法国》改定为《中国文学法国传播史》,谆谆嘱咐我立马修订。后又经多次友好磋商、悉心交流,最终于2017年2月中旬,与我正式签下了包括拙著在内的几部出版多年而未再版的著述出版资助协议书,几经纠结、踌躇难行的拙旧著修订工作,就这样在纯德教授直接指点和不断推动下正式启动。

  2017年初春三月,正当我凝心聚力,全力以赴地按约投入拙著修订,至5月下旬,不料,云谲波诡,时乖命蹇,屡交"华盖运",验了古人言,"天有不测风云,人有旦夕祸福":身心受到重创。从去年5月至今年9月这一年多来,对我来说,可谓多事之秋的年头,亦是我生命旅程中最为艰难的途程。在这一年多艰难困顿的岁月里,我之所以没有被击垮,彷徨歧途,虽步履蹒跚,却依然前行,永远在路上,再出发,皆多亏同窗挚友纯德教授的关爱、点拨与强有力的扶持。正是他在我举步维艰、茫然四顾的困难时刻,及时现身说法,指点迷津,传经授道,勉励我继续跋涉、前进,患难中相知相扶,高山流水的情谊,终身难忘……从上述这些不免琐细、却又清晰难忘的回顾中,足以看到,若无同窗兄弟纯德教授始终如一的宽容关爱、倾情相助和持续给力,拙著怎能与海内外读者再次相遇呢?因此,在拙著即将重印刊行之际,我要首先向它的主编阎纯德教授致以至高的敬意和诚挚的感谢。

  重印再版的拙著,何谓"新装"原貌呢?这种说法绝非掩人耳目、故弄玄虚的托词,而是心拙口夯、本真诚实的学人实话实表。事实上,凡曾读过拙著原版,若有机会再读新版的读者即可发现:两者在内容、体制、构架、篇幅,乃至书写风格上,皆一模一样,除去更改原版书中的错别字句,采用约定俗成的专有名称的译名外,新版书皆维持原书原貌;稍作补充、增添的,只是结合全书各章各节的论证内容,酌情增补了数十余幅弥足珍贵的插图,谓之"新装",此举旨在使受众阅读此书时,能见图文并茂,互证、互释,在学理层面上,增添一种现场感和说服力,从而使读者获得一种阅读的快乐和情趣,也由此而获得一种新的增添,不致太多失望。不过,这"新装"

---

① 李明滨旧著《中国文学在俄罗斯》,原系乐黛云、钱林森共同创办的北京大学、南京大学《中国文学国外》丛书之一种,广州:花城出版社,1990年。李明滨新著《中国文学俄罗斯传播史》,系阎纯德、吴志良主编"列国汉学史书系"之一种,北京:学苑出版社,2011年。

原貌，也并无什么新的创意，实是作者自渐形秽、自我解嘲、自我安抚的无奈之举，内中承载着太多的苦涩、遗憾与愧疚。正如上面所提到的，当初纯德教授曾建议我将拙著改写成《中国文学法国传播史》，这也是当年激发我热情响应、积极参与的动力。谁料天有不测风云，加之年迈多病痛定思痛，不再勉为其难，而应以实事求是的态度，知难而退，如此，得阎纯德教授的认同、首肯，便对拙著修订，做战术调整：保留首版原书原貌，包括原书书名，仅结合全书论证内容，增添数十幅珍稀插图，无须再大动筋骨，免得落入染旧作新，狗尾续貂，贻笑大方，如是，或许更能体现原书的证书面貌面目。

拙著能以如此"新装"原貌顺利地刊行面世，离不开诸多法中学者朋友们的理解、帮助和支持，在此特向他们一一致谢。法国当代知名汉学家、中国现当代文学研究知名学者、波尔多蒙田大学中文系必诺教授、巴黎东方语言学院中文系何碧玉教授、普罗旺斯大学中文系杜特莱教授、里昂大学图书馆中文部主任雷橄榄（Olivier）先生、巴黎定居的徐大燨先生，感谢他们在百忙中寄赠相关资料和插图，为本书"新装"增色。我国法国文学研究知名专家和翻译家，华东师大外语学院院长袁筱一教授，是本书的"老读者"，感谢她在拙著付梓刊行前，不辞教学、科研和行政事务之辛劳，又一次审读全书，为新版欣然赐序，拨冗指教。南京大学外语学院法文系在读博士柴庆友、南京师范大学外语学院法文系陈沁老师、巴黎东方语言学院注册博士生赵维纳女士、南京财经大学外语学院英语系主任莫詹坤博士，对本书新添插图的搜寻、梳理，以及文稿初校，助力甚多，感谢他们这一年多来的相伴相随和鼎力相助。

在拙著即将付梓刊行面世之际，特别让我想到当年关心、支持、鼓舞、帮助过我的已故中法前辈学者，他们是：南京大学程千帆教授、叶子铭教授、许志英教授，我国留法知名学者、著名翻译家或艺术家、巴黎东方语言学院教授熊秉明先生、李治华先生、周庆陶先生，北京大学梁佩贞教授，巴黎知名汉学家桀溺教授，法国中国现当代文学研究的开拓者、巴黎第八大学米歇尔·鲁阿教授，巴黎第七大学和巴黎高师保尔·巴迪教授，中国古典小说翻译大家、著名学者、波尔多蒙田大学雷威安教授、谭霞客先生，以及著名作家、比较文化大家、比较文学一代宗师、巴黎索邦大学艾田蒲教授。回眸拙著的前世今生，遥想当年这些前辈学者生前的谆谆教导、热情扶持，笔者不由得心潮澎湃，百感交集而突发奇想：倘若人世间真有千古

# 后　记

不朽的生灵存在，那么，这些早已谢世长眠的前辈，也能读到这本"新装"原貌的再版小书，并定会感到由衷的高兴和欣慰。如是，这株明日黄花，岂不成了笔者奠祭这些前辈生灵最美的鲜花、最好的礼物吗？想到此，我便感到由衷的欣喜。倘若"汉学研究大系"的广大海内外读者读到这本"新装"原貌的小书，也能从中有所启迪与补益，那便是对笔者最大的宽容和黾勉。

钱林森

2018年9月15日—10月11日初拟，

10月24日—11月11日凌晨改定

南京秦淮河西跬步斋